문신

문신

5

윤흥길

장편소설

문학동네

차례

제17장

청사등롱에 불 밝혀도

1

"베룩이란 놈도 낮짝이 있고 빈대란 놈도 콧잔등이 있는 법인디, 황차 인두겁 멀쩡허니 덮어쓴 예펜네가 으떻게……"

말은 그렇게 했다. 면목이 없다는 뜻이었다. 그러니 무슨 염치로 얼씨구나 하고 동천리로 달려갈 수 있겠냐는 얘기였다. 더 정확히 말하자면, 손자 보고 싶은 마음이야 굴뚝같지만, 며느리 눈치 보여 선뜻 마음이 내키지 않는다는 뜻이었다. 가자거니, 가기가 좀 거식하다거니, 하면서 아침 밥상머리에서 시작된 관촌댁 모녀간 승강이질은 밥상 물리고 설거지 끝마친 뒤까지도 줄기차게 이어지는 중이었다.

"일에는 다 때가 있는 법이라고요. 하늘이 내려주신 그 좋은 때 놓치고 나면 기회란 놈은 영영 물 건너가뿔고 말어요. 지금이 바로 시어머니 위신 빳빳이 세우고 친할머니 내리사랑 뵈야주기

딱 마침맞은 기회라는 걸 어머님은 왜 몰르셔요? 요번 기회 놓쳐 뿔고 나면 며느리랑 화해허는 일은 말헐 것도 없고, 첫손주 품에 안어보는 감격까장 말짱 다 포기헌 채로 어머님은 고적헌 말년을 보내시게 된다고요."

설득 단계는 이미 지나 있었다. 이제는 거의 협박이나 다름없는 수준이었다. 딸년 강권에도 불구하고 관촌댁은 여전히 결단 내리지 못한 채 갈팡질팡만 되풀이하는 중이었다.

"베룩이란 놈도 낯짝이 있고 빈대란 놈도……"

"어머님, 제발 그 소리 조깨 고만 읊어대셔요!"

관촌댁이 처음부터 다시 시작할 조짐 보이자 끝 모를 승강이질에 쐐기 콱 박을 심산인 듯 딸년이 벌컥 소가지 부리고 나섰다.

"그놈에 베룩이 타령 빈대 타령, 인제는 참말로 신물이 나서 더는 못 듣겄어요! 베룩이 낯짝이나 빈대 콧잔등이사 애시당초 그런 모냥으로 타고난 것이니깨 어쩔 도리가 없다 치드래도, 사람 면목은 그 사람 맴먹기 따러서 있다가도 없어지고 없어졌다가도 새칠로 또 생겨나는 것이잖어요!"

오암리 거쳐 동천리에 다녀온 둘째아들 귀용이 본가에 들러 드디어 최씨 문중에 장손이 태어났음을 제 어미와 누이에게 알렸다. 천석꾼 대리인 자격으로 매일같이 처리해야 할 크고 작은 일들이 집안에 쌔고쌘 실정인 맏아들 부용이 아무런 예고도 연락도 없이 본가에 나타나지 않던 날이었다. 혹시 만삭의 올케한테 무슨 문제라도 생긴 게 아닌가 싶어 그러잖아도 몹시 마음자리가 뒤숭숭하던 차였다면서 딸년은 장조카 출생 소식 접하기 무섭게 득달같이 동천리로 달려갔다.

"우리 애기 낯꽃이 꼭 꽃분홍 색깔로 환허게 빛이 나데요. 인제 막 태어난 떡애기 인물이 얼매나 출중허고 준수허게 생겼는지 몰라요. 영락없이 우리 함지 에렸을 적 얼굴을 쏙 빼다박은 것 같더라니깨요."

갓난쟁이 조카 천년쇠를 한나절 몸소 품에 안아보는 호사 양껏 누리고 돌아온 딸년이 제가 맛봤던 감격의 북데기 곧이곧대로 전하느라 고릿적에 한동안 썼던 부용의 아명까지 들먹여가며 넋이야 신이야 한바탕 떠들어댔다. 들으면 들을수록 관촌댁으로 하여금 마치 침 먹은 지네처럼 맥을 못 추게 만드는 이야기들이었다. 관촌댁은 시종일관 입을 꾹 함봉한 채 쓰다 달다 도통 내색하지 않으려 애썼다.

그때부터 시작된 모녀간 승강이질이었다. 그리고 그뒤로 여러 날 지났는데도 여전히 같은 가락 같은 타령이 집안에서 주야장천 되풀이되는 중이었다. 늙은 어미가 그처럼 선뜻 마음 문 열지 못하고 계속 망설망설하는 진짜배기 이유를 그 똑똑하고 많이 배운 머리로 딸년이 못 깨달을 리 만무했다. 그런데도 딸년은 마치 상추밭에 똥싼 강아지 잡도리하듯 제 어미를 얀정머리없이 마구 닦아세우곤 하는 것이었다.

따지고 보면, 천석꾼 영감으로부터 비롯된 사달이었다. 그 모든 게 성미 괄괄하기로 온 고을에 호가 나 있는 영감 때문이었다. 애당초 아들 며느리 기독교식 혼례에 관촌댁이 끝내 얼굴 내비치지 않은 것도 영감 때문이고, 여태껏 단 한 번도 이연실을 며느리로 대접한 적 없을뿐더러 시종일관 며느리로 인정조차 해주지 않았던 허물 역시 따지고 보면 영감한테 있었다. 당대 세도가인 경찰 간부와 사돈 맺을 꿈에 잔뜩 부풀어 지내던 천석꾼 영감은 정작 그 세도가한테 처음부터 끝까지 모멸당하고 백안시만 당해왔다. 그 수모에 대한 앙갚음으로 영감은 위풍당당 경부 나리 대신 만만한 그의 소생 이연실에게 천석꾼 집안 출입 금지령을 내렸다. 그리고 늙정이 마누라에게는 경부 딸년 접촉 금지령을 내렸다.

"원래 기회란 놈은 대가리만 있고 꼬랑지는 없는 법이라 그러잖어요. 대가리가 얼핏 비칠 적에 꽉 붙들어야 헌다는 뜻이지요. 지금이 바로 사부인 만나서 본때 있게 수인사 나눔시나, 은제 우리가 서로 등지고 돌아앉은 적 있었더냐. 허는 딧기 화해헐 절호기회라고요. 출생 기념으로 맞손주가 다리 놔준 요번 기회 놓쳐뿔고 나면 어머님은 넘넘지간도 아니고 그렇다고 또 사돈지간도 아니고, 참말로 남사시럽기 짝이 없이 괴상망측헌 지금 관계를 앞으로 영영 못 벗어던지게 된다고요!"

산천초목마저 벌벌 떨게 만들리만큼 서슬 시퍼렇던 천석꾼 영감이 별안간 산송장 다름없이 몸져눕게 된 사연은 불행하기 그지

12

없는 일이었다. 하지만, 바로 그 불행 덕분에 관촌댁은 출가 이후 처음으로 운신의 자유를 누리게 되었다. 놀부처럼 오장육부 외에 심술보 하나 더 달고 태어난 영감의 미주알고주알 간섭과 간단없이 떨어지던 호통소리가 일순간에 싹 자취를 감춰버렸다. 그때부터 관촌댁은 아무런 구애도 받음 없이 재량껏 처신하고 내키는 대로 행세해도 뱃병 안 앓는 홀가분한 신세로 바뀌었다. 사정이 그러함에도 불구하고 관촌댁은 지난날 그 접촉 금지령에 포박당한 듯 여전히 며느리 향해 스스로 울짱 높다랗게 두른 채 계속 냉갈령만 부려나온 셈이었다. 다름 아닌 경부 마나님 때문이었다. 며느리와 손자 뒷전에 짙게 드리워진 사부인이란 그림자가 가장 큰 걸림돌이었다. 산 설고 물도 선 타관에서 고생살이하는 외동딸 거든답시고 사부인이 산서 땅 들머리 꺼지게끔 뻔질나게 드나드는 줄 번연히 알면서도 관촌댁은 눈 질끈 감은 채 내처 모르쇠만 잡을 수밖에 없는 처지였다. 그 바람에 사부인과 안면 트고 정식으로 인사 나눌 기회는 그동안 단 한 차례도 갖지 못했다. 아직도 생면부지 매일반인 안사돈인데, 손자 얻은 연후에야 비로소 그 손자 핑곗거리삼아 맞대면 도모한다는 건 사실 이만저만 거식한 노릇이 아니었다.

"손주 보고 잪은 생각이 눈꼽만침도 없으신 모냥인디, 잘 알겄어요. 어머님 맴 알었으니께 날 저물 때까장 지성으로 베룩이 타령 빈대 타령만 내내 읊어대고 소일허세요. 그새 저 혼자 농전리

후딱 댕겨올 모냥이니깨요."

딸년이 은근슬쩍 마지막 엄포 놓고 나서 곧바로 안방을 나섰다.

"이 잡것아, 느네 엄니가 흥부 마느래 꼴로 추저분허니 채려 입고 나서기를 바래냐? 각설이패맨치로 너덜너덜 누데기옷 걸친 채로 사부인 만나야만 니년 속이 똑 후련허겄냐?"

딸년이 대청마루 끝에 앉아 고무신 발에 꿰려는 낌새 보고 관촌댁은 후닥닥 안방을 뛰쳐나갔다.

"멩색이 천석꾼 마나님 위신인디, 입성이라도 쪼깨 번듯허고 깨깟허니 갖춰 입고 질을 나서야 쓸 것 아니여, 이 잡것아!"

흔히들 하는 말로 '오동지 육섣달'은 과시 빈말이 아닌 듯했다. 지난 오뉴월에 유난히 비가 잦더니만, 아니나 다를까, 그것들이 제 짝패 동지섣달 부추겨 사흘돌이로 눈발 흩날리게끔 심통 부리는 듯했다. 더구나 눈발 뒤끝에는 정해진 순서인 양 으레 강추위가 따라붙곤 했다.

관촌댁은 한나절 템이나 좋이 시간 잡아먹고 품 들여 천석꾼 마나님 지체에 걸맞을뿐더러 날씨에도 썩 어울리게끔 나들이 준비에 고부라졌다. 방금 밀가루 다루고 난 됫박처럼 늙은 얼굴에 허옇게 분칠하고, 반백 머리 반질반질 윤기 흐르도록 동백기름 잔뜩 뒤발했다. 화룡점정삼아 쪽을 찐 머리에 금비녀까지 척 꽂았다. 얼굴보다 훨씬 더 중요한 게 바로 입성이었다. 장롱에서 꺼낸 여러 벌 옷가지로 방바닥에 전을 벌여놓았다. 해마다 햇볕 다낭한 가을날 골라 일껏 거풍(擧風)을 마쳐놓고도 평상시엔 차마 아까워 못 입던 것들이었다. 이것저것 서로 견주어보고 하나하나 몸에 직접 대보면서 장단점 비교하느라 한바탕 고심하던 끝에 관촌댁이 최종적으로 낙점한 입성은 두툼한 누비옷 한 벌과 그 위에 걸칠 공단 마고자 그리고 여우 목도리였다. 내친김에 아예 조바위까지 일습으로 챙기고 싶었지만, 아무래도 남들 보기에 너무 과람한 차림새이겠다 싶어 그것만은 도로 장롱 속에 가두고 말았다.

"누가 보면 상객 대접받을라고 잔칫집에 가시는지 알겠네요."

한껏 멋부리고 맵시 낸 호사바치 행색으로 안방을 나서는 제 어미 향해 딸년이 그에 입정 사납게 한소리 내던졌다.

"너도 요담에 늙어봐라, 이것아. 가다가 질바닥에서 고드름똥 싸고 죽는 것보담은 휘긴 낫다. 만단으로 갖춰 입고 미리감치 한 뎃추위 방비허는 것이 우리 같은 늙은이들 지혜니라."

우여곡절 끝에 관촌댁은 마침내 딸년과 작반해 천릿길만큼이나 멀게 느껴지는 장도에 올랐다. 늙은 어미가 몸단장과 옷치레에 예상외로 많은 시간 허비하는 바람에 마음자리 몹시 편치 않노라 시위라도 하듯 딸년은 초장부터 들입다 걸음새를 재우치기 시작했다.

"발바닥에다 도롱태라도 매달았냐, 이것아?"

바퀴라도 달린 푼수로 지나치게 빨리 걷는다는 핀잔이요 투정이었다.

"늙은 에미 숨 깰꼬닥 넘어가든가 말든가 상관없단 말이냐? 느네 에미 멀찌가니 뒷전에다 팽개처뿔고는 꼭 그러코롬 젊다는 유세를 떨어야만 니년 맴자리에 얼씨구절씨구 어절씨구 저절씨구, 흥바람이 몰아치겄냐? 꾸덕꾸덕 말러비틀어져서 오그라져 뒤어질 잠살뱅이 지집 같으니라고!"

돌투성이 너덜겅같이 황폐한 심기를 겨릿소가 끄는 쟁기날 같은 억지소리로 몽땅 다 갈아엎을 태세였다. 관촌댁은 동천리 초입에 다다를 때까지 송골매 부리같이 날카로운 잔소리로 딸년 뒤통수 간단없이 쪼아대면서 벌어진 간격 좁히려 기를 쓰며 허위허위 따라붙었다.

"순금이 너부텀 선착으로 올라가 있그라. 나는 요 대목에서 숨이나 조께 돌린 연후에 싸목싸목 뒤따러갈 모냥이니께."

마침내 샛내교회 경역 안으로 발 들여놓는 순간, 관촌댁은 새 잡이로 또 어깃장을 놓기 시작했다.

"여그까장 내동 잘 오셔놓고는 새퉁빠지게 웬 선착 후착을 따지셔요? 손주 바로 코앞에 두고도 숨은 얼매든지 잘 돌릴 수가 있잖어요!"

"아니다, 아니여. 떡심이 좍 풀린 늙다리 눈구녁으로 올려다보니께 저 예배당 층층다리가 백상산 상상봉 뽁대기만침이나 까마아득허고도 아시무라허니 높아 뵈야서 당최 엄두가 나들 않는고나."

말로만 그치지 않았다. 관촌댁은 자기 결기 드러내기 위해 층층대 맨 아랫단에 아예 퍼벌하고 주저앉는 시위마저 서슴지 않았다. 여차하면 왔던 길 얼른 되짚어 감나뭇골로 당장 꽁무니 빼버릴 듯한 행동이었다. 엎어지면 코방아 찧을 목적지 앞에서 관촌댁은 막무가내로 버티기 시작했다. 이제 곧 맞닥뜨릴 거북살스러운 상황에 지레 오갈병 든 나머지 갑자기 흔들비쭉이 마음으로 바뀐 까닭이었다. 딸년은 굽도 젖도 할 수 없는 궁경 앞에서 잠시 고민하던 끝에 드디어 단안을 내렸다.

"한 발짝도 움직이들 말고 그냥 그 모냥 그대로 그 자리에 얌전허니 앉어 기셔요! 부용이를 불러내서 당장 어머님을 업어 뫼실 테니깨요!"

꽁무니 뺄 생심도 못하게끔 제 어미한테 한바탕 무섭게 을러메고 나서 딸년은 두세 단씩 껑충껑충 건너뛰어 층층대를 오르기 시작했다. 딸년 움직이는 기척 하나하나 놓치지 않으려고 관촌댁은 나발통처럼 귓구멍 활짝 넓혀 멀리까지 내뻗었다.

"부용아, 싸게 나와보거라! 어머님 뫼시고 왔다!"

온 청신경이 명주 실타래처럼 모아진 그 나발대 통해 딸년 목소리가 제법 또렷이 잡혔다. 다급한 김에 딸년은 먼발치에서부터 목청 드높여 동생을 호출하고 있었다. 하지만 그 소리에 맨 먼저 반응한 사람은 큰아들 아닌 안사돈이었다.

"아니, 자당님은 어디……"

방문이 벌컥 열리는 소리와 동시에 사부인 목소리가 방 밖으로 땍대구루루 굴러나왔다. 달랑 젊은 사돈 혼자만 앞에 서 있는 걸 보고 당혹감 감추지 못하는 사부인 낯꽃이 눈에 훤히 보이는 듯싶었다.

"저 아래 층층다리에서 잠시 숨 조깨 돌리고 기셔요. 급허게 서둘러 달려오니라고 너무 숨이 차신다고……"

젊은 사돈 말 미처 끝나기도 전에 신발 지르신은 채 발걸음 재우치는 기척이 층층대 쪽으로 달려오기 시작했다.

"지가 어머님 뫼시고 올 테니깨 장모님은 그냥 여그서 지달리십쇼."

뒤늦게 밖으로 뛰쳐나온 부용이 순식간에 제 장모 발걸음 따라잡고 앞지르는 듯싶었다.

"사부인! 아이고, 사부인!"

아들과 사부인이 거의 동시에 층층대 너머로 불쑥 모습을 드러냈다.

"이 강취 속에 원행 도모하시느라고 얼마나 힘드셨어요?"

"아이고, 이분이 시방 뉘시다냐? 요 늙다리 예펜네 눈구녁에는 영락없이 우리 사부인으로 뵈는 것 같은디?"

반가움 그득 실린 사부인 목소리와 짝을 이루게끔 관촌댁은 엇비슷한 음색으로 즉각 화답하면서 빠른 걸음으로 층층대를 오르기 시작했다. 좀전까지 백상산 꼭대기보다 더 까마득해 보인다고 마냥 엄살 피웠던 그 층층대를 한달음에 뛰어오를 기세였다. 아래쪽에서 치오르고 위쪽에서 뛰어내리던 두 사돈지간이 마침 내 층계 어중간에서 서로 만나 두 손을 욕심껏 부여잡는 데 성공 했다.

"감나뭇골에서 동천리까지가 족히 한나절 길인데, 많이 고단 하시지요?"

"아이고, 그런 말씀일랑 당최 입초시에 올리지도 마시요! 불철 주야 해산구완에 매달려서 수고허시는 사부인만 생각헐라치면 이내몸은 입주뎅이가 광주리로 하나 까뜩 실렸어도 아무 헐말이 없는 예펜네고만요!"

"수고로 따지자면야 허구헌 날 사장어른 병구완에다 온갖 정 성 다 쏟으시는 사부인 쪽이 몇 배는 더 우심하실 테지요."

두 사돈은 한번 맞잡은 손 좀처럼 놓을 줄 몰랐다. 마치 엊그제 나 그끄제까지 피차간에 무시로 왕래하는 사이였던 듯 전연 흉허 물없는 처지처럼 굴고 있었다. 입때껏 불화 단계 건너뛰어 곧장 적대 단계로 들어선 채 서로 간에 내내 버성기며 지내왔던 흔적 따위는 어느 구석에서도 찾아볼 수 없었다. 막역지간인 양 앞다 투어 상대방한테 살갑게 대하는 양쪽 어머니를 바투 곁에서 지켜 보면서 부용은 거추없이 연방 벌쭉벌쭉 웃고 있었다.

"손자가 할머니 기다리고 있을 텐데, 어서 가서 만나보셔야지 요?"

"아이고, 이 할매 정신머리 조깨 보소이! 함마트라면 여그까장 뭣 땜시 허우단심 달려왔는가도 까마구맨치로 잊어먹을 뻔했네 그랴!"

두 할머니가 앞장서서 층계를 오르기 시작했다. 갓 태어난 생명체가 지남철처럼 잡아끄는 불가항력 앞에 쇠붙이처럼 하릴없이 끌려가던 관촌댁 시야에 사부인 뒷모습이, 그 차림새가 그제야 퍼뜩 들어왔다. 갈데없는 두메산골 무지렁이 여편네 모습하고 방불했다. 놀랍게도 섣달 대한 추위 속에 낡은 핫저고리와 헙수룩한 몸뻬 차림이었다. 더구나 헐떡거리는 고무신 안에 든 것은 버선이나 양말 따위 도움 전혀 못 받은 맨발이었다. 도무지 지체 높은 경부 마나님 복색이 아니었다. 밭일 들일 마치고 방금 집에 돌아온 농투성이 여편네 꼬락서니였다. 그 헐벗고 초라한 행색 앞에서 관촌댁은 저도 모르게 안도의 한숨을 내쉬었다. 그런 줄도 모르고 행여 경부 마나님 매무새에 꿀릴세라 한나절 품팔고 공들여 옷 고르고 낯바대기 꾸미는 데 바친 암만의 수고가 마냥 억울하게 느껴질 정도였다. 그러나 다음 순간, 회오리바람 같은 부끄러움의 소용돌이가 갑자기 관촌댁 속내를 휩싸기 시작했다. 손자 외할머니의 존재는 안중에 없는 대신 지체 높은 경부 마나님 존재만을 오로지 자기 경쟁 상대로 여겼던 탓이었다. 천석꾼 마나님으로서 다른 쪽은 몰라도 옷차림 하나만은 사부인 콧대 납작 눌러줄 수 있다는 자신감이 부추기는 대로 그처럼 요란뻑적지근하게 차려입고 나선 것이 자기 불찰이요 오산이었다. 아들네 거처에 당도할 때까지 관촌댁은 부끄러움이 시키는 바에 따라 감히 고개도 바루지 못하고 섣불리 입도 뗄 수 없는 심정이었다.

"새애기야, 니 시에미 왔다."

성인 세 사람이 한꺼번에 들어서자 그러잖아도 좁아터진 방안이 옴나위없으리만큼 더욱 옹색해졌다.

"아니다, 아니여! 일어날 것 없다. 그냥 펜안허니 누워서 쉬거라."

관촌댁은 홰홰 손사래 치며 며느리를 만류했다. 하지만 시어머니에 대한 예를 갖추기 위해 며느리가 이미 이부자리에서 몸을 일으킨 다음이었다.

"새애기야, 나가 시방 너한티 큰절이라도 한 자리 넙죽 올려서 우리 메눌애기 공적을 만판 치하허고 짚은 심정이다."

며느리 손 힘껏 부여잡으면서 관촌댁은 곡진한 어조로 말했다.

"사부인도 참! 무슨 그런 과분한 말씀을 다……"

정작 공적 세운 당사자는 말대접에 사용할 적절한 표현 찾느라 쩔쩔매는 참인데, 사부인이 제꺽 중간에 끼어들었다.

"아니고만요. 최씨 집안 대를 잇어줄 장손을 귀남자로 생산헐 때까장 소가 닭 보덧기 본 둥 만 둥 모르쇠만 잡은 채로 우리 메눌애기를 박대헌 그 소행만 생각헐라치면 이 시에미는 입주뎅이가 바작으로 하나 까뜩 실렸어도 아무 헐말이……"

"그런 말씀은 제발 거둬주셔요, 어머님. 그동안 며느리 노릇한번 제대로 못했던 저야말로 죄인 중에서도 죄인이지요."

몸 둘 바 모르겠다는 듯 연실이 아직도 산후 부기가 덜 빠져 부석부석한 얼굴 일그러뜨리며 울먹울먹 말했다. 그런 장면을 보다 못한 순금이 곁에서 불쑥 참견하고 나섰다.

"필경 이러다가 해 넘어가겠네요. 최씨 집안 장손은 어느 세월에 품에 안어보실라고 그러콤 세월아 네월아 허고 여유작작 보내셔요?"

"아이고, 이 할매 넋 달어난 것 조깨 보소이! 함마트라면 금쪽같은 우리 손주도 못 안어보고 그냥 돌아갈 뻔혔네그라!"

강보에 돌돌 말린 채 천년쇠는 소란스러운 분위기 속에서도 아랫목에서 세상모르게 깊이 잠들어 있었다. 관촌댁은 그제야 비로소 갓난쟁이 덮은 작은 처네 자락을 열어젖혔다. 기저귀 끈 풀자 주름지고 앙상한 두 다리 사이로 앙증맞게 달린 고추가 비죽이 드러났다.

"고놈 참 잘도 생겼다! 누구를 닮어서 요로콤 준수허니 타고났다냐!"

관촌댁 감탄에 사부인이 제격 응수했다.

"보는 사람마다 천년쇠 이목구비가 친탁을 많이 했다고 다들 이구동성으로 이야기한대요."

"사람 독허고 매정허기로 호가 난 할아부지 그 불뚝성에 황소

고집만 안 닮았다면 친탁도 좋고 외탁도 좋고, 좌우지간에 다 좋은 일이것지요."

그러자 부용이 자발없이 큰 소리로 웃어대기 시작했다. 사부인은 갑자기 사례들린 시늉으로 웃음 단속하느라 애쓰는 중이었다.

"부용아, 천년쇠를 어머님 품에 앵겨드리거라. 그렇게 혀야 어머님 말수가 조깨 줄어들 것 같다."

그보다 더 험한 말들 쏟아지기 전에 서둘러 말막음하려는 듯 순금이 분위기 바꾸기를 시도했다. 시누이 의도 눈치껏 알아챈 며느리가 얼른 갓난쟁이 들어올려 시어머니 손에 넘겨주었다.

"아이고, 요게 뉘시단가? 오매, 오매, 내 새깽이네! 아이고, 우리 강아지! 사람이 오래 살다가 보니께 머리터럭 나고 첨으로 금쪽같은 손주를 보듬는 호강을 다 누리네그라!"

손자 품에 안고 둥개둥개 어르는 동안 관촌댁은 만감이 엇갈리는 기분이었다. 갓난쟁이 소견에도 제 신상에 들이닥친 봉변이 충분히 느껴지는 모양이었다. 감고 있던 눈 힘겹게 뜨면서 천년쇠가 입술을 배쭉거리기 시작했다.

"놀래서 잠이 깬 모냥이고나? 대관절 으떤 할망구가 금지옥엽 우리 장손을 잠도 못 자게코롬 자꼬만 찔벅찔벅 근디리고 구찮게 헌다냐? 이 할매 땜시 잠이 싹 달어나뿌렀다고? 알고 보면은 니 할매 무서운 사람 아니여."

관촌댁은 우쭈쭈쭈 어르는 소리 연발하면서 손자 관심 끌기에 한바탕 고부라졌다. 잠시 칭얼거리다 말고 천년쇠가 말소리 향방 좇아 느릿느릿 눈길을 돌렸다. 할머니 얼굴에 초점 제대로 맞추지 못한 채 어릿어릿 애매하게 바라보는 눈빛이었다.

"애비야, 말 나온 짐에 당장 이삿짐 싸거라!"

손주를 며느리한테 돌려주고 나서 관촌댁이 느닷없이 말했다. 자기가 말해놓고 자기부터 놀랄 수밖에 없는 돌발 발언이었다. 아닌 밤중에 홍두깨 같은 그 소리 따라 방안 모든 시선이 한꺼번에 관촌댁 얼굴로 몰려들었다. 손찌검이라도 호되게 당한 푼수로 저마다 어리둥절한 낯꽃들이었다.

"이삿짐 싸서 시방 당장 본가로 들어와라, 그 말이여!"

재차 손찌검당한 듯이 이 얼굴 저 얼굴 돌아다보며 모두가 당혹감을 감추지 못했다. 하지만, 자고로 쇠뿔은 단김에 빼고 호박떡은 더운 김에 먹으라 하지 않았던가. 관촌댁은 기왕지사 말 끄집어낸 김에 자기 생각을 끝까지 어기차게 밀어붙이기로 작심했다.

"본가로 들어오란 말이 무신 뜻인지 당최 못 알어먹겄냐?"

"어머님, 당장에 이삿짐 싸라시는 말씀은 쪼깨……"

부용이 뒷말 얼버무리며 난처한 기색을 감추지 못했다.

"뭣이여? 니 귀에는 에미 말이 시방 시쁘둥허게 들리냐?"

관촌댁은 일단 역정부터 퍼르르 부리고 보았다.

"늙은 에미가 시방 노망이라도 나서 익은 밥 먹고 괘않시 설은 소리나 씨월거리는지 아냐? 큰아들네 식솔들 집안에 발걸음 못허게코롬 쌍지팽이 짚고 나서서 대문간 가로막을 심술 첨지는 인제 우리 집안에 없니라."

바로 그 대목에서 관촌댁은 집안 실권자가 누구인지, 집안 중대사 결정권이 오늘날 누구 손에 넘어와 있는지를 명토 박아 분명히 밝혔다.

"에미가 이삿짐 싸거라 허면 두말 말고 싸는 것이 자식 된 도리니라!"

내친김에 관촌댁은 천석꾼 마나님 위세가 어느 정도인지 몸으로 보여주기 위해 소매 떨치고 분연히 일어섰다.

"어머님, 이렇게 그냥 가시면 저희는……"

이제는 통째로 눈에 담아도 쓰리거나 아리지 않을 성싶은 며느리였다. 뜻밖의 상황에 너무 얼떨떨해진 나머지 떠나는 사람 붙잡고 말릴 생심도 못하는 아들딸이나 사부인하고는 전혀 달리 해산어미인 며느리가 토방까지 부리나케 쫓아나왔다.

"새애기야, 산후풍이라도 들었다가는 큰일난다! 시에미 챙겨줄라 말고 싸게싸게 안으로 들어가거라!"

거지반 우격다짐하다시피 며느리를 방안으로 들여보낸 다음 관촌댁은 곧바로 귀갓길에 올랐다. 사부인한테 하직인사도 변변히 못 닦고 나온 그 점에 연방 마음이 켕겼다. 하지만, 이 세상 어느 할머니가 금쪽같은 제 친손주를 옴딱지같이 옹색한 단칸방에서 애옥살이로 키우기 원하겠는가. 더군다나 천년쇠로 말할 것 같으면 자그마치 장차 천석꾼 집안 후사를 이을 장손 아닌가. 실례 무릅쓰고 그처럼 강경하게 나갈 수밖에 없었던 안사돈 언행을 지금쯤 사부인 쪽에서도 너그러이 이해하고 있으리라 믿었다.

"그나저나 참말로 사람은 무작정 오래 살고 볼 일이네! 나 생전에 요러콤 신통방통헌 꼴을 다 보게 된다니! 석삼년 묵은 체증이 쇠꼬챙이로 들쑤셔댄 것맨치로 쑥 내려가뿔다니! 그나저나 참말로 철통같이 꽉꽉 맥혔든 이내 가심팍에 숨구녁이 뻥 뚫려뿐린 것 같으네그랴!"

그 모든 게 손자 천년쇠가 부린 조화 덕분이었다. 암상궂게 돌아앉은 채 불공대천지원수인 양 오랫동안 서로 반목하고 대치하던 두 사돈지간을 들입다 양손 덥석 부여잡도록 부추긴 건 놀랍게도 머리빡에 쇠딱지도 미처 덜 벗겨진 갓난쟁이 그 핏덩이였다. 제 아비 어미도 일찌감치 단념하고 제 할아버지 할머니도 초저녁에 작파해버린 화해의 거간꾼 노릇을 그 어린것이 본때 있게 수행하다니, 그 얼마나 기막히게 장한 일인가. 당장 이삿짐 싸 본가로 들어오라는 호의는 말하자면 눈도 못 뜨고 말도 못하는 그 손자가 세운 수훈에 따른 마땅한 상급인 셈이었다.

"상급이지! 암먼, 상급이고말고!"

도무지 주체할 길 없는 흥분과 신명을 연방 혼잣말로 풀어내면서 관촌댁은 남정네처럼 씨억씨억한 걸음걸이로 네활개 치며 길을 잡아 나아갔다. 석 달 열흘 머리에 이고 있어도 전혀 부담이 안 될 성싶은 친손주 생각에 골몰해 있느라 맞은편에서 오는 웬 아낙네를 의식할 겨를조차 없었다. 쭈뼛쭈뼛 다가오던 아낙네가 길가 한구석에 조신한 자세로 외어설 무렵에야 겨우 관촌댁은 먼 빛으로 인기척을 알아차릴 수 있었다. 보아하니 전에 몇 번 오면 가면 마주친 적 있는 소작인 마누라인 듯했다.

"진지 잡수셨어라우?"

그것도 덕담이랍시고 아낙네가 떠듬떠듬 엉뚱깽뚱한 인사말을 건네왔다. 이를테면 그것은 기체후 일향 만강하옵시냐는 뜻일 것이었다. 여느 때 같으면, 자네가 시방 천석꾼 마나님 끼니 걱정할 처지냐고 호되게 핀둥이를 주었을 테지만, 손자 향한 외곬 사랑에 인사불성 되다시피 한 관촌댁 귀에는 시골 아낙네가 건네는 그 상투적 인사말이 생판 다른 뜻으로 들렸다.

"사람 된 도리 감당허니라고 동천리 댕겨오는 질이지. 나도 인자는 친손주 본 할매가 되야뿌렀다네."

저두평신에 양수거지 자세로 최경례 올리는 아낙네 앞을 천천히 지나치면서 관촌댁은 사뭇 점잖은 어조로 동문서답하고 말았다.

"마님, 잘 살펴 가시기라우. 쇤네는 그럼 이만……"

"뭣이냐고? 그것이사 두말허면 잔소리 아니겠는가. 요번에 꼬추 농사 한번 실팍지게 잘 지었다네. 귀골에다 선풍까장 홈빡 덮어쓰고 나온 최씨 문중 장손이란 말이네."

아직도 천석꾼 마나님 말씀 못 알아듣고 같은 자리에서 어름거리는 아둔패기 아낙네를 뒤로한 채 관촌댁은 또다시 남정네같이 씩씩한 걸음걸이로 네활개 치며 기세 좋게 나아갔다. 딸년 꽁무니 매달려 동천리로 향할 당시 그토록 멀고 아득하게만 보이던 길이 감나뭇골로 돌아갈 때는 축지법이라도 쓰는 듯이 가깝고도 수월하게 느껴졌다. 마침내 집에 당도하자 관촌댁은 곧장 사랑채로 직행했다.

"동천리로 득달같이 달려가서 우리 금자둥이 옥자둥이 손주 천년쇠란 놈 품에 안어보고 오는 질이요!"

관촌댁은 하고많은 날들 자리보전한 채 누운 자세로 세월 보내는 영감한테 혹여 욕창이라도 생길까 싶어 짐짝 같은 몸뚱이 힘겹게 뒤집어 옆으로 눕히는 작업부터 했다.

"에린것이 참말로 잘도 생겼습디다. 살어생전에 고러콤 준수헌 손주를 얻은 이녁이야말로 하눌이 내린 복인인지나 알으시요!"

요 할망구가 대관절 누구더라, 하고 기억을 더듬듯 천석꾼 영감은 헤벌어진 입아귀로 침을 질질 흘리기 시작했다.

"흔히들 허는 말로 겉볼안이라 그러잖습디여? 말 그대로 우리 천년쇠란 놈 성격이나 체질이 이녁허고 정반대로 타고났다면 얼마나 천만다행이겠소. 고놈이 지 할애비 그 못되야먹은 황소고집이나 불뚝성을 안 물려받은 게 확실허니 밝혀진다면 이 할미가 달밤에 빨개벗고 덩실덩실 춤이라도 추겠소."

관촌댁은 연신 중얼거리면서 마치 철부지 어린애 다루듯 이불 자락에 가려진 영감 볼기짝 부위를 손바닥으로 연거푸 투덕투덕 때려주었다. 웬 할망구가 느닷없이 들이닥쳐서 뭐라 뭐라 이상한 소리를 계속 씨부렁거리는가, 하고 의혹을 감추지 못하는 듯 천석꾼 영감은 그나마 풍을 덜 맞은 한쪽 눈을 대고 끔뻑거리고 있었다.

"그나저나 금지옥엽 우리 천년쇠를 넘에 집 단칸방에서 질래 고생살이로 키우게 헐 수는 없는 일 아니겄소. 혀서 시방 당장 이 삿짐 싸서 본댁으로 들어오라고 나가 단단허니 분부를 내리고 돌아오는 질이요. 그러니께 이녁은 그런지나 알고 딴생각 말으쇼 잉!"

영감한테 일방적 통고 끝내기 무섭게 관촌댁은 사랑채를 벗어났다. 얼른 본채로 돌아가 철갑이라도 두른 듯 거추장스럽게 느껴지는 누비옷과 공단 마고자, 여우 목도리서껀 그 요란뻑적지근하게 차린 입성만 홀홀 벗어던지고 싶었다. 그러고 나면 마치 우화등선하듯 하늘로 훨훨 날아오를 것만 같은 이른 봄 날씨였다.

2

쇠귀에 경 읽기요 말귀에 염불하기 매일반이었다. 선은 여차여
차하고 후는 약차약차하다고 노끈이 동아줄 되도록 설득했건만
천석꾼 집안 도마름 격인 사촌형은 끝내 요지부동이었다. 천석꾼
어르신 향한 충성심이 골수에 사무친 진용 형에게 거만재산 축내
고야 말 사립학교 설립은 사실 어림 반 닷곱도 없는 수작일시 분
명했다. 내내 귓문에 빗장 지르고 앉아 있었다는 증표로 진용 형
은 그저 무턱대고 고개만 좌우로 절레절레 내저어 보일 따름이었
다. 별수없이 부용은 유성기판 돌리듯 장황한 이야기를 처음 곡
부터 마지막 곡까지 재탕 삼탕 되풀이하기로 작심했다.

"다시 한번 말씸드리지만, 요 육영사업이야말로 어르신을 살
릴 수 있는 유일무이헌 방법입니다. 형님도 인제는 고만 고집을
꺾으시고 지 계획에 성원을 보내주시기 바랍니다."

"얼씬네께서 시방 병석을 떨치고 뿔딱 일어나시게코롬 시방 그 사립핵교란 놈이 시방 화타나 편작맨치로 영험헌 의원 노릇이라도 떠맡고 나선단 말인가, 시방?"

진용이 비로소 입을 열어 사촌동생 말꼬투리 붙잡고 조롱과 힐난을 동시에 쏟아붓기 시작했다.

"동상한티 시방 진심을 듣고 잪으네. 그 핵교 설립이란 게 시방 얼씬네를 위허는 사업인가, 아니면 시방 동상 자신을 위허는 사업인가?"

"그것이사 물론허고 아버님 쪽이지요. 자식 된 도리로 아버님 함자 빌려서 산서 땅에다 번듯허니 정규학교를 세우는 그 사업 이상으로 실속 있는 효행은 세상에 따로 없다고 믿고 있습니다."

"동상이 시방 곡마단 배우맨치로 시방 날 만판 웃길 작정인가? 천석꾼 집안 지등뿌리가 시방 왕창 뽑혀나갈 지경으로 시방 얼씬네 생피 같고 생살점 같은 거만대금을 시방 한 구녁에다 몽땅 꼬라박게 될 판인디, 고따우 짓거리도 시방 효행 축에 든다, 요따우 말쌈진가?"

"형님도 뻔히 다 아시잖습니까. 평년작이나 대풍작일 때도 지주 어른 욕허고 살인적 도조를 원망허는 소작인들 목소리가 산서 바닥에 쫙 깔립니다. 보리 흉년이라도 만날라치면 백줴 고샅길에서 기탄없이 지주 어른 저주허고, 지은 죗값으로 하루아침에 횡액이나 꽉 당허게코롬 조화를 부려달라고 신불님 선에 축수허는 소리가 하늘을 찌릅니다. 아버님이 뭇사람들 원망이나 저주 속에서 비참허니 생을 마감허시게코롬 오불관언허는 자식이야말로 세상에서 제일가는 불효자라고 생각헙니다."

"그게 워찌 다 얼씬네 책음인가, 시방? 지놈들이 애시당초 천석꾼 전답에다 시방 소작을 안 부쳤드라면 낭중에 시방 얼씬네를 저주허고 악담헐 일도 안 생겨났을 게 아닌가!"

좀처럼 제 주장 굽히려 들지 않는 사촌형 얼굴 물끄러미 바라보다 말고 부용은 한숨을 푹 내쉬었다. 콩으로 메주 쑤고 소금으로 장을 담근다 해도 사촌형은 절대로 곧이듣지 않을 태세였다.

"형님도 참, 그런 말씸은 제발 입에다 담지 말어주십쇼. 여북이나 궁허면 넘에 전답 소작을 자청혔겠습니까. 처자식들 굶겨죽이지 않을라니께 헐수할수없이 소작인 노릇을 택헌 것이지요."

"못 배워먹은 내 짧은 쇠견 구녁으로는 시방 동상 말이 도통 못 알어들을 소리뿐이네. 핵교 하나 덜렁 세운다고 시방 그 많은 소작인이 왼갖 저주 원망 뚝 끊치고는 시방 얼씬네 마즈막 가시는 질에 편안허니 가시게코롬 시방 융단이라도 깔어줄 성불른가?"

"똥구녁 찢어지는 가난 땜시 자식들 가르치고 잪어도 못 가르친 게 천추만대 한이 된 사람들 아닙니까. 천석꾼 집안이 세운 학교에서 자기네 자식들이 월사금 걱정헐 필요 없이 맴껏 공부허고 졸업장 딸 수만 있다면 아버님을 둘러싼 산서 사람들 평판도 나

무주걱이 쇠주걱으로 변허덧기 하루아침에 확 달러질 게 틀림없습니다."

이번에는 사촌형 쪽에서 땅이 꺼지도록 대짜배기 한숨을 토해낼 차례였다. 잠시 생각에 잠기는가 싶더니만, 진용은 다시금 고개를 절레절레 흔드는 동작부터 선보였다.

"지금 세상이 시방 태평성대라면 혹간 또 몰르겄네. 이 무지막지헌 전쟁 시국 속에서 시방 핵교 설립은 말허자면 개발바닥에 주석편자 아니겄는가! 전시 동원 문제로 시방 눈에 시뻘겋게 핏발이 선 일제 관리들이 시방 핵교 설립헙네 허고 동분서주허는 조센징을 본다면 시방 애국 신민이라고 표창장이라도 내릴 것 같은가?"

"왕년에 일차세계대전이 으떤 모냥으로 결판이 났었는지 형님도 잘 아시잖습니까. 요번 대동아전쟁도 아매 대동소이헐 겁니다. 몰르면 몰르되, 십 년 이상 오래 끌 전쟁이 아닌 것만은 확실헙니다. 영미귀축이 항복허든지 일제가 패망허든지 좌우단간 어느 한쪽으로 결말이 나고 말겄지요. 일제가 승전헌다 혀도 학교는 여전허니 필요허지만, 만약에 일제가 패망이라도 허는 날이면 교육 문제, 학교 설립 문제는 우리 조선반도에 제일로 시급헌 긴간사가 되리라고 저는 확신헙니다."

"동상이 시방 무신 그럴듯헌 말로 꾀야도 나 귀에는 시방 보들보들허게 들기지를 않는고만. 만약에 얼씬네 돈이 아니라면 시방 혹간 또 몰르겄네. 동상 돈으로 동상이 짓는 핵교라 헌다면사 시방 어느 누가 무신 억하심정으로 시방 자네가 도모허는 사업에 시방 끙짜를 놓고 시방 행짜를 부리겄는가. 더군다나 얼씬네께서 시방 중병으로 갱신도 못허시는 판국인디, 해필이면 시방 얼씬네 와병을 기회삼어서 시방 역적모의나 다름없는 방식으로 시방 얼씬네 재산 탕진허는 흉계를 꾸민다면 시방 그 후환을 누가 무신 수로 다 감당헌단 말인가!"

"모든 책임은 온전허니 지가 혼자 다 짊어지겄습니다. 형님은 제 강압에 못 이겨서 마지못혀 심부름만 맡으신 것으로 결말이 날 겁니다."

그것은 즉흥적 발상으로 꺼낸 허튼소리가 결코 아니었다. 천석 꾼 맏아들로서 고향땅 산서에 정규교육기관 세우는 일은 부용의 오랜 꿈이자 천석꾼을 대신해 지역민들에게 속죄하는 수단이기도 했다. 일단 국민학교(그러니까 조선교육령 개정 이전 명칭으로 소학교 또는 보통학교)부터 먼저 설립한 연후에 형편 봐가며 중학교(구칭 고등보통학교)와 고등여학교(구칭 여자고등보통학교)까지 차례로 증설할 계획이었다. 부지하세월일 줄 알았던 그 기회가 아버지 와병 덕분에 눈앞의 현실로 턱없이 앞당겨졌을 뿐이었다.

"훗날 얼씬네께서 시방 건강을 회복허셔서 본정신으로 돌아오신 연후에 시방 왼 집안에 벌어질 사달만 생각헐라치면 시방 나는 벌써부텀 간담이 졸아붙고 시방 오금쟁이가 저리기 시작허네! 동상 핵교 일에 시방 나는 절대로 협조를 못허겠네, 시방!"

자신의 반대 의지가 얼마나 강고한지 보여주기 위함인 듯 사촌 형은 앉은자리에서 한 길 템이나 펄쩍펄쩍 솟구쳐오르는 몸짓까지 취했다.

"형님, 결단코 이건 제 독단적 생각으로 결정헌 사안이 아닙니다. 사전에 누님이랑 동생들허고도 진지허니 의논허고 합의헌 결과란 말입니다. 만약에 형님께서 끝까장 도와주시지 않는다면……"

"부용이 동상이 시방 지아모리 떠들어도 나는 시방 아는 배가 전연 없는 일이네! 동상은 한시도 잊어먹들 마소! 나는 시방 동상 편짝 사람이 아니라 첨부텀 끝까장 시방 얼씬네 편짝 사람이란 말이네! 나는 여태까장 동상이 쏟은 말들은 시방 숫제 못 들은 것으로, 안 들은 것으로 치부헐라네, 시방!"

한바탕 더 길어질 듯한 말시비의 중동을 썩둑 무지르고 나선 것은 의외의 인물이었다. 부용은 천둥에 개 뛰어들듯 사촌형네 집 울안으로 헐레벌떡 들이닥치는 거구의 사내를 보았다. 그로 말미암아 끝없이 이어질 듯싶던 설왕설래는 갑자기 막설되고 말았다. 다름 아닌 춘풍이였다. 아니, 장차 제 매부 될 가능성이 농후해진 신춘복씨였다.

"전주 시악시 막 울어!"

이연실을 가리키는 말이었다. 부용은 대청마루에 나앉은 채로 덩칫값 한참 밑돌게끔 마당 가운데 서서 한바탕 호들갑 떨어대는 신춘복씨를 멀거니 건너다보았다.

"애기 막 울어!"

천년쇠 얘기였다. 모자가 한목에 운다는 건 결코 좋은 징조가 못 되었다. 집안에 뭔가 심상찮은 일이 벌어진 게 분명했다.

"무신 일로 그러콤 울어요?"

"큰되린님 싸게 와, 엄니!"

빨리 큰아들 데려오라고 마나님이 신춘복씨한테 단단히 성화를 댄 모양이었다. 자기 눈앞에서 벌어지는 긴급 상황 잠자코 지켜보던 사촌형이 갑자기 심각한 표정 지음과 동시에 부용에게 어서 가보라는 턱짓 신호를 보내왔다.

"그럼 그 문제는 차후에 더 상의허기로 허지요."

부용은 자리 차고 벌떡 일어섰다. 어린것 신상에 어떤 좋지 않은 문제가 생긴 듯했다. 그러지 않고서야 젖어미와 젖먹이가 한목에 울고불고할 일이 뭐가 있겠는가.

"형수님, 저 이만 가보겠습니다!"

사촌형수가 들어 있던 건넌방 쪽 방문이 급히 열리는 기척 알아차리고도 부용은 뒤돌아보지 않았다. 대문까지 거리가 화살 한 바탕 거리만큼이나 멀게만 느껴졌다. 대문간 벗어나기 무섭게 부용은 체면이고 뭐고 돌볼 겨를 없이 집을 향해 냅다 뜀박질놓기 시작했다. 신춘복씨야 따라오건 말건 신경쓸 여가가 없었다.

집 앞에 세워진 택시 한 대가 얼핏 눈에 띄었다. 먼빛으로 그걸 알아보는 순간부터 부용의 걸음나비가 현저히 좁아지면서 걸음새가 마냥 느즈러지기 시작했다. 젖먹이를 실수로 화롯불 위에 떨어뜨리는 따위 불상사가 아닌 게 거의 분명해진 셈이었다. 그렇다고 안심할 단계는 아직 아니었다.

"싫어요! 싫다고요!"

대문간에 발 들이는 순간 부용이 최초로 들은 소리는 아내 이연실의 울음도 아들 최천년쇠의 울음도 아니었다. 거지반 비명에 가까운 연실의 외침만이 집 안팎으로 낭자하게 깔리고 있었다. 그 누군가를 상대로 심하게 포달 부리는 소리가 잇달아 울렸다.

"요 방에서 한 발짝도 안 움직일 테니까 그리 아시라고요! 그러니까 당장 돌아가서 똑떨어지게 전하시라고요!"

연실의 부아받이 상대는 보나 마나 장모일시 분명했다. 딸과는 딴판으로 장모는 속삭이듯 조곤조곤 타이르는 눈치였지만 그 말소리가 방문 밖까지 빠져나오지는 않았다. 본채 토방 근처를 초조하게 바장이던 어머니와 누님이 부용을 보자마자 깜짝 반색하면서 달려왔다.

"싸게 들어가서 쌈 조깨 말리거라!"

"대관절 왜들 저러는 겁니까?"

어쩐지 기시감이 느껴지는 상황이었다. 가출한 딸 행방 좇아 경부 마나님께서 최초로 감나뭇골에 납시었던 당시 상황을 방불케 하는 풍경이었다.

"니 장인어른께서 시방 읍내에 와 기신단다."

누님이 먼저 대답하고 어머니가 곧바로 뒷말을 이었다.

"외손주가 보고 잦으다고 읍내까장 허우단심 내려오셨단다. 천년쇠를 당장 읍내로 델꼬 나오라고 저러콤 다꾸시까장 대절혀서 보내셨단다."

아아, 하고 부용은 속으로 감탄사를 연발했다. 장인어른이란 말이 갑자기 예리한 단검으로 변해 가슴을 마구 후벼파는 순간이었다. 하지만 겉으로는 별일 아니라는 듯 심상한 낯꽃을 지어 보였다.

"그게 뭐 그렇게 모녀간에 다툴 일인가? 그런디 천년쇠는……"

처음부터 아들 기척이 전혀 안 느껴지는 그 점이 오히려 더 께적지근했다. 그러자 어머니가 제꺽 대답했다.

"도갓집 강생이맨치로 눈치코치가 빠꿈헌 섭섭이네 시켜서 이 할매가 일찌가니 뒷구녁으로 빼돌려놨니라. 지금쯤 아매 행랑채 아랫목에서 짚이 잠들어 있을 것이다. 우리 천년쇠 걱정은 당최 허들 말거라."

거처방으로 들어서기 전, 부용은 정탐꾼삼아 우선 두어 방 헛기침부터 얼른 방안으로 들여보냈다. 방문 여는 순간, 대치중이던 두 모녀가 다툼질을 뚝 멈추었다.

"때마침 잘 왔네, 최서방!"

우군이라도 만난 듯 깜짝 반가워하는 장모 앞에서 부용은 마치 입 없는 사람인 양 말을 몹시 아꼈다.

"사리 분별할 줄 아는 자네가 한번 판단해보게. 딸자식이 제 아버지 만나지 않겠다고 떼쓰는 게 과연 법도에 맞는 짓인가?"

처자식과 함께 동천리 단칸방 애옥살이 접고 감나뭇골 본가로 합류한 이후로는 처음 대면하는 장모였다. 어머니 우격다짐 명령보다는 딸이랑 외손주 돌봐주고자 자주 산서 땅 드나드는 장모가 단칸방에서 겪을 불편이 결국 부용에게 본가 입주를 결단하게끔 재촉했다. 장모만 아니라면 가장으로서 처자식과 함께 나누는 고생살이쯤이야 얼마든지 감내할 용의가 있었다.

"그 딸하고 부녀간 천륜마저도 끊어버리겠다고 먼저 선언하신 분이 누군데 엄마는 그런 식으로 말해요?"

하지만 옴딱지 넓이만한 단칸방 속에서 며칠씩 장모와 더불어 부대끼는 생활 유지하기란 사위 처지에 차마 못 견딜 고역이었다. 손주 덕분에 이미 사돈지간끼리 전격적으로 화해가 이루어진 다음인지라 장모도 굳이 딸의 뒤늦은 시집살이 시작을 반대하지는 않았다.

"제 아버지한테 외손주 절대로 보여주지 않겠다고 막무가내로 고집부리는 딸자식이 자네 처 말고 세상에 어디 또 있단 말인가?"

그렇게 두루춘풍으로 시작된 본가에서의 평안한 삶을 와장창 깨뜨리려 나선 사람은 바로 장인어른, 다름 아닌 경부 나리였다.

"당신 손으로 딸자식이랑 인연 싹둑 끊어버린 냉혈한 같은 분이 난데없이 웬 외손주 타령이냐고요! 벌써 오래전에 비정하게 기억에서 지워버린 딸인데, 이제 와서 생뚱맞게 무슨 외손주를 찾느냐고요!"

연실이 또다시 앙칼지게 쏘아붙였다. 그러나 장모는 딸이야 그러든 말든 상관 않고 오로지 사위만을 상대로 원정(原情)을 계속했다.

"외할아버지한테 외손주 안 보여주는 것보다도 더 멋진 복수는 세상천지 없을 거라고 우겨대는 판인데, 자네는 제 아버지 지목해서 복수란 말 들먹이는 저런 딸자식을 전에 혹시라도 본 기억이 있는가?"

아, 하는 감탄으로 부용은 다시금 엄습하는 흥통에 반응했다. 고보 졸업반 시절, 경부 나리가 심복 부하 시켜 구정물처럼 끼얹던 그 모멸감과 열패감을 부용은 그뒤로 한시도 잊은 적이 없었다. 반드시 보복을 가하겠다. 언젠가는 기어이 그 원한을 갚고야 말겠다는 속다짐은 그때부터 비롯되었고, 결과적으로 그런 사고방식이 오랫동안 부용의 의식세계 밑바닥을 굳건히 다지는 회삼물 구조와도 같은 구실을 해왔다.

"자네도 주견이 있는 남자라면 뭐라고 말 좀 해보게나!"

그런데 연실이 제 친모 면전에 대고 그처럼 노골적으로 복수를 운운하다니! 참으로 공교로운 노릇이 아닐 수 없었다. 아마도 긴 세월 남편 의식 안에 은밀히 갈무리돼 있던 속마음이 이심전심 과정 거쳐 아내한테 고스란히 옮아간 모양이었다.

"다 필요 없어요! 아버지도 필요 없고, 친정이란 것도 필요 없고, 사죄나 화해도 말짱 다 필요 없다고요!"

연실이 느닷없이 악머구리 소리로 울음보를 터뜨리기 시작했다. 마치 귀 없는 사람처럼 부용은 그 호곡을 진드근히 견디어냈다. 여한 없이 실컷 울도록 가만 내버려두는 태도야말로 어쩌면 한 맺힌 서러움 치료하는 가장 확실한 처방이 되는지도 모른다. 부용은 울음통이 웬만큼 비워지기 기다려 연실 쪽으로 조심스럽게 다가앉았다.

"당신 그 심정, 얼매든지 이해허고도 남을 것 같소."

남편이 손 덥석 잡아주자 연실은 온몸을 흠칫 떨었다.

"그런디 나로서는 약간 이해가 안 가는 대목이 있소. 당신은 당장 눈앞에 있는 작은 복수에만 성공허고, 가진 것 전체가 걸린 대판거리 싸움에서는 지는 쪽을 택헌 거요?"

연실이 갑자기 울음소리 뚝 그치면서 남편 얼굴을 빤히 칩떠보았다.

"내 생각에 그것은 하지하에 속허는 전법일 뿐이요. 상지상 선법은 그런 게 아니요. 상대가 원허는 걸 흔연허니 다 들어주는 쪽이요. 아버님이 만나자 허시면 여부없이 그냥 만나드리고, 외손주 안어보고 잪으다 허시면 품속에 처억허니 앵겨드리는 그것 말이요. 그런 전법이야말로 제일 멋들어진 복수가 되고, 싸움판에서 최후 승자가 되는 상지상 전법이라 믿고 있소."

부용이 미처 말끝 마무르기도 전에 연실이 남편 무릎 사이로 더뻑 엎드러졌다. 그러고는 잠시 끊겼던 울음 줄을 어느새 서럽디서러운 가락으로 바꾸어 다시 잇기 시작했다.

"당신 울고 잪은 만침 양껏 울으시요. 그런 연후에 장모님 뫼시고 우리 세 식구 함께 읍내로 향발허도록 헙시다."

늦수그레한 운전수는 고대광실 천석꾼 저택 나서는 장모를 최대한 예를 갖추어 맞이했다. 장모뿐 아니라 일행 모두를 깍듯이 대했다. 차를 임차한 인물의 신분 정체를 대충 알고 있는 눈치였다. 대문 밖까지 따라 나온 어머니와 누님이 차 타고 감나뭇골 떠나는 사람들 뒷모습을 걱정스러운 눈빛으로 말없이 배웅하고 있었다.

읍내로 향하는 길이 유례없이 멀고도 험하게 느껴졌다. 너덜겅처럼 자갈돌 숱하게 깔린 시골길은 운전수의 노련한 운전 솜씨를 금세 무용지물로 만들어버렸다. 움푹 파인 길바닥이라도 통과할라치면 차체가 위아래로 널뛰기하면서 승객들을 마구 욱대기고 구박하기 일쑤였다. 운전수는 연방 송구하다며 쩔쩔매는 시늉으로 형편없는 시골길을 핑계삼았지만, 승객들 편안히 모시는 운전보다 감나뭇골에서 오래 지체한 시간 다소나마 벌충하는 데 중점을 둔 운전인 것은 누가 봐도 뻔했다. 부용은 차체가 널뛸 적마다 뒷좌석 돌아다보며 식구들 안위 살피기에 급급했다. 연실은 천년쇠 가슴에 꽉 끌어안고 두 눈 질끈 감은 채 차체의 출렁임에 몸을 온전히 내맡기고 있었다. 그 북새 속에서도 천년쇠는 어미 품속에서 깊이 잠들어 있었다. 장모는 문손잡이 힘껏 움켜쥔 채 치밀어오르는 멀미 기운 견디느라 안간힘 쓰는 기색이 역력했다. 그러면서도 제발 속력 좀 줄여달라는 부탁은 한 번도 입 밖에 내지 않았다.

너덜겅 같은 시골길 달리는 택시 움직임과 평행선 이루어 부용의 마음 역시 불편하기 짝이 없는 과거와 현재 사이 너덜겅을 덜컹덜컹 내달리는 중이었다. 이제 곧 만나게 될 장인어른 상대할 일이 횡액이나 재변인 양 끔찍하게 느껴졌다. 예고도 없이 불쑥 산서 고을 방문한 장인어른 두고 그 무엇도, 그 어떤 경우도 예단하거나 속단하지 말자고 자신을 무수히 타일렀다. 미리 노심초사할 필요 없이 만나는 현장 분위기에 적당히 편승해 임기응변으로 대처하는 방법이 상책이라고 자신을 상대로 조언과 충고를 되뇌었다.

그런데 가까스로 현재를 덮기 무섭게 악몽과도 같은 과거가 제 순번 기다렸다는 듯 눈앞에 활짝 펼쳐지곤 했다. 삼 속에시 악몽·

인 줄 알아차리고 깨어나려 몸부림치는데도 계속 가위눌림에 시달리는, 그런 악몽이었다. 어린 고보생을 마치 중대 범죄 피의자 다루듯 마구잡이로 닦아세우던 그 우락부락한 형사는 굳이 탓하고 싶지 않았다. 그 뒷전에 도사린 직속상관이 문제였다. 경부 나리는 비국민에 불령선인 집안 출신 고보생이 자신의 여고보생 딸한테 접근하는 의도를 가리켜 신분 갈아타기 노린 계산적 행위라고 대리인 통해 맹비난했다. 만일 여고보생과의 관계를 끊지 않을작시면 당장 사상범으로 입건할 작정인 듯이 협박하기도 했다. 두 번 다시 돌이켜 생각하고 싶지 않은, 여전히 소름 착착 끼치는, 악몽 중에서도 최악의 악몽이 아닐 수 없었다. 그리하여 과거사 일체를 휘뚜루마뚜루 덮어버리고 나면 횡액의 얼굴을 한 현재가 또다시 얼굴 빠끔히 내미는 곤혹의 시간이 언제까지고 되풀이되는 것이었다.

읍내 중심가에 자리한 여관 앞에 택시가 멈추어 섰다. 문이 채 열리기도 전에 근처에 있던 검정 제복 차림 순사가 득달같이 달려왔다. 순사의 절도 있는 안내에 따라 일행은 여관으로 직행했다. 장모는 평지에서도 여전히 멀미에 시달리는 듯 핼쑥하게 핏기 바랜 얼굴인 채 어칠비칠 순사 뒤를 따랐다. 천년쇠와 한 덩이 이룬 연실은 호랑이 굴로 들어서는 서툰 포수처럼 사뭇 결연한 표정을 짓고 있었다. 슬며시 연실의 한쪽 어깨를 부축해주자 온몸의 경직이 팔을 타고 부용에게 고스란히 전해져왔다.

"들어오시오."

순사가 문 똑똑 두드리는 소리에 맞물려 굵다란 목소리가 객실에서 울려나왔다. 그리고 그 목소리와 선후 다투듯 여닫이문이 벌컥 열렸다. 자기 임무 끝낸 순사는 소리 없이 뒤로 물러갔다.

"아, 왔구나……"

사복 차림 장년 신사였다. 애당초 공무에 종사하는 관리들 대부분이 언필칭 국어라 불러버릇하는 그 일본말을 기대한 건 아니지만, 신사 입에서 예사로이 흘러나오는 조선말이 꽤 부자연스럽게 느껴지는 순간이었다. 경찰 간부답게 눈초리가 날카로운 건 아니지만, 그래도 보통내기 이상으로 꽤 깐깐해 보이는 인상이었다. 오래 기다렸던 처자식과 사위를 바로 눈앞에 두고도 장인은 뒷말을 잇지 못한 채 멍한 표정으로 계속 그 자리에 우두커니 서 있을 작정인 듯했다.

"길을 터줘야 사람이 드나들 수 있잖아요!"

일부러 출입로 봉쇄하고 있는 꼴인 남편을 툭 밀치면서 장모가 먼저 문턱을 넘어섰다. 그제야 장인은 옆으로 황급히 비켜섰다. 장모 뒤따라 부용은 연실 모자와 함께 객실 안으로 들어섰다.

"언제까지 그렇게 우두커니 서 있기만 할 작정이냐?"

장모가 뒤쪽 벽면 향해 소리쳤다. 다른 사람들 죄다 좌정을 마친 다음인데도 유독 연실만이 모두를 등진 채 면벽 자세만 고집하는 중이었다.

"자식 이기는 부모 없다더니만, 그게 공연한 말이 아닌 것 같구나."

들릴락 말락 작은 소리로 장인이 탄식했다. 가뜩이나 옹서지간 초대면 자리라서 피차 부담스럽기 그지없는 참인데, 연실의 침묵 시위로 말미암아 객실 분위기는 더더욱 어색해졌다. 별수없이 부용이 먼저 나서야 할 때였다. 피해자 처지 뛰어넘어 오히려 해묵은 원한 삽시간에 눙쳐버리는 아량을 가해자에게 베풀 작정이었다. 이른바 상지상 전법이었다.

"장인어른께 인사 올리겠습니다. 못난 사우 절 받으시지요."

부용이 기습이라도 단행하듯 너부죽이 큰절 올리려 하자 장인은 화들짝 놀라면서 엉거주춤 반절 자세로 대응했다.

"그동안 장인어른께 여러모로 심려만 끼쳐드려서 참말로 면목이 없습니다. 늦게나마 용서를 빌겠습니다."

"아니지. 용서는 외려 내가 자네한테 비는 게 순리에 맞는 일인 줄 아네. 한때 이기적인 판단에 눈이 멀어서 최서방한테 차마 몹쓸 짓을 저질렀던 내 잘못을 이제라도 너그럽게 용서해주기 바라네."

"아, 아닙니다. 만약에 그때 당시 제가 여고보생 딸을 둔 아버지 입장이었다면, 저도 마찬가지로 그 못된 고보생을 모지락시럽게 몰아세웠을 겁니다."

"뺨 맞은 사람이 그렇게 말해주니 뺨 때린 나는 당최 몸 둘 곳을 모르겠네. 여하튼 간에 고맙네그려!"

겉보기에 지는 척하면서 속내평으로는 이기는, 일종의 허허실실 전법이 톡톡히 효험을 발휘하고 있었다. 쌍방 간에 그만큼 진지한 대화 주고받았으니 이제 어둡고도 괴로웠던 지난날 옹서 관계는 어느 정도 정상 궤도로 갈아탄 성싶다고 생각했다. 부용은 조용히 일어나 벽 쪽으로 향했다.

"여보, 이씨 집안 사우 된 도리로 나는 시방 장인어른 앞에서 예절을 지키는 일에 최선을 다하고 있는 중이오."

연실에게 나지막이 귀엣말을 건넸다. 하지만 연실의 면벽 자세는 허물어질 조짐이 좀처럼 보이지 않았다. 단단히 앵돌아진 마음을 더욱 뻣뻣해진 뒤태로 최대한 표현하면서 친아버지와의 대면을 아직도 완강히 거부하고 있었다.

"여보, 인제는 당신 쪽에서 딸자식 된 도리를 챙길 순번이요. 제발 그 하지는 버리고 우리 천년쇠 장래를 생각혀서 상지상을 택허시오."

그때까지 잠자코 지켜만 보던 장모가 전면에 나설 조짐을 보이자 장인이 얼른 손을 들어 제지했다.

"연실아, 미안하다."

마침내 장인이 몸을 일으켰다.

"못난 아비로서 너한테 정말 면목이 없구나."

그 말이 폭탄넝어리 같은 연실의 마음속 심지에 불 댕기는 구실을 했다. 모두를 깜짝 놀라도록 만들기에 충분한, 참으로 거창한 폭발력 가진 울음이었다. 감나뭇골에서 못다 비운 울음보를 읍내에서 깡그리 다 비우고 갈 작정인 듯 연실은 앞뒤 맥락도 없이 불시에 울음소리를 터뜨리고 말았다.

"방금 사위한테 그랬던 것같이 내 딸한테도 용서를 빈다. 아비가 백번 잘못했구나. 연실아, 이 아비를 용서해다오!"

그러자 연실의 악머구리 울음이 갑자기 절정 향해 치닫기 시작했다. 덩달아 장모도 울고, 장인 역시 끝내 눈물을 훔치기에 이르렀다. 만판 울어 퍼대는 어미 품에 불편하게 안겨 있던 천년쇠마저 잠에서 깨어 칭얼칭얼 보채기 시작했다. 객실 전체가 온통 울음바다였고, 불행했던 지난날을 장사지내는 초상마당이었다.

"애기를 이리 주시요."

기왕 울 바엔 홀가분한 몸으로 마음 편히 양껏 울라고 부용은 거지반 빼앗다시피 어미 품에서 천년쇠를 빼돌렸다. 어린것 가슴에 품은 채 객실 밖으로 나서자 울음 가닥들이 복도까지 줄줄이 따라 나왔다. 복도 이쪽 끝에서 저쪽 끝까지 부질없이 왔다갔다하면서 우는 갓난쟁이 어르고 달래는 동안, 여관집 구석구석을 한바탕 들었다 놓곤 하는 울음 뭉텅이가 내내 그들 부자 뒤를 졸졸 따라다니고 있었다.

한 파수 호곡의 풍랑이 거세게 휩쓸고 지나간 자리에 비로소 평상심이 찾아들어 여관방 분위기를 훈훈하게 데워주고 있었다.

부모 자식 모두 이제는 여한이 없다는 듯 한결같이 밝고 말끔한 낯꽃들이었다. 나간 김에 여관 주변 거닐며 한참 시간 까먹다 돌아오는 부용을 장인 장모가 무척이나 해낙낙한 표정으로 반겼다. 한참 전에 부용이 그랬던 것처럼 연실이 달려들어 거지반 빼앗다시피 잽싸게 천년쇠를 되찾아갔다. 연실은 서둘러 벽 쪽으로 외어앉더니만 저고리 고름 풀고 앞섶 열어 어린것 입에 젖꼭지를 물렸다.

"그새 외손주 기다리느라 많이 힘드셨지요?"

연실이 젖 다 먹고 포만감에 싸여 다시 잠든 천년쇠를 장인 손에 넘겨주었다. 너무 많이 지각해 찾아온 조손 간 상면의 순간이었다. 얼떨결에 외손주 받아든 장인은 만감이 엇갈리는 듯한 눈빛이었다. 외할아버지 양팔 위에 불안정하게 놓인 상태인데도 세상모르게 쌔근쌔근 잘만 자는 외손주 온몸을 장인은 화등잔 같은 눈으로 골골샅샅 살피고 더듬기 시작했다. 그러기를 한참이나 계속하고 나서야 외손주를 조심조심 어미 품에 돌려주었다.

"고맙다, 연실아!"

장인 눈자위에 그렁그렁 맺혀 있던 눈물방울들이 기어이 양쪽 볼을 타고 입가로 줄줄이 흘러내렸다.

"참말로 고맙네, 최서방! 내가 이 나이 먹도록 제일 잘한 일이 바로 오늘까지 안 죽고 버티면서 살아 있었던 일인 것 같네!"

부모 자식 사이에 벌어진 팽팽한 기 싸움과 날카로운 감성 대립으로 말미암아 체력이 얼추 거덜난 모양이었다. 그러고 보니 점심때가 훨씬 기운 오후 시간이었다. 누구보다 시장기에 심하게 노출된 사람은 다름 아닌 젖어미였다. 좀전에 포유활동 끝낸 딸이 기신기신 맥을 못 추고 식은땀 흘리는 모습에 놀란 장인이 여관 입구에 대기중인 순사를 급히 불러들였다. 읍내에서 제법 한다하는 청요릿집 물색해 이러저러한 음식들 속히 배달시키라는 지시가 떨어졌다.

오랜만에 갖가지 풍미 좋고 기름진 청요리로 허기진 뱃구레 든든히 채우고 나니까 장인이 색다른 제안을 해왔다. 특별한 만남을 기념하는 가족사진을 찍자는 얘기였다.

"출가하지 않은 누님이 한 분 계시다고 들었는데……"

옹서 간에 어깨 나란히 하고 사진관으로 이동하는 중이었다. 사위와 보조 맞추기 위해 보폭을 조절하면서 장인이 뜻밖의 말을 꺼냈다.

"여전히 독신으로 지내고 계시는가?"

부용은 그 생뚱맞은 질문 의도가 뭔지 파악할 요량으로 잠시 걷는 속도를 늦추면서 장인을 돌아다보았다.

"아직은 그렇습니다마는……"

"아무래도 시국이 시국이니만큼 출가를 서두르시는 편이 좋을 것 같네. 나이든 독신 여성까지 그냥 곱게 놔두지 않는 세상이 이제는 눈앞으로 가까이 왔다고 생각하네."

여자정신대 얘기일시 분명했다. 정신대 징용 연령의 상한을 사십세까지 연장하는 방안이 끝내 실행을 목전에 둔 모양이었다. 그걸 아무한테나 곧이곧대로 노총 지를 수 없는 공직자 신분이기에 장인은 에둘러 똥겨주느라 그처럼 빙빙 돌려 말하는 듯싶었다.

"그러잖아도 당사자나 가족들이 출가 문제를 놓고 장시간 심사숙고허는 중에 있습니다마는……"

"내 말 잘 듣게. 지금은 심사하고 숙고할 때가 아니네. 서두르지 않았다간 언제 낭패를 당하게 될지 모르네. 지식인이니까 최서방은 요즘 전황이 어떻게 돌아가고 있는지 대충 짐작이 가겠지?"

"황군 승전 전략에 상당헌 차질이 발생혔다는 상식 정도는 소문으로 더러 접헌 적이 있습니다마는……"

말하다 말고 부용은 주변을 힐끗 살폈다. 장인도 엇비슷한 동작을 취했다. 다행히도 두 사람 대화 엿듣는 귀는 주변에 안 보였다. 대여섯 걸음 뒤처져 일가족 세 사람만 느럭느럭 따라오고 있을 뿐이었다.

"대일본제국은 이제 여유가 거의 바닥난 상태라고 보면 정확할걸세. 쥐도 궁지에 몰리면 고양이한테 덤벼든다 그러잖나. 항전에 필요한 인력 동원에 혈안이 된 시국이라네. 여유 부리고 방심한 채로 있다가는 무슨 험한 꼴을 낭하게 될지 누구도 상남 못하는 세상이 돼버렸네. 집안 전체가 나서서 혼사를 서두르게. 내 말 깊이 명심하기 바라네."

발걸음이 사진관 앞에 당도하는 바람에 옹서 간 시국담은 그것으로 막설할 수밖에 없었다. 시국담에 묻어나오는 여운이 참으로 묘했다. 쥐 같은 일본군이 고양이 같은 영미 연합군에게 몰리고 있는 작금의 전황을 어떻게 해석하고 어떻게 대처해야 할지 부용은 얼핏 판단이 서지 않았다. 환호작약하자니 후환이 두렵고, 낙망하는 척하자니 배알이 뒤틀리는 형국이었다.

삼대가 한자리에 모여 가족사진 찍는다는 건 애당초 상상도 못했던 행사인지라 난생처음 경험하는 그 일에 다들 흡족해하는 기색이었다. 장인은 통상적인 가족사진 그 이상의 어떤 특별한 의미를 가족사진에 두고 있는지 자못 자랑스러워하는 기색마저 나타내고 있었다. 오랜 번민과 주저 끝에 시도한 딸과의 해후 과정이 그 가족사진 한 장에 힘입어 더욱 완벽한 결말로 이어졌다고 자부하는 눈치였다.

사진관을 나서자 근처에서 대기중이던 택시가 슬금슬금 다가와 일행 바로 앞에 멎었다. 감나뭇골에서 처음 봤던 바로 그 택시였다. 낯익은 순사 모습도 주변에서 다시 눈에 띄었다.

"최서방, 부탁일세."

하직 절차 마친 다음 택시에 막 오르려는 부용의 손을 장인이 덥석 붙잡고 흔들어댔다.

"앞으로 천년쇠 동생이랑 같이 가족사진 찍게 될 날을 고대하겠네. 열쇠를 쥔 최서방이 그날을 힘닿는 데까지 부쩍 앞당겨주게나. 만일 둘째가 외손녀라면 나한테는 더더욱 금상첨화겠네."

3

"요게 대관절 무신 재변이다냐!"

순금이 말 꺼내기 무섭게 어머니는 장탄식을 어쩌지 못했다. 혼사 얘기만 귀에 얻어걸릴라치면 어머니 입에 의례건 따라붙는 첫말이 다름 아닌 그 재변이거나 횡액이거나 난리였다.

"어머님, 제발 그 재변 소리 조깨 안 쓰셨으면 좋겠어요."

"오냐, 알았다. 안 쓰마, 안 써! 재변 보고 재변이라 칭허는 나가 참말로 쥑일 년이지!"

의논 상대 겸 지원군으로 부용과 귀용 두 동생 합석시킨 자리에 덕용 하나만 빠져 있었다. 먼 곳에서 은거중인 막냇동생은 일부러 부르지 않았다. 중학교 졸업반으로 전문학교 입시를 준비하던 덕용은 학도병 지원을 강제하는 시국 상황 견디다못해 잘 다니던 학교 자진 휴학함으로써 징병 적지영장(赤紙令狀)은 어찌

어찌 모면할 수 있었다. 하지만 비학생 취급받는 휴학생한테 언제 어느 순간 징용 백지영장(白紙令狀)이 날아들지는 그 누구도 짐작 못하는 판국이었다. 눈 밝은 사람들 눈에 띌 염려 다분한 집 근처 움막이 아무래도 안심찮았던 순금은 얼마 전 동생들과 상의한 끝에 외지고 인적 드문 산골 옛 화전민촌 자리 숯골을 덕용의 은신처로 정하기에 이르렀다. 이를테면 막냇동생은 장차 제 누님의 시어른, 그러니까 저하고는 사돈 관계 맺게 될 노인 부부에게 숙식을 신세 지고 있는 셈이었다.

불원장래에 닥칠 곤고한 날들 예견한 천석꾼 아버지가 거금 들여 고사기관총을 두 정이나 일제 당국에 헌납하고 관계 요로에 인정전(人情錢) 듬뿍 뿌려댄 덕분에 덕용은 진용 오라버니와 함께 위기 상황 속에서도 실낱같은 희망이나마 붙잡을 수 있었다. 다만, 매사는 불여튼튼이라 했듯이 나이 어린 덕용의 처지로는 언제 불어닥칠지 모르는 시대의 변덕 바람에 대처하기 위해 더욱 몸을 사린 채 기약 없는 날들을 숨어 지낼 필요가 있었다.

귀용의 경우는 징병이나 징용 문제로 크게 걱정하지 않아도 괜찮을 성싶었다. 그걸 가리켜 전화위복이라 말하긴 차마 거식하지만, 일찍이 사상범 전과자 딱지가 붙는 바람에 처음부터 강제 인력 동원 대상에서 귀용은 완전히 제외되어 있었다.

부용의 처지 역시 대동소이한 편이었다. 오랫동안 앓아온 폐결핵 덕분이었다. 혹시라도 결핵균이 체내에서 쇠산해진 사실이 밝혀지는 날이면 앞으로 무슨 변을 당하게 될지 모르기 때문에 부용은 요즘 밖에서 사람들과 마주칠 적마다 가까이 접근하지 말라는 경고의 의미로 일삼아 콩콩 마른기침 소리를 냄으로써 자신이 아직도 결핵의 굴레 못 벗어난 전염병자임을 세상에 광고하곤 했다. 이를테면 부용은 천석꾼 아버지가 미운 정 솟구칠 때면 으레 저한테 욕지거리삼아 퍼붓기 예사이던 그 '뇌점 버럭지'를 유력한 자위 수단으로 이용하는 셈이었다.

애당초 아버지가 노린 고사기관총 두 정의 효험 속에 부용이나 귀용의 모가치는 포함되지도 않았다. 그것은 그저 가문의 미래를 담보할 마지막 희망인 막내아들과 천석꾼 향한 충성심의 화신인 장조카만을 위한 뇌물일 뿐, 막심불효 두 아들까지 아우른 부성애의 산물은 결단코 아니었다.

더더군다나 최순금으로 말할 것 같으면, 고릿적에 이미 아버지 눈 밖에 나버린 자식이었다. 고등과 나와 장차 당대 세도가 집안으로 출가하기 바라는 일념 아래 멀리 광주 유학까지 보내준 딸이었다. 그런 딸이 하라는 공부 대신 야학회 활동으로 만난 청년이랑 어울려 연애질이나 하다가 정혼까지 한 다음 학업을 중도이폐한 채 집으로 돌아오고 말았다. 그냥 돌아온 정도가 아니라 아버지가 그토록 사갈시(蛇蝎視)하고 비상(砒霜)처럼 여기는 야소꾼으로 변신해 돌아옴으로써 아버지한테 미운털 고슴도치처럼 촘촘히 박혀버린 딸인지라 아예 고려 단계부터 순금은 고사기관총의 수혜 대상에서 철저히 제외되어 있었다. 설령 천석꾼 아버지가 능력이 닿아 고사기관총 아니라 자그마치 애국기 한 대를 통크게 헌납했다고 가정하더라도 그 훈김이 천덕꾸러기 딸한테까지 불어오는 일은 절대로 없으리라 생각되었다.

"왜 입들 꾹 함봉허고 목석맨치로 앉아만 있냐? 에미 눈치 살필라 말고 느네찌리 어서 상의들 허거라. 나는 죽은목심맨치로 그냥 얌전허니 자빠져 있을 모냥이니께."

이야기가 혼사 근처에만 가도 선병질적으로 예민하게 반응하는 어머니 때문에 의논은 초동 단계부터 자꾸만 거침돌에 부딪히고 있었다. 어머니는 애초부터 그랬다. 그리고 여태껏 초지일관 그래왔다. 귀하디귀한 천석꾼 여식이 집에서 부리던 반편이 머슴하고 혼인한다는, 청천벽력 진배없는 그 사달이 동서고금에 유례나 찾아볼 수 있는 일이냐는 식이었다. 그것이 재변 축에 안 든다면 달리 무슨 이름으로 그 염병할 것을 불러야 속이 후련하겠냐는 항변이었다.

하지만 어머니도 그것이 피치 못할 사정에서 비롯된 궁여지책임을 누구 못지않게 익히 알고 있었다. 혼기 이미 놓쳐버린 노처녀를 신부로 맞아들일 신랑감은 온 면내 죄 된장질한들 좀처럼 찾아질 턱이 없었다. 계속되는 징용과 징병으로 말미암아 연전부터 인근 삼동네 혼기에 처한 남자들 씨가 마르다시피 귀해진 탓이었다. 그렇다고 자식들 올망졸망 딸린 홀아비한테 재취 자리로 들여앉힐 수도 없는 노릇이었다. 또 그렇다고 가뭄해 천수답이 물벼락 만나기 학수고대하듯 천석꾼 집안하고 어금지금한 혼처 하대명년 기다릴 수도 없는 노릇이었다. 그러다 덜컥 징용에 걸려드는 날이면 더더욱 큰일이었다. 그것이야말로 진짜배기 재변이고 횡액이 아닐 수 없었다. 어쩌든 그 재변 모면할 요량으로 신체 어느 한두 군데 부실한 남자랑 부부지간 맺는 처녀마저 도처에 속출하는 판이었다. 멀쩡한 딸년이 재수 옴 붙게끔 외지 군수공장 또는 이역만리 남방이나 만주 등지로 끌려갔다가 모진 고생 끝에 험악한 꼴 당하기라도 하는 날이면 어미로서 그 불행을 무슨 수로 견뎌내겠는가. 이런저런 사정 번연히 알면서도 어머니는 천석꾼 마나님 체통 밑바닥까지 몽땅 내려놓을 수 없어 그처럼 딸년 복장 집적거리는 소리로 번번이 딴죽을 걸어버릇하는 것이었다.

"암만 혀도 혼인 날짜를 앞댕겨서 잡는 게 좋을 성불러요."

"에잉? 이건 또 무신 객광시런 말장난이다냐? 구신 씻나락 까먹는 소리도 아니고, 먹다가 개골창에 내뻗진 쉰내 나는 보리개떡맨치로 베라삘 쓰잘데기없는 소리를 다 듣는고나! 아니, 혼인 날짜를 잡다니? 집안 대주 어르신께서 시방 저 모냥 저 지경으로 불철주야 구들장만 잔뜩 짊어지고 부지하세월 신음허시는 판인디, 혼주도 없는 혼인 치루겠다고 당장 날짜를 잡어? 참말로 망신살이 무지갯살맨치로 영롱허게 뻗친 꼴이고나! 너도 망신에 나도 망신이고, 왼 집안 덩더꿍이 망신이다!"

그예 또 참지 못하고 어머니가 속사포처럼 따발따발 한바탕 쏘아댔다. 순금은 시작 단계부터 슬슬 짜증이 올라오기 시작했다.

"어머님, 지 말을 끝까장 다 들으셔야지요! 참을성 있게 잠시만 지달려주신다면 참말로 고맙겠어요!"

"오냐, 오냐, 알겄다, 알겄어! 참새란 놈이 찍찍 소리 내도 쥑이고 짹짹 소리 내도 쥑이고 찍찍 소리 내도 쥑인다드니만, 나 신세가 바로 그 참새란 놈 신세 영락없는 것 같으다!"

"그러콤 말씸허시는 어머님 그 심정, 저도 물론 이해는 허고 있어요. 그렇지만 전시체제가 급박허게 돌아가는 난세를 만났는디, 전들 으쩌겄어요?"

"이 꼴 저 꼴 안 보고 일찌가니 칵 뒈어져뿌렀어야 되는디, 여직 안 죽고 살어 있는 죗값 때우니라고 나가 시방 요 모냥 저 지경으로 왼갖 재변들 동무삼어서 지내고 있고나. 휘유우, 이 빌어처먹을 놈에 팔자야!"

큰동생이 읍내에서 제 장인이랑 나누었던 시국담을 감나뭇골에 돌아오자마자 누님 처소에 급히 풀어놓지 않았다면 그렇듯 중대사를 서둘러 다룰 일도 안 생겼을 터였다. 그때부터 시작된 번민이었다. 식음을 멀리하고 뜬눈으로 며칠 밤을 새우다시피 지내다보니 순금은 입술이 부르트고 혓바늘이 솟아 섭생이 어려워질 지경이었다.

"그동안 아버님 병세가 원판 위중허기 땜시 차마 혼례식에 혼소리도 끄내지 못허고 지냈어요. 그런디 아버님 병세에 차도가 나타날 가망은 저멀리 있고 정신대 백지영장은 바로 코앞까장 가차이 들이닥친 것 같어요."

순금은 제 입장 얼른 거들어주기 바라는 마음으로 말없는 두 동생 향해 간절한 눈빛을 보냈다.

"맞습니다. 누님 말에 한 치도 틀린 디가 없습니다. 대낭구 짜개덧기 거침없이 진격허든 일본군 위세가 요즈막에 들어서 작신 꺾여뿌렀답니다. 그 바람에 일제는 전방 후방 개릴 것 없이 전쟁 수행에 절대적으로 필요헌 인력을 조달허니라고 시방 눈에다 불을 쓰고 미쳐 날뛰는 형국입니다. 어머님이 아시는 것보담도 지금 상황은 휘긴 더 심각헌 줄로 알고 있습니다."

그때까지 국으로 잠자코 앉아만 있던 큰동생이 나잇값 하느라고 먼저 나섰다. 그리고 둘째동생도 비로소 말문 열어 해박한 지식 바탕으로 누님 입장 변호하는 흐름에 덩달아 합류했다.

"거번에 인도 침공에 나섰던 일본군이 임펄 작전에서 대패한 다음 비르마 전선 철수를 결정했습니다. 그뒤를 이어서 미군이 전략 요충 사이판섬에서 일본군을 격멸하고 대승을 거뒀습니다. 엎친 데 덮쳐서 계속되는 패전에, 후퇴에 책임을 통감한 도조 내각이 최근에 총사퇴하고 말았습니다."

부용이 미심쩍어하는 눈초리로 동생 쪽을 힐끔 돌아다보았다.

순금 역시 엇비슷한 반응을 내보일 수밖에 없었다. 도조 내각 사퇴는 그동안 관변에서 흘러나오는 소문을 들음들음 해서 대강은 알고 있었다. 하지만 비르마 철수니, 사이판 참패니, 하는 엄청난 전쟁 소식은 그야말로 금시초문이었다. 그도 그럴 것이, 전황이 불리하게 돌아감에 따라 보도 통제가 갈수록 심해졌고, 면사무소 앞 게시판에 대문짝만하게 방을 붙여 하루가 멀다고 자랑삼아 전해주곤 하던 연전연승 승전보마저 어느 날부터인가 마치 삼베 바지에 방귀 새듯 가뭇없이 자취를 감추어버린 까닭에 면민 대다수는 시국 관련 지식에 대해 까막눈 다름없이 숫제 깜깜부지로 지낼 도리밖에 없었다.

"노상 절간 구석에 처백혀 지내는 니가 그런 고급 정보는 무신 재주로 으떻게 접했단 말이냐?"

형이 제기하는 의문에 귀용은 답변을 전혀 망설이지 않았다.

"낙철이 형님한테서 들었습니다."

"뭣이여? 너, 요새도 낙철이 자주 만나러 댕기냐?"

날카롭게 추궁하는 어세에 기가 꺾인 나머지 귀용은 어물어물 대답을 뭉개려 한참이나 뜸을 들였다.

"그렇다면 낙철이 정신이 시방 멀쩡헌 상태다, 그 말이냐?"

"아직도 썩 온전한 상태는 아니고요, 나갔던 정신이 잠시잠간 돌아올 때도 더러 있는 모양입니다."

"그 정신 한번 참 편리허기도 허다. 그건 그거고, 지금도 온전치 못헌 정신으로 낙철이는 그 중요헌 정보들을 으떤 경로로 손에 옇었다드냐?"

"한밤중에 이불 뒤집어쓴 채로 연해주에서 송출하는 로씨야 단파 방송을 청취하는 모양입니다."

"낙철이가 쏘련 방송을 다 알어듣다니, 좀체 믿어지지가 않는고나."

"로씨야어에 유창한 수준은 아니고요, 중요 단어나 인명 또는 지명 정도는 대충 알아듣는 실력이랍니다."

"전기도 안 들어오는 동네서 낙철이는 그 성능 좋은 라지오를 무신 돈으로 장만혔다드냐?"

"산 게 아니고요, 낙철이 형님이 손수 제작한 물건이랍니다. 광석라지오는 전기 없이도 얼마든지 작동이 된다고 들었습니다."

"그런 물건을 낙철이가 손수 맨들었다고?"

"예, 대처 시장에 가서 고물상을 뒤져서 필요한 부속품 몇 가지만 구한다면 그 방면에 전문 기술자가 아니라도 어렵지 않게 게르마늄 광석라지오 한 대쯤 만들어낼 수 있답니다."

"야들이 시방 뭔 소리를 씨월거리고 자빠졌는 거여?"

철천지원수나 다름없는 이질 녀석이 난데없이 화제 한복판으로 뛰어들어 이 입 저 입 뻔질나게 드나드는 꼴 참다못해 어머니 성깔이 기어코 한소끔 퍼르르 끓어넘치고야 말았다.

"이게 시방 좋자는 소리여, 안 좋자는 소리여?"

"물론 좋자는 소리지요, 어머님. 다 같이 눈 부릅뜨고 우리 누님이 생사가 걸린 궁지에서 무사허게 빠져나올 수 있는 구녁을 찾아보자는 소립니다."

부용이 넉살 좋게 받아넘겼다.

"참말로 잘허는 짓이다. 많이 배운 느네들 삼남매찌리 있는 구녁 없는 구녁 샅샅이 다 뒤져보거라. 이 늙은 에미는 자식들 허는 일에 감 놔라 배 놔라 참섭허고 짚은 생각이 눈꼽재기만침도 없느니라!"

어머니 목소리에는 여전히 노여움이 묻어나고 있었지만, 표정이나 태도만큼은 그새 눈에 띨 정도로 직수굿하게 변해 있었다.

"나 없는 새 느네 아부지 숨 깰꼬닥 넘어가뿌렀을지도 몰르니깨 싸게 사랑채로 근너가봐야 쓰겄다."

어머니가 급히 자리를 뜨자 꺼칠꺼칠하던 본채 분위기는 한결 보들보들한 양상으로 급변했다. 특히 부용이 습한 날씨처럼 잔뜩 으등그러진 쪽에서 햇볕 당양하게 내리쬐는 쪽으로 갑자기 표정을 활짝 개비하고 나섰다.

"누님, 아무 염려 마십쇼. 말은 험허게 허셨어도 어머님 역시 결국에는 누님 의견에 따르지 않을 수가 없으실 겁니다. 누님 불행이 곧 집안 전체 불행인 판에 어느 식구가 나서서 우리 누님을 죽을 구뎅이로 몰아옇겠습니까. 저는 누님 의견에 무작정 찬성입니다. 누님은 그런 줄만 아십쇼."

형한테 뒤질세라 귀용이 서둘러 제 의사를 밝혀왔다.

"저도 혼인 날짜 앞당겨 잡자는 쪽에 찬성표를 던지겠습니다."

"고맙다. 처음부텀 동생들이 내 우군 노릇을 맡아주리라 믿고 서 시작헌 일이다. 참말로 고맙다."

순금의 목소리가 가늘게 떨려 나왔다. 그때부터 의논은 일사천 리로 달음박질하기 시작했다. 누님이 한 가지씩 설명해나갈 때마 다 동생들이 고개 끄덕거려 꼬박꼬박 동감을 표시하는 식이었다.

우선, 혼인 날짜 잡는 일이었다.

어차어피에 혼주가 살아 있음에도 식장에 임석하지 못하는 불 구적(不具的) 혼례가 될 수밖에 없었다. 워낙 조상 법도와 전통 관습에 두루 어긋나는 파격적 혼례인지라 궁합이나 사주 보고 길 흉 따져 날짜와 시간 정하는 건 애당초 무의미한 일이었다. 가능 한 한 빨리 아무 날이나 편리한 날짜 골라잡아 엄벙뗑 아무렇게 나 해치울 작정이었다. 남들이야 뭐라 욕하든 말든 상관없이 본 채 앞마당에 달랑 차일 하나 쳐놓고 친인척 몇몇 사람 불러 그야 말로 작수성례(酌水成禮)에 가깝게 혼례 치르는 방식이 여러모로 고단 무쌍한 순금의 현재 처지에는 가장 제격이었다.

"내달 초엿샛날허고 초이렛날 둘 중에 어느 날이 더 좋을 것 같으냐?"

"이렛날보담 엿샛날 쪽이 쪼깨 더 앞에 있는 날 아닌가요?"

"저도 주저 없이 초엿샛날 쪽에 찬성표를 던지겠습니다."

"그렇다면 초엿샛날 치루는 것으로 결정허자."

다음, 혼인 전날까지 만단으로 갖추어야 할 여러 가지 일들이었다.

삼남매 의논 결과를 어머니에게 알리는 일은 순금 자신이 맡기로 했다. 죄송만만이긴 하지만, 말귀 알아듣기 여부에 상관없이 사랑채 아버지에게도 같은 내용을 통보하고 싶었다. 혼인 당사자 신춘복씨나 숯골 시부모 자리 노부부에게 경위를 설명하고 식장에 데려다 앉혀놓는 고된 임무는 매파 격인 섭섭이네한테 다시한번 일임하고 싶었다. 이왕지사 숯골 가는 김에 덕용에게 혼사에 관해 귀띔은 해주되 그날 집에 올 생각 따위 절대로 먹지 말라는 신신당부도 함께 전해줄 것을 매파한테 부탁할 생각이었다. 진일마른일 가리지 않고 집안 대소사 도맡아 처리하다시피 하는 진용오라버니와 혼사 당일 집례 노릇 담당할 새터 어른 상대하는 일은 부용에게 맡기기로 했다. 그리고 잔치 음식 장만은 섭섭이네한테전권을 주기로 했다. 혼례 자체는 약식으로 우스꽝스럽게 치르지만, 그 대신 잔치 음식만은 온 동네 모든 목구멍 때를 홀렁 벗겨주고도 남으리만큼 최대한 푸짐하게 준비할 심산이었다.

"누님이 어련허니 다 알어서 잘 대비허시리라 믿습니다. 저한티 맽기신 일거리는 최선을 다혀서 차질 없이 수행허겄습니다."

"제가 맡을 역할은 아무것도 없습니까?"

"없다. 귀용이 너는 그냥 백상암에 죄용허니 엎드려 지내다가 초엿샛날 새벽같이 집으로 달려오기만 허면 된다. 아참, 돌아가는 질에 오암리 들러서 이모님한티 혼사 소식 기별허거라."

그 밖에, 혼사 직후 처리해야 할 일들이었다.

초엿샛날 혼례 마치기 무섭게 면사무소로 달려가 혼인신고부터 끝내는 일이 무엇보다 급선무였다. 그렇게 해야만 혹시 있을지도 모를 동척농장 기꾸찌란 작자의 끈덕진 헤살꾼 짓거리를 미연에 방지할 수 있을 뿐만 아니라 설령 바로 그 이튿날인 초이렛날부터 개정된 징용령이 발효된다 해도 최순금이란 성명 삼 자는 여자정신대 소집자 명부에서 제외되는 효과가 발생하기 때문이었다. 그처럼 막중한 임무이니만큼 진용 오라버니와 잘 협조해서 부용이 책임지고 빈틈없이 처결하기로 했다. 그리고 순금이 약소하게나마 미리감치 준비해놓은 예단과 이바지 음식 등속을 숯골까지 운반하는 일 또한 부용의 몫으로 정해졌다.

"내가 동생들한티 허고 짚었던 부탁은 여그까장이다. 혹시 누님한티 뭔가 더 물어볼 말이라도 남었냐?"

"없습니다. 누님 복안대로만 헌다면 혼사 문제는 그럭저럭 무탈허게 해결될 성불릅니다. 누님, 그동안 마음고생 많으셨습니다."

"존경합니다, 누님!"

귀용이 엉뚱한 치하의 말로 의논의 대미를 장식하려 했다. 그로 인해 일껏 성공적으로 잘 마무리되는 성싶던 모임 자리가 다

쑨 죽에 콧물 빠뜨리는 꼬락서니로 망가질 줄은 그 누구도 상상을 못했다.

"빈틈없이 주도면밀하게 미리 계획을 짜놓으신 점도 저는 물론 존경스럽지만, 다른 무엇보다도 우리 누님이 존경받아 마땅한 점은 처음부터 못 배우고 가진 것 하나 없는 쁘롤레따리아를 자진해서 자기 배필로 정하신 바로 그 점이라고 생각합니다."

"귀용이 너 이눔!"

느닷없이 부용의 입에서 터져나오는 대갈일성이 집채 전체를 쩌렁쩌렁 울리기 시작했다.

"너 이눔, 못난 이 형한티 한 볼때기 콱 쥐어백이고 잪어서 시방 환심장이라도 헌 것이나?"

순식간에 벌어진 사달이었다. 순금이 말리고 어쩌고 할 겨를조차 없었다.

"망발도 유분수지, 이눔아! 언다 대고 감히 사회주의자 행세여, 이눔아? 우리 누님이 너 같은 동생눔한티 싸구려 존경이나 받고 잪어서 요번 일을 시작허신지 아냐, 이 철딱서니 한 낱도 없는 눔아?"

당장 무슨 일 저지를 기세로 길길이 뛰는 큰동생을 순금이 가까스로 주저앉혔다. 아직도 분이 덜 풀린 부용이 씨근벌떡 거친 숨 들이쉬고 내쉬기를 한참이나 계속하고 있었다.

"망발은 무신 망발이겄냐. 누님한티 덕담 조깨 헌다는 풍신이 으쩌다가 실수로 그런 모냥새를 맨든 것이겠지."

"아닙니다, 누님! 실수로 나온 덕담이 절대 아니라 영판 틀려
먹은 저눔 맴보재기서 우러나온 진담이 분명헙니다!"

형님 눈치 누님 눈치 번갈아 살피던 귀용은 어수선해진 분위기
틈타 어물쩍 엉너리치는 시늉하다가 삽살개 뒷다리처럼 볼품없
는 모습으로 꽁무니 빠지도록 줄행랑을 놓아버렸다.

끝났다. 다 끝났다. 오래 미루어나온 숙제 방금 끝낸 학생 같은
기분이었다. 이랑 긴 돌밭에서 뙤약볕 무릅써가며 진종일 호락질
로 고랑 내고 두둑 돋는 중노동에 매달린 자작농만큼이나 순금은
파김치 꼴이 다 되어 있었다. 하지만 정신머리 하나는 유리 대롱
속같이 투명해진 상태였다. 얼김덜김에 둘째동생 허술하게 떠나
보낸 게 다소 마음에 걸리긴 했지만, 이제는 한근심 덜어놓은 채
양다리 쭉 뻗고 편한 잠 이룰 수 있을 것 같았다.

내친김에 순금은 사랑채 건너가 부모님에게, 그러니까 대화가
전연 안 통하는 아버지 앞에서 어머니를 상대로 방금 동생들과
합의 본 사항들 낱낱이 보고드릴까 하다가 이내 그만두기로 마음
을 고쳐먹었다. 하루쯤 냉각기 거치는 편이 피차간에 훨씬 이로
울 성싶었다.

때마침 수요일 오후였다. 경황없는 한나절 보내느라 총망지간
에 깜빡 잊고 있던 삼일예배가 문득 생각났다. 호시절 같았으면
멀리서 삼일종이 뎅그렁 데엥 뎅그렁 데엥 둔중하게 울리면서 주

중 예배 시간을 예고하고 있을 무렵이었다. 엊그제 같은 그 시절
이 이제는 아련한 추억으로 떠오르는 바람에 순금은 잠시 숙연해
졌다.

일제 당국의 기독교 탄압은 날이 갈수록 더욱더 심해져 연전부
터는 주일 오후 야간집회와 수요기도회 등을 일절 금지하고 있었
다. 심지어 성도들 예배처요 기도처인 성전 안에서 일본어 강습
과 근로 작업을 강요하는 만행마저 서슴지 않는 실정이었다. 그
와중에 존경과 흠모의 대상이던 주기철 목사 순교 소식까지 전
해짐으로써 수많은 기독교인을 비탄에 빠뜨리기도 했다. 신사참
배 거부로 인해 일찍이 폐쇄당한 샛내교회 예배당에서는 정규든
비정규든 모임 자체가 사실상 불가능했다. 그 대신 문목사 사모
가 감시의 눈초리 피해가며 목자 잃은 채 뿔뿔이 흩어진 양떼 찾
아 은밀히 돌보는 중이었다. 신자 개인 집들을 번갈아 예배소삼
아 다락방 모임 같은 소규모 집회 형식으로 주일예배와 삼일예배
를 인도하고 있었다. 소천(召天) 받은 남편을 대신해 실질적인 목
회자 역할을 감당하고 있는 셈이었다.

예배 시간에 맞추려면 많이 서둘러야 할 때였다. 순금은 얼른
흰 저고리 흰 치마 나들잇벌로 갈아입고 서둘러 방을 나섰다.

"으디를 가실라고······"

사랑채에 갖다 바칠 군입정거리 쟁반에 받쳐들고 부엌에서 나
오던 섭섭이네와 딱 마주쳤다.

"우리 하나님 아바지 만나러 가요."

막상 그렇게 대답해놓고 보니 신자 된 도리로 육친의 부모보다 하늘 아버지께 먼저 보고 말씀 사뢰는 것이 바른 태도고 옳은 순서일지도 모른다는 생각이 퍼뜩 들었다.

"누가 찰 야소꾼 아니랄깨미……"

섭섭이네가 배시시 웃어 보였다. 집 나서기 직전에 순금은 저만큼 멀어지는 중인 섭섭이네를 급히 불러 세웠다. 혹시라도 어머니가 걱정 근심에 싸인 채 눈에 안 띄는 딸 행방 수소문하러 드넓은 울안 헤매고 다닐지도 모르는 불상사에 미리 대비하기 위함이었다.

"많이 늦을 것 같으면은 동천리서 하룻밤 자고 오게 될지도 몰라요."

허위허위 언덕 지나고 고개 넘는 발품 끝에 순금은 샛내교회 근방에 당도했다. 그토록 서둘러 발걸음 재촉했는데도 불구하고 상당히 지각한 모양이었다. 예배 중간 순서로 부르는 찬송 소리가 꽤 멀리까지 지각생 신자를 마중하러 나오는 참이었다.

복의 근원 강림하사 찬송하게 합소서
한량없이 자비하심 측량할 길 없도다

'도으심을 구함'이란 제목의 제6장 찬송이었다. 찬송 소리는 사찰집사네 건넌방 쪽에서 흘러나오는 중이었다. 부용이네 가족이 이사한 후부터 목사관을 나온 사모가 그 방을 사용하고 있었다. 목사도 아닌 여자가 널따란 목사관 혼자서 차지하고 사는 모습이 하나님 보시기에, 그리고 남들 생각하기에 참 거식할 거라는 지레짐작이 사모를 시켜 급히 거처를 옮기도록 재촉하는 구실을 했다.

　천사들의 찬송가로 나를 가라치소서
　구속하신 인애함을 항상 찬송합네다

　예배 도중에 허둥지둥 방안으로 들어서는 게으름쟁이 신자를 보고도 사모는 찬송 소리 계속 이어가면서 눈짓으로 부인 집사 옆자리를 가리켰다. 인도자 외 예배 참석자는 달랑 사찰집사 내외 둘뿐이었다. 갈수록 예배 참석 인원이 줄어드는 추세라서 안타깝기 그지없는 심정이었다. 순금의 합류로 단출하게 드리던 예배에 약간의 활기가 보태졌다.

　주의 도아주심 받아 이때까지 왔으니
　이와 같이 천당에도 니르기를 바라네

　찬송 소리는 어느덧 2절을 달리기 시작했다. 네 사람이 열 사람 몫 이상의 큰 목소리를 내는 중이었다. 평소에 자주 부르던 찬송인데도 특히 순금이 새삼스러우리만큼 감명받은 대목은 3절 끝부분이었다. '우리 마암은 연약하야 범죄하기 쉬우니 하나님이 받으시고 천국 인을 치소서'라는 가사가 그날따라 유난히도 파돗더미처럼 순금에게 밀려와 가슴 복판을 철써덕철써덕 세차게 들이받는 기분이었다.

찬송 순서에 이어 인도자의 대표 기도가 시작되었다. 기도하는 가운데 사모는 언제던가 문목사가 했던 설교 중 '이제 고난은 장차 영광'이라는 주제를 다시금 근거삼아, 약속의 말씀인 영광의 결국에 다다를 때까지 현재의 고난을 너끈히 이겨낼 만한 힘과 의지와 용기를 우리 모두에게 흡족히 공급해주시라는 내용으로 간구를 드렸다. 우상숭배를 강요하는 신사참배와 기독교 탄압이 하루빨리 자취를 감추게끔, 이스라엘이 폐허가 된 예루살렘성전 재건하듯 무너진 샛내 제단도 속히 수축할 수 있게끔 전능하신 하나님께서 강권적으로 역사해주십사고 눈물로 기도했다. 사모의 기도는 매우 길고도 광범위했다. 출석 점호하듯 성도들 가정마다 차례로 호명해가며 낱낱의 가정이 안고 있는 어려움과 문제점들이 해결되는 놀라운 사랑과 은총을 경험하게 해달라고 기도했다. 마지막 순번으로 최순금 성도 관련 기도가 시작되었다. 그런데 의외에도 기도 시간이 짧고 내용마저 간략한, 의례적인 기도로 끝났다. 참석자 일동은 일제히 '아멘' 하고 큰 소리로 화답했다. '하날에 계신 우리 아바지여 일홈을 거룩하게 하옵시며……'로 시작하는 주기도문 암송을 끝으로 다락방 모임 형식의 삼일예배는 모두 종료되었다.

"늦어서 죄송허고만요. 집안에 일이 조깨 생겨서……"

멋쩍은 듯 조심조심 입을 여는 순금을 사모가 웃는 낯꽃으로 빤히 건너다보았다.

"나한테 뭔가 긴히 전하고 싶은 얘기가 있다고 최선생 얼굴에 지금 전서체로 씌어 있네요?"

"저어, 실은……"

순금은 잠시 머뭇거렸다. 그러다 눈치 빠른 안 집사가 바깥 집사 옆구리 꾹꾹 찔벅거리는 손놀림에 놀라 홰홰 손사래를 쳐 보였다.

"아, 아니고만요!"

"즈이는 저짝 방으로 근너갔다가 낭중에 다시 오겄습니다요."

사찰집사 내외가 함께 일어서는 걸 보고 순금은 더욱 세차게 손사랫짓을 되풀이했다.

"아니랑깨요! 자리를 피허시면 절대 안 된다고요! 집사님 내외분도 꼭 같이 들어주셔야 될 이얘기랑깨요!"

당황한 나머지 말까지 약간 더듬는 순금을 보고 모두가 웃음을 참지 못했다. 심호흡 한 번 거방지게 하고 나서 순금은 드디어 말문을 열었다.

"혼인 날짜가 잽혔고만요."

"어느 날로요?"

"내달 초엿샛날이고만요."

놀라는 사람 아무도 없었다. 신랑감이 어디 사는 누구냐고, 어떻게 집안 간에 혼담이 오가게 되었느냐고 묻지도 않았다. 그게 뭐 그리 대단한 얘기라고 그처럼 뜸을 잔뜩 들였느냐고 되레 타박하는 투였다. 그럴 줄 알았다는 듯, 또 마땅히 그랬어야 하는 일이라는 듯 하나같이 심상한 낯꽃들 유지하는 세 사람을 보고 있자니 문득 저 혼자서만 공연히 유난을 떤 듯싶어 순금은 계면쩍게 웃을 도리밖에 없었다.

"그러잖아도 이제나저제나 하고 반가운 소식 건너오기를 기다리던 참이었어요. 미리 축하드려요, 최선생."

"어쨌피 은젠가는 치뤄야 될 혼산디, 참말로 자알 생각허셨고만요."

하긴 그랬다. 진즉부터 사모와 사찰집사 내외는 교회 풍금 반주자의 혼인 꿍꿍이셈에 대해 익히 알고 있었다. 최선생이라 불리는 그 반주자가 의중에 두고 있는 혼인 상대와 관련해서도 물론 소상히 아는 처지였다. 달포 전에 사모한테 중보기도를 요청할 당시 마음속 계획의 대강을 밝힌 바 있었다. 따지고 보면 기정사실로 이미 굳어졌던 일인지라 사모와 사찰집사 내외가 그처럼 심상한 반응을 보이는 건 차라리 당연한 결과였다.

"동생들이랑 상의허니라고 시간깨나 걸렸어요."

순금은 시작부터 끝까지 곡절도 많고 사연도 많았던 의논 과정을 조랑조랑 소상히 밝히기 시작했다. 영 마뜩잖은 내색 가감 없이 드러내면서 매사에 번번이 딴죽을 걸어오곤 하던 어머니 태도가 이야기판 맨 처음 자리를 차지했다. 다음 순서로, 혼삿날이 정해지기까지 겪었던 험난한 과정, 작수성례나 다름없이 극히 간략한 혼례 방식과 준비 절차, 그런 방식으로 인륜대사 치를 수밖에 없는 복잡한 집안 사정, 그리고 혼례식 전후에 끝마쳐야 할 중요한 일 등등이 연달아 순금의 입길에 올랐다.

"그날 우리가 식에 참석해도 괜찮을까요?"

"그럼요, 괭기찮다마다요!"

"한정된 소수만 초대하신다길래 혹여 결례라도 되지 않을까 싶어서……"

"무신 말씀을 그러콤 허셔요? 오랫동안 기독교식 혼례만을 꿈꿔왔던 이 최순금이가 사불여의혀서 이도 저도 아닌 요상시런 혼례를 올리게 되았어요. 그러잖아도 그것 땜시 맴이 솔찮이 괴롭던 참이었어요. 그런디 거그다가 제일로 중요헌 교회 식구 세 분을 초대객 명단에서 빼먹는 짓까장 저질르다니, 그게 시방 무신 말씀이데요?"

"고마워요. 기쁜 맘으로 식에 참석하겠어요. 자아, 우리 다 같이 인생 대사를 앞둔 최순금 선생을 위해서 기도합시다."

갑자기 사모의 뜨거운 손이 다가와 순금의 차가운 손을 꽉 부여잡았다.

"사랑 무한하시고 은혜 풍성하신 하나님 아버지시여……"

곧바로 기도가 시작되었다. 맨 먼저 사모는 딸 혼사 문제로 낙담과 실의에 빠져 고통받고 있을 최순금 성도의 모친을 위해 기도했다. 위로의 성신께서 상처받은 그 영혼을 어루만져주시고, 어느 쪽이 진정으로 딸을 도와주는 길인지 분별할 줄 아는 지혜와 바른 판단력을 부어주시기를 간절히 빌었다. 아울러 병환 중에 있는 부친에게 치유의 기적을 베푸셔서 쾌차하는 날을 속히 볼 수 있게끔 도와주십사고 기도했다.

마지막은 최순금 성도 본인을 위한 기도였다. 오랜 기도와 묵상 끝에 어려운 결정을 내린 딸에게 기력과 능력과 용력을 각각 칠 배나 더해주셔서 만난을 극복하고 본래의 계획을 끝까지 다 이룰 수 있게끔 주님의 자비하심과 인애하심을 덧입혀주십사고 기도했다. 신춘복씨를 자신의 배필로 허락하신 하나님의 뜻이 과연 어디에 있는지, 그리고 어떻게 해야 그 뜻을 온전히 다 이루어드릴 수 있는지를 깊이 헤아려 실천함으로써 끝내 하나님께 큰 영광 돌리는 믿음의 장부 반열에 최순금 성도를 우뚝 세워주십사고 간절히 빌고 또 빌었다. 좀전의 삼일예배 중 순금을 위한 중보 기도 분량이 유난히 적고 내용 역시 단순했던 이유가 그제야 밝혀지는 셈이었다. 예배 후에 있을 개인 기도 기회를 예상하고 미리 준비했던 듯 사모는 순금의 앞날을 위해 신심을 극한 기도로써 중보적 활동에 소임을 다하고 있었다.

기도가 끝나기 무섭게 순금은 얼른 얼굴을 손바닥으로 감싼 채 방밖으로 뛰쳐나갔다. 마당 구석에 서서 우선 콧물부터 팽 풀어버리고 나서 눈물로 질척이는 눈자위를 소맷부리로 일삼아 훔쳐내기 시작했다. 그런 다음 제멋대로 벌렁벌렁 뛰노는 가슴 진정시키느라 한참이나 더 공을 들여야만 했다.

"집에 돌아가고 잪은 생각이 싹 도망가뿌렀는디, 요 방에서 하룻밤 신세 져도 괭기찮을까요?"

툇마루 앞에 서서 순금은 한결 밝아진 목소리를 방안으로 들여보냈다.

"괜찮고 말고요."

그러자 깜짝 반기는 목소리가 잽싸게 마중나와 순금의 몸뚱어리를 방으로 끌어들였다.

"그거참 잘된 일이네요. 그러잖아도 날이면 날마다 독수공방으로 지내기가 편치 않던 차였어요. 하룻밤 아니라 여러 날 묵으셔도 나는 상관없습니다."

사모 쪽에서 오히려 더 적극적으로 나왔다. 귀가를 단념하기엔 좀 이른 감이 있었다. 이제라도 출발하기만 하면 깜깜해지기 전에 충분히 집에 닿을 수 있는 시간이었다. 하지만 순금은 왠지 모르게 그러고 싶지 않았다. 아직도 사모하고 나누고 싶은 이야깃

거리가 가슴 웅덩이 안에 징건하게 고여 있는 까닭이었다. 실인 즉슨 집을 나설 당시부터 동천리에서 외박할 속셈을 은연중에 품은 채 길을 떠난 셈이었다. 어쨌든 간에 제 형편과 처지를 하나님 앞에 이실직고하는 일과 샛내교회 경역 안에서 하룻밤 묵는 일, 두 가지 목적을 동시에 달성할 수 있게 되었다.

"집사님, 껄떡구신 들린 것맨치로 분수없이 자꼬만 허기가 지는 증상은 대관절 무신 병인가요? 시장기란 놈이 무단시리 생사람 잡을라고 발광허네요."

목적 달성으로 긴장이 풀린 탓인지 한동안 잊고 있던 시장기가 갑자기 몰려들었다. 말품 파느라 수고한 건 분명 입 쪽인데 정작 속이 허해졌다며 자꾸만 보채는 건 염치가 뭔지 모르는 뱃구레 쪽이었다.

"고놈에 병은 수많은 병 중에서도 제일로 고약시런 중병이 여축없지라우."

순금의 엄살을 안 집사가 얼른 우스개로 받아넘겼다.

"싸게 손을 써서 치료허지 않았다가는 병이 고황에 들지도 몰라라우."

바깥 집사가 점잖게 한 소리 거들고 나서자 사모는 소녀처럼 깔깔거렸다. 집사 내외는 샛내교회 풍금 반주자 선생을 위한 치료제 구하러 간다는 핑계 대고 서둘러 방에서 빠져나갔다.

그날 밤, 순금은 사모와 함께 밤이 이슥하도록 그동안 못다 한

이야기들, 이런저런 밀린 이야기들 도란도란 주고받느라 잠을 거지반 설치다시피 했다. 자연스럽게 신랑 될 신춘복씨가 두 사람 입길에 자주 올랐다. 물론 사모도 들려오는 소문이나 순금의 귀띔으로 춘풍이란 별명 가진 반편이 머슴의 신상에 관해 웬만큼 알고는 있었다. 하지만 그것은 어디까지나 피상적 정보에 지나지 않을 뿐이고, 바로 그 피상적 정보로 인해 그가 천석꾼 집안 데릴사위로 신분이 급상승하게 된다는 사실을 이해하기까지 때로는 의구심과 때로는 곡해 과정을 거칠 수밖에 없었다.

　알나리깔나리 순금이는 오늘서부텀 춘풍이 각시라네
　알나리깔나리 춘풍이가 순금이 신랑 되았다네

　신춘복씨와의 인연을 제대로 설명하려면 잠시 먼 과거로 되돌아갈 필요가 있었다. 어린 시절, 사나운 개한테 쫓기던 천석꾼 외동딸의 꽃당혜 한 짝이 머슴방 앞에 놓인 거룻배만한 짚신 안으로 쏙 들어가는 돌발 상황이 발생했다. 다름 아닌 춘풍이의 짚신이었다. 그 일 이후로 어린 순금은 어른과 아이 가릴 것 없이 수많은 사람으로부터 놀림가마리가 되고 말았다. 남녀의 신발이 한데 포개지는 경우 두 사람은 장차 부부가 될 운명이라는 전래 속신 때문이었다. 놀림받을 적마다 순금은 울보가 되곤 했다. 춘풍이 각시가 된다는 게 너무 슬퍼서 울고, 또래들로부터 따돌림낭

하는 게 너무 분해서도 울었다. 낮 동안의 놀림은 울음으로 이어지고, 밤이면 그 울음은 곧잘 악몽으로 변하곤 했다. 악몽 속의 순금은 춘풍이 손아귀에서 벗어나기 위해 끊임없이 몸부림치며 한없이 도망다니기 일쑤였다. 그러는 사이에 춘풍이의 존재는 어느덧 어린 순금의 가슴속에 거대한 모습으로 점차 각인돼가고 있었다.

"꼭 동화를 읽는 것같이 아름다운 느낌이네요."

한 이부자리에 나란히 누운 사모가 밝은 목소리로 짤막한 독후감을 베갯잇 위에 살짝 떨어뜨렸다.

"주인공 소녀가 날이면 날마다 울고불고 밤이면 밤마다 악몽에 시달리는 그런 동화라면 동화치고는 영 젬병이 아닐까요?"

사모 쪽으로 돌아누우면서 순금은 가볍게 항의했다.

"어린 주인공이 자주 악몽을 꾸면서 점점 어른으로 성장하는 이야기는 동화로 전연 손색이 없다고 생각해요."

"꿈보담도 해몽이 좋은 경우고만요."

눈물 많은 소녀기를 지나 장성한 어른이 된 다음에도 춘풍이 그림자는 노상 순금의 주위에 짙게 드리워져 있었다. 군자금 조달을 명분으로 강도 행각 벌인 배낙철 일당을 추적하던 경찰이 귀용을 체포할 목적으로 천석꾼 저택을 야간 급습하던 날이었다. 그날도 순금은 부용의 약값에 보탤 양으로 밤늦도록 공방에 앉아 남포등 밑에서 베틀과 씨름하고 있었다. 한밤중에 들이닥친 경찰에 쫓기던 춘풍이가 불빛의 안내에 따라 공방으로 불쑥 뛰어들었다. 베틀다리 밑으로 기어든 춘풍이는 불문곡직 순금의 치맛자락 들치면서 안쪽으로 파고들었다. 뒤쫓아온 순사를 유창한 일본어로 꾸짖어 물리칠 때까지 순금은 그 망측스럽기 짝이 없는 봉변을 고스란히 견디면서 잔뜩 겁에 질린 춘풍이를 숨겨주지 않으면 안 되었다. 상황이 일단락된 뒤로도 치맛자락 안에서 제 하복부 향해 홧홧이 치받던 춘풍이의 뜨거운 입김과 거친 숨결의 기억은 순금의 뇌리에서 두고두고 사라지지 않았다. 그날의 그 기억을 떠올릴 적마다 순금은 벌겋게 달궈진 부젓가락으로 화인(火印)이라도 맞은 듯 별안간 온몸이 뜨겁게 달아오르곤 했다.

"소설책 한 권 읽은 것 같은 기분이 드는구먼요."

순금의 긴 이야기가 끝을 맺으려 하자 사모가 말했다. 저번에는 동화더니만 이번에는 소설이었다.

"들고 보니 알나리깔나리로 각인된 기억이 동화를 생산하고 뜨거운 입김이랑 거친 숨결로 화인 맞은 기억이 소설을 생산했다는 생각이 드네요. 말하자면 두 가지 굵직한 과거지사가 오늘날 최선생을 누구도 흉내낼 수 없는 경지로, 남다르고 특별한 인생행로로 이끌어준 셈이네요."

깜깜한 방안인데도 미소 머금은 사모 얼굴이 눈에 환히 보이는 듯했다.

"바로 요런 경우에 즈이 이미님이 두고 쓰시는 문자가 있지요.

요게 시방 좋자는 소리여, 안 좋자는 소리여?"

말하는 사람이나 듣는 사람이 동시에 키득거리기 시작했다. 지금쯤 벽 하나 건너편 안방에서 깊이 잠들어 있을 사찰집사 내외가 마음에 걸렸다. 혹시라도 그들을 깨우게 될까봐 두 여인은 동시에 웃음을 거두면서 목소리를 얼른 방바닥으로 내려놓았다.

"긴 이야기 정말 재미있게 들었어요. 화자한테는 가슴 미어지는 경험들일 텐데 무책임한 청자 입에서 재미있단 말이 나와서 미안하긴 하지만요. 방금 들은 추억담 덕분에 신춘복씨나 최순금 선생에 대해서 그동안 몰랐던 것들이나 궁금했던 것들을 많이 알게 되었네요. 두 분을 전보다 더 많이 이해하게 되고 더 많이 사랑하게 된 것이 이 좋은 밤에 내가 얻은 가장 값진 소득이라고 생각해요."

돌아눕느라고 어둠 속에서 부스럭거리는 소리에 이어 사모의 손길이 순금의 어깨에 가만히 닿았다.

"최선생, 그동안 누구한테 말도 못하고 혼자서만 끙끙 앓느라고 얼마나 힘드셨어요?"

주인의 생각과 상관없이 독자적 의지를 지닌 눈물이란 놈이 자꾸만 제가 가야 할 길을 가겠다고 고집부리는 바람에 순금은 애를 먹어야 했다.

"잘 들으셔요, 최선생. 우리 주님께서 제자들에게 이렇게 말씀하셨어요. 내가 진실로 너희게 닐아노니 너희가 돌이켜 어린아희들과 같지 아니하면 결단코 천국에 들어가지 못하나니라, 또 누구던지 내 일홈으로 이런 어린 아희 하나를 영접하면 곧 나를 영접함이라, 하고요."

어린 딸 달래주는 젊은 엄마와도 같이 사모의 손이 박자 맞추듯 율동적 움직임으로 순금의 어깨를 토닥이기 시작했다.

"신춘복씨야말로 어린애 같은 사람이라고 들었어요. 태어난 후로 죄를 지은 적도 없고, 세상 때도 전연 묻지 않은 천진무구한 어린애 같다고요. 누가 봐도 어린애 영락없는 그런 분이 최순금 선생 배필로 정해진 이면에는 틀림없이 우리 하나님 아버지 그 크고도 놀라우신 섭리가 개입돼 있을 거라고 나는 확신해요. 앞으로 험한 세상 살다보면 불편이나 어려움이 많이 따를 테지만, 시종일관 주님 영접하는 심정으로 신춘복씨를 대접하는 결혼생활을 경영하시길 빌어요. 그런 인생을 살아가신다면 훗날 최선생 몫으로 하나님께서 내려주실 크나큰 상급이 천국에서 일찌감치 기다리고 있을 거라 믿어 의심치 않아요. 나도 늘 깨어 있는 정신으로 최선생을 위한 중보 사역에 미력이나마 기운을 보태겠어요."

"사모님, 저 시방 목놓아 울고 잪은디, 요 자리서 괭기찮을까요?"

순금의 엉뚱한 질문에 어깨 토닥이는 사모의 손놀림이 한결 더 빨라졌다.

"얼마든지 우셔요. 기왕지사 울 바엔 막힌 가슴이 뻥 뚫릴 때까지 양껏 울어버리는 게 최선생 건강에도 이로울 겁니다."

방 주인 허락 떨어지기 무섭게 순금은 이불자락으로 얼굴을 탁 덮어버렸다. 그리고 이불 속에서 울음소리를 불러내기 시작했다. 몸뚱어리 안의 모든 불순물이 울음에 껴묻고 눈물에 녹아 밖으로 죄 빠져나감으로써 자신이 순전한 영혼으로 되돌아오게 될 때까지 온 밤을 꼬박이 지새우는 한이 있더라도 한바탕 거쿨스럽게 울어볼 작정이었다.

4

지지고 볶고 찌고 삶는 갖가지 냄새들이 온 울안에 진동했다. 그날 하루만 그런 게 아니었다. 벌써 사나흘째 계속되는 현상이었다. 음식 다루는 냄새가 어찌나 심하던지 진종일 골머리가 지끈지끈 팰 지경이라서 관촌댁은 심기가 몹시 불편한 상태였다.

"대관절 이 무신 재변이란 말인가!"

냄새 그 자체만으로 이미 재변 축에 들고도 남지만, 그것이 미구에 닥칠 진짜배기 재변 맞아들이기 위한 일종의 길라잡이 재변임을 알기 때문에 관촌댁은 더욱더 진절머리가 나던 참이었다.

"썩어 문드러져 나자빠질 잡살뱅이 예펜네들 같으니라고!"

안 들여다봐도 뻔한 부엌 안 풍경이었다. 딸년과 부엌어멈이 합세해 몇몇 동네 아낙들 수족으로 부려가며 잔치 음식 장만한답시고 한바탕 북새질 치고 있을 것이었다. 미움 같아시는 당장이라도 본채로 쳐들어가 아는 볼기짝 모르는 볼기짝 불문하고 모조리 다 치도곤을 안겨주고 싶지만, 천석꾼 마나님 체통에 차마 그럴 수도 없는 노릇이었다.

"그나저나 저 잡것들이 시방 우리집 곳간 다 축내는 것 같은디……"

할망구의 계속되는 혼잣말에 본능적으로 느껴지는 무슨 낌새라도 있었던지 산송장 다름없는 천석꾼 영감이 힘겹게 눈뚜껑 열어 관촌댁을 멀거니 올려다보았다. 서슬 시퍼렇던 시절 그 최명배 어르신도, 수단 방법 안 가리고 일제에 잘 보이려 안간힘 쓰던 그 야마니시 아끼라 영감도 아니었다. 그냥 줄 없는 거문고 신세요 끈 떨어진 뒤웅박 처지일 뿐이었다.

"또 뭣 땜시 그러요? 나가 허는 말이 시방 시쁘둥허게 들리요? 저 엠병헐 잡것들이 혼사 음식 맨드는 용처에다 흥청망청 우리 재물 활수허는 그 소행머리가 이녁은 괘씸허지도 않으요?"

잠깐 열렸는가 싶던 영감 눈뚜껑이 어느새 도로 스르르 닫히는 중이었다. 영감 홀로 두고 사랑채 비울 수 없는 특수 사정과 더불어 지체 높은 마나님으로서 지켜야 할 체통이 본채 부엌 급습하고자 벼르는 관촌댁 성깔에 번번이 제동을 건 두 가지 요인이었다. 죽이 되든 밥이 되든 부엌살림에 일절 관여하지 않겠노라고 일찌감치 딸년 앞에서 내뱉은 선언이 결과적으로 관촌댁 발을 묶어버리는 차꼬로 작용한 셈이었다. 부글부글 끓는 심보 끌어안은 채 내처 사랑채에 갇혀 지내면서 영감 뒤치다꺼리나 전담하고 있자니 속에서 열불이 치솟았다. 무엇보다도 관촌댁에게는 만만한 화풀이 상대가 절실히 필요했다. 사람 구실 전혀 못하는 영감이야말로 화풀이 용도에 가장 적격이 아닐 수 없었다.

"이녁은 불난 집 안방에서 불난 지도 몰르고 허구헌 날 신간 편허게 지내는 활량 노릇이나 맡고 있으니께 참말로 좋겄소."

물론 미워서 하는 소리겠지만, 인사불성 다름없는 꼴로 육장 방구들 신세나 지는 사람 신간이 결코 편할 리 만무했다. 영감이 사대삭신 멀쩡해서 주야장천 입에다 불호령 달고 살던 지난 시절 같았으면 어림 반 닷곱도 없는 수작이었다.

"나는 요새 먹어도 당최 먹는 것 같들 않고 숨을 쉬어도 당최 쉬는 것 같들 않으요. 으쩌다가 우리 집안이 오날날 요 모냥 요 지경으로 폭삭 망조가 들어뿌렀는지 이녁은 알고 있기나 허요?"

관촌댁은 대짜배기 한숨 길게 내쉬고 나서 멈추었던 포달을 계속 부렸다.

"허기사 이녁맨치로 피도 눈물도 없는 인간이 그 이치를 알 텍이 없지요. 이녁이 자식들 잘못 갈치고 잘못된 뿐만 뵈야준 죄요! 그 죗값으로 당허는 업보란 말이요! 노상 자식들 앞에서 애비가 아니라 폭군맨치로 인정사정없이 징치허는 노릇에만 매달려 살어왔기 땜시 오날날 자식들이 작당허고 모의혀서 민란을 일으킨 꼴이란 말이요! 나가 시방 틀린 소리 혔소?"

가슴속에 응어리져 마디가 되고 옹이가 돼버린 말들 한바탕 쏟아냈는데도 그다지 후련한 기분이 들지 않았다. 이제 와서 석 달 열흘 악담 쏟아 퍼부은들 아무것도 달라질 게 없다는 사실을 관촌댁은 물론 잘 알고 있었다.

"따따부따 시비 개리고 콩팥칠팔 더 따져봤자 나 입시울만 부르틀 뿐이니께 인자는 고만헐라요. 다아 고만둡시다."

영감 상대로 물고 뜯고 할퀴는 일에 집중하느라 잠시 잊고 있던 음식냄새가 또다시 코청을 찔러대기 시작했다. 냄새가 일깨우는 바람에 웬만큼 사그라든 듯싶던 관촌댁 분노가 어느새 또 몸집을 불려나가고 있었다.

"저, 저런, 된장 항아리에다가 꺼꿀로 쑤셔박어도 싼 것들 같으니라고!"

할망구가 느닷없이 왜장치는 소리에 굳게 닫혔던 영감 눈뚜껑이 느릿느릿 또 반응을 보이기 시작했다. 하지만 그것으로 그만이었다. 반쯤 열리는 듯싶던 눈뚜껑은 언제 그랬냐는 듯 도로 닫히고 말았다.

"천하잡년 불효로 지 애비 면전에 날베락 쌔려서 사대삭신 멀쩡허든 사람을 단박에 산송장 맨들어뿌린 딸년이 이녁은 원망시럽지도 않으요? 이녁은 집안 머심놈 냄편 삼었다고 혼주 없는 혼사 도모헐라고 뎀비는 딸년이 쥑여뿔고 잪을 만침 징글징글허지도 않으요? 이녁은 딸년이랑 아들놈들이 얼싸덜싸 한통속으로 뭉쳐서 집안 망신 부모 망신 도모허는 혼사에 알토란 같은 우리 재물 흔전만전 꼬라박는 못된 행실을 벌려놓는디도 분허고 웬통 허지를 않단 말이요?"

애당초 대답 기대하고 퍼부은 질문은 아니었다. 그런데도 막상 아무런 반응이 안 보이자 관촌댁은 그만 떡심이 좍 풀려버렸다.

"고만둡시다. 더 말품 팔아봤자 무신 소용이 있겄소. 인자 고만 죄다 고만둬뿌립시다."

하지만 불과 몇 초도 안 지나 관촌댁은 잃었던 기력을 갑자기 되찾았다.

"일어나시요, 영감! 분허고 웬통헌 꼴 더는 못 참어서라도 지발덕덕 새칠로 기운 채려서 도로 뽈딱 일어스시요! 가장 권리 당장 틀어쥐고 집안일 단속에 나서서 지 애비 상대로 민란이나 도모허는 저 패륜 망종 잡것들을 겡찰맨치로, 흔병맨치로 낱낱이 다 징치허시요!"

자기도 모르는 사이에 관촌댁 눈에서 분수없는 눈물이 삐질삐질 비어져나오기 시작했다.

"여보, 영가암! 나가 옛날에 봤던 영감 그 불같은 승질머리랑 팩성이 만판 그립소. 공중을 널러댕기는 새도 떨어티리고 산천초목도 벌벌 떨게코롬 맨들 만침 기세등등허든 그 시절 그 천석꾼 대지주 위신이랑 체통을 다시 보고 잪은 맴이 굴뚝같기만 허요. 집안 쫄딱 망허기 전에 지발덕덕 싸게 일어나시기라! 뽈딱 일어나서 자식들이랑 아랫것들은 물론이고 왼 고을 면민들이 천석꾼 얼씬네가 으떤 냥반인지를 새칠로 깨달어 알게코롬 옛날에 부리던 솜씨 고대로 본때 한번 뵈야주시기라!"

자기 넋두리에 스스로 취한 나머지 관촌댁은 천석꾼 영감 똑같은 품행 두고 자신이 처음 내렸던 평가와 나중 내린 평가가 상반된다는 사실을 전혀 알아차리지 못했다. 하염없이 흘러내리는 눈물 속에서도 지지고 볶고 찌고 삶는 갓가지 냄새들은 어김없이 콧속으로 파고들어 관촌댁 골머리를 지끈지끈 패게끔 검질기게 괴롭혀대고 있었다.

드디어 혼인날 아침이 밝아왔다. 음력으로 유월 초엿샛날이었다. 한편으로 어쩔 도리 없는 일이라고 체념하면서도 다른 한편으로는 제발 오지 말라고, 절대로 오면 안 된다고 관촌댁이 마음속으로 그악스레 손사래 치던 바로 그 초엿샛날이 '이로너라!' 하고 왜장치면서 천석꾼 집 대문 안으로 끝내 발을 들이고야 만 것이었다.

식전부터 감나뭇골 천석꾼 집안은 마치 땅벌 집 들쑤셔놓은 것처럼 저마다 맡은 일에 쫓기면서 몹시 부산스러운 움직임을 내보이고 있었다. 이른 조반 끝낸 머슴들이 빗자루 들고 본채 앞마당에 나와 제 살림집 안방처럼 정갈하게 쓸었다. 그리고 그 자리에 대형 차일을 쳐 간소하게나마 식장을 꾸몄다. 날이 훤히 밝은 아침인데도 대문간에서 앞마당에 이르는 통로 양쪽에는 집안 경사 알리는 두 줄의 청사등롱 행렬이 곧다시 이어졌다. 전날 밤늦도록 잔치 음식 장만하느라 정신없이 나부대던 섭섭이네가 날이 밝자 사랑채로 건너왔다. 천석꾼 영감 수발 당번을 교대하기 위함이었다. 짐짝 같은 영감을 섭섭이네 손에 맡긴 채 관촌댁은 며칠 만에 본래의 자기 자리로 돌아와 본채 안방을 다시 차지하게 되었다. 반편이 머슴이 천석꾼 데릴사위로 둔갑하는 희대의 구경감이 과연 온 면내에 벌쭉하게 퍼진 그 소문처럼 실제로 일어나는지 어쩌는지 직접 알아볼 속셈인 듯했다. 호기심 못 견딘 사람들이 아침나절부터 집 주변으로 하나씩 둘씩 시나브로 모여들기 시작했다. 혼례식 준비 상황을 낱낱이 다 눈에 담고자 혹자는 까치발 디디고 혹자는 키 큰 사람 어깨 위에 날름 무동 탄 모습으로 높다란 담장 저편 울안 풍경을 염치불고하고 노골적으로 기웃거리는 중이었다. 소피 보러 잠깐 안방을 나섰다가 차마 못 볼 그런 꼴 우연히 발견한 관촌댁 입에서 하마터면 심한 욕지거리가 튀어나올 뻔했다. 저, 저런 능지처참에 부관참시를 곱쟁이로 덧보탤 연놈들 같으니라고! 서슬 시퍼렇던 시절 기력 뻗치는 천석꾼 영감이 항용 두고 즐겨 써먹던 바로 그 문자였다.

"이 무신 망신인고! 이 무신 재변이란 말인고!"

시간이 지날수록 늘어나는 구경꾼들 숫자만큼이나 관촌댁이 느끼는 낭패감과 당혹감의 규모도 덩달아 갈수록 커져만 가고 있었다.

"저어 숙모님, 진용이가 시방 숯골을 댕겨오는 질이고만요."

방문 똑똑 두드리듯 조심에 조심을 더한 장조카 목소리가 신중하게 다가왔다. 안방 문 열자 중죄인 자세로 뜰팡 한쪽에 나란히 서 있는 세 사람 모습이 눈에 띄었다. 장조카와 숯골 신서방 부부였다. 지나치게 주제넘은 짓 저지르는 놈을 아들로 둔 죄 자복하듯 춘풍이 부모는 어찌할 바 모르고 연신 굽실거리면서 이제 곧 안사돈 될 사람을 하늘같이 높은 상전 대하듯 했다. 관촌댁은 탈바가지 덮어쓴 듯 한껏 표정 없는 표정 유지한 채 숯골 노부부 향해 에멜무지로 눈인사만 가볍게 던짐으로써 지금 자신의 심기가 몹시 불편한 상태임을 백일하에 드러냈다. 마치 혼례식 마치지 않았으니까 아직은 사돈 관계도 그 무슨 관계도 아니라고 강력히 주장하는 투였다.

"어서 저짝 방으로……"

장조카 향해 관촌댁은 뒤란 베틀 공방 쪽을 턱짓으로 가리켰다. 딸년이 신접살림 용도로 거금 들여 최근에 개조해놓은 그 방이었다. 이를테면 그것은 혼례가 시작될 때까지는 천석꾼 마나님 눈앞에 다시 얼씬거리지 못하게끔 숯골 부부를 외딴섬으로 멀리 유배 보내 귀양살이시키라는 분부인 셈이었다. 숯골 부부 꽁무니에 매단 채 진용이 본채 떠나 뒤란으로 향하는 모습 보이자 관촌댁은 방문을 소리나게 탁 닫아버렸다.

혼례 시간으로 예정된 오시(午時)가 가까워지자 맞아들 부용이 집례 노릇 맡은 새터 어른을 모시고 나타났다. 촌수 가까운 친인척과 동네 주민을 대표한 소수 이웃도 속속 도착해 차일 주위를 에워쌌다. 초대받은 하객 자격으로 샛내교회 야소꾼들도 어김없이 무리에 합류해 있었다. 식을 진행하는 데 필요한 최소한의 인원은 그럭저럭 다 채워진 셈이었다.

위아래 새하얀 모시옷으로 갈아입고 안방에서 대기하던 관촌댁은 맏아들 안내에 따라 일종의 초례청에 해당하는 차일 안으로 들어섰다. 바닥에 멍석이 깔려 있었다. 상석을 의미하는 멍석 북쪽 자리에 두 개의 돗자리가 나란히 펼쳐져 있고, 그 위에 네 개의 왕골방석이 또 나란히 놓여 있었다. 부용이 지정해주는 대로 관촌댁은 신부 쪽 돗자리에 놓인 왕골방석 하나를 차지했다. 혼주 앉을 자리에 천석꾼 영감 대신 떡하니 버티고 있는 빈 왕골방석이 자꾸만 관촌댁 눈에 밟혔다. 잠시 후에 신랑 쪽 시자(侍者) 격인 최진용 안내를 받아가며 신랑 부모가 잔뜩 시르죽은 모습으로 식장에 들어와 신랑 쪽 돗자리 위에 조심조심 엉덩이를 내렸다.

그런데 이게 웬일인가. 초례청에 필수불가결한 초례상이 두 눈 씻고 봐도 관촌댁 시야에 안 들어오는 것이었다. 초례상 자체가 없으니 그 위에 놓일 송죽 꽂는 화병이나 백미 그릇, 밤 대추서껀 과일과 자웅 한 쌍의 닭 따위가 보이지 않을 건 불문가지였다. 초례상 있어야 할 자리에 작은 소반 하나만 달랑 놓여 있고, 그 위에 찬물 한 대접과 촛대 한 쌍만이 가년스럽게 올라앉아 있었다.

참으로 기가 꽉 막히는 풍경이었다. 어린애들 장난도 아니고, 낫살깨나 처먹은 것들이 이 무슨 행악질인가. 조선 전통혼례 격식 벗어나 최대한 간소하게 치르는 예식인 줄은 진즉부터 알고 있었지만, 철부지 애들 바꿈살이 놀이하듯 장난 수준의 형식이 될 줄은 꿈에도 몰랐다. 달밤에 정화수 한 대접 떠놓고 산신령 앞에 치성드리듯 궁상맞은 수준의 파격적 혼례가 될 줄은 정말 상상도 못했던 터수인지라 관촌댁은 남우세스러워 차마 낯을 못 들 지경이었다.

그 파격에 놀라고 당황한 사람은 비단 관촌댁 한 명만이 아니었다. 차일 주위에 둘러선 하객들 틈에서도 나지막한 수군덕거림이 계속 흘러나오고 있었다. 특히나 담장 너머 사정은 더욱 심한 편이었다. 오시가 가까워지자 난장 바닥 이루다시피 떼거리로 몰려든 구경꾼들 사이에서 서로 비웃고 떠들며 연방 혀 차는 기척들이 차일 안까지 가감 없이 건너올 정도였다. 이런 꼴 저런 꼴 죄다 보기 싫은 나머지 관촌댁은 아예 두 눈을 질끈 감아버린 채 어금니를 꽉 사리물었다. 이게 대관절 무슨 망신이고 무슨 재변이란 말인가. 오로지 지옥의 아랫목 같은 신부 어머니 자리에서 그저 촌각을 다투어 벗어나고 싶은 일념뿐이었다.

모든 사람이 기다리던 오시가 어김없이 찾아왔다. 집례자 새터 어른이 카랑카랑한 목청으로 전안례(奠雁禮)의 시작을 알렸다. 시자인 최진용이 행랑채에서 신랑을 부축하고 나왔다. 신랑은 혼례복인 남색 단령(團領) 대신 새로 지은 평상복 핫옷 차림에 오사모(烏紗帽) 쓰지 않은 맨머리, 검정 목화(木靴) 아닌 흰 고무신 바람이었다. 붉은 보에 싸인 목안(木雁)을 든 신랑이 제가 장가가는 날인 줄 아는지 모르는지 철부지 아이처럼 마냥 싱글벙글 해맑게 웃는 낯꽃으로 마당에 등장하자 담장 너머 구경꾼들이 일제히 폭소를 터뜨리고 말았다.

시자가 시키는 대로 세 차례 읍(揖)을 하면서 초례청에 드는 동안에도 신랑 얼굴에는 천생 모지리임을 알리는 헤픈 웃음이 벙긋벙긋 떠날 새가 없었다. 예식 순서에 맞추어 신랑이 소반 위에 목기러기를 내려놓았다. 그러자 작은 소반 위 촛불들이 자리가 너무 비좁다고 흔들흔들 앙탈을 부렸다. 다시 시자가 일러주는 대로 신랑은 소반 쪽 향해 재배를 시작했다. 두번째 절이 미처 끝나기도 전에 신부 쪽 하님 노릇 맡은 최진용의 처가 얼른 목기러기를 챙겨 관촌댁 손에 넘겨주었다. 마침내 지옥의 아랫목 탈출할 절호의 기회가 찾아온 것이었다. 목기러기 받아들자마자 관촌댁은 발딱 일어나 마치 훔친 물건 들고 멀리 튀듯이 뒤도 안 돌아보고 본채 안방으로 향했다. 이를테면 합법적 도망질인 셈이었다. 조선의 전통혼례 제도가 신부 어머니의 목기러기 안방 모시기를 허용하고 권장하는 덕분이었다.

관촌댁은 안방 화장대 근처에 팔맷돌 던지듯 목기러기를 힘껏 던져놓은 다음 본채를 빠져나왔다. 관촌댁은 혼례식장으로 되돌아가지 않았다. 그길로 곧장 사랑채 바라보며 뜀박질하다시피 걸어갔다. 『장화홍련전』을 앞대가리만 읽고 몸통이 시작되는 대목에서 책장 탁 덮어버린 꼴이긴 하지만, 그렇다고 그 뒷이야기에 미련을 가진 것도 아니었다. 전안례에 이어 차례로 진행될 교배례(交拜禮)나 합근례(合졸禮) 따위 예식 절차는 도무지 천석꾼 마나님 알 바 아니었다. 저희끼리 맞절을 하든지 말든지, 술잔을 서로 주고받든지 말든지, 관촌댁은 거기에 눈곱만큼도 개입하고 싶은 마음이 없었다.

"아니, 식도 안 끝났는디……"

사랑채로 허위허위 들이닥치는 마나님 보자마자 섭섭이네가 대경실색했다. 그 시간에 식장에서 마땅히 신부 어머니 자리 지키고 있어야 할 관촌댁이 엉뚱깽뚱하게도 사랑채에 와 있다는 사실에 크나큰 혼란을 느끼는 성싶었다.

"신랑 신부가 맞절허는 절차는 보고 오셨어라우?"

"섭섭이 너 이년, 지랄 작작 떨고 싸게 아래쪽으로 근너가기나 혀!"

반강제로 섭섭이네 내쫓고 나서 관촌댁은 대청마루에 네활개 활짝 편 채 큰대자로 뻗어버렸다. 혼례식장에 갇혀 보낸 불과 몇 분이 수십 년 세월만큼이나 길고도 지긋지긋하게 느껴졌다. 늙은 삭신이 잠깐 사이에 기력을 온통 탕진해버린 꼬락서니였다.

"이 무신 재변인고! 요게 다 무신 망신이란 말인고!"

관촌댁은 대청 보꾹 높이 올려다보며 고단 무쌍한 천석꾼 마나님 신세를 한바탕 자탄해 마지않았다.

"낱낱이 다 썻바닥을 확확 잡어뽑아서 두엄데미 속에다 슥 달열흘 파묻어도 시연찮을 잡살뱅이 연놈들 같으니라고!"

망측스럽기 짝이 없는 이번 혼사에 관련된 잡것들 모두를 한목에 싸잡아 욕하기 위해 천석꾼 영감이 항용 두고 쓰던 문자를 다시 인용했다. 그래 봤자 반분도 안 풀리는 느낌이었다. 나머지 반분 풀어버릴 작정으로 관촌댁은 천근 같은 몸뚱이 벌떡 일으켜 사랑방 안으로 돌진했다.

"여보, 영가암!"

할망구가 마구 흔들어대는 사품에 천석꾼 영감이 어렵사리 한쪽 눈뚜껑을 들어올렸다. 댁은 뉘요, 하고 묻는 듯한 그 눈빛이 그러잖아도 흥분 상태인 관촌댁을 더욱 자극해놓았다.

"참말로 분허고 웬통혀서 요대로는 못 살겄소! 살어생전 두고두고 떨어야 헐 우세를 한나절 만에 죄다 떨고 나니깨 겁나게 스럽고 챙피시러서 참말로 숨이 꽉 맥혀 죽을 것만 같소!"

할망구가 다시 한번 영감을 흔들어댔다. 그러자 영감은, 무슨 일로 날 찾아왔소, 하고 묻는 듯한 눈빛을 보였다.

"영감, 이 늙다리 예펜네 생각을 혀서라도 지발덕덕 정신 조깨 채리시요! 싸게 병석을 툭툭 털어뿔고 뿔딱 일어나서 천석꾼 집안 우습게 보고 함부로 뎀비는 같잖은 것들한티 한번 본때 있게 웬수를 갚어뿌립시다!"

소리 안 나는 버꾸나 다름없는 인간이었다. 아무리 그래 봤자 미동조차 안 보이는 영감 몰골 잠시 우두커니 들여다보다 말고 관촌댁은 느닷없이 울음을 터뜨리기 시작했다. 서러워서도 울고, 분해서도 울고, 창피해서도 울고, 원통해서도 우는 울음이었다. 자기 신세 처량해서 울고, 영감 신세 불쌍해서 우는 울음이기도 했다.

5

　　"똥은 매랍지요오……"

　우람한 덩치만큼이나 걸쭉한 목청이었다. 마땅히 신방에 들어 있어야 할 신랑이 밤늦도록 행랑채 머슴방에서 꼴머슴 노래를 흐드러지게 불러대고 있었다. 부아를 돋우는 상대방 얼굴 과녁삼아 콧물 탄알 팽 발사해 정확히 맞히는 장기와 더불어 그 꼴머슴 노래는 사람들 웃기거나 놀라게 만드는 신춘복씨의 특출난 재주에 속했다.

　　"노잣돈은 똑 떨어졌지요오……"

　그러나 말이 좋아 재주일 뿐, 실인즉슨 가사 순서도 앞뒤 인과 관계도 모두 다 뒤죽박죽 엉망인 엉터리 노래에 불과하다는 사실을 최순금은 오래전부터 익히 알고 있었다.

　　"쏘내기는 쏜아지지요오……"

노래 한 소절 끝날 때마다 머슴방에 모인 상머슴 곁머슴 풋머슴들 웃고 떠드는 소리가 왁자지껄 요란하게 밤공기를 울렸다. 머슴들은 모두 술에 취해 있었다. 그동안 막걸리를 얼마나 퍼마셨는지 신랑 역시 혀가 많이 꼬부라져 평상시보다 훨씬 더 어눌한 소리를 내고 있었다.

"괴얄띠는 안 끌러지지요오……"

사연도 많았고 풍파도 심했던 혼례식이 끝나자마자 시부모 된 노인 내외는 숯골 집으로 돌아갔다. 진용 오라버니는 혼인신고 하기 위해 곧장 면사무소로 달려갔다. 하루아침에 천석꾼 집안 데릴사위로 신분이 급변한 신랑은 어제까지의 동료들에 둘러싸인 채 붙들어 앉히려는 손길 뿌리칠 생각 전혀 없는 듯했다. 연방 벌쭉벌쭉 헤프게 웃으면서 신랑은 지난날 동료들이랑 얼싸절싸 한동아리 이루어 머슴방으로 들어갔다. 그리고 그때 이후로 최순금 신부는 신랑이란 사람 코빼기조차 구경하지 못한 처지였다.

"님은 보고 잪으지요오……"

똥 마려운데 노잣돈 떨어졌다는 맥락과 마찬가지로 소나기 쏟아지는데 허리띠 안 끌러진다는 맥락은 사실 어불성설이었다. 앞뒤가 짝을 잘못 만나 서로 버성기며 부대끼는 꼴이었다. 똥 마려운 사정과 허리띠 안 끌러지는 사정, 임 보고 싶은 사정과 노잣돈 떨어져 만나러 못 가는 사정, 바로 이런 조합이라야 진정한 제짝이 될 수 있었다. 그런데도 순금은 왠지 모르게 뒤죽박죽 제멋대로인 그 엉터리 꼴머슴 노래에 오히려 은근히 마음이 끌리곤 했다. 어린 시절부터 귀에 못이 박이도록 숱하게 들어온 결과였다.

순금은 혼례식 때 입었던 녹의홍상(綠衣紅裳)을 아직도 평상복으로 갈아입지 못한 상태였다. 전래 습속대로 결혼 초야에 신방에 든 신랑이 신부 예복인 초록저고리 옷고름 풀어주기 바라서가 아니었다. 여느 신혼부부들이 첫날밤에 정해진 순서에 따라 치르는 그 보편적 행사를 기대하는 것도 아니었다. 신부가 낮에 식장에서 봤던 그 예복 차림으로 신방에 얌전히 앉아 있어야 밤중에 뒤늦게 들어온 신랑이 아, 이제부터는 여기가 내 방이구나, 하고 머릿속에 새겨둘 것 같기 때문이었다. 그런데 그 신랑이 집 울안에서 그만 길을 잃고 말았다. 신방으로 가는 길 찾는 대신 신랑은 몸에 밴 버릇에 따라 늘 머물던 머슴방으로 자연스럽게 발길을 옮겼다. 그리고 그때부터 이제까지 줄곧 막걸리 사발 주고받기와 왁자지껄 웃고 떠들기와 꼴머슴 노래 부르기 속에 푹 파묻혀 지내고 있었다.

그새 깜빡 잠이 들었던 듯했다. 피로에 겨운 나머지 여전한 녹의홍상 차림인 채 벽면에 기대앉아 있었는데, 갑자기 바람벽이란 놈이 덤벼들어 뒤통수 쿵 들이받는 바람에 소스라치게 놀라 앉음새를 얼른 바로잡았다. 정신 차린 다음 순금이 맨 먼저 확인한 것은 한 쌍의 화촉이었다. 두 자루 촛불이 눈물을 흘리고 있었다. 빨간 초와 파란 초가 긱긱 빨간 눈물과 파란 눈물을 줄줄이 흘리는 중이었다. 금세 알아보리만큼 짧아진 초의 길이도 쉽사리 눈에 띄었다. 짧아진 그 길이로 미루어 짐작건대 몹시 불편한 앉음새로 꽤 오랜 시간 잠들어 있었던 듯했다.

"많이들 애쓴다마는, 느네가 지아모리 빨개보고 파래봤자 그게 다 무신 소용이 있을 것이냐."

순금은 빨갛고 파란 화촉 바라보며 나지막이 속삭였다. 밤이 깊어지다못해 거의 새벽녘에 가까운 시간인 듯했다. 신랑 모습은 여전히 안 보였다. 그때까지 신랑 없는 신방을 신부 홀로 지킨 셈이었다. 왁자지껄 웃고 떠들던 소리가 언제 그쳤는지 머슴방 쪽은 고즈넉한 분위기에 휩싸여 있었다.

한동안 잊고 있던 피곤의 무게가 새삼스레 되살아나 또다시 온몸을 짓누르기 시작했다. 순금은 초저녁 무렵에 섭섭이네가 일찌 감치 방에 들여놓은 소반 위의 밤참에 잠시 무연한 눈길을 보냈다. 배는 전혀 고프지 않았다. 다만 피로에 시달릴 뿐이었다. 순금은 화촉 있는 쪽으로 엉금엉금 기어갔다. 그리고 입바람 혹혹 날려 촛불들을 차례로 꺼버렸다. 새벽녘인데도 멀쩡한 사람 찌무룩하게 만들 정도로 삼라만상을 사정없이 물쿠어대는 여름 날씨였다. 칠흑의 방안에서 순금은 진종일 거추장스레 걸치고 있던 녹의홍상 홀홀 벗어던지고 시원한 속곳 바람으로 잠자리에 들었다. 혼례는 올렸으나 신부는 아직 못 되었다. 여전히 그냥 최순금의 상태로 머물러 있을 따름이었다.

그야말로 새 바지에 똥 싸는 격이었다. 이틀째 독수공방이었다. 저녁밥 뚝 따먹자마자 신랑은 마치 제 방 찾아가듯 자진해서 또다시 머슴방으로 향했다. 그 방에서 새신랑은 머슴들에게 한편으로 놀림감 되고 다른 한편으로 부러움의 대상이 되는 듯했다. 전날만큼 술판 벌이고 와자지껄 떠드는 분위기는 아니지만, 밤이 이슥하도록 시끌시끌한 웃음소리가 끊이지 않았다. 짐작건대, 신랑으로서 지켜야 할 처신에 빗대어 여러 종류 음탕한 농담들이 쉴새없이 좌중을 오가는 눈치였다.

순금은 독수공방이 길어지는 상황에 이미 마음으로 대비하고 있었다. 남들 보기에 딱하고 안쓰러워 끌끌 혀를 찰 수밖에 없는 신혼 풍경인 것만은 어김없는 사실이었다. 하지만, 누가 뭐래도 이제는 명실상부한 부부지간이었다. 아니, '명'만 있고 '실'은 없는 반쪽짜리 명실상부 기혼녀였다. 우선은 그 정도만으로도 족했다. 애당초 정상적으로 만난 신랑 신부가 누리는 뜨거운 운우지정 같은 걸 꿈꾸고 혼인을 결심한 건 아니었다. 일본 천황폐하 명받드는 조선의 관공리들 향해, 이제부터 최순금은 여자정신대 소집 대상에 포함되지 않는 유부녀 신분임을 백일하에 선언하는 데 주목적이 있었다. 그 목적 이미 달성한 다음인지라 계속 이어지는 독수공방 속에서도 순금은 별달리 큰 불만을 품지는 않았다.

신혼 사흘째 되는 날, 뜻밖에도 관촌댁이 예고 없이 딸네 신방을 불쑥 찾아들었다. 혼례식 도중 목기리기 빈자리마자 식장에서 사라진 후 내내 오불관언 자세로 딸과 담쌓고 지내던 어머니였다.

"으쩌냐? 소원대로 되야서 인자는 니 속창사구가 후련허냐?"

신방 내부를 한 바퀴 휙 둘러보고 난 어머니가 선소리 앉은소리 가리지 않고 생억지를 부렸다.

"후련허고 마잘 것도 없어요, 어머님. 그저 요로콤 사는 게 내 운명이고 타고난 팔자거니, 험시나 그냥저냥 한세상 버텨나가는 것이지요."

순금은 웃는 낯꽃으로 어머니에게 아랫목 자리를 권했다. 하지만 어머니는 앉아서 오래 머물 생각이 전연 없는 눈치였다.

"느네 아부지가 어느 날 맑은 정신으로 돌아와서 니가 요로콤 사는 꼴을 본다면 얼매나 기가 꽉 맥히시겄냐. 보나 마나 정신 줄도로 내려놓고 새칠로 또 나자빠지실 것이다."

아버지와 신춘복씨 사이 가리켜 사람들은 흔히 아주까리에 진둥개요 아삼륙 골패짝이라 말하곤 했다. 천석꾼 대지주와 반편이 머슴이 서로 앞서거니 뒤서거니 하면서 집 안팎을 노상 붙어 다니는 모습 보고 사람들은 참으로 희한한 관계라고 저마다 탄복해 마지않았다. 나이와 신분 차이 뚝 떠나 두 사람은 서로 반말지거리하고 너나들이하면서 세월 함께 보내는 막역지우이자 불가근 불가원의 경계 대상이기도 했다.

"설마 그러실 리가요. 불효 딸년 으떻게 대허시는가 보고 잪어서라도 아버님 정신이 빨리 본바탕으로 돌아오기를 지달리고 있겄어요."

"그나저나 너는 춘풍이란 놈이……"

말하다 말고 갑자기 어머니는 천장을 멀뚱히 올려다보았다.

"저는 암시랑토 않어요. 어머님 맴 내키시는 대로 그냥 아무
이름이나 갖다 쓰셔도 팽기찮어요."

"너는 신서방이 안하무인으로 날뛰는 꼴 은제까장 내싸둘 작
정이냐? 그냥 계속 곱게 두고 볼 작정이냐? 당장에 오랏줄로 꽁
꽁 포박을 혀서라도 강제로 끌고 와야 옳은 것 아니냐?"

"그냥 내싸두고 잪어요."

딸의 대구에 어머니는 심란해하는 기색을 감추지 못했다.

"무신 짓을 허든지 간에 자기 멋대로 양껏 날뛰게코롬 그냥 내
싸두고 잪어요. 그 사람이 신랑 본래 자리로 돌아올 때까장 저는
그냥 눈감어줌시나 참고 지달릴 생각이고만요."

순금은 만면에 미소 가득 실은 채, 그러나 어조만은 아주 단호
하게 제 의사를 밝혔다. 예상대로 어머니는 딸의 신방에 오래 머
무르지 않았다. 벽돌 쌓듯 대짜배기 한숨들 방바닥에 수북이 쌓
고 나서 어머니는 잠시 후에 밖으로 휑허케 나가버렸다.

집안에서 새신랑 터무니없는 일탈 행위를 가만 내버려두거나
곱게 눈감아줄 의사가 전연 없는 한 사람이 있었다. 다름 아닌 최
부용, 새신랑 처남 되는 인물이었다. 그날 밤, 머슴방 앞에서 난
데없는 호통소리가 감사납게 울리기 시작했나. 방안에 들어 있는

모든 사람 싸잡아 호되게 꾸짖고 무섭게 잡도리하는 소리가 밤공기를 쩌렁쩌렁 흔들고 있었다.

"도대체 이게 시방 뭣 허는 짓들인가! 설령 어리숙헌 신랑이 잠시 질을 잃고 방을 잘못 찾어들었다 허드래도 잘 타일르고 신랑 된 도리를 가르쳐서 신방으로 돌려보내야 헐 사람들 아닌가! 자네들 눈에는 시방도 신춘복 신랑이 자네들 동료고 친구로 뵈는가?"

갑작스레 머슴방 안에서 잡담이 뚝 그쳤다. 그리고 그뒤로는 찍소리조차 나오지 않았다.

"과거 그 춘풍이 머슴이 아니란 말이네! 인제는 감나뭇골 어르신 데릴사우란 말이네. 그런디 신춘복씨랑 한통속이 되야서 밤이면 밤마닥 얼씨구절씨구 노라리판이나 벌리고, 왼 동네 시끄럽게 왼갖 난잡을 다 떨다니! 자네들이 시방 본정신으로 허는 짓들인가?"

방문이 화닥닥 열리는 소리에 이어 머슴방에서 뛰쳐나온 몇몇 사람이 웅얼웅얼 주고받는 말소리가 희미하게 들렸다. 곧이어 신방 쪽 향해 여러 사람 몫 발소리들이 저벅저벅 다가오기 시작했다.

"누님, 방문 조께 열겄습니다!"

말 끝남과 동시에 방문이 벌컥 열렸다. 어둠을 배경삼아 서 있는 세 남자였다. 새신랑과 부용 말고도 섭섭이 아버지 한 사람이 더 있었다. 두 남정네가 힘을 합쳐 나머지 한 남정을 마치 짐짝 부리듯 안으로 떼밀어넣었다.

"누님, 방문 닫겄습니다!"

방문이 닫히자 바깥쪽에서 문고리 걸어 잠근 다음 거기에 걸쇠 지르는 소리가 찰카닥 울렸다. 아마도 놋수저 따위 쇠붙이인 성 싶었다. 날이 밝을 때까지 방에서 나올 수 없게끔 신랑 신부를 감 금하는 조치였다.

"잘 오셨어요."

밤중에 느닷없이 붙잡혀 끌려온 충격에서 아직도 못 벗어난 모 양이었다. 어릿어릿한 눈빛으로 방안을 둘러보는 신랑을 순금은 여러 날 준비해놓았던 미소로써 맞이했다.

"여그가 바로 신랑이 묵는 방이께 인제부텀 따른 방으로 가 들 마시고 요 방으로 쪼르르 달려오셔야 되야요."

"으, 신랑…… 으, 쪼르르……"

그제야 신랑 얼굴에 웃음기가 헤프게 번지기 시작했다.

"제가 누군지 알아보시겄어요?"

"으, 순금이……"

"맞었어요. 물론 순금이도 맞는 말이지만, 그보담은 신춘복씨 각시가 더 맞는 말이랍니다."

"으, 신춘복씨 각시……"

각시란 말이 뭐가 그리도 좋은지 신랑이 흐흐흐 소리내어 웃었다. 강제로 떼밀려 방안에 들어서던 때에 비해 기분이 한결 좋아진 모양이었다. 하지만 순금은 신랑을 상대로 그렇듯 간단한 대화 몇 마디 주고받는 일에도 진이 빠지는 기분이었다.

"혹시 시장허지는 않으신지요? 시장허실 때는 밤참을 드시는 게 좋아요."

순금은 윗목에 놓인 밤참 소반을 손으로 가리켰다. 신랑은 이게 웬 떡이냐 싶은 기색을 드러냈다.

"으, 시장…… 으, 밤참……"

그 말이 시장하다는 뜻인지, 그냥 알아들었다는 시늉인지 얼핏 분간이 안 가 일단 소반을 신랑 발치로 옮겨놓았다. 그러자 신랑은 흐흐흐 웃음소리와 함께 소반 앞에 퍽석 주저앉았다. 같이 먹자는 말 한마디 없이 소반을 독차지한 채 주먹덩이 크기 하지감자 하나를 덥석 움켜쥐었다. 그러고는 게걸스럽게 우적우적 씹어대기 시작했다. 내리 사흘 굶은 사람처럼 먹성도 좋게 하지감자에 이어 삶은 옥수수야 찐 완두 꼬투리야 가리지 않고 함지박에 소담히 담긴 밤참을 걸신들린 듯 더끔더끔 걸터들였다. 소반 위 함지박을 잠깐 사이에 깨끗이 비우더니만 신랑은 트림 한 번 거하게 토하고 나서 장구통처럼 불룩 나온 배를 손바닥으로 두어 차례 쓸어내렸다. 세상 전체를 다 가진 듯이 마냥 행복에 겨운 표정이었다.

"우리가 혼례식 치른 것 기억허고 기시지요? 혼례식까장 치뤘으니깨 우리는 인제 부부간이 되얐어요."

"으, 혼례식…… 으, 부부간……"

신랑이 헤벌쭉 웃어 보였다.

"그러니깨 말허자면 신춘복씨 당신이 인제부텀 내 냄편이고
내가 인제부텀 신춘복씨 당신 각시라는 뜻이지요."

"으, 냄편 각시……"

하지만 그것으로 그만이었다. 그 이상 더 웃지도 않을 뿐만 아
니라 순금의 말에 귀를 기울이려 하지도 않았다. 짤막하게 주고
받는 그 대화 아닌 대화에도 벌써 싫증을 내는 눈치였다. 애당초
순금은 문맹자에게 '가갸거겨'부터 찬찬히 일러주는 식으로, 그
리고 평강공주가 바보온달 가르치는 그런 노력으로 노상 신랑 옆
에 끼고 앉아 결혼생활에 관련된 기초 상식들을 그 모자라게 타
고난 머릿속에 어기차게 심어줄 작정이었다. 그러나 순금 공주의
노력은 첫 수업부터 난관에 부닥뜨리고 말았다. 신랑은 포만감에
식곤증이 겹친 상황에서 몰려드는 졸음 기운을 견디기 힘든 눈치
였다.

"피곤허시지요? 자리 펴드릴까요?"

이제는 자는 일밖에 남아 있지 않았다. 늘어지게 하품중이던
신랑 얼굴에 웃음이 퍼뜩 되살아났다.

"으, 자리……"

"자리 펴줘라고 한번 대답허보세요."

"으, 자리 펴줘."

그 순간, 순금의 가슴에 감동의 물결이 일렁이기 시작했다. 비록 짧고 단순하기는 하지만, 신춘복씨 입에서 나오는 완성된 문장을 접하기는 그때가 생전 처음이었다. 좀전의 실망이 새로운 소망으로 바뀌는 순간이었다. 순금은 콧노래라도 흥얼거리고 싶은 심정으로 이부자리를 폈다. 원앙금침 정도로 호화로운 건 아니지만, 갓 만들어 아직도 새물내 물씬 풍기는, 습한 여름 날씨에 알맞게끔 고슬고슬한 기분으로 덮을 수 있는 차렵이불이었다.

"어서 자리에 누우시지요."

신랑은 진종일 몸에 걸쳤던 옷차림 그대로 이불 위에 벌러덩 드러누웠다. 순금은 이불자락 끌어당겨 덮어준 다음 밀랍 촛불 훅 불어 신랑에게 어둠을 제공했다. 그리고 그 어둠 한쪽에서 한참을 우두커니 서 있었다. 어떡할까 하고 몇 번이나 망설이고 주저하던 끝에 마침내 순금은 차가운 물웅덩이 속으로 자맥질하듯 이부자리 속으로 파고들었다. 신랑이 흠칫 놀라 옆자리 신부를 홱 돌아다보았다. 하지만 그것도 잠시뿐이었다. 오랜 세월 머슴방에서 임의로운 동료들과 어울리고 부대끼며 한 이불 덮고 잠들곤 하던 습관의 연장인 듯 신랑은 이내 아무렇지도 않게 처음 자세로 돌아갔다. 곧이어 드르렁드르렁 코골아대는 소리가 등천하기 시작했다.

콧나발 불어대는 소리는 도무지 지칠 줄도 모르고 좀처럼 작아

지지도 않았다. 아무때라도 잠에서 깨어나기까지는 그 흐름을 줄기차게 유지할 기세였다. 천장뿐만 아니라 보꾹까지 들썩일 정도였다. 집채가 무너지지 않는 것만으로도 다행으로 여겨야 할 판이었다. 애당초 허술하게 지어진 의지간(倚支間)이었다. 헛간으로 시작해 공방을 거쳐 신방으로 거듭나기까지 몇 차례 보강공사를 했지만, 워낙 뼈대가 부실한 건물인지라 약점 많기는 처음 지어질 당시나 어금지금한 상태였다.

신부 최순금은 사실상 신혼 초야에 해당하는 그날 밤을 신랑 신춘복의 콧나발소리에 밤새도록 짓눌려가며 온전히 뜬눈으로 새우다시피 했다. 감옥이 따로 없었다. 궁지 안에 갇힌 순금을 곤경에서 빼내준 사람은 머슴들 대장이었다. 날이 밝자마자 우듬지 머슴인 섭섭이 아버지가 달려와 문고리에 꽂힌 걸쇠를 뽑아냄으로써 주인댁 아씨를 옥살이에서 구출해주었다.

제18장

부병자자 새기는 뜻은

1

"동상이 시방 전적으로 책음을 시방 져주기만 헌다면……"

드디어 진용 형 입에서 동의가 떨어졌다. 여러 차례 시도 끝에 어렵사리 얻어낸 승낙의 말이었다.

"고맙습니다! 참말로 고맙습니다, 형님!"

그동안 번번이 퇴짜 맞아 심정이 많이 상한 적도 있지만, 이번 이 마지막 기회다, 하고 독한 마음으로 꺼낸 간청이었다. 그런데 죽어도 못 맡겠노라고 그토록 완강히 버티기로 일관하던 사촌형 이 갑자기 마음 바꾸어 학교 설립 준비하는 일에 주요 역할을 떠 맡겠다고 나서니 부용으로서는 감격하지 않을 수 없었다.

"책임 문제는 당최 걱정도 허들 마십쇼. 혹시라도 요번 일로 무신 문제가 생긴다면 과는 저 혼자 몽땅 뒤집어쓰고 지가 도맡 어서 치도곤을 맞겠습니다. 그 대신, 만약에 일이 잘 추진되는 경우에는 모든 공을 온전허니 형님한티 돌려드릴 생각입니다."

애당초 진용 형 도움 없이 혼잣손만으로는 언감생심이었다. 무슨 일에든 빠끔하고 매사를 실속 있게 밀어붙이는 팔방미인 유형인 진용 형만 믿고 착수한 학교 설립 계획이었다.

"학교 건축 대지로 형님이 맴속에 두신 땅이라도 혹시 있습니까?"

자고로, 쇠뿔은 단김이요 호박떡은 더운 김이라 하지 않았던가. 부용은 이왕지사 말 나온 김에 아예 학교 터까지 일찌감치 결정해버리고 싶은 성마름에 사로잡혔다.

"땅이 있드래도 시방 그 땅이 내 땅은 아니니께 시방 내 입으로 말허기는 쪼깨 거시기헌 대목이……"

"홀머리산 산자락에 있는 그 땅은 어떨까요? 물론 최부용이 소유도 아니긴 허지만……"

천석꾼 수많은 소유지들 가운데 한 곳이었다.

"거그라면야 시방 한번 고려혀볼 만헌 땅이지. 쪼깨 멀고 외진 감은 있지만, 산서에서 시방 멀고 외진 땅이 시방 어디 한두 간던가. 혀봤자 거그서 거그겠지. 평토 작업에 시방 돈을 나수 잡아먹을 것 같어서 시방 쪼깨 맴에 걸리기는 허네만."

"저도 이의 없이 동감입니다. 그럼 일단은 그쪽으로……"

홀머리산(獨頭山) 기스락에 자리잡은, 산지도 아니고 그렇다고 평지도 아닌, 상당히 어중간하고 애매한 땅이었다. 비탈이 만만찮은 편인데다 바위투성이 산자락 일부를 끼고 있지만, 땅 자체는 오지게 넓어서 거의 일만 평에 육박하는 면적이었다. 원원이 소나무숲 울창한 산지였는데, 왕년에 총독부 위세 등에 업은 일본인 산판업자가 산 전체를 배코 치는 식으로 훌러덩 벗겨 목재를 대량 반출해 가버렸다. 전시에 군수물자로 수요가 급증한 석유를 대신할 산업용 연료인 목탄을 양산하기 위함이었다. 그뒤부터 벗어배기 머리처럼 볼썽사나운 모습으로 분지 끝자락에 혼자 외롭게 서 있는 홀머리산 가리키며 주민들은 쑤군덕거리곤 했다. 언젠가는 이런 비극의 날이 닥쳐와 멀쩡하던 산이 흉물스러운 몰골로 바뀔 줄 미리 알고 옛날옛적에 이미 사시장철 푸르디푸른 산에다 그런 이상야릇한 이름 지어 불러버릇했으니 우리 조상님들 혜안이 얼마나 놀랍고 신기하냐, 하는 자조 섞인 감탄이었다.

황무지처럼 버려진 채로 해를 넘기자 땅이란 놈이 백수건달처럼 하는 일 없이 놀고 지내는 꼴 절대 못 보는 천석꾼 영감이 하루속히 그 땅에 소작 부칠 작자를 찾아내라고 엄명을 내렸다. 그 명 받들어 도마름 최진용이 이 마을 저 마을 발품 팔고 다니며 빈농들 가운데서 적절한 소작인을 물색했다. 그러나 농지 확보에 항상 혈안이 되다시피 하던 사람들도 고개를 절레절레 흔들었다. 배보다 배꼽이 더 큰 경우라는 이야기였다. 기껏 개간해봤자 산도(山稻) 정도나 심을 바윗돌투성이 척박한 땅인데, 아무리 공들여 밭을 일궈놓은들 실익이 전혀 없다는 주장이었다. 실익 있고 없음을 떠나 더욱더 중요한 문제는 일손 조달이었다. 마치 곶감 꼬치에서 곶감 빼먹듯 마을에서 힘꼴깨나 쓸 만한 장정들 족집게처럼 쏙쏙 뽑아 징병으로, 징용으로 끌고 가버리는 세상이었다. 젊은이들 손놓고 떠난 농지를 중늙은이 이상 고령자들이 힘겹게 경작하는 실정이었다. 아직 마을에 남아 있는 젊은 축들도 어느 날 불시에 끌려갈지 몰라 전전긍긍하는 판국에, 더구나 하루가 멀다고 면내 곳곳에서 줄초상이 나고 여기저기서 곡소리가 울리는 흉흉한 세태 속에서 산자락 너덜겅에 소작 부칠 작인 찾기는 사실상 불가능에 가까웠다. 진용 형의 노력이 실패로 끝난 후 홀머리산 아래 그 광활한 땅은 황무지 상태 그대로 결국 방치되고 말았다.

그렇듯 복잡다단한 이력 지닌 땅에 장차 번듯한 학교 건물이 세워진다면 면민들이 얼마나 반기며 좋아할까. 대다수 면민의 숙원사업인 정규학교 설립을 꿈꿀작시면 부용은 절로 어깻바람 엉덩잇바람이 일곤 했다.

"일간에 시방 동상이랑 같이 한번 시방 사전 조사를 나가보는 게 좋을 것 같은디, 동상 생각으로는 시방 으떤가?"

어려운 과정 거쳐 사촌지간에 일단 합의가 이루어지고 나니 진용 형 쪽에서 외려 더 적극적으로 나오기 시작했다. 부용은 현장 답사를 나가보자는 제안에 반대할 이유가 전혀 없었다.

"저야 뭐 그야말로 불감청이언정 고소원이지요. 형님 편리허신 대로 날짜를 잡아서 알려주시기 바랍니다."

첫아들 천년쇠에 이어 방금 둘째아들이라도 얻은 듯 기쁨과 보람이 만개하는 하루였다. 부용은 이제 막 연분홍으로 물들기 시작하는 저녁놀을 정면으로 받으며 저녁 끼니때에 늦지 않게 감나뭇골로 들어섰다. 천석꾼 지주댁 담장 따라 어슬렁거리면서 자꾸 울안을 엿보는 웬 사람이 시야에 들어왔다. 가까이 다가가면서 보니 다름 아닌 귀용이었다. 누님 혼사 문제 상의하는 자리에서 덜떨어진 소리 지껄였다가 형한테 호되게 날벼락 맞고 줄행랑 놓은 후로는 혼례식 당일 식장에서, 그리고 잔치 음식 먹는 자리에서 먼발치로 잠시 얼굴 마주친 다음 처음 대하는 동생이었다. 아마도 그때 혼뜨검당한 기억이 여전히 생생하게 살아 있어 지금쯤 형이 집에 있는지 없는지 밖에서 동정을 살피던 중인 듯했다.

"어, 어디를 다녀오시는 길입니까?"

바투 다가서는 형의 기척에 흠칫 놀란 귀용이 먼저 알은체를 했다.

"대문은 저쪽이다. 집에 왔으면 안으로 곧장 들어갈 것이지, 담장 배깥쪽에서 웬 첩자 놀음이냐?"

형의 퉁명스러운 말대접에 귀용은 적잖이 당황하는 기색이었다.

"첩자 놀음이라니, 당치도 않은 말씀입니다. 생각을 좀 정리할 일이 있어서 잠시잠간 밖에서 지체한 것뿐입니다."

"하여튼지 간에 잘 왔다. 그러잖아도 학교 설립 문제로 설명헐 사안이 생겼던 참이다. 저녁 먹고 나서 같이 부모님을 뵙기로 허자."

대문간 안으로 들어서니 초저녁부터 마당 곳곳에 피워놓은 모깃불 연기가 울안에 자우룩이 깔려 있었다. 대청마루에 쳐놓은 모기장 안에 천년쇠와 함께 있던 연실이 얼른 모기장 밑자락 들치고 밖으로 나왔다.

"천년쇠야, 큰삼춘 뫼시고 왔다. 어서 인사 올리거라."

"큰도련님 오셨어요? 먼 걸음 하시느라고 힘드셨겠어요."

부용의 지시와는 딴판으로 천년쇠 아닌 애어멈이 얼른 인사를 올렸다.

"최천년쇠씨, 그간도 별고 없이 편안히 지내셨습니까?"

큰삼춘 역시 방금 자기한테 인사말 건넨 형수 아닌 젖먹이 조카 상대로 깍듯이 안부 묻는 형식을 취했다. 그러자 정작 대화의 중심인물인 천년쇠는 어미 품에 안긴 채 가만있는데 세 어른끼리만 서로 웃음소리 주고받는 이상한 광경이 벌어졌다. 부용은 연실로부터 아들을 넘겨받았다.

"그새 몰라보게 많이 자랐군요. 이제 떡애기란 말, 갓난쟁이란 말은 차마 미안해서 우리 천년쇠 앞에 못 꺼낼 정도네요."

어미 쪽에서 아비 쪽으로 품을 갈아탄 조카 얼굴 일삼아 들여다보며 귀용이 연신 탄복해 마지않았다. 좀 과장된 느낌이 없잖아 있긴 하지만, 그렇다고 귀용이 터무니없이 틀린 얘기를 한 것도 아니었다. 몇 개월 사이에 천년쇠는 키가 부쩍 자라고 몸무게가 제법 많이 늘어나 있는 상태였다.

"니 눈에는 조카가 몸뗑이만 커지고 얼굴은 안 이뻐진 모냥새로 비치냐?"

부용은 팔불출이 뭔지도 까먹은 채 동생한테 슬쩍 눈을 흘긴 다음 아들을 얼른 연실의 품으로 돌려보냈다. 자꾸만 기침이 터지려 했다. 생초목 태우는 모깃불 연기가 매움하게 느껴졌다. 모기라는 물것들 쫓아내는 건 모깃불 연기일까, 아니면 모깃불 냄새일까. 연기 냄새가 정답일 것 같았다. 사람은 모기하고 달라서 연기를 많이 들이마실수록 몸에 해로울 텐데, 어린 천년쇠나 폐에 문제를 가진 자신한테는 특히 더 나쁜 영향을 미칠 성싶었다. 귀용의 조력을 받아 대청마루에 가까이 있는 모깃불 멀리 옮기는 중인데, 섭섭이네가 빈 소반 챙겨들고 사랑채에서 내려왔다.

"작은되린님 오셨어라우?"

사랑채 어른들한테 저녁상 차려드리고 오는 길인 듯했다.

"아버님 상태는 좀 어떻습니까?"

"지무시다가 잠깐 깨신 것 같았어라우."

귀용의 물음에 서둘러 대답하고 나서 섭섭이네는 나머지 식솔들 저녁상 차리러 급히 부엌으로 들어가버렸다. 끼니때 맞추어 누님도 본채로 건너왔다. 연실까지 더해진 남매지간 네 식구가 모처럼 오랜만에 함께 대청마루에 둘러앉아 저녁밥을 먹게 되었다.

"그동안 풍문으로 간간이 들리던 여자정신대근로령이 드디어 공포되고 시행 단계에 들어갔습니다. 만 십이세 이상 사십세 미만 배우자 없는 여성을 징용 대상으로 삼는다는 내용입니다. 그 범위에 들지 않게 돼서 우리 누님은 얼마나 다행인지 모릅니다."

마치 윗사람 눈에 잘 보이려고 상대방 주머니에 인정전 슬쩍 찔러넣는 수법 같았다. 첫술 뜨자마자 귀용의 입에서 뜬금없이 나온 말이었다. 부용은 또 배낙철 만나고 오는 길이냐고 묻지 않았다. 다만 교자상 건너편 귀용을 말없이 바라볼 따름이었다.

"그러쿰 되고 말았고나."

누님이 성의 없이 고개 끄덕이며 느슨하게 미소를 지어 보였다. 그 문제로 화제의 중심에 들고 싶지 않다는 의사 표시처럼 느껴졌다.

"그것뿐만이 아닙니다. 얼마 전에는 일본 내각회의에서 국민 총무장을 결정했다고 합니다."

모두가 떨떠름한 반응 보이는 게 의외다 싶었던지 귀용은 기왕 쓰는 김에 두번째 인정전까지 갖다 바치는 무리수를 두었다.

"그 총무장이란 게 총으로 무장헌다는 뜻이냐, 아니면 국민 전체가 몽주리 다 무장을 헌다는 뜻이냐?"

부용의 질문에 귀용은 풀썩 실소를 날렸다.

"물론 후자 쪽이지요. 그렇지만 총으로 무장하든 국민 전체가 무장하든 원래 취지는 아마 비슷할 겁니다."

"밥맛 떨어질라. 그만허면 되얐다. 어서 밥이나 먹자."

집안 분위기를 전혀 파악 못하는 데서 비롯된 귀용의 헛발질이었다. 여자정신대 문제에다 누님 혼인 과정을 연관시키는 그 어떤 이야기도 금기시하는 쪽으로 집안에서 묵계가 이루어져 있었다. 그 이야기 근처에 가는 것마저 누님이 싫어하는 기색을 보이기 때문이었다. 혼례식 이후 누님은 결혼생활에 그다지 행복감을 느끼지 못하는 눈치였다. 잠은 부부가 한 방에서 같이 잤다. 그마저도 우여곡절 거친 끝에 타의에 의해 강압적으로 성사된 합방이었다. 그런 판이니 그 방에서 밤에 과연 정상적인 부부관계가 진행될는지도 의문이었다. 부부가 밥도 따로 먹을 정도였다. 누님은 본채 대청마루에서 동생 부부와 함께, 때로는 사랑채에서 내려온 어머니가 합석한 자리에서 밥을 먹었다. 매형은 몸에 밴 습관 그대로 머슴방에서 다른 머슴들과 어울려 밥을 먹었다. 이제는 머슴 신분도 아니고 자그마치 천석꾼 집안 엄연한 데릴사위인데, 또 누가 그러라고 시킨 바도 아닌데 자기가 즐겨 자진해서 그렇게 하는 것이었다. 그런 식으로 별쭝맞게 시작된 결혼생활이 이제는 거의 일상사로 굳어지다시피 했다.

"요새 매형 조선말 공부는 어느 정도 진척이 됩니까?"

저녁상 물리자마자 부용우 남매간 우애 다지는 순서로 들어섰다. 평상시에 거의 웃음기 사라진 누님 얼굴에서 웃음 끌어내는 비법을 부용은 이미 터득하고 있었다. 아니나 다를까, 피어나는 꽃봉오리처럼 누님 얼굴이 갑자기 환하게 벌어지기 시작했다.

"엊저녁에는 두 가지 말을 허시드라."

약간 수줍어하는 낯꽃으로 누님이 대답했다. 그러자 연실이 박수갈채라도 보내듯 그 대답을 과장되게 반겼다.

"정말 그러셨어요? 두 가지 그 말이 뭐였어요?"

"여보, 배고파. 먹을 것 조깨 줘."

"와, 열성을 다한 몽학훈장님 가르침이 드디어 학동한테 제대로 통하기 시작한 것 같네요. 형님, 축하드려요."

매번 그런 식이었다. 하지만 그것은 연실이 뭘 몰라서 하는 소리였다. 매형이 엊저녁에 했다는 그 말들은 자기 생각에서 우러나 스스로 한 말이 절대로 아니었다. 골백번씩 반복 학습한 결과로 앵무새처럼 발음한 것에 지나지 않는, 말이라기보다 그냥 소리일 뿐이었다. 매일 밤늦도록 불빛이 비치는 방문 창호지에 호기심이 동해 부용은 이따금 신방에 접근한 적이 있었다. 신랑에게 짧은 완성형 문장 하나 익히도록 하려고 신부는 필사적인 노력을 기울이는 중이었다. 겨우 두세 마디 말이 무리 없이 이어지는 그 결과에 삶의 모든 희망을 송두리째 걸고 있는 듯한 가르침 자세였다. 훈장의 열의에 영향받아 학동의 실력은 어떤 날엔 눈곱만큼 발전이 보이는 것 같고, 또 어떤 날엔 딱하게도 본래의 출발점으로 멀찌감치 퇴보하는 것 같기도 했다.

"요대로 발전허다가는 장차 면사무소 앞에서 일장연설 허는 우리 매형을 보는 날이 올지도 몰르겄네요."

어떤 식으로든 누님을 격려해주고 싶었다. 하지만 부용이 당장 동원할 수 있는 거라고는 덕담 아니면 혜식은 농담밖에 없었다.

"오늘 진용이 형님을 만나서 학교 설립에 관련된 문제를 놓고 큰 테두리 안에서 대강 합의를 봤습니다."

부용은 본론으로 들어가 진용 형이 실무를 전담하기로 약속한 것과 홀머리산 땅을 학교터 후보지로 결정한 내용 등을 간단명료하게 소개했다. 물론 예상했던 결과이긴 하지만, 누님이나 귀용 모두 적극적으로 찬동을 표시하면서 응원의 말도 아끼지 않았다.

"낭중에라도 제 본심이나 진정이 어느 쪽에 있는지 아시는 날이면 아버님도 틀림없이 흡족허게 생각허실 겁니다. 고향땅에 아버님 이름으로 학교를 설립허는 쾌거가 노년에 이르드락 면민들한티서 노상 손가락질만 당허고 사사건건 원성이나 저주 대상으로만 취급받던 천석꾼을 칭송받는 인물로 바꿔주고 결국에는 생애 말년에나마 구원으로 인도허는 면죄부 같은 것으로 작용허리라고 저는 확신헙니다."

마치 연설의 절정 부분 장식하듯 부용은 사뭇 비장한 어조로 이야기를 마무리했다. 그 일로 인해 부용이 여태까지 어머니나 사촌형으로부터 받은 오해와 질타가 암만이나 크고 오죽이나 아픈 것인지 누구보다 잘 알고 있는 터수인지라 누님은 자못 숙연한 표정마저 짓고 있었다.

"그러콤 왼갖 정성 다 바쳐서 학교 일에 매달리는 니 맴은 하나님도 아시고 우리도 잘 안다. 은젠가 때가 되야서 본정신으로 돌아오시는 날이면 아버님도 장헌 일 도모했다고 너를 반다시 칭찬허시리라 믿는다."

"고맙습니다. 시작이 반이라 그러잖습니까. 벌써 학교 건물이 반쯤 올라간 것맨치로 요즘 좋은 조짐이 계속 느껴집니다."

정해진 일과 중 아직 마치지 못한 일 하나가 남아 있었다. 부용은 그 일을 마저 끝내기 위해 귀용을 데리고 사랑채로 올라갔다.

"어머님, 귀용이랑 같이 아버님을 뵈러 왔습니다."

사랑채 지대 위로 올라서면서 보내는 기별에 깜짝 놀란 어머니가 얼른 대청마루에 모습을 드러냈다.

"왔나?"

어머니는 작은아들 향해 극히 짧은 일별을 던지고 나서 곧바로 큰아들을 상대했다.

"느네 아부지 시방 지무시고 기신다."

"저녁상 들여놓을 무렵에 잠에서 깨나셨다고 섭섭이네한티서 들었습니다."

"섭섭이 그 잡것이 느네 엄니라도 되냐? 엄니가 한번 지무신다 허셨으면 지무시는지 알어야 힐 것 아니냐!"

오래전에 일찌감치 아버지 눈 밖에 나버린 아들이었다. 그런 아들이 둘씩이나 한꺼번에 사랑채로 들이닥치는 돌발사를 어머니는 매우 마땅찮게 여기는 눈치였다. 천석꾼 영감님 병세에 혹 나쁜 영향이라도 미치지 않을까 심히 저어해서 그처럼 출입 자체를 아예 막아서려 하는 듯싶었다.

"어차어피에 잠을 주무셔도 못 알어보시고 잠에서 깨나셔도 못 알어보시는 아들들이잖습니다. 잠허고 상관없이 그냥 자식 된 도리로 아버님께 인사 올리고, 중요헌 보고 사항도 말씸드리고 잪습니다."

끈질긴 설득 끝에 마침내 어머니 극구 반대를 누그러뜨리는 데 성공한 바 있었다. 학교 설립이 얼마나 중대한 의미를 지닌 사업인지, 그리고 그것이 진정으로 누구를 위한 사업이며 종국에는 누가 그 사업의 가장 확실한 수혜자가 되는지를 어머니도 웬만큼 이해하기에 이르렀다.

"눈을 깜어도 못 알어보고 눈을 떠도 못 알어보는 아부진디 너한티는 됩데로 잘된 일 아니겄냐. 그런 아부지한티 자식 된 도리는 또 무신 소용이고 무신 의미가 있을 것이냐."

하지만 어머니는 그뒤로도 변덕꾸러기 죽 끓듯 수시로 마음이 변하곤 했다. 연일 누님과 관련된 일들로 인해 가뜩이나 심기가 불편한 상태였다. 그때그때 상황과 분위기에 따라 그네 타듯 어머니는 학교 설립의 당위성과 부당성 사이를 번차례로 넘나드는 꼴이었다.

"자식 된 도리를 챙기겠다는 자식 앞을 가로막고 나서는 건 어머님 도리가 아니라고 생각헙니다!"

말을 마침과 동시에 귀용의 옆구리를 손가락으로 꾹 찌른 다음 부용은 대청마루 위로 성큼 올라섰다. 그리하여 마침내 형제가 사랑채 안방으로 진입하는 데 성공했다. 천석꾼 영감님은 잠든 거나 매일반인 상태로 흐리멍덩하게 깨어 있었다. 거슴츠레한 눈빛으로 자식들 대하는 아버지가 알아듣든 말든 상관없었다. 부용은 좀전에 저녁상 물린 자리에서 일차로 거론했던 이야기를 조랑조랑 고스란히 재탕해 올렸다. 우여곡절 끝에 자식 된 도리를 무사히 끝낸 다음 부용은 구구절절이 제 진심과 진정이 담긴 그 학교 설립 이야기가 마비 증세의 차단막 뚫고 아버지 의식의 기저까지 닿았기를 간절히 염원하면서 사랑채 안방으로부터 무르와가기 시작했다.

"귀용아, 부탁이다. 제발 자중자애허거라."

완연한 어둠 속이었다. 백상암으로 되돌아가려는 동생 배웅하러 나간 대문간에서 부용은 마음속에 꾸려놓았던 말들 조심스럽게 꺼내 간곡한 어조로 귀용에게 전달했다.

"무슨 말씀입니까?"

앞으로 다시는 배낙철을 만나지 말라는 말은 하지 않았다. 가석방 상태로 여전히 경찰의 사찰 대상인 자로서 불필요한 야간 출타를 삼가라는 말도 하지 않았다. 다만 시국과 관련된 이야기만은 꼭 지적하고 싶었다.

"전시상황에 관련된 소식은 인제부텀 넘들한티 절대로 발설허지 말도록 허거라. 기울어지는 판세 속에서는 패전으로 몰리는 쪽에서 무신 짓을 저지를지 누구도 몰르는 법이다. 너 죽고 나 죽자, 허는 이판사판 분위기에서 맨 먼첨 변을 당허는 건 맡어놓고 평소에 미운털 백인 사람이니라."

"식구들한테도, 심지어 형제간에도 안 된다는 얘깁니까?"

"형이나 누님이 임의로운 상대라 믿고 흡사 소식통인 걸 자랑허덧기 섬빽섬빽 말질을 풀다보면 어느새 그게 버릇이 되야서 저도 몰르게 넘들한티도 똑같이 그럴 수가 있다는 말이다."

"알겠습니다. 명심하지요."

전연 명심한 사람답지 않은 거친 몸놀림으로 귀용은 빠르게 형한테서 멀어져갔다. 부용은 갑자기 캄캄칠야 속으로 사라져버린 동생 모습 마음속에 담다가 갑자기 가슴 복판을 찔러오는 통증 비슷한 것을 느끼면서 어둠에 싸인 대문간에 한참이나 우두커니 서 있어야만 했다.

문득 한 시대가 저물어간다는 생각이 뇌리를 스쳤다. 나날이 달라지는 국제정세 통해 세상이 무섭게 변하고 있음을 육감으로 느끼는 요즘이었다. 우선 세계대전만 보더라도 그랬다. 구라파 쪽에서는 연합군이 북불 노르만디해안 상륙작진에 싱공한 네 이어 최근에는 파리 시민들이 반독 무장봉기를 일으키는가 하면 영국에 망명했던 드골 장군이 연합군과 함께 파리에 개선하기도 했다. 추축국 독일의 패색이 짙어지는 반면 일본은 아직도 아세아주에서 죽을힘 다해 악착같이 버티는 중이었다. 하지만 일본군이 갈수록 점점 수세에 몰리고 있다는 사실은 이제 비밀 아닌 비밀이 돼버렸다.

범위를 좁혀 산서면의 경우만 보더라도 그랬다. 근자에 들어 산서 사람들은 존경하고 추앙하던 정신적 지주를 연달아 잃었다. 범천 주지와 문목사 두 사람이었다. 갑자기 그들이 세상 떠난 뒤로 면민들 정신세계 붙들어주고 이끌어줄 새 지도자는 아직 나타나지 않았다. 지도자 잃은 충격에서 미처 벗어나지 못한 채 대다수 면민은 그저 먹고살기 위해, 오로지 살아남기 위해 몸부림치고 있었다. 사람답게 살려는 정신 쪽보다는 짐승처럼 모질음 쓰고 버티려는 육신 쪽 일에 골몰하는 모습들이 역력했다.

더욱 범위를 좁혀본다면, 천석꾼 최명배 영감 역시 한 시대가 저물어감을 상징적으로 드러내는 인물 가운데 한 사람이었다. 다른 정신적 지도자들과는 완전히 딴판에서 수십 년 동안 면민들에게 지대한 영향력 행사하는 육신의 지배자로 군림해왔다. 그런 모습이 바로 부용이 알고 있는 아버지의 전모였다. 오랜 세월 폭군처럼 무자비하게 소작인들 다루던 그 아버지도 풍을 맞아 이제는 기세가 형편없이 꺾이고 말았다. 설령 마비에서 완쾌되어 정상인으로 돌아온다 해도 산서 일원에서 그 권세와 위엄이 예전 같지 않을 것은 불문가지였다. 아버지의 시대가 저물고 있음을 부용은 어둠이 다하면 새날이 밝는 그 이치로 이미 확연히 깨닫고 있었다.

부용은 시대의 공백을 메울 중대한 의무가 저희 세대에 있음을 요즘 들어 더욱더 절감하는 중이었다. 변화기나 과도기의 어둠이 짙으면 짙을수록 더 자중자애하고 더 지혜롭게 처신하면서 밝아올 새날에 대비할 필요가 있었다. 저희 세대의 편의를 위해서가 아니라 아들 천년쇠 세대가 더욱 살기 좋은 세상으로 건너가는 다리를 놓아주기 위한 경주에 더욱 박차를 가할 책무가 있다고 생각했다. 이를테면 학교 설립은 그 다리를 놓는 사업인 동시에 새로운 시대 이끌어갈 새로운 지도자를 양성하기 위한 사업이었다. 설립 자금이 꽤 많이 투입될 테지만, 그렇다고 아버지의 천석꾼 칭호에 결정적인 흠집이 생기리만큼 어마어마한 투자도 아니었다. 설령 또 아버지 재산이 휘청거릴 지경으로 거금이 투입된다 해도 다리 건너 다음 세상으로 나아갈 천년쇠 세대를 생각할작시면 수지맞는 사업임이 틀림없을 거라고 부용은 확신에 확신을 거듭하고 있었다.

어둠 속에서 저벅저벅 다가오는 인기척이 느껴졌다. 흠칫 놀란 부용은 하마터면 잊을 뻔했다는 듯 급작스레 마른기침을 콩콩 시작했다. 인기척이 바투 다가올수록 마른기침은 더욱 빛아졌다.

"진지 잡수셨어라우?"

어둠에 눈이 익은 상대방 쪽에서 천석꾼 큰아들인 줄 먼저 알아보고 저녁 문안을 해왔다.

"아, 예…… 이 밤에 어디를 댕겨오시는……"

부용은 마른기침 사이사이로 단어 하나씩 욱여넣느라 바빴다.

"먼 논배미 가서 피사리 조깨 허다봉깨로 많이 늦어뿔었고만요."

몇 차례 상대해본 가늠이 있어 부용도 알 만한 소작인이었다.

"그, 그럼 살, 살펴가시지요."

부용은 마른기침 소리와 함께 얼른 대문간 안으로 몸을 피했다. 울안으로 들어서자 영험하게도 마른기침은 씻은듯 사라져버렸다. 부용은 씁쓰레한 미소를 지으면서 처자가 기다리는 거처 향해 발걸음을 옮겼다. 대관절 이 빌어먹을 노점병자 행세는 언제까지 계속해야 자유로운 몸이 될 것인가.

시일이 꽤 지났음에도 학교 설립 건은 지지부진한 상태를 벗어나지 못했다. 애당초 기대했던 바와는 전연 딴판으로 이렇다 할 진척이 안 보이는 것이었다. 그새 사촌형 진용과 더불어 현장 답사도 두 차례나 다녀왔다. 적당한 인력과 기계 동원해 산자락 깎고, 거기서 나온 돌과 흙으로 낮은 땅 돋운 다음 축대를 쌓기만 한다면 그리 거액의 비용 들이지 않더라도 번듯한 대지가 조성될 거라는 결론이 나왔다. 학교 하나 들여앉히기에 손색없는 후보지라서 두 사람 공히 만족감을 표시하기도 했다.

　그러나 관청에서 설립 인허가 절차 밟는 단계부터 번번이 장애물에 부딪히곤 했다. 매사에 반지빠르고 수완 좋기로 소문난 진용 형이 한동안 제백사하고 오로지 그 일에만 매달렸다. 발탄강아지 모양으로 빨빨거리며 읍내 군청으로, 전주부 내 도청으로 학무 담당자들 만나러 부지런히 싸돌아다녔지만, 돌아온 반응은 한결같이 '아니올시다'였다. 의무교육제도가 전면 실시될 예정인 쇼와 20년, 그러니까 1946년 이후에나 검토해볼 만한 사안이라는 얘기였다. 특히 산서면은 규모 작고 인구 적기로 소문난 고을이라서 정규학교보다는 소규모 분교장으로 낙착될 가능성이 큰데, 그마저도 그때나 가봐야 정확한 판단을 내릴 수 있다는 내용이었다. 더군다나 공립학교가 일단 세워지고 나면 학령 인구수가 유난히 적은 산서면에 사립학교까지 들어설 가능성은 결단코 없을 거라는 비관적인 전망까지 덧보태졌다. 1946년 이후 어느 때까지라도 대일본제국이 천년만년 조선을 식민 통치할 예정인 것 같이 학무 담당 공무원이란 작자들이 잔뜩 떠세하고 마냥 거드름 피우며 단정적으로 말하더라는 것이었다. 이제는 새로운 상전으로 섬기게 된 사촌동생에게 마지막 출장 결과를 보고하면서 진용 형은 울분을 견디지 못했다.

　"나는 시방 앞발 뒷발 다 들어뿌렀네. 번열이 뻗쳐서 더는 시방 못혀먹을 짓이라고 시방 결론을 꽉 내려뿌렀네."

진용 형은 고개를 좌우로 절레절레 흔들었다.

"그러콤 말씸허시는 형님 그 심정, 저도 십분 이해헙니다."

"누가 시방 억만금을 준다 허드래도 시방 나는 요번 핵교 일에서 인자는 시방 손을 탁 놓아뿔고 잪은 심정이네."

진용 형 손을 꽉 붙잡은 채 부용은 연방 고개를 끄덕거렸다.

"형님 생각에 저 역시 동감입니다. 그럼 일단은 학교 설립 계획을 접어두기로 허지요. 앞으로 상황이 어느 방향으로 변헐지 몰르는 일이니깨 때를 봐서 낭중에 다시 상의허기로 허십시다. 그동안 형님 혼자 동분서주허시니라고 참말로 수고가 많으셨습니다."

부용으로서는 어쩔 도리 없는 일이었다. 아쉬움이 매우 크게 남긴 하지만, 부득불 결단을 내릴 수밖에 없었다. 당최 하늘 높은 줄 모르는 풍선인 양 두둥실 떠오르던 희망이란 놈이 일순간에 수면 아래로 침잠해버리는 듯한 기분이 들었다.

2

청천벽력이 따로 있는 게 아니었다. 그 종이쪽 한 장이 바로 청천벽력이요 천붕지괴(天崩地壞) 재앙이었다. 항간에서 '노란 딱지'로 통하는 징용 영장, 이른바 '백지영장'이 바로 그것이었다.

"대처나 요놈에 노릇을 으찌혀야 옳다요?"

시어머니는 대문간에 발을 들일 때부터 대뜸 눈물바람을 앞세웠다. 감나뭇골까지 오는 길 내내 울었던 표징으로 이미 양쪽 눈자위가 심하게 물크러져 있는 상태였다.

"하눌님도 참말로 무심허시지. 으쩌자고 저 생기다가 만 놈맨치로 으설푸기 한량없는 우리 아들을 못 잡어먹어서 안달이 나뿌렀다요?"

며느리한테 꼬박꼬박 존대하는 말버릇을 시어머니는 여전히 버리지 못하고 있었다. 며느리 얼굴 보자마자 시어머니는 큰 울음소리 터뜨리면서 손에 쥔 종이쪽을 내밀었다. 숯골로 배달된 영장이 시어머니 손 거쳐 끝내 순금의 손까지 넘어오는 순간이었다. 순금은 부들부들 떨리는 손놀림으로 영장을 눈에 들이대고 내용을 읽어보려 했으나 단 한 글자도 눈에 들어오지 않았다. 시어머니가 무슨 말인가를 건네는 듯싶었지만, 그 소리 역시 한 마디도 귀에 꽂히지 않았다. 망연자실한 채 순금은 무연히 하늘만 올려다보고 있었다. 눈알이 섬뻑 베이리만큼 푸르디푸른, 서슬 퍼런 창검과도 같은 하늘빛이었다. 그렇듯 높고 청명한 가을 하늘 밑에서 그처럼 캄캄한 비극의 순간을 맞는다는 게 도무지 믿어지지 않을 지경이었다.

"형님, 시어른 모시고 어서 안으로 들어가시지요."

어느 겨를에 달려나왔는지, 손아래 올케가 바로 눈앞에 서 있었다. 때마침 시누이 손에서 팔랑팔랑 떨어져내리는 종이쪽을 연실이 중간에서 잽싸게 잡아챘다.

"나는 괭기찮어. 나는 암시랑토 않어."

순금은 흐느적거리는 시누이 곁부축하려 덤비는 연실을 슬쩍 밀어냈다. 그 대신 시어머니 쪽을 손짓으로 가리켰다. 시어머니야말로 누군가의 도움이 절실히 필요한 상태였다. 거의 땅바닥에 늙은 삭신 철퍼덕 부리기 직전이었다. 순금이 흐느적흐느적 앞장서고 곁부축 서로 주고받으며 젊은 사돈과 늙은 사돈이 그 뒤를 비치적비치적 따랐다.

"얼른 가서 천년쇠 아빠를 데려오겠어요."

고부지간이 함께 신방으로 들어갈 때까지 죽 지켜보고 나서 연실은 급히 어딘가를 향해 달려가기 시작했다.

삽시간에 온 집안이 난리였다. 아니, 온 동네가 난리요 야단법석이었다. 천석꾼 데릴사위가 징용에 뽑혀서 이역만리 타지로 떠나게 되었다네, 하는 소문이 그새 쫘하게 사방으로 퍼져나간 탓이었다. 울 안팎에 흩어져 각자 맡은 작업에 매달리고 있던 크고 작은 머슴들이 너나없이 일손 내려놓은 채 속속 신방 근처로 모여들기 시작했다. 섭섭이네를 비롯해 다른 하님들까지 그 무리에 합세하자 신방 주변은 난장판이라도 벌여놓은 듯 졸지에 시끌벅적하게 변해버렸다.

"일제가 다급허기는 에지간히 다급헌 모냥이고만, 춘풍이 같은 모지리까장 노무자로 잡어가는 것 보니께."

"이 일을 워쩐다냐! 저 남방열도나 동남아같이 전선에서 가차운 디로 징용을 나가면은 돌아오기가 심들다고들 그러든디!"

"그나저나 우리 새신랑한티 요게 무신 날베락이랴. 사랑땜 끝날라면 앞으로도 한참을 더 세월을 보내야 될 뭠인디."

"무신 곡마단 귀경거리라도 났소?"

느닷없는 호통소리가 난무하는 잡담들 위로 뾰쪽하게 치솟았다.

"불난 집에 부채질허는 거요, 뭐요? 쓰잘더없는 소리들 고만허고 싸게 흩어져서 저저끔 맡은 일들이나 빨랑빨랑 끝내쑈!"

중구난방으로 떠들어대던 소리가 일거에 잠잠해졌다. 부용이었다. 연실한테서 소식 듣고 허위단심 달려오는 길인지 부용은 숨이 턱에 닿아 있었다.

"아주머니, 섭섭이 아버님은 어디를 가신 겁니까?"

부용이 흩어지는 무리 속에 섞인 섭섭이네를 소리쳐 불렀다. 평상시 차분하고 조용한 성격답지 않게 부용은 아랫사람들한테 무척이나 감때사납게 굴고 있었다.

"아까막시까장 행랑채 안에 있는 것 같었는디……"

"싸게 찾어서 신춘복씨 당장 뫼시고 오라고 전허쑈!"

"야, 일각이 여상초로 파발을 띄우겠고만요."

예의 그 엉터리 진서 문자 흉내로 유식한 티 내고 싶어 호시탐탐 기회 노리는 섭섭이네 고질 버릇이 신방 내부까지 고스란히 전해졌다.

"누님, 들어가도 되겠습니까?"

시어머니 때문에 부용을 안으로 들일 형편이 못 되는지라 순금 자신이 밖으로 나갈 수밖에 없었다.

"시어머님을 게우게우 안정시켜놓았다. 시방 안에서 세상몰르게 지무시고 기시니깨 죄용죄용허니 말허거라."

부용은 그 외중에도 평정심 유지하는 누님이 도무지 믿어지지 않는 모양이었다. 시어머니 안정시키기 위한 말들이 어느새 자신에게로 고스란히 되돌아와 위안을 주는 바람에 순금도 그새 안정 상태에 접어들어 있었다.

"누님을 도와드릴 수만 있다면 저는 무신 일이든지 허고 잪습니다. 섶을 지고 불 속으로 뛰어들기라도 헐 작정입니다. 혹시 저한티 뭐라도 시키실 일이 없습니까?"

"없다. 나는 떠날 사람이 아니니깨 도와줄 필요도 없다. 허지만 그런 말만으로도 고맙고나."

부용을 돌려보내고 나서 순금은 잠든 사람 흔들어 깨울 작정으로 자발떨지 못하도록 방문을 조심스럽게 단속했다. 시어머니는 실신한 사람처럼 아랫목에 정신없이 곯아떨어져 있었다. 그토록 눈물 쏟고 울어 퍼대며 몸부림치던 안노인이 불과 몇 마디 며느리 말에 안정을 찾은 모습이 그저 신기할 따름이었다. 자기가 하는 말 자기가 듣고 스스로 마음이 안정되는 그 자가치유 과정은 더욱더 신기하게만 느껴졌다. 실인즉슨 제 입에서 무슨 말들이 나왔는지도 전혀 기억에 남아 있지 않았다. 그런 일 당했을 때 사람들이 흔히들 써먹곤 하는, 하늘이 무너져도 솟아날 구멍 어쩌고저쩌고하는 입에 발린 소리를 입 밖에 내지 않은 것만은 분명했다. 있는 정신, 없는 정신 한목에 죄 끌어모아 혼신의 기력 다해 시어머니를 설득하려 애썼던 기억만 겨우 떠오를 정도였다. 결단코 제정신으로 했던 말들이 아니었다. 최순금의 모습을 가장한 하나님이 중간에 개입한 결과라면 혹간 모를까, 전능하신 이가 절망과 애통 속에 빠져 허우적거리는 두 고부지간을 성신으로 위로하고 격려해준 결과라면 또 모를까, 순금 자신마저도 쉬이 이해되지 않으리만큼 정말 기이한 체험이 아닐 수 없었다.

이른바 '노란 딱지'를 접하는 최초 순간에 받았던 충격이 아직도 기억에 생생했다. 눈앞이 노래지다못해 캄캄해지리만큼 거센 충격이었다. 왜 하필 나한테 이런 불행이 덮치는가 싶어 마냥 분하고 억울한 기분이었다. 하늘이 원망스럽고, 사람들도 원망스러웠다. 그러다가 정작 분하고 억울해해야 할 사람은 최순금 자신이 아니라 바로 당사자 신춘복씨라는 생각이 뒤늦게야 퍼뜩 찾아들었다.

물론 다른 사람 다 가도 유독 신춘복씨만은 오랫동안 징용에서 멀리 비켜서 있으리라고 생각하지는 않았다. 애당초 그런 생각 따위는 단 한 번도 마음속에 품어둔 적이 없었다. 가더라도 다른 사람 다 간 연후에나 마지막 순번으로 가게 될 거라고 기대한 적은 있었다. 왜냐하면 신춘복씨는 대일본제국을 도와줄 사람이 아니라 대일본제국으로부터 오히려 단단히 보호받아야 할 사람이기 때문이었다. 집안이나 마을에 정신 온전하고 기운 좋은 장정들이 아직 꽤 남아 있는 상태였다. 우선 집안 머슴들만 하더라도 그랬다. 개중에는 오목조목 쓸모 많은 일꾼이 여러 명이나 있었다. 그런데 징용 당국에서 탐낼 만한 장정들 다 제쳐놓고 신춘복씨한테 먼저 백지영장 발부한 사실을 순금은 도무지 이해할 수 없었다. 더군다나 그는 혼인한 지 불과 몇 개월 안 되는 새신랑 아닌가. 새색시 어기찬 결심과 부단한 노력 덕분에 새신랑 신상에 알게 모르게 변화의 조짐이 비치기 시작하는 희망의 나날이었다. 모자라기만 하던 새신랑이 미미하게나마 이제 겨우 사람 꼴 갖추어가는 단계였다. 점차 남자가 되어가는 중이었다. 그런데 청천벽력도 유분수지, 그런 사람이 족집게로 뽑히듯이 쏙 뽑혀서 징용에 나가게 되었다니. 그래서 순금은 더욱더 암울하고 원통한 심정에 사로잡힐 수밖에 없었다.

낙담과 실의에 빠진 순금을 구제한 것은 다름 아닌 기도였다. 잠시나마 하나님 원망했던 죄와 허물을 고백하고 회개하는 기도였다. 이것이 정녕코 하나님 뜻이라면, 크고도 깊고도 놀라운 뜻이 있어서 하시는 일이라면 불평 없이 순복하겠노라고 마음속으로 부르짖어 기도하던 중에 마치 은혜의 단비와도 같이 평정심이 되돌아온 것이었다.

한바탕 시끌벅적 요란한 소동이 사랑채라고 그냥 비켜 지나갔을 리 만무한데, 관촌댁은 한 식경이나 지난 다음에야 신방 앞에 슬그머니 모습을 드러냈다. 숯골 안사돈과의 대면을 한사코 피할 속셈인 듯 어머니는 떫은 감 씹은 표정인 채 딸을 방문 밖으로 불러냈다.

"쪼깨 으떠냐?"

"저는 괜기찮어요. 그럭저럭 잘 버티고 있고만요."

"퍽도 괭기찮겄다. 순금이 너, 요런 때일시락 정신 바짝 채려야 쓴다. 호랭이한티 열두 번 물려 가도 정신만 채리면은 산다고 그러잖더냐."

몇 마디 오간 것으로 모녀 사이 대화는 끊겨버렸다. 혼인 문제두고 그동안 일관되게 보여주었던 어머니의 그 강경하고도 융통성 하나 없는 태도로 미루어 짐작건대 잘코사니라고 손뼉 칠 법도 하련만, 어머니는 그 이상 아무 말도 하지 않은 채 머뭇머뭇 딸의 눈치만 살피고 있었다.

"아짐씨, 아짐씨, 춘풍이 델꼬 왔고만이라!"

어린 나이에 비해 항상 당돌하고 되바라진 구석 많이 보이는 덕기 녀석이었다. 뜻밖에도 몸집 작은 덕기 녀석이 저보다 덩치가 실히 두세 배는 더 되는 신춘복씨를 꽁무니에 달고 들이닥쳤다. 애당초 부용에 의해 지명된 섭섭이 아버지 아니라 그의 외손자인 덕기가 심부름 다녀오는 길이었다. 뭐가 그리도 재미있고 신바람 뻗치는지, 천하태평 새신랑은 신방 앞에 모인 면면들 향해 연방 벌쭉벌쭉 웃으면서 다가왔다.

"아이고, 이 무녀리 사시랭이야!"

그 순간, 시어머니가 방문 박차고 밖으로 튀어나왔다. 제 어머니 모습이 다른 데도 아닌 신방에서 나타나자 새신랑은 반갑다는 뜻인지 뜻밖이라는 의미인지 흐흐흐 소리내어 웃기까지 했다.

"아이고, 이 등신아! 아이고, 이 머저리 같은 놈아!"

시어머니는 아들한테 달려들어 뒤통수고 등판이고 가리지 않고 마치 다듬이질하듯 마구잡이로 두들겨대기 시작했다. 새신랑은 그 주먹질 피할 생각 없이 연방 히히거리며 웃음으로 고스란히 다 받아내고 있었다. 그 꼴 지켜보던 관촌댁 입에서 쯧쯧쯧 혀차는 소리가 계속 이어졌다. 순금은 시어머니가 가축 몰아대듯 아들 등 떼밀면서 안으로 들어갈 때까지 신방 앞에 우두커니 서 있다가 문득 생각이 나서 뒤쪽을 돌아다보았다. 언제 물러갔는지 어머니 모습은 이미 그 자리에 안 보였다.

날랜 발 가진 소문이란 놈이 그새, 동천리가 어디냐 하고 달려간 모양이었다. 저녁 무렵에 가까워지자 문목사 사모와 사찰집사 내외 일행이 불쑥 감나뭇골에 나타났다. 심방 차 교인 가정을 찾아온 것이었다. 순금은 네 사람이 들어앉기에 마땅한 의지간을 찾을 수 없어 일행을 신방 뒤란 한데 자리로 안내했다. 사모는 대나무숲 등지고 선 채로 불문곡직 최순금 성도의 손 붙잡고 기도부터 시작했다. 하나님께서 눈동자처럼 아끼시고 선대하시고 귀애하시는 딸을 악의 세력 앞에 세우심은 불의한 세력의 실체를 여실히 드러냄으로 인하여 사랑하시는 이 딸에게 세상 모든 불의를 끝까지 견디고 이겨내는 연단 과정을 통해 오히려 선의 열매를 풍성히 맺게 하시려는 놀라우신 섭리의 일환임을 믿어 결단코 낙심하지 않는다는, 소망 넘치는 내용을 골자로 한 기도였다. 기도 자체는 짧고 간결했지만, 마음에 큰 울림 주는 강력한 기운을 느끼기에는 충분한 내용이었다.

"자매님에게 이 말씀을 꼭 상기시키고 싶습니다. 온갖 희로애락을 두루 다 겪은 다윗왕이 생애 말년에 젊은 세대한테 주는 교훈시랍니다."

기도를 끝내고 나서 사모는 곧이어 시편 37편 말씀을 최순금 성도에게 요약해 설명해주었다.

"다윗왕 당시 젊은 세대는 악이 흥왕하고 불의가 득세하는 잘못된 세상을 보면서 하나님을 원망하거나 하나님 살아 계심을 의심하고 있었지요. 그래서 다윗왕은 젊은이들에게 이렇게 권면합니다."

악을 행하는 자들 때문에 불평하거나 시기하지 말라. 그들은 풀과 같이 속히 베임을 당하고 채소와 같이 쇠잔할 것이다. 여호와를 의뢰하고 선을 행하라. 여호와를 기뻐하라. 네 길을 여호와께 맡기면 네 의를 빛같이 나타내실 것이다. 여호와 앞에 잠잠하고 참고 기다리라. 분을 그치고 노를 버리며 불평하지 말라. 악을 행하는 자들은 끊어질 것이나 여호와를 소망하는 자들은 땅을 차지하게 될 것이다……

사모는 마치 남의 복장 안에 쑥 들어갔다가 나온 사람처럼 한때 분심과 원망에 사로잡힌 채 고통에 시달리던 최순금 성도의 속내평을 속속들이 꿰뚫어보고 있었던 듯했다.

"고맙습니다, 사모님. 주신 말씀 꼭 붙들고서 반드시 승리허는 인생행로를 끝까장 걸어가겠습니다."

"자매님 곁에는 항상 눈물로 중보기도 올리는 믿음의 형제자
매가 있다는 사실을 절대로 잊으시면 안 됩니다. 인간적인 혈연
관계는 아니지만, 우리가 주님 십자가 보혈로 맺어진 형제요 자
매인 점을 뒷배삼아서 최순금 자매님은 시시때때로 큰 위로 받고
부쩍 기운을 내시기 바랍니다."

객꾼들이 더 머물 만한 집안 분위기가 아님이 피부로 느껴졌던
지 기도 울력의 세 품꾼은 작별을 고하자마자 곧바로 감나뭇골을
떠나갔다.

그러라고 시킨 적 없는데도 눈치 빠른 섭섭이네가 저녁상 거
하게 차려 신방으로 옮겨 날랐다. 세 사람 몫의 이밥과 고깃국이
상에 올랐지만, 순금은 도통 입맛이 당기지 않아 처음부터 숟가
락조차 잡지 않았다. 소태라도 씹은 듯 입안에 쓴 침이 도는데다
혓바늘까지 솟아 있었다. 원래 세뚜리로 차려진 저녁 끼니는 결
국 모자 겸상으로 변하고 말았다. 세상 걱정근심 아무것도 모르
는 새신랑은 먹성도 좋게 모든 음식을 탐했다. 주식이야 부식이
야 가릴 것 없이 무엇이든 수저에 얻어걸리는 대로 마구 걸터들
였다. 뚝딱 해치운 한 그릇 밥만으로는 아직도 양에 덜 차서 순금
의 밥그릇을 자꾸 넘봤다. 순금은 손도 대지 않은 제 밥그릇을 새
신랑 앞으로 슬쩍 옮겨주었다. 아들 잘 먹는 모습 일삼아 지켜보
느라 한동안 밥상머리에 오도카니 앉아 있던 시어머니는 뒤늦게

뜯적뜯적 몇 순갈 입에 넣는 시늉을 했다. 아들이 어린 나이에 천석꾼 집안 꼴머슴으로 들어가 주야장천 감나뭇골에만 머무르는 바람에 시어머니로서는 모자 겸상이 기억조차 가물가물할 거라 짐작되었다. 새신랑 징용 떠날 때까지 앞으로 이런 일이 몇 번이나 더 있을까 생각하니 순금은 갑자기 추연한 마음이 들었다. 모자 겸상 기회가 적다는 건 곧바로 부부 겸상 기회도 덩달아 적어진다는 걸 의미했다. 영장에 명시된 신춘복씨의 응소 일자는 불과 열흘 후였다.

"이부자리 펴드릴 테니께 요 방에서 지무셔요."

저녁상 물리고 나서 시어머니에게 말했다. 모처럼 오랜만에 모자가 한 방에 기거하면서 최대한 많은 시간 함께 보낼 수 있게끔 순금은 본채 안방으로 건너갈 생각이었다.

"그게 무신 겡우다요?"

시어머니가 뜨악한 표정을 지었다.

"어머님, 지가 요러콤 두 손바닥 싹싹 빌겄어요. 지발 말씸 조께 낮춰주셔요. 웃어른이 아랫사람한티 존대허시는 건 옳은 경우가 아니잖어요."

"알었어……라우."

"아드님 옆에서 지무실 기회가 별로 없을 것 같어서……"

"안 될 일이고만요! 아들네 신방에서 늙은 에미가 같이 잠을 자다니, 천부당만부당헌 노릇이고만요! 배깥이서 한딧잠 자다가

고드름똥 싸고 죽는 한이 있드래도 안 될 일이고만요! 차라리 이 늙은 에미가 죽었으면 죽었지 절대로 그런 짓은 못허겄고만요!"

차라리 날 죽여라, 하고 왜장치는 식으로 시어머니는 길길이 뛰며 며느리 제안을 한사코 거부했다. 순금은 별수없이 행랑채로 섭섭이네를 찾아갔다. 놀고 있는 방 하나 깨끗이 치운 다음 기별하라 이르고는 신방으로 돌아왔다. 한참 후에 덕기 녀석이 달려와서 방 정리정돈이 다 끝났다는 제 외할머니 말을 전했다. 순금은 행랑채에 딸린 그 방으로 시어머니와 새신랑을 인도한 다음 오랜만에 혼자만의 시간을 갖게 되었다.

밤이 깊었다. 참으로 복잡하고 다양한 여러 종류 일들을 단 하루 사이에 골고루 치른 듯한 느낌이었다. 그만큼 벅차고 힘든 하루를 보냈음에도 불구하고 잠은 쉬이 오지 않았다. 방바닥이란 놈이 방고래 속으로 사람을 끌어들이려 용을 쓰는 듯 몸뚱이가 점점 더 까라지는 데 비해 정신은 시간이 지날수록 더욱더 초롱초롱 맑아져만 가는 기분이었다. 순금은 징용사무소측이 선심 베풀듯 말미로 허락한 아흐레 기간에 자신이 떠날 사람 위해 꼭 해야 할 일들이 무엇무엇인지 곰곰이 생각해보았다. 하지만 매우 안타깝게도 할 수 있는 일이 별로 없었다. 떠나는 그 순간까지 신춘복씨하고 시간을 함께 보내는 것이 실현 가능한 일의 전부일 성싶었다.

느닷없이 방문이 벌컥 열렸다. 신춘복씨였다. 다름 아닌 새신랑이었다.

"아니, 어쩐 일로……"

놀란 가슴 진정시킬 겨를도 없이 순금은 이부자리에서 벌떡 일어앉고 말았다. 새신랑은 약간 화가 난 듯 전에 없이 무뚝뚝한 표정으로 말없이 들어오더니만 이불 위에 벌러덩 누워버렸다. 어머니로부터 징용에 관련된 어떤 이야기라도 들은 모양이었다. 그 이야기를 얼마나 이해했는지 알 수는 없지만, 그 어린애 같은 마음결에도 미구에 자기 신상에 불어닥칠 심각한 변화가 어떤 형태로든 어렴풋하게나마 그려진 듯했다.

"어머님이 요 방으로 근너가라고 내보내시든가요?"

새신랑은 아무 대꾸 없이 팔베개하면서 천장만 멀뚱멀뚱 올려다보았다.

"아니면 신춘복씨가 자진혀서 왔어요?"

"으, 신춘복씨가 왔어."

그 말에 순금은 소스라치게 놀랐다. 앵무새처럼 공연히 남의 말 흉내내는 수준이 아니었다. 비록 완성된 형식은 못 되지만, 학습이 시작된 이래 가장 확실한 자기 의사 표현인 셈이었다. 자기 스스로 신방을 찾아왔다는 뜻 같았다. 저녁때마다 머슴방으로 향하곤 하던 관성이 혼례식 이후까지 이어졌듯이 이제는 신방으로 향하는 새로운 버릇에 어느 정도 익숙해진 모양이었다. 하지만, 그랬을 가능성도, 그러지 않았을 가능성도 반반이었다. 무엇보다 순금에게 중요한 점은 아흐레 말미 기간에 떠날 사람 위해 자신이 해야 할 가장 중요한 일거리가 무엇인지를 마침내 알아냈다는 사실이었다.

"그럴 때는, 신춘복씨가 왔어라고 허지 말고 그냥, 내가 왔어라고 대답허셔야 되야요."

"으. 그냥 내가 왔어."

"그냥이란 말은 쏙 빼뿔고, 내가 왔어라고만 대답혀보셔요."

"으. 내가 왔어."

순금은 뛸듯이 기뻤다. 한동안 주눅들어 있던 의욕이 속에서 다시 활활 타오르기 시작함을 느꼈다.

"내가 자진혀서 왔어라고 새칠로 말혀보셔요."

"으. 내가 자진혀서 왔어."

아, 이렇게 달라질 수도 있구나! 아, 이런 식으로 사람이 놀랍게 변화하는 게 실제로 가능하구나! 순금은 가슴이 풍선처럼 마구 부풀어오르는 감격을 누리는 중이었다. 그동안 말 연습에 쏟아부었던 어기찬 집념과 끈질긴 노력이 드디어 보상받기 시작했음을 알리는 증거였다. 생존하는 데 기본이 되는 중요한 사항들까지 익히기 위해서는 남은 기간에 더욱 오달지게 연습에 매진할 필요가 있었다.

"당신 이름이 뭐냐고 누가 혹시 물어본다면 뭐라고 대답허시 겄어요?"

"······"

"그럴 때는, 내 이름은 신춘복이요, 허고 대답허시면 되야요."

"으, 신춘복이요."

"잘허셨어요. 그런디, 다시 한번 제가 허는 대로 따러서 혀보셔요. 내 이름은 신춘복이요!"

"으, 내 이름은 신춘복이요."

"정말로 잘허셨어요. 또 누가, 신춘복씨는 나이가 몇 살이요, 허고 물으면 뭐라고 대답혀야 될까요?"

"······"

"그럴 때는, 예, 마흔한 살이요라고 대답허시면 되야요."

"으, 마흔한 살이요."

"그렇게 말고, 제 나이는 마흔한 살이요라고 대답허셔요."

"으, 제 나이는 마흔한 살이요."

"으라고 대답허시면 절대로 안 되야요. 예라고 대답허셔야 되야요. 어디 한번 예, 허고 똑 뿌러지게 대답혀보셔요."

"예······"

"정말로 정말로 잘허셨어요. 그 다음번에는······"

이제는 생존에 필수불가결한 것들, 예를 들어 고향이 어디고 거주지가 어딘지 가르칠 차례였다. 그런데 어쩐지 숨소리가 좀 이상하게 들린다 싶었다. 설마 하면서 팔베개하고 누운 얼굴 기웃이 들여다보니 놀랍게도 새신랑은 그새 벌써 잠들어 있었다.

3

　새날이 밝았다. 다시 우울한 하루가 시작되었다. '밤새 안녕'이란 인사말이 그 어느 때보다 실감나는 요즘이었다.

　"부용이 동상 집에 있는가?"

　아침나절 이른 시간에 손님이 찾아들었다. 성기상씨였다. 진용 형하고는 어릴 적부터 고의춤 서로 맞잡고 자라다시피 한 죽마고우였다. 물론 부용도 어린 시절부터 잘 알고 지내는 동네 형이었다.

　"오래간만에 뵙습니다, 형님. 한동네 살음시나 자주 못 찾어뵈서 염치가 없습니다."

　그런 소리 말라는 표시로 가볍게 손사래 치면서 기상씨는 이상하리만큼 적막감에 휩싸인 천석꾼 집 울안을 한 바퀴 휘익 둘러보았다.

"배깥으로 나가서 야그 나누는 게 편허겄네."

대문간까지 걷는 동안, 기상씨는 왼쪽 다리를 약간 절름거렸다. 상체도 눈에 띄리만큼 앞쪽으로 구부러져 있는 상태였다. 다친 허리 제때 치료받지 못해서 얻은 후유증이었다.

"춘풍이 영장 소식 들었네."

"아, 예……"

"엊저녁에 진용이한티도 들려준 야그지만, 자네도 한번 들어볼 필요가 있을 성불러서 요로콤 찾아왔네. 단도직입으로 말험세. 상곡 그 얼씬네 재력이랑 위세 팔어서라도 춘풍이를 징용에서 빼돌릴 무신 방도가 없을까?"

"글쎄요, 형님도 잘 아시다시피 요즈막에 들어서는 아버님 위신도 예전 같지가 않고, 그리고 또……"

일제의 막중한 국가시책이 한 개인의 청탁에 영향받아 변덕 부릴 리 만무하다는 비관적 견해를 밝히려던 참이었다. 그러나 부용의 입은 기상씨의 장탄식에 눌려 닫혀버렸다.

"날 보게, 날 봐."

기상씨는 자신의 왼쪽 다리와 허구리께를 번갈아 손으로 툭툭 쳐 보였다.

"자네가 몰라서 그러지, 징용이란 놈 그놈, 참말로 고약시럽기 짝이 없는 물건이네. 타국 땅에서 버럭지맨치로 취급당허고 중노동에 뼉다구가 녹다가 무주고혼 되기 아니면 나맨치로 빙신이나 되야서 돌아오기가 딱 십상이지."

성기상씨로 말할 것 같으면, 산서 일원을 휩쓸었던 연전의 강제 모집 당시 인간사냥에 걸려 노무자로 끌려간 바 있는 인물이었다. 그는 북해도 탄광에서 채탄부로 직사하게 고생하던 중 낙반 사고 만나 허리 크게 다친 게 그나마 전화위복 꼴 되어 죽지 않고 살아 돌아올 수 있었다. 산서면을 통틀어 불과 몇밖에 안 되는 생환 사례 중 하나였다. 그래서 그는 자기 경우 가리켜 새옹지마라고, 굽은 소나무가 선산 지킨다는 옛말이 바로 자기를 두고 하는 말이라고 사람들한테 떠벌리고 다니곤 했다.

"부용이 동상은 원판 유식쟁이니깨 나보담도 빠삭허니 잘 알 것지만, 요새는 탄광 노무자 공급도 벌써 옛말이 되야뿌렀다고들 그러데. 본토에서 가차운 산업 현장보담은 서로 뺏고 뺏기는 이역만리 전선으로 끌려가는 일이 휘긴 더 많어졌다고들 그러데."

"맞는 말씀입니다. 저도 그런 줄로 알고 있습니다."

굳이 유식자라서가 아니었다. 전세가 몹시 불리해진 뒤부터 대다수 징용자가 군수산업 쪽 아닌 최전선으로 투입된다는 소문 정도는 지식 여부 떠나 웬만한 사람이면 대개 다 접하고 있었다. 남방제도 아니면 인니(印尼)나 비율빈 등지 일선 부대에서 군인들 대신 참호를 파거나 진지 구축하는 공사에 동원되기도 하고, 그러다 전세가 불리해지면 군인들 앞에 총알받이로 세워지기도 한다는 흉흉한 소문들이 파다하게 나도는 실정이었다.

"알고만 있으면은 뭣허는가? 진용이란 놈허고 동갑계 묻은 것 맨치로 자네도 연방 똑같은 소리만 내뱉는고만. 무신 수를 써서라도 위선 사람부텀 살리고 봐야 되잖겠는가? 더군다나 춘풍이는 인제 자네 매부 아닌가. 춘풍이맨치로 머리가 쪼깨 고장난 징용자는 참말로 목심 부지허기 심든 지옥 같은 디가 바로 노가다 판이라네. 죽어서 묏등도 비석도 없이 타국 땅에 평토장당허기가 십중팔구란 말이네."

"형님, 죄송헙니다. 그런 말씸을 허시는 형님 그 심정은 저도 얼매든지 이해를 헙니다. 허지만⋯⋯"

"허지만 뭔가?"

"허지만 즈이 집 식구들도 그냥 팔짱만 끼고 태평허게 시간 축내는 건 아닙니다. 머리를 지아모리 백방으로 궁굴려봐도 뾰쪽헌 대책이 안 나오기 땜시 그냥 요런 모냥으로 있는 겁니다."

"이봐, 부용이 동상! 따른 집안이라면 또 몰르겄네. 자그만침 천석꾼도 넘어 반만석꾼 집안 아닌가. 징용이란 물건은 받어놓은 밥상 같은 게 아니라네. 사람이 입맛 떨어지고 반찬이 영 맴에 안 들 적에는 수저를 팽개치기도 허고 수틀리면 밥상을 확 둘러엎기도 허잖는가."

"혹시 형님이 의중에 두신 어떤 묘책이라도 있으시다면 저헌티도 조깨 일러주시지요."

"일아리없네, 이 사람아! 나 고만 가네!"

성기상씨는 화를 벌컥 내고는 좀전보다 왼쪽 다리 더욱 심하게 절름거리면서 천석꾼 집, 아니 반만석꾼 집 대문간을 횡허케 떠나버렸다. 화의 분량이 증가함에 비례해서 다리 절름거림의 정도 또한 덩달아 심해지는 모양이었다. 도대체 나더러 어쩌란 말인가. 아침 일찍 저를 만나러 온 기상씨 의도를 도무지 짐작할 수 없었다. 자기 수중에도 내세울 만한 해결책 하나 못 가진 주제에 남더러 그 문제 해결 못한다고 화를 낸다는 게 대관절 말이나 되는 수작인가. 빠른 걸음으로 멀어지는 기상씨 뒷모습 지켜보고 있자니 부용은 속에서 멍울멍울 울화가 치밀어올랐다. 그제야 진용 형 불알친구 성기상씨가 뜬금없이 왜 저를 찾아 나섰는지 알 것 같은 기분이 들었다. 오로지 친구 사촌동생이자 반만석꾼 영감 맏아들인 최부용이란 놈 화를 돋우려는 한 가지 목적으로 그처럼 조반 때우기 무섭게 서둘러 감나뭇골로 들이닥친 거라고 결론 내리고 싶은 심정이었다.

성기상씨 떠난 자리에 곧바로 귀용이 갈마들었다. 숯골 떠나 멀리 감나뭇골에 다다를 때까지 안사돈 노인이 길바닥에 숱하게 뿌려놓은 눈물과 울음 흔적 확인하는 것만으로도 산서 사람들은 이미 천석꾼 집안 데릴사위한테 떨어진 영장 소식을 대충 다 알고 있는 처지였다. 그런데 사람들 들며 나는 발길 드문 절간 속에 들어앉아 있는 바람에 뒤늦게야 비보를 접한 모양이었다. 귀용은 늦게 온 만큼 시간을 만회할 작정이 듯 거두절미한 채 들입다 본론부터 꺼내들었다.

"이렇게 수수방관만 하고 있을 때가 아니잖습니까?"

"내가 허고 잪어서 허는 수수방관 아니다."

마치 성기상씨하고 미리 말 맞추기라도 한 것처럼 몹시 성마르게 구는 동생이 처음부터 몹시 마땅찮게 느껴졌다.

"물론 저도 압니다. 그렇지만 뭐가 됐든 대책을 고민해보려고 노력이라도 해야 하지 않겠습니까?"

"니 눈에는 내가 시방 아무 고민 없이 밥 잘 먹고 똥 잘 싸는 놈으로 뵈냐? 니가 지성으로 섬기는 그 쁘롤레따리아 명운이 걸린 일이라 혀서 아무 말이나 함부로 허지 말어라!"

"그게 왜 쁘롤레따리아 문젭니까? 그분은 이제 쁘롤레따리아가 아니지 않습니까? 우리 매형이지 않습니까? 다른 누구도 아니고 바로 우리 매형 문제란 말입니다!"

"참말로 유정헌 말이고나. 따른 누구도 아닌 매형 일이기 땜시 너한티 무신 신묘헌 대책이라도 서 있는 모냥인디, 으디 한번 내 앞에서 읊어보거라."

의견 대립이라기보다는 차라리 감정싸움에 가까웠다. 시작 단계부터 형제 사이에 삐걱거리는 불협화음이 요란하게 불거져나오고 있었다. 좀전에 성기상씨하고 나누었던 대화의 연장선이자 판박이였다.

"진용이 형님이랑 이 문제를 상의해보셨습니까?"

직접 읽어보라는 대책 대신 귀용은 엉뚱하게도 사촌형에게 짐을 떠넘기려 수작을 부렸다.

"사실은 진용이 형님도 우리만침이나 괴로운 입장이다. 아매 당분간은 우리집에 발걸음 끊고 지낼 것이다."

"그건 또 왜요?"

"고사기관총 수혜자라서 그렇단다. 사대삭신 멀쩡헌 자기는 여직 무탈헌 반면에 자립헐 능력도 못 갖춘 사촌매제는 꼼짝없이 징용을 나가게 된 현실이 영 맴에 걸려서 당최 우리 누님 만날 면목이 없으시단다. 진용이 형님은 자기허고 매제 새중간에 고사기관총이란 놈이 개입혀서 농간 부리는 바람에 생겨난 운명 전환이라고 믿고 있다."

"제가 진용이 형님을 만나서 대책을 한번 상의해볼까 합니다."

"내가 찾어갔어도 안 만나준 대책인디, 니가 찾어왔다고 그 대책이란 놈이 얼씨구나 허고 너를 선뜻 만나줄 성불르냐?"

비로소 귀용의 입이 굳게 다물어졌다. 난처한 기색이 역력했다. 피차 불편하기 짝이 없는 상태로 형제는 우두커니 앉아 한동안 딴전만 부렸다.

"혹시 지리산 입산이 문제를 해결하는 방법이 되지 않을까요?"

한참 만에 다시 입을 연 귀용이 기상천외한 제안을 해왔다. 부용은 너무도 기가 막힌 나머지 바로 대꾸할 엄두도 못 낸 재 그저 동생 얼굴 멀거니 바라보기만 했다.

"왜요? 징병이나 징용을 피하려고 지리산 깊은 산중으로 숨어드는 사람이 많다고 들었습니다. 세상 난리가 어느 정도 가라앉을 때까지 심산유곡에서 피신생활을 한답니다."

"옛날에 최귀용이 너맨치로?"

"그때 얘기는 새삼스럽게 왜 또 꺼내시는 겁니까?"

귀용이 갑자기 화를 벌컥 냈다. 제 아픈 생채기를 새잡이로 날카롭게 찔린 까닭이었다. 혁명자금 조달 명목으로 터무니없는 강도사건 저지른 후 우두머리 배낙철 비롯한 일당과 함께 지리산 입산을 기도하다가 산청 땅 지리산 초입에서 경찰에 의해 일망타진된 사건이었다. 그때 그 과거지사가 아직도 귀용에게는 치욕적 경력으로 남아 있음이 분명했다.

"그때는 경찰이 냄새를 맡고 경성서부터 우리 뒤를 추적중이었습니다. 그런 줄도 모르고 부주의하게 입산을 도모하다가 재수 없게 붙잡힌 겁니다. 하지만 지금은 그때하고 여건 자체가 판이합니다. 신춘복씨가 입산할 거라고 예상하는 사람은 이 산서 지역에 아무도 없을 겁니다."

"니 말이 죄다 맞다 치자. 우리 매형으로 말헐 것 같으면, 혼잣손으로 헐 수 있는 일이 거지반 아무것도 없는 사람이다. 하나서부텀 열까장 누군가 옆에서 일일이 도와주고 챙겨줘야만 게우게우 연명헐 사람인지 너도 잘 알고 있잖냐. 자아, 사정이 이런 판

158

이니, 누가 지리산까장 매형이랑 동행헐 것이며 어느 보호자가 심산유곡에서 태평성대 찾어올 때까장 하대명년허고 매형을 보살펴줄 것이냐? 귀용이 너 같으면 매형 보호자 자격으로 지리산행을 함께 도모헐 수 있겄냐?"

"형님도 참, 집행유예 상태로 제가 어떻게……"

귀용은 한바탕 열변 토하는 형 앞에서 갑자기 말문이 꽉 막히는 모양이었다. 어물어물 뒷말을 얼버무리고 말았다.

"그러니께 허는 말이다. 우리 형제가 지아모리 머리 맞대고 궁리에 궁리를 쥐어짜봤자 대책다운 대책이 나올 리 만무허니께 그 문제는 이만 막설허기로 허자. 아참, 누님은 시방 아무도 안 만나신다. 그냥 혼자 있고 잦어허신다. 누님 만날 생각 말고 애당초 안 왔던 딧기 그냥 죄용허니 돌아가거라."

축객하듯 동생을 얀정 없이 몰아붙여 거지반 등 떼밀다시피 보내버리고 나서 부용은 방바닥에 벌렁 드러누웠다. 걷잡을 수 없이 피곤이 몰려왔다. 이래저래 일진이 사나운 날인 듯했다. 말품 판다는 게 그토록 힘들고 부담스러운 일인 줄 그제야 처음 알게 된 기분이었다. 천석꾼 대리인 자격으로 집밖에 나가 처리해야 할 일들이 있었지만, 부용은 만사가 다 귀찮고 시들해져 외출을 아예 포기해버렸다. 아무 일도 하지 않은 채 방안에서 뒹굴뒹굴 농땡이 부리면서 하루해를 다 보낼 작정이었다.

"큰두련님한테 너무 가혹하게 대하시는 것 같았이요."

전에 부용이 서재 겸 침실로 사용했던 구석방에서 안방으로 건너온 연실이 걱정스러운 낯빛으로 남편에게 지청구를 주었다.

"나이를 헛먹은 녀석이요. 여직 철부지 껍데기를 못 벗은 죄로 형한티 가혹헌 대접을 받어서 싼 녀석이지요."

일어앉아 마땅한 상황이지만 부용은 별로 그러고 싶지 않았다. 연실이 벌렁 누워 노골적으로 게으름 피우는 남편 얼굴을 기웃이 들여다보았다.

"형님 노릇이 어디 그렇게 쉬운 줄 아셨어요? 화가 나도 참고 끝까지 우애로 대해줘야 철부지 같은 동생도 설득해서 어른으로 변화시킬 수 있잖겠어요? 담부터는 틀린 소리 한다고 무조건 퉁만 주지 말고 형님답게 선은 이렇고 후는 저렇고다 차근차근 설명해주시면 좋겠어요."

"잘 알었습니다, 선생님. 명심허겄습니다, 선생님. 소인한티 더 허실 말씸 없으신가요?"

"없어요, 최부용 학생."

연실이 남편 곁에 나란히 드러누웠다. 젖먹이 아들 둔 엄마치고 무척 한유한 모습이었다.

"우리 천년쇠는 시방 자고 있소?"

"아빠가 자꾸만 언성을 높이는 바람에 여러 번 깰 뻔하다가 좀 전에야 겨우 깊은 잠 들었어요."

"천년쇠 돌보는 틈틈이 누님한티 신경 조깨 써주시요. 우리 누님 안씨럽고 불쌍혀서 내 맴이 무겁기가 한량없소."

"저도 그러려고 노력하고 있어요. 다른 무엇보다도 누님을 도울 수 있는 가장 확실한 방법은 중보기도밖에 없다고 생각해요."

부용이 다른 얘기 막 시작하려는 참인데 연실이 갑자기 소스라치게 놀라면서 벌떡 일어났다.

"천년쇠가 깬 것 같아요!"

연실이 부리나케 거처방으로 달려갔다. 부용의 귀에는 아무런 소리도 안 들리는데 젖어미 연실은 젖먹이가 잠에서 깬 기척을 본능적으로 알아차리는 모양이었다. 가만가만 어르고 달래는 연실의 목소리에 섞여 천년쇠 칭얼거림이 그제야 부용의 귀에도 잡혔다. 제 옆자리에 있어야 할 엄마가 어디론가 사라졌다는 사실을 잠결에도 용케 알아차린 천년쇠가 마냥 기특하게 여겨졌다. 이제는 옹알이도 제법 잘하는 편인 천년쇠는 어느덧 이유기에 접어들어 있었다. 연실이 모유와 미음을 반반 정도로 섞어 먹이면서 젖을 떼려고 조심스럽게 시도하는 중이었다.

부용은 밖으로 일 나갔다가 점심 먹으러 돌아온 우듬지 머슴 섭섭이 아버지를 만났다. 여태껏 기운 많이 써야 할 힘든 일거리에 주로 신춘복씨를 부려왔던 그는 흠씬 지쳐 있는 모습이었다. 반편이 항우장사 머슴 빈자리를 낯살 많은 자신이 직접 땜질한 영향인 듯했다.

"일손이 하나 줄어서 많이 신드시지요?"

"뭘요, 신춘풍씨 빠진 자리가 표나기는 허지만, 금세 익숙혀지 겄지요."

부용은 처음 듣는 호칭에 절로 웃음이 나왔다. 머슴들 사이에서 매형은 이제 그런 이름으로 불리는 눈치였다. 지난날처럼 춘풍이라 부르기도 거식하고 새삼스럽게 신춘복씨라 부르기도 거식해서 그런 식으로 절충식 이름을 새로 고안해 사용하는 모양이었다.

"하여튼지 간에 우리 매형 잘 봐주시기를 다시 한번 부탁드립니다. 떠나는 그날까장 신간 편허게 지내다가 가시게코롬 뜬금없이 한량 행세를 허드래도 일절 간섭허지 마시고 우리 매형 허고 잪은 대로 다 허시게코롬 그냥 내싸두시기 바랍니다."

부용은 엊저녁에 일차 했던 부탁을 간곡한 목소리로 재차 들려주었다. 섭섭이 아버지가 두말하면 잔소리라는 뜻을 온몸으로 표현했다.

"여부가 있겄습니까요. 마즈막 시간까장 신춘풍씨를 상전 뫼시딧기, 귀인 위허딧기 포실허게 감싸주기로 행랑것들 전부가 의견을 합쳐뿌렀습니다요."

뜻밖에도 저녁 먹는 자리에 누님이 불쑥 모습을 드러냈다. 섭섭이네가 신방으로 저녁상 들여간 지 불과 몇 분밖에 안 지났는데 벌써 식사를 다 끝낸 모양이었다. 아마도 뜯적뜯적 몇 숟갈 뜨는 둥 마는 둥 하다가 자기 몫 밥그릇 매형한테 넘겨주고는 안채로 건너온 듯했다. 단 하루 사이에 누님 얼굴은 눈에 띄리만큼 핼쑥하게 빛이 바래고 수척해져 있었다.

"나 신경쓸라 말고 어서 많이들 먹거라."

말은 그렇게 했지만, 부용 부부는 갑자기 들이닥친 누님한테 신경 안 쓸 재간이 없었다. 누님은 밥상 옆에 누인 천년쇠 보더니만 그 위로 엎드러지듯 윗몸 숙여 찬찬히 들여다보기 시작했다. 천년쇠는 담요 위에 누운 자세로 두 팔 번쩍 위로 올려 제 주먹을 두리번두리번 일삼아 살펴보는 중이었다.

"아직 식전이시면 저희랑 같이 드시지요."

"먹을 만침 먹고 왔어. 걱정 말어."

말하는 연실 쪽 돌아다도 안 보고 누님이 대꾸했다. 누님은 저혼자 잘 놀고 있는 천년쇠를 굳이 안아올려 가슴에 품었다.

"우리 천년쇠, 그새 몰라보게 커뿌렀네. 젖살에다 밥살까장 통통허니 올른 모냥이 어제 달르고 오늘 달른 것 같으네."

별수없이 손아랫사람들이 빨리 밥을 먹어치우는 도리밖에 없었다. 동생 부부가 밥상머리에서 물러앉자 누님은 그제야 천년쇠를 도로 담요 위에 누이고 나서 두 사람을 정면으로 마주했다.

"진용 오라버니 조깨 뫼시고 왔으면 좋겄다."

그 말 떨어지는 순간, 부용과 연실은 약속이나 한 듯이 서로 눈을 마주쳤다. 당분간은 진용 형이 우리집에 출입하지 않을 것 같다는 얘기는 차마 입 밖에 낼 수가 없었다.

"무신 일로……"

"진용 오라버니한티 문신 새기는 방법 조깨 배우고 잪으다."

아, 부병자자! 부용은 저도 모르게 마음속으로 탄성을 발했다. 누님이 자기 손으로 자기 몸에 부병자자 새길 리 만무했다.

"부병자자 말씸이시고만요?"

방법을 배워 그걸 매형 몸 어딘가에 직접 새겨줄 결심을 한 듯했다.

"그거라면 저도 잘 알고 있습니다. 문신 새기실 적에 옆에서 자세허니 설명허고 도와드릴 수도 있습니다."

"아니다. 방법만 알고 나면 직접 내 손으로 허고 잪으다."

그래도 괜찮겠냐는 투로 부용은 연실을 넌지시 바라보았다. 그러자 연실은 보일락 말락 고개를 끄덕거렸다.

"우선 크고 굵다란 바늘, 그러니깨 돗바늘이 여러 개 필요헙니다. 많을시락 좋습니다. 그다음, 문방사우까장은 아니드래도 붓글씨 용도로 벼루나 먹 같은 도구들이 필요헙니다. 그다음에는 또……"

부용은 문신 시술 전에 갖추어야 할 준비물들과 준비 절차를 일러준 다음 시술 방법과 과정에 대해 자세히 설명해주었다. 연전에 산서에서 벌어졌던 인간사냥식 강제 모집 당시 진용 형 몸에 새겨진 부병자자 '생귀(生歸)'를 보고 일찍이 그 방법 배워둔 것이 마침내 생광스럽게 써먹을 기회를 만난 셈이었다. 누님은 마치 치부책에 낱낱이 다 적는 자세로 부용의 가르침을 하나에서 열까지 꼼꼼하게 새겨들었다.

"진절허니 잘 일러줘서 고맙고나."

"그런디, 참기 심들 만침 많이 아플 겁니다."

"괭기찮다. 그 정도는 벌써 각오허고 있다."

"섭섭이네한티 시켜서 필요헌 물건들을 미리 다 맞춰놓겠습니다."

"참말로 고맙다. 그럼 니알 아침에 보자."

급한 용무 마친 것처럼 누님은 서둘러 안방을 떠났다. 누님 발소리 멀어지기 무섭게 갑자기 눈이 커다래진 연실이 남편 앞으로 바투 다가앉았다.

"문신 종류인 건 알겠는데, 부병자자는 정확히 어떤 문신이래요?"

"에에 또, 부병자자라는 게 뭣인고 허면……"

젊은 남자가 병정으로 뽑혀 전쟁터로 나가기 전에 가족들이 얼른 알아볼 수 있게끔 몸에 새기는 문신이라는 것을, 전쟁터에서 죽지 않고 살아남아 고향집으로 돌아오고 싶은 비원이 담긴 일종의 부적이라는 것을, 만약에 전사하더라도 가족들이 그 문신 보고 시신이나마 수습해 고향 선산에 묻어주기 바라는 마지막 소망을 표현하는 민족 특유 귀소본능의 도저한 경지라는 것을 설명해주었다. 미처 설명이 끝나기도 전에 연실은 눈자위가 빨개지면서 눈물을 질금거리기 시작했다.

"말만 들어도 너무나 슬퍼요. 가슴이 막 미어지는 것 같아요."

옷소매로 눈물 훔치고 나서 연실이 정색하고 말했다.

"최부용씨는 그거 새길 생각 꿈속에서라도 하지 마셔요."

연실이 보이는 반응에 따라 부병자자 의미가 더욱 심대해지는 듯싶어 부용은 자못 숙연한 기분에 빠져들었다.

"당신한테는 부병자자 따위 전연 필요 없어요. 왜냐하면 애당초 전쟁터 같은 데로 끌려갈 일이 없으니까요. 절대로 없을 테니까요!"

연실은 남편 앞에서 미처 못다 흘린 눈물 호젓한 자리로 옮겨 마저 다 쏟기 위함인 듯 얼른 천년쇠 그러안고 거처방으로 건너가버렸다.

문방사우 가운데 종이 한 가지 제외한, 이를테면 '문방삼우'는 이미 갖춰져 있었다. 학생 시절 미술 과목 습자 시간에 사용했던 붓이며 벼루, 먹 따위 서예 도구들을 지금까지 서재 겸 침실 한구석 문갑 안에 기념품처럼 고이 보관해왔다. 돗바늘이 문제였다. 혹시나 하고 경대 서랍을 뒤져봤지만, 바늘겨레에 꽂힌 건 옷을 꿰맬 때 쓰는 보통 바늘 몇 개뿐이었다. 돗자리나 가죽 꿰매고 이불을 호는 데 주로 사용하는 돗바늘은 한 개도 안 보였다. 하기야 그런 일거리는 워낙 섭섭이네 전담인지라 돗바늘이 행랑채 떠나 본채 안방으로 이사했을 리 만무했다.

166

부용은 행랑채에서 섭섭이네 만나 돗바늘을 부탁했다. '열 개가량'이란 말에 섭섭이네 눈이 단박에 회동그라졌다. 그 많은 돗바늘을 대체 무슨 용처에다, 하고 묻는 기색이 완연했지만, 부용은 모르는 체하고 그냥 돌아섰다. 오래지 않아 섭섭이네는 얼핏보기에 열 개가 훨씬 넘는 돗바늘 가지고 부용을 찾아왔다. 행랑채에 있는 수량만으로 턱없이 모자라 동냥질하듯 이웃집들 돌아다니며 어렵게 구해왔노라고 섭섭이네는 공치사하기에 자지러졌다.

문신 시술에 소용되는 도구 일습이 갖춰지자 부용은 작은 상자안에 그것들을 담았다. 뚜껑 막 닫으려는 참인데, 상자 안 물건들이 실제보다 훨씬 더 크게 확대되면서 눈앞으로 확 다가들었다. 그 가운데서도 실에 묶인 한 뭇의 돗바늘이 유난히 부용의 시선을 잡아끌었다. 가뜩이나 엄살기 심한 매형이 자기 살에 박히는 돗바늘 공격을 과연 얼마나 견디어낼 수 있을지 의문이었다. 흉기 같은 도구를 사용해서 남편 몸에 손수 문신 새기고자 하는 누님 의도를 도무지 이해할 수 없었다.

부용이 이해하기로, 부병자자는 유교적 가르침에서 비롯된 풍습이었다. '신체발부는 수지부모' 어쩌고 하는 효행의 가르침과 긴밀히 연결되어 있었다. '수구초심'이란 말을 들어 '여우도 죽을 때는 머리를 제가 태어난 굴 쪽으로 향하는 법인데 하물며 인간이……' 하는 식으로 귀소본능을 강조하는 발상과 끊으려야 끊을 수 없는 유대관계를 맺고 있는 말이었다. 독실하기로 소문난 기독교 신자인 누님인데, 어쩌다 부병자자에 눈을 떠 그처럼 그것을 괄목상대하게 되었는지 당최 이유를 짐작조차 할 수 없었다. 부용은 이미 뚜껑이 닫힌 다음인데도 그 내부를 기어이 투시할 작정인 듯 부병자자 시술 도구가 담긴 상자를 오랫동안 골똘히 들여다보고 있었다.

4

　행랑채에서 하룻밤 묵은 다음 오전 반나절 아들과 함께 보내
다가 오후에 숯골로 떠났던 시어머니가 새날이 밝자 아침 일찍이
다시 찾아왔다. 혼자가 아니었다. 시아버지와 함께였다. 며칠 후
면 사지로 떠나보낼 아들과 시간 함께 보낼 몇 번의 기회 놓치지
않으려고 노부부가 동반해 새벽같이 숯골 떠나 감나뭇골로 달려
온 모양이었다.

　"마침맞게 잘 오셨어요. 그러잖아도 안 오시면 어쩌나 허고 아
까서부텀 지달리던 참이었어요."

　순금은 시부모를 웃는 낯꽃으로 반가이 맞아들였다. 진정으로
반가웠다. 부병자자 새기는 현장에 결코 빠져서는 안 될 핵심 인
물들이기 때문이었다.

　"젊은 사둔은 당최 걱정도 마시기라우. 삼시 시 끄니 나 챙겨

놓고 나왔고만이라우."

시어머니가 대뜸 변명조 말을 서둘렀다. 산중에 어린 사돈 혼
자 남겨두고 집을 비운 소행을 사돈댁 식구들이 어떻게 받아들일
지 몰라 노부부는 무척이나 마음이 켕기는 기색이었다.

"참, 우리 덕용이는 요새 으떤 모냥으로 시간 보내고 있나요?
밥이랑 잘 먹고 건강허게 잘 지내든가요?"

"잘 지내다 마다요. 밥 먹을 때 빼고는 아츰에 눈만 떴다 허면
꼬부랑책 붙잡고 저녁에 눈깜을 때까장 노상 꼬부랑말, 꼬부랑글
씨 연십에 고부라지니라고 눈앞에서 누가 죽어나가도 몰를 지경
이고만요."

"어머님, 제발!"

손아랫사람답지 않게 순금은 별안간 엄격한 눈초리로 시어머
니를 쏘아보았다. 그러자 시어머니는 단박에 찔끔 움츠러들고 말
았다.

"알겄어……라우."

시아버지가 할멈 향해 한 차례 눈을 딱 부라려 보이고 나서 입
맛을 쩝 다셨다. 며느리한테 존대하는 말버릇 바로잡히기까지는
아직도 갈 길이 멀고 앞으로도 한참 더 시일이 걸려야 할 것 같
았다.

"조반은 드시고 오셨어요?"

"새복밥 먹고 나왔고만."

시어머니와 달리 시아버지는 며느리 상대로 똑 부러지게 하대했다. 혼례식 올린 이후 시어른한테서 처음 들어보는 하댓말이었다. 순금은 몹시 게을러터진 남편이 잠들어 있는 신방으로 시부모를 안내했다. 신춘복씨는 늦잠에서 깨자마자 아침밥 뚝 따먹고, 밥숟가락 놓자마자 밥상머리에 그대로 쓰러져 어느새 다시 깊은 잠 속에 들어가 있었다.

"잠시만 앉어 기셔요. 금방 댕겨올게요."

시부모가 방안으로 들기 기다려 순금은 본채로 달려갔다. 사돈 내외 들이닥친 거니 채고 부용은 대청마루에 나앉아 기다리는 중이었다. 미리 준비했던 상자를 말없이 누님에게 건네주면서 부용은 못 미더워하는 기색을 굳이 감추려 하지 않았다. 순금은 걱정하지 말라는 뜻을 고개 가로젓는 몸짓으로 전달하고는 곧바로 돌아섰다.

시부모가 우격다짐으로 깨워놓았으리라. 그새 신춘복씨는 부스스한 몰골로 일어나 앉아 방안에 들어서는 순금을 맹한 눈빛으로 바라보고 있었다. 순금은 좌정하자마자 상자 안에 든 물건들을 한 가지씩 차례로 끄집어내 방바닥에 전을 벌여놓기 시작했다. 그 바람에 잠이 완전히 달아나버린 모양이었다. 신춘복씨는 웬 영문인지도 모르는 채로 벌여놓는 물건들 보고 벌쭉벌쭉 웃으면서 거추없이 좋아라 했다.

"고것들이 다 얻다가 쓰는 물건이여?"

시아버지가 궁금증 견디지 못하고 그예 질문을 던졌다. 같은 질문을 시어머니는 심란해하는 눈빛 빌려 표현하고 있었다. 붓이나 벼루 따위 문방제구가 문맹자인 자기네하고 도대체 무슨 연관이 있어 그처럼 전을 벌이는 중인지, 심히 의아해하는 표정들이었다.

"쪼깨만 더 지달리셔요. 준비를 다 끝낸 연후에 어르신들께 소상허니 설명 말씀을 드리겠어요."

필요한 것들은 상자 안에 거의 다 들어 있었다. 꼼꼼한 성격의 부용은 심지어 솜뭉치까지 알뜰히 챙겨놓았다. 다만 한 가지 빠진 게 있다면 여자용 속곳이었다. 그것은 따로 준비할 필요 없이 현재 입고 있는 속치마로 대신할 생각이었다. 순금은 경대 위에 올라앉은 밀랍 화촉을 방바닥으로 끌어내렸다. 돗바늘이 너무 많다 싶어 적당량으로 짐작되는 네 개만 고른 다음 바늘허리를 실로 칭칭 동여매놓았다. 이제 모든 준비는 다 끝났다.

"아버님, 어머님, 인제부텀 지가 허는 소리 잘 들으셔요. 그러고 신춘복씨도 잘 들으셔야 되야요."

순금이 미소 띠며 말하는데도 시부모는 잔뜩 긴장감을 나타냈다. 내내 며느리 수상쩍은 거동을 비상한 관심으로 지켜보는 동안 쌓이고 쌓인 불안심이 절정에 다다라 있는 듯싶었다.

"인제부텀 신춘복씨 몸에다 부병자자를 새길 작정이고만요."

"부병자자란 게 뭣이디야?"

시아버지가 대뜸 의심쩍은 속내를 가감 없이 드러냈다. 순금은 그것이 문신의 일종임을 차근차근 설명하기 시작했다. 부병자자가 조선사람에게 어떤 의미를 지닌 것인지, 이 마당에 와서 신춘복씨한테 그게 왜 필요한 것인지를 노인들이 알아듣게끔 조곤조곤 일러주었다.

"듣고 봉깨로 입묵이 맞는 말이고만."

시아버지가 얼른 알은체했다. 부병자자 의미가 마음속에 절절히 와닿는지 시어머니는 자못 심각한 표정을 지었다.

"무신 글씨를 새기는 게 좋으시겠어요?"

"똥이라고 적으시지라!"

시어머니가 몹시 화난 목소리로 뜻밖의 말을 했다.

"똥맨치로 태어나서 똥맨치로 살다가 똥맨치로 가는 뭠이니깨 그러콤 적어주시기라우!"

절대로 농담이 아니었다. 시어머니의 진심이 묻어나는 말임을 의심할 여지가 없었다. 순금은 고개를 끄덕여 보였다.

"알겠어요. 어머님 말씀대로 똥이라고 새길께요."

순금은 기도하는 심정으로 화촉에 불을 댕기고, 기도하는 심정으로 돗바늘 묶음 끝부분을 불에 그을렸다. 신방 장식용 화촉이 쇠붙이 소독용으로 바뀐 셈이었다. 순금은 기도하는 심정으로 벼루에 물을 붓고, 기도하는 심정으로 먹을 갈기 시작했다.

"자아, 당신은 인제 옷을 벗으셔요."

입묵(入墨) 작업에 충분하리만큼 먹물이 확보되자 순금은 남편 앞으로 바투 다가앉았다. 그때껏 순금이 하는 양을 어린아이같이 천진한 표정으로 흥미진진하게 구경하던 신춘복씨가 갑자기 눈알을 크게 홉떴다.

"예? 옷을 벗어요?"

"아고마니나!"

아들 대꾸 듣는 순간, 시어머니가 기절초풍했다. 시아버지는 쩍 벌어진 입을 굳이 다물려 하지 않았다.

"쟈가 언짓적부텀 저 모냥으로 싹수 있이 말허기 시작혔다요?"

"살다 살다 봉깨로 저놈 입에서 사람 말이 나오는 귀경을 다 허네그랴!"

비록 짧은 말이긴 했지만, 반편이 아들이 난생처음 격식이나 법도에 맞게끔 말했다는 사실이 여간해서 믿어지지 않는 모양이었다. 순금은 혼삿날 이후부터 지금에 이르기까지 신춘복씨가 얼마나 열심히 말 공부에 매달려왔는지를 자랑삼아 밝혔다.

"자아, 어서 옷을 벗으셔요."

순금은 고름 풀고 저고리 벗는 동작을 시연해 보였다. 신춘복씨는 한 차례 히힛 소리내어 웃더니만 시원시원한 몸놀림으로 저고리를 훌훌 벗기 시작했다. 웃통이 드러나자 옷에 가려 있던 우람한 덩저리가 순금의 시야를 그들먹하게 채웠다. 순금으로서는 결혼 후뿐만 아니라 태어나서 처음 대하는 신춘복씨 맨몸뚱이였다.

그 맨몸 습자지삼아 이제 붓글씨 써야 할 시간이었다. 부용은 부병자자 새기는 데 최적의 신체 부위는 외부 충격을 가장 덜 받는 자리라고 일러주었다. 만일의 경우 불행한 일 당하더라도 별로 손상을 안 입을 법한 부위를 뜻하는 말이었다. 그런 자리에 입묵을 해야만 나중에라도 연고자들이 시신을 쉽게 식별할 수 있다는 발상에서 생겨난 풍습이라는 얘기였다.

동생 가르침 따라 순금이 미리 점찍어둔 자리는 왼쪽 겨드랑이 바로 밑이었다. 거기라면 웬만한 외부 충격에는 쉽사리 노출되지 않을 성싶었다. 하지만 거기가 신체 부위 가운데서 몹시 예민한 자리 중 하나라는 점이 문제였다. 신춘복씨가 겨드랑이 밑 종잇장같이 얇은 피부 찔러대는 고통을 끝까지 잘 견디어낼 것 같지 않았다.

잠시 고민하던 끝에 순금은 마침내 결정을 내렸다. 겨드랑이에서 가까운 왼쪽 견갑골 아래였다. 우선 그 자리를 물수건으로 깨끗이 닦아냈다. 물수건으로 등을 썩썩 문질러대자 신춘복씨는 뭐가 그리 재미있는지 연방 낄낄거렸다. 순금은 기도하는 심정으로 붓을 들어 기도하는 심정으로 먹물을 묻혔다. 시어머니가 원하는 글자는 '똥'이지만, 순금의 생각은 전혀 달랐다. 순금이 처음부터 염두에 두었던 글자는 '봄'이었다. '봄'이 아니고는 신춘복이나 춘풍이란 이름 둘 다 설명되지 않는 까닭이었다. 순금은 기도하는 심정으로 견갑골과 겨드랑이 사이 공간에 '봄'을 그리기 시작했다. 획에 맞추어 붓질이 진행되는 동안 신춘복씨는 계속 키들거리며 심하게 간지럼을 타고 있었다. 마침내 먹빛 옷을 걸친 '봄'이 제법 그럴싸하게 완성되었다.

이제부터가 제일 중요했다. 가장 힘든 작업에 들어가기 전, 순금은 기도하는 심정으로 제 속치마 아랫자락을 힘껏 잡아당겼다. 속치마 자락 부욱 찢어지는 소리에 깜짝 놀란 시부모가 며느리 얼굴 뚫어지라 바라보았다. 아무 눈치코치 모르는 신춘복씨마저 뭔가 심상찮은 낌새라도 느꼈는지 뒤쪽으로 고개를 휙 돌렸다. 순금은 새하얀 속치마 자락을 뭉쳐 왼손에 감아쥐고 오른손에 돗바늘 묶음을 들었다. 그리고 묵언으로 짤막한 기도를 드리기 시작했다. 하나님 보시기에 과연 합당한 일인지 부당한 일인지 미욱한 인간으로서는 알 수 없지만, 이것이 오랜 기도 끝에 결정된 일임을 하나님께서 살펴봐주시라고 기도했다. 이 부병자자가 고향길 향도하는 길라잡이 구실 되어 먼길 떠난 남편이 꼭 살아서 돌아올 수 있게끔 자비하신 하나님, 긍휼이 많으신 하나님께서 강권적으로 역사해주시라고 간절히 기도했다.

첫 바느질이 피부를 뚫는 순간, 신춘복씨는 그 커다란 덩저리에 어울리지 않게끔 외마디 비명 꽥 내지름과 동시에 앉은 자리에서 벌떡 일어섰다. 두 노인네가 동시에 달려들어 마냥 허겁떠는 아들을 도로 주저앉히려 애썼다. 그러나 신춘복씨는 팔에 매달리는 양친 부모 간단히 뿌리치고 나서 가해자를 무섭게 노려보았다.

"쏜다! 쏜다!"

한쪽 콧방울에 엄지손가락 척 갖다 붙이면서 자기한테 해코지하려는 상대방을 위협하기 시작했다. 천석꾼 영감이 반편이 머슴한테 봉변당할 적마다, 굼벵이도 궁그는 재주 하나는 있다며 매번 탄복하곤 했던 그 콧물 사격술이었다. 하지만 이 판국에 그까짓 콧물 탄알이 뭐가 그리 대수겠는가.

"금방 끝나요. 쪼깨만 참으시면 되야요. 어서 도로 앉으셔요."

순금은 엷은 웃음기 띤 낯꽃에 애써 몬존한 말씨로 타이르며 설득을 시도했다. 두 노인네도 재차 덤벼들어 양쪽에서 각각 팔 하나씩 붙잡고 아들을 주저앉히려 죽살이치기 시작했다. 이걸 꼭 해야만 전쟁터에서 건강한 몸으로 살아 돌아올 수 있다고 눈물로 호소했다. 부모의 그 진심어린 설득이 의식 저 안쪽 금선(琴線) 한 가닥 퉁 건드린 것처럼 신춘복씨는 결국 숙지근한 태도로 바뀌면서 슬며시 엉덩이를 도로 방바닥에 부려놓았다.

잠시 중단되었던 자자(刺字) 작업이 다시 이어졌다. 돗바늘 묶음으로 찌를 때마다 새빨간 핏물이 방울방울 맺혀 흘러내렸다. 순금은 얼른 그 피를 속치마 자락으로 꾹꾹 눌러 빨아들였다. 새하얀 속치마 자락에 선홍색으로 번지는 무늬를 보고 있자니 지도 모르게 눈물이 왈칵 솟구쳤다. 찔리는 사람과 찌르는 사람이 함께 울었다. 속치마 하얀 바탕은 점점 빨갛게 변색하기 시작했다. 한 땀씩 바느질할 적마다 순금은 마음속으로 기도의 말을 꼬박꼬박 붙이곤 했다. 신춘복씨 몸에 기도가 새겨지는 중이었다. 돗바늘 가는 길 따라 비원과 소망의 기도 소리가 차례로 그의 몸속에 흘러들고 있었다. 우람차고 튼실한 그의 몸 자체가 장문의 절절한 기도문이자 거대한 기도의 탑이 되어가고 있었다. 한 차례씩 찔림을 당할 때마다 신춘복씨는 고개 푹 수그린 채 소리 없이 눈물만 펑펑 쏟고 있었다. 반면 두 노인네는 좌우에서 아들 팔뚝 하나씩 붙잡은 채 엉엉 소리내어 함께 우는 것으로 아들이 내야 할 울음소리를 대신 내주고 있었다.

고통을 줄여주기 위해 서두른 덕분에 자자 작업은 생각보다 빨리 끝났다. 까맣던 '봄'이 어느새 검붉은 '봄'으로 변해 있었다. 순금은 솜뭉치로 먹물을 듬뿍 찍어 상처 부위를 여러 차례 지그시 눌러댔다. 그러자 이번에는 검붉던 '봄'이 점점 파란 '봄'으로 바뀌기 시작했다. 아직도 뒷수습할 일이 남아 있었다. 순금은 가제 위에 솜을 얇게 펴고는 그걸 반으로 접어 파란 '봄' 위에 얹은 다음 반창고로 단단히 고정해놓았다.

"다 끝났어요. 그새 잘 참으셨어요. 인제는 아무 걱정도 말고 부모님이랑 편안허게 시간 보내셔요."

순금은 검불 하나 안 남게끔 키 위에 사람 올려놓고 마구 까붐

질하다시피 그동안 참을성 발휘한 신춘복씨를 거추없이 추어주었다. 그는 여전히 말없이 닭의똥 같은 눈물만 뚝뚝 떨어뜨리고 있었다. 그런 아들 붙잡고 시어머니는 소리내어 구슬픈 가락 뽑아가며 울고 있었다. 시아버지는 천장 우러르며 잦은 헛기침으로 슬픔을 단속하는 중이었다. 순금은 방바닥에 널브러진 문방제구 수습해 상자 안에 담았다. 헝겊 뭉치처럼 구겨진 핏빛 속치마 자락은 판판하게 펴서 고이 접었다. 그걸 조선종이로 여러 겹 감싼 다음 일단 경대 서랍 안에 임시 보관했다. 나중에 통풍이 잘되는 자리로 옮겼다가 이따금 꺼내 몇 차례 거풍할 생각이었다.

순금은 슬픔 속에 빠져 허우적거리는 부모자 세 사람 남겨둔 채 문방제구 담긴 상자 챙겨들고 조용히 방을 빠져나왔다. 불과 며칠밖에 안 남은 시한이 다할 때까지 두 노인네와 아들이 최대한 많은 시간 함께 보내면서 여한이 없도록 부모자 간에 혈육지정 나눌 기회를 양껏 제공해주고 싶었다.

"으떻게 되얐습니까?"

내내 방문 굳게 닫힌 신방 안에서 벌어지는 일들이 무척 궁금했던 듯 본채 앞마당을 일없이 서성이던 부용이 흠씬 지친 모습으로 나타나는 누님을 깜짝 반겼다.

"니가 일러준 대로 대충 잘 끝낸 것 같으다. 고맙고나, 부용아."

순금은 들고 있던 상자를 부용 앞으로 내밀었다.

"그렇다면 다행이지만, 울음소리가 계속 끊치지 않길래 혹시 뭔 일이 잘못되지나 않았는가 허고……"

상자를 받아들면서 부용은 혼잣말하듯 중얼거렸다. 걱정되고 궁금하기는 연실 쪽도 매일반이었던지, 인기척 들리자마자 안방 문 열고 허둥지둥 내달아 나왔다.

"형님, 큰일 치르시느라고 정말 고생 많으셨어요. 어서 방으로 드시지요."

결부축하는 올케와 함께 순금은 안방으로 들어갔다. 부용이 아랫목에 두툼한 이부자리를 펴주었다. 순금은 허물어져 내려앉듯 갑자기 이부자리 위로 폭삭 고꾸라졌다. 걷잡을 수 없는 기세로 피곤이 몰려왔다. 겨우 부병자자 한 글자 새겼을 뿐인데도 진종일 바윗돌 땅띔 중노동에 시달린 푼수만큼이나 온몸이 파김치 꼴되어 있었다. 자리에 눕기 무섭게 순금은 깊은 잠 속으로 까마득히 곤두박질치고 말았다.

점심상 들어오는 낌새 알아채고 나서야 순금은 겨우 잠 속에서 빠져나올 수 있었다. 자신이 동냥질하듯 구해다 바친 돗바늘이 어떤 용도에 쓰였는지 뒤늦게 알게 된 섭섭이네가 자못 자랑스러워하는 눈빛으로 기신기신 몸을 일으켜 앉는 젊은 아씨를 빤히 지켜보고 있었다.

"신방 쪽 밥상은?"

순금의 물음을 섭섭이네는 다시금 자랑에 겨운 표정으로 얼른 받아넘겼다.

"새복밥 먹고 와서 시장헐 것 같어서 한참 전에 신방부텀 일착
으로……"

"참말로 잘허셨어요. 수고 많으셨어요."

언제나 눈치 빠르고 행동 민첩한 섭섭이네는 칭찬받아 마땅한
일손이었다. 순금은 좀전부터 밥상머리에서 대기중인 부용 부부
를 돌아다보았다.

"저쪽 방 조깨 들여다보고 올라니께 나 지달릴라 말고 어서 수
저 들거라."

신방에 들어서는 순금의 시선과 이제 막 밥술 입에 넣으려던
신춘복씨 시선이 딱 마주쳤다. 엄마하고 오래 떨어져 고아처럼
혼자 지낸 아이 같았다. 엄마 같은 순금을 다시 만나자 아이 같은
어른이 갑자기 울먹이기 시작했다. 신춘복씨는 울면서 밥술 입
안에 밀어넣어 울음에 버무려 밥알을 씹었다. 그러잖아도 콧물
이 흔한 체질인데, 평소보다 더 많은 양의 콧물이 인중을 타고 입
안으로 흘러들기 직전이었다. 순금은 제 옷고름 집어 끝자락으로
흘러내리는 콧물을 훔쳐주었다.

밥상에는 순금의 것까지 포함된 네 사람 몫 밥그릇이 놓여 있
었다. 그중 한 그릇은 이미 바닥이 드러나 있었고, 신춘복씨는 두
번째 그릇을 공략하는 중이었다. 끈덕진 울음의 세력도 그의 집
요한 식탐을 제어하지는 못했다. 완전히 울보로 변해버린 그는
울면서 밥을 먹었고, 반찬을 먹다가도 허 울음을 얼른 새 울음으

로 개비하곤 했다. 정확히 무슨 일인지는 몰라도 어쩐지 심상찮은 낌새가 느껴지는 모양이었다. 예사롭지 않은 자기 신변 분위기와 낱낱이 손에 쥐여주다시피 가르치느라 진을 뺀 노부모의 반복 학습 덕분에 자신이 며칠 후면 돌아올 기약조차 없는 머나먼 길 떠날 신세라는 사실을 그새 어렴풋이나마 알아차린 듯했다. 순금은 마음이 너무 아파 그 자리에 더 머물러 있기가 몹시 괴로웠다. 할 수 없이 부모자 세 사람 슬그머니 등진 채 신방에서 빠져나올 수밖에 없었다.

해넘이 전에 반드시 숯골에 당도해야 하는 두 노인네한테 이른 저녁상이 차려졌다. 밥이 입으로 들어가는지 코로 들어가는지 모르도록 급히 저녁 끼니 때우자마자 두 노인네는 몹시 서둘러 감나뭇골을 떠났다. 어둠이 산골짝 외딴집 뒤덮을 때까지 어린 사돈을 두려움 속에 홀로 버려둘 수 없다는 것이 그처럼 서두르는 이유였다.

순금은 본채 안방에서 동생 부부와 함께 저녁 끼니를 때웠다. 난생처음 특별한 체험 겪느라 지금쯤 흠씬 지쳐 있을 신춘복씨가 신방 독차지한 채 편히 쉬도록 배려하는 마음으로 순금은 식후에도 내처 안방에서 시간을 보냈다. 날이 어두워지고 밤이 찾아오자 순금은 그제야 안방을 나섰다.

이부자리에 모잡이로 누워 있던 신춘복씨가 몇 시간 만에 신방에 모습 드러내는 순금을 보고 벌떡 일어앉았다. 눈길 서로 마주치자마자 그는 대뜸 눈물 갈쌍거리며 어린아이처럼 훌쩍훌쩍 울먹이기부터 했다. 우선 부병자자 부위에 붙어 있어야 할 것이 제대로 붙어 있는지 그것부터 확인한 다음 순금은 엄마처럼 양팔 넓게 벌려 본격적으로 울음 장만하는 신춘복씨를 안아주었다. 그러자 울음소리와 함께 커다란 머리통이 순금의 품안으로 부쩍부쩍 파고들기 시작했다. 애타게 제 젖가슴 탐하는 손놀림 보고서야 순금은 상대를 덩저리만 덜퍽지게 큰 어린아이로 보았던 제 생각이 착각이었음을 깨달았다. 순금은 이부자리에 누워 옷고름 풀고 저고리 안쪽을 활짝 내주었다. 그는 젖가슴만으로 만족하지 않고 아예 순금의 몸속으로 파고들고 싶어 매우 거칠고 사납게 굴었다. 헐떡이는 숨결과 뜨거운 입김이 얼굴로 훅훅 끼얹어졌다. 그가 순사한테 쫓겨 허둥지둥 베틀 공방으로 숨어들던 당시 제 아랫도리 향해 훅훅 치받던 그 숨결과 입김의 기억이 고스란히 되살아나는 순간이었다. 순금은 두 눈 질끈 감은 채 아랫도리에 걸친 거추장스러운 방해물들 훌훌 벗어던졌다. 그만큼 협조를 아끼지 않았는데도 그는 그저 조급한 마음만 앞세워 턱없이 성마르게 굴 뿐, 실인즉슨 어찌해야 좋을지 그 방법을 몰라 쩔쩔매면서 계속 오리무중을 헤매고 있었다. 그가 안개 속을 헤치고 제 몸속에 순리대로 들어올 수 있게끔 순금은 넌지시 길을 안내해주었다. 몇 차례 시행착오 거친 끝에 드디어 한 남자가 문을 열고 한 여자 안으로 깊숙이 들어왔다. 이내 격렬한 몸짓이 시작되었다.

순금은 눈 질끈 감고 입 꽉 다문 채 남자의 움직임에 제 몸을 온전히 내맡겨버렸다.

결혼 후 처음 이루어진 합궁이었다. 이제나저제나 하고 그동안 마음속으로 은근히 기다려왔던 순간인데도 합환의 감격 따위는 도무지 느낄 겨를이 없었다. 애당초 그런 걸 바라고 시작한 일도 아니었다. 그저 마땅히 치러야 할 절차를 마침내 치르고야 말았다는 생각뿐이었다. 아무튼지 간에 그것으로 숫처녀 최순금과 숫총각 신춘복 두 나이든 남녀는 많이 지각하긴 했어도 뒤늦게나마 '명'과 '실'이 상부한 진짜배기 가시버시 관계를 맺는 데 비로소 성공할 수가 있었다.

합궁은 단번으로 그치지 않았다. 남자 나이 마흔 넘도록 어쩌면 그리 그 방면에 깜깜부지로 살아왔는지 의아할 정도였다. 남편은 한번 알아버린 여체에 밤새도록 탐닉했다. 이제 며칠 후면 떠날 몸이었다. 일단 떠나면 언제 다시 돌아올지 모르는 사람이었다. 순금은 몹시 힘에 부치는 상태에서도 남편이 원하는 대로 그 거한의 몸뚱이를 순순히 다 받아냈다.

이튿날 날이 밝기 무섭게 숯골 두 노인네가 다시 감나뭇골에 들이닥쳤다. 혼곤한 늦잠에 빠져 있던 순금은 문기척도 없이 느닷없이 문이 벌컥 열리는 사품에 소스라치게 놀라 흐트러진 옷매무새와 몸맨두리 급히 수습하는 한편 옆에서 콧나발 신나게 불며 자는 중인 신춘복씨를 흔들어 깨웠다. 차마 봐서는 안 될 꼴이라도 본 것처럼 질겁하면서 두 노인네는 문을 얼른 도로 닫아주었다. 순금은 방을 대충 정리한 후 시부모를 안으로 맞아들였다. 남편은 다시 만난 부모 앞에서 연신 콧구멍 벌름거리며 히쭉히쭉 웃어 보였다. 언제 그 울음 다 울었더냐는 듯 이제 울보 흔적은 전혀 찾아볼 수 없는 얼굴이었다. 뿐만이 아니었다. 부모가 빤히 지켜보는 자리에서 남편은 치신머리사납게 순금의 저고리 안으로 자꾸만 터럭손 밀어넣으려 시도했다. 순금은 낯꽃 잔뜩 붉힌 채 염치가 뭔지 모르는 그 손놀림 되돌려보내기 바빴다. 처음 방문 열었을 때부터 기연미연 의심하는 기색이던 두 노인네는 그제야 상황을 제대로 눈치챈 듯했다. 간밤에 신방에서 벌어진 엄청난 변화를 알아차리기 무섭게 노부부는 서로 눈길 마주치며 놀라움을 감추지 못했다.

"우리 늙은이덜은 행랑채로 근너가서 쉬고 있을랑깨로 느네덜은 걱정도 허들 말고 푹 더 자고 있거라."

허울뿐이던 부부가 하룻밤 사이에 실질적 부부로 바뀌었음을 알아차린 다음부터 며느리 대하는 시어머니 말투가 이전과는 영 딴판으로 확 달라졌다. 깜짝 놀란 순금이 강하게 손사래를 쳤다.

"아니고만요, 어머님. 그냥 요 방에서 신간 편안허게 쉬고 기셔요."

그러잖아도 소피가 매우 급하던 참이었다. 순금은 부랴부랴 방구석에 놓인 요강단지 챙겨 도망치듯 얼른 바깥으로 나섰다.

"젊은 아씨 걸음새가 으찌 그 모냥이다요?"

때마침 본채 부엌문 앞에 서 있던 섭섭이네가 정신없이 측간행 도모하는 순금의 거동 보면서 불쑥 말을 걸어왔다.

"내 걸음새가 왜요?"

"영락없이 가랭잇 새에다 두툼헌 솜벼개 옇고 걷는 것맨치로 왜 어그적어그적 옆걸음을 놓으신다요?"

순금은 더 대꾸하지 않고 허둥지둥 측간으로 향했다. 급히 용변 마치고 요강을 비운 다음 밖으로 나서자 그때까지 측간 문 앞을 지키고 있던 섭섭이네가 재차 참견해왔다.

"참말로 벨일도 다 있네그랴. 노상 음전허게만 걷던 우리 젊은 아씨 걸음새가 으쩌다가 갑째기 저 모냥으로……"

순금은 못 들은체하고 발걸음 재우쳐 본채 안방 쪽으로 직진했다.

"아, 인자사 알겄다. 우리 젊은 아씨께서 신혼초에 새댁들이 잘 걸린다는 그 다릿삥을 앓으시는 게 틀림없고만!"

등뒤에서 자발머리없이 연방 낄낄거리는 웃음소리가 짓궂게 따라붙었다. 순금은 여전히 못 들은체하면서 섭섭이네 말마따나 옆으로 어기적거리는 부자연스러운 걸음새로 안방에 들어섰다. 간밤에 신방에서 생겼던 변화를 알아챈 사람이 하나 더 늘어난 셈이었다.

순금은 신방에서 많이 밑진 잠을 안방에서 벌충할 심산이었다.

이른 아침에 안방으로 건너오자마자 이부자리부터 펴기 시작하는 시누이를 연실이 커다란 의문부호 달린 눈빛으로 말없이 지켜보고 있었다. 순금은 집게손가락을 입술 위에 세우면서 쉿 소리를 냈다. 건넌방에서 아직도 자는 중인 부용을 절대로 깨우지 말라는 신호였다. 순금이 잠든 사이에 간밤의 변화를 눈치챈 사람이 집안에 둘이나 더 늘어나 있을 판이었다.

아침 끼니도 거른 채 순금은 인사불성으로 곯아떨어지고 말았다. 몇 시간 죽은듯이 자다가 깨어나니 기다렸다는 듯 연실이 아침 겸 점심상을 차려 대령했다. 몇 숟갈 뜨는 둥 마는 둥 하는 참인데 밖에서 인기척이 들렸다.

"누님, 사돈어른들께서 시방 가시겠답니다."

부용의 목소리였다. 밥 먹다 말고 순금은 허둥지둥 밖으로 뛰어나갔다. 동생 옆에 서 있는 두 노인네가 눈에 띄었다.

"아니, 왜 벌써 가실라고……"

"우리 메누리 참말로 고맙네. 인자는 눈으로 안 보드래도 한시름 멀찌가니 떨쳐놓고 살아갈 수 있을 성불르고만."

이제는 자신감으로 무장한 시어머니가 경위 밝게 말을 팍팍 놓아가며 며느리 등덜미를 토닥토닥 다독거려주었다. 시아버지 역시 밝은 목소리로 며느리한테 치하의 말을 보내왔다.

"선녀 같고 옥녀 같은 우리 새애기가 기연시 춘복이 저놈한티 사람 꼴을 갖춰놨고나. 이 은공을 우리 같은 늙은이가 장차 으찌

다 갚을 것이냐. 참말로 고맙고 또 고맙다, 새애기야!"

"며느리한티 별말씸을 다……"

두 노인네는 만면에 웃음 가득 실은 모습으로 예상했던 시간보다 훨씬 빨리 감나뭇골을 떠나갔다. 시부모 배웅하고 돌아와 순금은 먹다 만 밥을 마저 다 먹었다. 그런 다음 안방에 계속 머물면서 휴식을 취했다. 자고 깨기를 반복하는 사이에 어느덧 몇 시간이 흘러버렸다. 두 노인네 떠나보낸 뒤로 호젓해진 신방에서 신춘복씨는 긴 시간을 어떻게 홀로 보내고 있을지 문득 궁금증이 일었다.

신방으로 돌아온 순금을 신춘복씨가 헤벌쭉 웃는 낯꽃으로 반갑게 대했다. 몇 시간 동안이나 어떻게 참고 기다렸을까. 순금이 방에 들자마자 그는 또다시 여체를 밝히기 시작했다. 벌건 대낮부터 다짜고짜 순금을 이부자리에 발랑 자빠뜨렸다. 그가 조급한 손놀림으로 제 아랫도리 사정없이 벗겨내는 동안 순금은 어금니 꽉 사리물고 두 눈 질끈 감아버렸다. 옆으로 어기적어기적 이상하게 걷는다고 흉잡힌 제 걸음새 따위에 신경쓸 계제가 아니었다. 며칠 후면 떠날 사람이었다. 한번 떠나면 언제 다시 돌아올지 모르는 사람이었다. 베틀 공방에서 제 아랫도리 향해 훅훅 치받던 그 거친 숨결과 뜨거운 입김이 어느새 고스란히 되살아나고 있었다. 순금은 머잖아 떠날 그를 위해 무엇이든 원하는 대로 얼마든지 다 받아줄 용의가 있었다.

5

　말이 좋아 사돈이지, 지체가 하늘과 땅 차이만큼이나 층하가
지는 그 숯골 것들 가리켜 무슨 숫기로, 어떤 뱃심으로 사돈이라
불러버릇하겠는가. 절대로 아니 될 말씀이었다. 천부당만부당한
얘기였다. 그러느니 차라리 일찌감치 죽는 편이 낫다고 생각했
다. 개발바닥에 주석편자 다름없는 꼴이었다. 개발바닥같이 미천
하기 짝이 없는 화전민 출신 숯골 늙은이들에게 주석편자같이 번
쩍거리는 사돈 칭호 붙여 여느 사돈이랑 동등하게 대우한다는 건
절대로 있을 수 없는 일이었다.

　관촌댁은 숯골 두 늙은이가 감나뭇골 천석꾼 집에 와 머무르는
동안 본채 쪽과는 아예 담을 쌓다시피 하고 지냈다. 딸년이 그 집
아들과 혼인했다 해서 천석꾼 마나님마저 그들을 괄목상대할 의
무가 생기는 건 아니었다. 그것은 어디까지나 딸년 스스로 감당

해야 할 의무일 뿐, 자기하고는 아무런 상관도 없는 일이었다. 징용 영장 받은 날부터 천석꾼 집안 대문턱 닳도록 뻔질나게 드나들면서 사돈 행세하는 늙은이들이 영 마땅찮았다. 본채에서 한바탕 떨어진 사랑채까지 희미하게나마 두 늙은이 기척이 건너올작시면 관촌댁은 매번 심기가 몹시 불편해짐을 느끼곤 했다.

물론 두 늙은이가 겪는 불행한 처지를 전연 이해 못하는 바 아니었다. 아들이 이역만리 타국으로 곧 끌려갈 판인데 똥끝 타지 않을 부모가 세상에 몇이나 있겠는가. 하지만 천석꾼 집안 잘못으로 말미암아 춘풍이 그 반편이 머슴이 징용으로 나가게 된 사연은 결코 아니었다. 그것은 자기네 집안에서 자기네 식구들끼리 처리해야 할 일이지, 애먼 집안에 적폐까지 끼쳐가며 요란 떨 일은 당최 아니었다.

생각이 그 대목까지 나아가다보면 으레 관촌댁 뇌리에 덩두렷이 떠오르는 얼굴 하나가 있었다. 다름 아닌 딸년이었다. 바로 최순금 그년이었다. 그것은 조용하던 집안에 죄 많은 딸년이 불러들인 여러 종류 앙화들 가운데 하나였다. 만일 딸년이 제 신랑감으로 그 반편이 머슴 택하지 않았다면 천석꾼 영감이 된통 풍을 맞아 지금처럼 산송장 꼴 되는 일도 없었을 것이고, 만일 딸년이 제 쇠고집 꺾어 그 반편이 머슴하고 혼인하지 않았다면 숯골 늙은이들이 사돈집입네 하고 무시로 출입하는 꼴불견도 일어나지 않았을 터였다. 매번 관촌댁이 쏘는 마지막 화살은 으레 딸년 과녁삼아 피융 바람소리 내면서 날아가곤 했다.

덧없는 세월을 앙앙지심(怏怏之心) 속에 남들 향한 원망과 불평으로 도배하다시피 하면서 하루하루 살아가는 관촌댁이지만, 그런 할망구에게도 한 가지 낙은 있었다. 바로 손자였다. 세상에서 오직 천년쇠 그 녀석만이 언제나 시들방귀같이 재미없는 인생 마지못해 살아가는 관촌댁에게 유일무이한 기쁨이자 보람이 되었다. 전에는 방실방실 웃어가며 제 깜냥에 뭐라 뭐라 옹알이로 의사를 표시하는 손자 보고 싶으면 아무때라도 불쑥 본채를 찾아가곤 했다. 하지만 요즘에는 숯골 늙은이들하고 얼굴 마주치기 싫어 사랑채 바깥쪽 동정 면밀히 살피는 경우가 잦아졌다.

그런데 어럽쇼, 오늘은 이게 웬일인가. 해넘이 가까워서야 숯골로 발행하기 일쑤이던 두 늙은이가 점심참 지난 지 얼마 안 되어 감나뭇골 떠나려는 기척이 귀에 잡혔다. 관촌댁은 다 먹은 점심상 내가기 위해 섭섭이네가 사랑채에 다시 나타나기를 진드근히 기다렸다.

"그 잡것들 떠났냐?"

마침내 섭섭이네가 사랑채에 모습을 드러내자 관촌댁은 대뜸 자기 관심사가 무엇인지부터 밝혔다.

"잡것들인지 뭣들인지는 잘 몰르겠지만, 좌우단간에 그 사람들이 떠나기는 떠났고만이라우."

"섭섭이 네 이년, 췬마님이 물어보시는 대로 고분고분 대답만 올려바치면 될 일을 갖고서 갬히 누구 들으라고 콩콩 말대꾸냐?"

관촌댁은 필요 이상으로 화를 냄으로써 자신의 심기가 무척 불편한 상태임을 알렸다. 안팎 사돈 가리켜 잡것들이라 얕잡아 말했다 해서 주인마님 넌지시 꼬집는 섭섭이네 소행이 여간 꽤씸하게 느껴지는 게 아니었다.

"지 말이 말대꾸로 들리셨다니께 참말로 죄송시럽고만이라우."

"시끄럽다! 그 죄송 두었다가 낭중에 가리새 타기로 허자!"

한 차례 더 오금 꽉 박고 나서 관촌댁은 마치 해질녘에 하산을 서두르는 나무꾼처럼 본채로 내려갈 채비를 했다.

"나 돌아올 때까장 어르신 잘 뫼시고 있거라!"

관촌댁은 언제 그 잡도리 다 했던가 싶도록 영감 병구완 당번을 섭섭이네한테 얼른 떠둥그뜨리고는 날아갈 듯한 기세로 본채 향해 쌩쌩 내닫기 시작했다. 본채 안방에는 이미 선참자가 자리 차지하고 앉아 있었다. 관촌댁이 들어서자 딸년이 엉거주춤 일어서면서 아랫목 상석을 비워주었다. 한 울안에 기거하면서도 며칠 만에 처음 구경하는 딸년 얼굴이었다.

"가만있거라. 오래간만에 딸년 상판 조깨 보자."

순금이 윗목으로 조용히 물러가는 거동 지켜보다 말고 관촌댁은 큰 소리로 딸년을 불러 세웠다. 딸년은 제 몸맨두리 머리끝서부터 발끝까지 골골샅샅 일삼아 살피기 시작하는 어미 시선을 무척이나 부담스러워하는 기색이었다.

"으쩌다가 니 신수가 그 지경으로 폭삭 망조가 들어뿌렀다냐!"

딸년 바라보면서 관촌댁은 연방 끌끌 혀 차는 소리를 냈다.

"메칠 못 보는 새 상판대기도 허물어지고, 몸땡이도 무너져내리고, 신체 으디 한 간디 성헌 구석이 안 뵈네그랴!"

관촌댁은 방고래 꺼지도록 한숨을 크게 내쉬었다. 듣다 보다 못한 부용이 어머니와 누님 사이로 눈치껏 끼어들었다.

"어머님도 참! 무신 말씸을 그러콤 험상궂게 허십니까? 지가 보기로는 누님한티 달러진 구석이 전연 없는 것 같고만요."

바로 그때였다. 밖에서 느닷없이 질러대는 고함소리가 감때사납게 울려왔다. 이게 웬 야단인가, 하고 깜짝 놀라 좌우를 둘러보는 참인데, 갑자기 안절부절못하는 딸년 거동이 퍼뜩 눈에 들어왔다.

"여보오! 여보오!"

웬 미친놈이 남의 집 울안에 들어와 제 여편네 목통 터지게 찾는 소리였다. 숨넘어가도록 여보를 부르는 소리가 다시 이어졌다.

"여보오! 여보오!"

"저게 대관절 누구다냐? 웬놈이 백주에 넘의 집에 들어와서 저러콤 야료를 부리고 자빠졌다냐?"

관촌대이 말을 미처 끝내기도 전인데, 딸년이 긴다는 인사도 없이 후닥닥 밖으로 뛰쳐나갔다.

"여보오! 여보오!"

"예에, 가요오!"

"여보오! 여보오!"

"예, 시방 가고 있다니깨요!"

여보 찾는 소리는 점점 가까워지고 그에 호응하는 소리는 점점 멀어졌다. 울안에서 벌어지는 그 시끌짝한 움직임이 관촌댁을 잠시 극심한 혼미 속에 빠뜨렸다. 누군가의 '여보'란 외침에 딸년이 '예, 가요'란 말로 응수했다면, 그렇다면 그 누군가는 혹시……

"대체나 저놈이 누구다냐?"

얼핏 짐작이 가긴 했다. 하지만 도무지 믿어지지 않아 관촌댁은 아들 입 빌려 확인하고자 했다.

"누구긴 누구겠어요, 매형이지."

"뭣이여? 춘풍이 그놈이 맞다고?"

아들 대답에 관촌댁은 기겁했다.

"오매, 시상에나! 이런 변고가 다 있는가! 춘풍이란 놈 주뎅이서 사람 말소리가 나오다니!"

"혼인헌 뒤부텀 누님이 몽학훈장 노릇을 자청허고 나섰답니다. 하루도 안 걸르고 노상 매형을 옆구리에 끼고 앉어서 말 공부에다 말 훈련을 시키는 중이랍니다."

빙신 육갑 떨고 자빠졌네. 하마터면 그 말이 관촌댁 입에서 툭 튀어나올 뻔했다. 하지만 아들 며느리 듣는 자리에서 차마 그런 식으로 몰상식하게 말할 수는 없었다.

"저 정도 실력으로 하루가 달르게 발전허다가는 필경 천자문까장 다 띤 연후에 징용 떠나는 일도 생기겄고나."

"그뿐만이 아닙니다, 어머님."

부용이 수상쩍게 실실 웃으면서 새로운 말거리를 슬쩍 비췄다. 놀라 자빠질 만큼 말주변이 확 달라진 점 말고 그보다 더 깜짝 놀랄 일이 아직도 춘풍이한테 또 남아 있단 말인가.

"요새 매형이 누님 치마폭에 푹 빠져 있습니다. 징용 영장 떨어진 날부텀 둘이서 한시도 안 떨어지고 노상 같이 붙어 지내는 중입니다. 인제 누님허고 매형은 서류상이나 형식상으로만 부부가 아니라 진짜 실속 있는 부부관계로 확 변헌 겁니다."

"그러니께 니 말은 거 뭣이냐……"

관촌댁은 복판 비켜 변죽만 에두르는 요령부득의 아들 말을 잠시 반추해보다가는 다시 한번 기겁하고 말았다.

"에잉, 그러니께 춘풍이 그놈이 여태까장 고자가 아녔다는 소리냐? 사나놈 구실을 지대로 허고 있다는 뜻이냐?"

"말허자면 그렇다는 뜻이지요."

아들은 또다시 실실 웃고, 며느리는 웃음 참느라 발개진 낯꽃으로 잠든 천년쇠 살펴본다는 핑계 내세우며 안방을 벗어났다.

"오매, 시상에! 오매오매, 시상에니!"

관촌댁은 감탄인지 한탄인지 모를 소리를 연발했다. 천만뜻밖의 소식이 관촌댁에게 안겨준 충격은 순리대로 감당하기 어려울 정도였다.

"산서 사람이라면 누구라도 다 아는 그 춘풍이가 고자가 아니라니! 사나 구실 지대로 헐지 아는 놈이라니! 아고매, 숭칙시럽기도 혀라!"

며느리가 낮잠에서 막 깨어난 천년쇠를 안고 들어왔다. 첫돌도 안 된 손자가 낯익은 얼굴 얼른 알아보고 할머니한테 방실방실 웃음을 선사했다. 하지만 정신이 딴 데로 멀리 마실 나가 있는 상태인지라 관촌댁은 여느 때처럼 손자를 흐벅지게 예뻐할 수가 없었다. 눈도 건성, 입도 건성이고 손놀림 또한 건성이었다. 아직도 충격에서 벗어나지 못한 채 관촌댁은 그저 에멜무지로 예뻐하는 시늉만 하다가 천년쇠를 도로 며느리 손에 넘겨주고 말았다.

안방을 나서자 완연한 가을임을 알리는 산들바람이 관촌댁 치맛자락을 살랑살랑 흔들었다. 가을로 접어들면서 그러잖아도 수심이 가득차 있던 관촌댁에게 새로운 수심 하나가 추가되었다. 가을걷이는 지난 추석 전후에 벌써 다 끝나 있었다. 풍년 농사는 못 되지만, 그렇다고 흉년 농사도 아니었다. 여느 해 같았으면 평년작 소출에도 천석꾼 집안 거대 곳간이 도조로 받은 쌀가마니들로 미어터질 때였다. 그런데 부용이 천석꾼 살림 도맡기 시작한 뒤로 곳간이 현저히 눈에 띄게 비었다. 그동안 소작 계약을 갱신

할 건이 생길 적마다 부용이 반타작 어우리에 가깝도록 소작인들에게 도조를 대폭 깎아주는 선심을 베푼 탓이었다. 언필칭 부용은 그 모든 일이 오랜 세월 아버지한테 씌워진 악덕 지주 굴레 벗겨드리려는 부득이한 조치라고 강변했지만, 관촌댁으로서는 맏아들 하는 짓거리에 선뜻 동의하고 싶은 심정이 아니었다. 이래저래 수심의 가짓수만 하나 더 늘어날 따름이었다. 가뜩이나 그런 판인데, 거기에 또 춘풍이란 놈까지 뜬금없이 새중간에 뛰어들어 수심의 북데기를 마냥 키워놓다니! 가을철 가벼운 산들바람이 무겁게 가라앉은 천석꾼 마나님 가슴속 수심을 덜어가기에는 아무래도 역부족이었다.

관촌댁은 부엌 모퉁이 돌아 몇 발짝 더 나간 자리에서 먼발치로 신방 쪽을 눈여겨 살폈다. 외관상으로는 신방 안에서 시방 무슨 일이 벌어지고 있는지 알 길이 없었다. 아무 소리도, 아무 움직임도 밖으로 새어나지 않았다. 하지만 관촌댁 눈앞에는 하나의 그림이 그려지고 있었다. 벌거벗은 남녀 둘이서 한데 포개진 채 떡방아 찧어대는 망측한 그림이었다. 부용의 귀띔에 의하자면, 천지 분간 못하는 춘풍이와 딸년이 문 꼭꼭 처닫은 채 방안에 틀어박혀 백줴 벌건 대낮부터 낮거리에 고부라져 있음이 보나마나 뻔했다.

"오래 살다보니깨 참말로 베라벨 숭칙시런 꼴을 다 보누만."

사대삭신 멀쩡한 천석꾼 딸자식이 엉뚱깽뚱하게도 고자가 틀림없어 뵈는 반편이 머슴을 제 신랑감으로 점찍은 행위는 제 처녀성 끝까지 유지하려는 방편인 동시에 어쩔 수 없는 선택이었을 거라고 관촌댁 나름대로 지금까지 이해해왔다. 그래서 춘풍이가 징용을 떠나더라도 딸년은 길래 처녀 몸으로 남아 있으리라고 믿어왔다. 그런데 그 지레짐작이 팔맷돌 맞은 들창 유리처럼 한순간에 와장창 깨져버린 셈이었다. 관촌댁은 사내 노릇 제대로 감당할 줄 아는 춘풍이를 만난 그 연분이 딸년 장래에 과연 다행으로 작용하게 될지 불행으로 작용하게 될지 당최 가늠할 재간이 없어 우수에 찬 눈빛으로 신방 쪽을 망연히 바라보고 있었다.

6

징용자 소집일은 그예 어김없이 닥쳐오고야 말았다. 부용은 이른 조반 먹자마자 오전 일찍이 면사무소 소재지로 나가 간이우편 취급소를 방문했다. 그곳에서 전화 담당 직원에게 읍내 택시부를 연결해달라고 부탁했다. 잠시 후 택시부와 연결이 이루어졌다. 산서면 감나뭇골로 대절 택시 한 대 보내달라고 요청했다. 담당자는 뜻밖에도 감나뭇골이란 동네 이름을 이미 알고 있었다. 혹시 지난여름 전주에서 온 손님 심부름으로 찾아갔던 그 댁 아니냐고 조심스럽게 묻는 바람에 부용은 깜짝 놀랐다. 시골 소규모 운수회사라서 워낙 보유 차량이 적은데다 그때 모셨던 고객이 회사 안에 화젯거리가 될 만큼 범상찮은 신분이라서 아직도 그때 일을 또렷이 기억하는 모양이었다. 때마침 빈 차로 대기중인 택시가 있었다. 공교롭게도 운전수마저 지난여름 상대했던 그 나이

지긋한 사람이었다.

부용은 용무를 마치고 전화 요금 지불한 다음 간이우편취급소를 나왔다. 읍내에서 출발한 택시가 감나뭇골에 당도하는 시간과 거기서부터 걸어서 집에 닿는 시간이 얼추 비슷할 것 같았다. 부용은 발맘발맘 걷기 시작했다. 택시를 이용하기로 한 결정은 누님 발상이었다. 천석꾼 딸이 머슴 출신 남편 배웅하려고 읍내까지 함께 걸어가는 광경은 수많은 면민 눈에 좋은 먹잇감 되고 눈요깃감으로 전락함으로써 뭇사람들 입방아에 오르기 딱 십상이었다. 놓칠 수 없는 구경거리가 될 게 틀림없었다. 절대로 그런 꼴 되고 싶지 않다고 누님은 힘주어 말했다. 그래서 호사스럽게 택시 불러 집결 장소까지 이동하기로 결정을 내리기에 이른 것이었다. 부용은 감나뭇골이 먼빛으로 보이는 지점에서 빵빵거리며 뒤쫓아오는 택시와 맞닥뜨렸다. 낯익은 운전수가 예정 시간보다 훨씬 빨리 달려온 자신의 운전 실력을 자랑삼아 강조했다. 부용은 택시 덕분에 집까지 남은 거리를 힘 안 들이고 이동할 수 있었다.

울안에는 숯골 두 노인네가 미리 와서 기다리는 중이었다. 사돈 내외 모두 초췌한 얼굴이었는데, 특히 안사돈 쪽이 더 심했다. 밤새껏 울었던 흔적이 얼굴에 고스란히 묻어 있었다. 숯골에서 그토록 울었는데도 아직 못다 쏟은 울음이 남았던지 감나뭇골에 와서도 안사돈은 계속 눈물을 질금거렸다. 밭사돈이 안사돈 입장 두둔하고 나섰다. 우느라고 온밤을 뜬눈으로 새우는 바람에 읍내까지 동행할 기력이 안사돈한테 남아 있지 않다는 것이었다. 그래서 밭사돈 혼자만 같이 가기로 했다는 얘기였다. 듣고 보니 오히려 잘된 일이었다. 그러잖아도 택시 한 대에 어른 손님 다섯이 타기는 아무래도 무리일 성싶던 참이었다. 애당초 한 대를 더 부를까 하는 생각도 없잖아 있었다. 조수석에 밭사돈이랑 둘이서 끼어 앉는다면 많이 옹색하긴 해도 이동은 그럭저럭 가능하겠다 싶어 한 대 계약으로 끝내고 말았다. 그런데 결과적으로 편안한 배웅 과정에 안사돈이 크게 부조하는 셈이 되었다.

신방 문이 열리고 누님과 매형이 모습을 드러냈다. 누님이 앞장서고 매형이 그 뒤를 따랐다. 누님은 수수한 치마저고리 차림이고 매형은 갓 마름질한 듯 말쑥하게 손질된 조선옷을 걸치고 있었다. 누님이 가볍게 미소 띤 얼굴인 데 반해 매형은 뭐가 그리도 즐거운지 연방 거추없이 싱글벙글 웃고 있었다. 두 사람이 다가오자 본채와 행랑채 근처에 흩어져 있던 사람들이 한군데로 모여들었다. 그러라고 누가 시키지도 않았을 텐데 사람들은 매형을 향해 손뼉을 치기 시작했다. 그러자 매형은 마치 자기가 무슨 개선장군이라도 되는 듯 손 높이 올려 깃발처럼 흔들어 보이기까지 했다. 매형과 작별하기 위해 울안에 기거하는 식솔들 태반이 몰려나와 있었다. 움직일 수 있는 사람 가운데 그 자리에 안 보이는 얼굴은 딱 하나뿐이었다. 다른 누구도 아닌 장모이자 어머니였다. 어머니는 본채 근처에 끝내 얼굴 한번 내비치지 않았다.

"아이고, 이 무정헌 놈아! 요로콤 떠나뿔고 나면 이 에미는 한 많은 이 시상 무신 낙으로 살어간단 말이냐!"

안사돈이 달려들어 주먹으로 매형 등덜미 콩콩 두들겨대면서 넋두리하기 시작했다. 잔정 많은 섭섭이네는 아까부터 여러 사람 몫 눈물을 혼자서 도맡아 흘리는 중이었다. 오랜 동료이자 식솔들 박수받으며 매형과 누님은 대문간을 통과했다. 뒤따라 대문간에 들어서던 부용은 뭔가 퍼뜩 짚이는 게 있어 뒤쪽을 홱 돌아다보았다. 사랑채 기둥 한 손으로 짚은 채 말없이 대문간 쪽 바라보는 어머니 모습이 먼빛으로 얼핏 보였다.

누님이 뒷좌석 맨 안쪽에 앉고 매형은 가운데 자리를 차지했다. 차창 쪽 남은 자리는 저절로 밭사돈 차지가 되었다. 부용이 조수석에 앉자마자 택시가 슬슬 움직이기 시작했다. 차 주위에 둘러섰던 사람들이 소리지르고 따라오면서 손을 흔들어댔다. 덩달아 매형도 벌쭉벌쭉 웃어가며 손을 마주 흔들었다. 택시가 속력을 내기 시작하자 매형은 깨소금 맛 즐기듯 차체의 진동에 몸을 맡긴 채 야릇한 웃음소리를 연발했다.

"전번에 찾어갔든 그 청요릿집 앞에다 내려주시요."

부용은 운전수에게 목적지를 밝혔다. 떠나기 전 마지막 식사를 그곳에서 매형에게 대접할 생각이었다. 난생처음 타보는 택시 안에서 매형은 원족(遠足) 떠나는 소년처럼 기분이 매우 들떠 있는 상태였다. 걸핏하면 웃고 툭하면 자지러지기 일쑤였다.

"쏘내기는 쏟아지지요오!"

급기야 꼴머슴 노래까지 뽑기 시작했다. 운전수가 흠칫 놀라 뒤를 힐끗 돌아보리만큼 크고도 우렁찬 목청이었다. 운전수 대하기 민망해서 부용도 뒷좌석 누님 쪽을 슬며시 돌아다보았다.

"괴얄떠는 안 끌러지지요오!"

그러자 누님이 매형 입을 손바닥으로 탁 덮는 동작을 취했다. 입이 쉬는 대신 그때부터 매형 손놀림이 무척 바빠지기 시작했다. 누님 젖가슴 만지고 허벅지 마구 더듬는 짓이 예사로이 계속되었다. 그 터럭손 물리칠 생각 전연 없이 누님은 시종일관 운전석 뒷등 쪽에 시선을 고정하고 있었다. 밭사돈은 차창 쪽으로 비스듬히 기댄 채 짐짓 눈 감고 잠든 척 의뭉을 떨고 있었다. 부용은 뒷좌석에서 벌어지는 일에 대해 숫제 모르는 체하면서 똑바로 앞만 응시하고 있었다.

"오후 두시 무렵에 공설운동장 앞으로 와주실 수 있습니까?"

택시에서 내리기 전에 부용은 돌아가는 차편부터 예약하려 했다. 이제 구면이 된 운전수는 손님 부탁에 선선히 응해주었다.

"두시 무렵이라고요? 따른 예약 안 받고 그 시간까장 지달렸다가 꼭 뫼시러 가겠습니다."

집결 시각까지는 아직도 긴 시간이 남아 있었다. 점심 들기에도 퍽 이른 시간이었다. 이른 만큼 많이 먹이면 된다 생각하고 부용은 일행을 곧장 청요릿집으로 안내했다. 가게 안에 들자마자 자장면 곱빼기와 보통짜리 각각 둘씩, 그리고 탕수육 대짜배기 하나를 주문했다. 아침도 아니고 점심도 아닌, 어중된 시간인지라 가게 안은 한산했다. 달랑 부용 일행 네 사람이 손님의 전부였다. 이른 시간 탓인지 손님 맞을 준비도 덜 돼 있는 듯했다. 음식 나오기까지 생각보다 시간이 길게 걸렸다.

매형은 김이 모락모락 피어오르는 청요리 보자마자 단박에 눈이 휘둥그레졌다. 후각을 자극하는 자장면 특유 냄새에 콧구멍이 벌름거렸다. 벌어진 입 다물 줄도 몰랐다. 태어난 후 산서면 경계 벗어나 바깥세상 구경한 경험이 전무한 매형으로서는 택시가 난생처음이듯 청요리 역시 난생처음인 듯했다. 누님이 양념장과 면을 대충 비벼 건네주자 매형은 아예 그릇 안에 코끝 박은 채 자장면을 마구 걸터들이기 시작했다. 누님은 젓가락 끝으로 면을 몇 차례 깨지락깨지락 건드려보는 척하다가 이내 손에서 젓가락을 놓아버렸다. 밭사돈도 입맛이 멀리 달아나 부지거처가 돼버렸는지 곱빼기 면을 반나마 남긴 상태에서 젓가락질을 중단했다. 부용은 걸신들린 듯 잠깐 새 곱빼기 한 그릇 뚝딱 해치우는 매형 모습 넋 놓고 바라보느라 먹는 속도가 마냥 느릴 수밖에 없었다. 정말 한도 끝도 없는 식탐이고 고무 주머니 같은 뱃구레였다. 집에서 아침밥 든든히 먹고 나온 길인데도 매형은 곧 누님 몫 그릇에 손대기 시작했다. 두 그릇째 자장면 다음은 탕수육 차례였다. 매형은 대짜배기 탕수육을 혼자서 절반 가까이 더끔더끔 집어삼킨

후에야 덤턱스러운 트림소리와 함께 젓가락을 탁 던졌다.

점심 먹는 일에 시간을 꽤 소모했는데도 집결 시간까지는 아직 여유가 많았다. 장구통같이 부풀어오른 매형 배 꺼뜨리기 겸해서 읍내 거리 구경에 나서기로 했다. 아니나 다를까, 매형은 거리로 나서자 모든 풍경이 다 신기해 뵈는지 연신 싱글벙글 웃어가며 사면팔방 둘러보느라 아무 정신이 없었다. 모르긴 모르되, 시골 읍내 번화가가 매형 눈에는 아마 경성의 명치정(明治町)쯤으로 화려해 보일 것이었다. 어차피 두 군데 다 매형이 지금껏 한 번도 가본 적이 없었던 곳이니까 그럴 법도 했다.

이제부터 목적지 향해 슬슬 걸어가면 집결 시간과 얼추 맞아떨어질 듯싶었다. 거리 구경 실컷 한 다음 일행은 집결 장소인 공설운동장 찾아 번화가를 떠났다.

공설운동장 입구를 지키던 국민복 차림 사내가 응소자에게는 붉은 글씨로 '노무보국'이라 적힌 머리띠를, 환송차 함께 온 연고자들에게는 종이로 만든 일장기 손깃발 한 개씩 나눠주었다. 먼저 온 사람들이 운동장 곳곳에 끼리끼리 모여 응소자 둘러싸고 함께 울거나 서로 얘기 나누고 있었다. 천석꾼 집안 권속들인 줄 알아보는 눈들이 없는 점으로 미루어 부용은 이번 징용자들이 산서뿐 아니라 군내 전 지역에서 선발되었음을 짐작할 수 있었다.

운동장 한구석에 군복 빛깔 천막 하나 덜렁 쳐져 있고, 그 안에 책상 하나와 걸상 몇 개가 나란히 놓여 있었다. 정해진 시간이 임박하자 국민복 사내가 책상 앞에 앉아 응소자들 모아놓고 출석 점호를 시작했다. 그가 신춘복, 하고 호명하자 놀랍게도 매형이 예, 하고 똑 부러지게 대답했다. 밭사돈이 깜짝 놀라 자기 며느리를 돌아다보았다. 누님은 밝은 표정으로 환하게 웃으면서 매형에게 잘했다고 칭찬하듯 고개를 끄덕여 보였다. 그러자 매형은 자랑이 넘치는 표정으로 맞받아 웃었다. 점호를 마친 매형은 국민복 지시에 따라 '노무보국' 머리띠를 곧바로 이마에 동여매야 했다. 그마저도 말귀 얼른 못 알아듣는 매형 도와 누님이 곁에서 낱낱이 챙기고 요령을 일러줘야만 했다. 매형은 자기처럼 머리띠 두른 근처 사람들 둘러보면서 뭐가 그리 재미있는지 계속 낄낄거렸다. 그러는 아들 모습 가까이서 유심히 지켜보는 동안 밭사돈은 좀전의 실낱같은 희망이 어느새 동아줄 같은 절망으로 변해버린 듯 사뭇 어두운 표정으로 싹 바뀌어 있었다. 부용은 아무 영문도 모르고 희희낙락하는 매형 보면서 대일본제국 형편이 정말 궁하긴 궁해졌나보다는 생각을 다시금 하지 않을 수 없었다.

머리띠 질끈 동여맨 응소자들이 천막 앞에 정렬했다. 때맞춰 관변단체 간부로 보이는 국민복 차림들이 천막 안으로 들어와 걸상 하나씩 차지했다. 때가 되자 콧수염 기른 한 국민복이 일어나 틀에 박힌 소리로 해도 그만 안 해도 그만인 연설을 짤막하게 했다. 연설 끝남과 동시에 '덴노헤이까 반자이'가 선창되었다. 정렬해 있던 응소자들이 만세삼창 대열에 가담했다. 연고자로 따라온

무리 속에서 더러는 일장기 높이 흔들면서 덩달아 천황폐하 만세를 외치는 사람들 모습도 눈에 띄었다.

간소하다못해 초라하게 느껴지는 환송식이 끝나고 천막 안 국민복들이 퇴장하자 덩치 커다란 자동차 한 대가 입장했다. 사람들이 흔히 '도라꾸'라 불러버릇하는 대형 화물자동차였다. 그 도라꾸 조수석에서 뛰어내린 경찰관이 국민복 사내로부터 출석 점호부를 건네받았다. 운전수가 도라꾸 뒤쪽 짐칸 문을 열자 경찰관이 응소자 한 명씩 호명하기 시작했다. 호명된 응소자가 높은 짐칸 위로 오르는 동작을 운전수가 옆에서 거들어주었다. 그 무렵부터 운동장 위에 울음바다가 펼쳐지기 시작했다. 친족들로 보이는 연고자들도 울고 도라꾸 짐칸 위에 짐짝처럼 실린 응소자들도 울었다. 울지 않는 응소자는 매형이 유일한 듯했다. 울지 않는 정도가 아니었다. 매형은 마치 산천경개 유람이라도 떠나는 사람처럼 짐칸에 서서 거추없이 벌쭉벌쭉 웃어대고 있었다. 누님은 가볍게 미소 띤 채 도라꾸 향해 일장기 없는 맨손을 흔들어 보였다. 도라꾸 짐칸 전체를 빼곡히 채울 만큼의 응소자가 탑승을 완료했다. 짐칸 쇠문이 철커덕 닫히고 도라꾸가 서서히 움직이기 시작하자 연고자들이 그 뒤를 따라붙으면서 목청 드높여 구슬피 울음 가닥 뽑아댔다. 도라꾸가 점점 멀어지는데도 누님은 따라갈 생각 따위 전혀 하지 않았다. 마치 그 자리에 뿌리 깊게 내린 한 그루 나무처럼 누님은 옴짝달싹도 하지 않았다. 남들처럼 소리내어 울지

도, 눈물 펑펑 쏟지도 않았다. 그저 희미한 미소와 가볍게 손 흔
드는 동작으로 자기 남편을 홀가분하게 떠나보낼 따름이었다.

그렇듯 철의 여인처럼 야무지고 강단 있어 보이던 누님이었다.
그 누님이 감나뭇골로 돌아가는 택시에 오르자마자 순식간에 농
익은 홍시처럼 형편없이 물러 터지고 말았다. 걷잡을 수 없으리
만큼 눈물이 쏟아져내리기 시작했다. 그 아픔과 그 슬픔을 그때
까지 어찌 그리 용케 참고 일절 내색하지 않았을까. 누님은 소리
죽인 채 느껴 울면서 고통을 견디려는 몸부림으로 온몸을 이리저
리 뒤틀고 있었다. 며느리 그런 모습 차마 볼 수 없었던지 나중에
는 밭사돈도 동무삼아 함께 눈물을 흘리기 시작했다.

"새애기야, 너무 상심허들 말거라. 우리 메눌애기 그 고운 심
덕으로 봐서래도 우리 춘복이란 놈 무탈허니 잘 지내다가 무사허
게 돌아올 것이다."

택시가 감나뭇골에 당도할 때까지 누님은 눈자위 짓무르도록
줄곧 눈물 줄기를 멈추지 않고 있었다.

제19장

감격의 양달과 응달

1

갑작스레 무슨 특별한 일이 생긴 건 아니었다. 연실은 그냥 전주 친정집에 잠깐 다녀오고 싶다고만 말했다. 학창시절의 연인 찾아 무작정 가출해 산서에 정착한 이후 한 번도 전주에 가본 적 없으니 기실 그럴 만도 했다. 부용은 아내한테 며칠 말미를 주는 것도 그리 나쁘지 않겠다고 생각했다. 몇 개월 전에 난생처음 외손주 품에 안아본 감격도 지금쯤 유효기간이 지났을 테니 장인어른 정신건강에도 겸사겸사 좋은 기회가 될 것 같았다. 초겨울 아침에 연실은 누비포대기 둘러 천년쇠 등에 업은 채 실로 오래간만에 친정집 방문길에 올랐다.

연실은 전주로 떠난 지 사흘째 되는 날 다시 감나뭇골로 돌아왔다. 친정 부모로부터 미리감치 천년쇠 첫돌 기념 선물 푸짐하게 받아 보스톤백으로 한가득 챙겨들고 돌아오는 길인데도 연실의 표정은 그리 밝지 않았다.

"모처럼 친정집 간 짐에 사나흘 더 푹 쉬었다가 온단 말이
지……"

남편의 핀잔 아닌 핀잔에 연실은 고개를 잘래잘래 흔들었다.

"엄처시하 벗어났다고 희희낙락하는 당신을 더 두고 볼 수가
없어서 그냥 서둘러 돌아왔어요."

농담이 분명할 터인데도 연실은 웃음기 쏙 빼고 건조하게 대꾸
했다. 누가 들으면 진담으로 착각할 정도였다.

"전주에서 무신 일이 있었소?"

"아무 일도 없었어요."

"그런디 당신 표정이 왜 그 모냥이요?"

"서태평양 마리아나제도 기지를 이륙한 미군 폭격기 칠십여
대가 도꾜 시내를 맹폭했대요."

저도 모르게 부용의 입에서 폭소가 터져나오고 말았다. 그거
야말로 치밀하게 계산된, 제대로 된 농담이 분명한 것처럼 느껴
졌다.

"왜 웃으셔요? 나는 진지하게 얘기하는데!"

"아니, 그게 농담이 아니고 그럼 진담이었단 말이요?"

연실은 입을 꾹 다물면서 묵비권을 행사하려 했다.

"그건 한 달도 더 지난 구문이요. 전주 같은 대처 쪽이 두메산
골 산서보담도 외려 소식이 더 늦다니……"

"당신이 그걸 알고 있었다고요?"

부용이 고개를 끄덕여 보였다. 연실은 거짓말하지 말라는 표정이었다.

"그렇소. 내가 알고 있는 건 그게 전부가 아니요."

물론 전황 소식의 진원지는 광석 라디오로 소련 방송 애청하는 배낙철이었다. 그가 들려주는 소식을 부용에게 충실히 중계하는 사람은 귀용이었다. 귀용의 전언으로 지난여름 마리아나제도 사이판섬에서 일본군이 격전 끝에 패퇴하고 미군이 대승을 거둠으로써 미구에 일본 본토 폭격할 공군기지를 확보했다는 사실을 알게 되었다. 그뿐만이 아니었다. 지난가을에는 맥아더 장군 휘하의 미군이 레이테섬 상륙작전에 성공함으로써 비율빈 탈환의 전기를 마련했다는 소식도 전해들었다. 비율빈에서 쫓겨난 일본군은 어쩔 도리 없이 자국령 오끼나와까지 퇴각하고 말았다.

"말허자면 공중을 훨훨 널러댕기던 누에나방이 시간을 역행헌 끝에 출발 당시 뻔디기 상태로 바싹 쪼그라들어서 돌아온 꼴이요. 한때 승승장구허던 대일본제국이 어느새 점령지 다 뺏겨뿔고 인제는 애시당초 자국 영토 안으로 후퇴허고 만 형국이요."

사실은 이 년여 전부터 시작된 일본군의 약세였다. 미드웨이해전이 결정적이었다. 그때부터 일본군은 수세에 몰리면서 참패의 연속이 시작되었다. 남태평양 솔로몬제도의 과달카날섬과 북태평양 알류샨열도의 애투섬 등지에서 격전 끝에 연이어 궤멸적 타격을 입음으로써 일본군은 태평양전쟁 주도권을 미국에 넘겨주고 연합군의 총반격에 직면하게 되었다.

"좌우지간에 천하무적이라고 큰소리 뻥뻥 치던 황군이 잠자는 사자 코털 한번 잘못 근드리는 바람에 시방 졸경을 치루는 건 부인헐 수 없는 사실이오. 그런디 미군 폭격기 편대가 도꾜 전역을 맹폭혔다 혀서 당신이 우울증에 빠질 이유는 또 뭐요?"

"실은 형님 부탁으로 아빠를 만나러 갔었어요. 당신한테는 비밀로 하고 혼자만 살짝 다녀오라고 당부하셨어요."

이건 또 무슨 소린가. 부용의 머릿속이 갑자기 혼란스러워졌다. 천만뜻밖의 얘기에 부용은 잠시 생각의 갈피를 잡을 수가 없었다.

"천년쇠 고모부 행방을 알아봐달라는 부탁이었어요. 어디로 실려가서 어떤 시설에서 무슨 일에 종사하고 있는지 대강 윤곽이라도 알아봐줄 수 없겠느냐고요."

부지불식간에 아, 하고 튀어나오려는 신음을 부용은 얼른 목구멍 안으로 삼켰다. 남편 행방 추적하고자 하는 누님 의지가 얼마나 강고하고, 그 일을 위해 누님이 요즘 얼마나 애타게 사면팔방 수소문하고 다니는지 부용은 익히 알고 있었다. 하지만 어렵기 한량없는 사돈어른 힘까지 빌릴 작정으로 연실한테 은밀히 손 벌릴 줄은 상상도 못했다. 오죽이나 마음이 다급했으면 누님은 자존심 다 내던지고, 더구나 동생까지 따돌려가며, 손아래 올케한테 그처럼 어려운 부탁을 했을까.

"아빠 대답은 무정하게 느껴질 정도로 간단하고도 명료했어요. 그런 종류 일거리는 경찰 소관 업무랑 거리가 멀다고요. 알아볼 수도 없고, 또 알아봐서도 안 되는 일이라고요. 그러니 도움이 못 돼서 미안하다고요."

아내 말에 부용은 간신히 고개를 끄덕거렸다.

"장인어른 입장으로는 그러콤 말씸허시는 게 당연허겄지."

"하나 마나 한 얘기지만, 이런 말씀을 덧붙이기는 하셨어요. 태평양 전역으로 넓게 펴져나갔던 전쟁이 점점 일본 본토로 좁혀지는 추세니까 정황이나 시기적으로 봐서 남양군도 같은 위험 지역으로 파견되지는 않았을 거라고요. 북해도나 사할린같이 아직은 비교적 안전한 지역 산업시설 같은 데로 파견됐을 가능성이 훨씬 더 크다고요."

"어쩌면 그쪽이 사리에 맞는 말일 수도 있을 성불르고만. 좌우지간에 우리 누님이 그런 말 듣고 자기한티 쪼깨라도 더 유리헌 쪽으로 맴이 기울어지기만 바랠 뿐이요."

"제 짐작으로는 아빠가 당신 신상 문제에 집착하느라고 남의 일에 신경쓸 여력이 없는 것 같았어요."

다 끝난 얘기인 줄 알았는데, 그게 아니었다. 연실은 아직도 할 말이 많이 남아 있는 듯한 기색이었다.

"신상 문제라니, 그건 또 무신 말이요?"

"이전보다 말수가 눈에 띄게 확 줄었어요. 엄마하고도 대화가 별로 없는 것 같았어요. 시국 문제로 진퇴양난에 빠져서 많이 고민하시는 눈치였어요."

그야말로 갈수록 수미산이요 건널수록 장강이었다. 연실은 그 이상 더 자세한 내막은 얘기하고 싶지 않은 기분인 듯했다. 하지만 그것만으로도 족했다. 일본의 패색이 점점 눈앞의 현실로 다가오는 시국 속에서 자신의 운명을 직시하는 한편 공직자로서 거취 문제를 진지하게 고민할 수밖에 없는 장인어른 심정은 충분히 이해할 만했다. 그러자 장인어른의 진퇴양난이 어느덧 부용 자신의 진퇴양난으로 전이되는 기분이었다. 미국이 승전하고 일본이 패망할 경우 장인어른은 설 자리를 완전히 잃게 된다. 그렇다고 일본이 승전하고 미국이 패망하기를 바랄 수도 없다. 그것은 일본의 조선 식민 지배를 영구화하는 역사가 되기 때문이다. 그 문제를 놓고 연실 앞에서 그 이상 더 거론하지 않는 게 상책이지 싶었다.

"그것이사 어느 한 개인이 고민헌다고 해결될 일은 아니잖소. 시간이 해결허길 바래고 시간한티 맽겨야 될 일이라고 생각헙시다."

전주 친정집에서 선물 가방과 함께 바리바리 싸 짊어지고 온 우울증은 감나뭇골 시집으로 돌아왔다 해서 그 북데기가 줄어들지는 않는 모양이었다. 연실의 입에서 긴 한숨소리가 흘러나왔다.

"외갓집 분위기가 밝지 않은 여파로 우리 천년쇠가 혹여 외손주 대우를 지대로 못 받는 불상사는 없었소?"

"천만에요! 아빠는 외손주를 다시 품에 안아보는 것으로 큰 위안을 받으시는 듯싶었어요. 퇴근해서 집에 오시면 대부분 시간을 천년쇠랑 놀아주는 일로 낙을 삼으시는 것 같았어요."

"그러셨다니 그나마 참 다행이오. 먼 걸음 댕겨오니라고 정말 수고가 많았소. 인제 고만 편히 쉬도록 허시요. 누님을 만나걸랑 따른 소리는 다 빼뿔고 북해도나 사할린 같은 비전투지역 배치 가능성만 딥다 강조허는 게 좋을 성싶소. 아참, 누님이 당신한티 부탁헌 일은 내가 전연 몰르는 것맨치로 연막을 치시요."

부용은 하룻밤을 자도 만리성을 쌓는다는 말이 그냥 괜히 생긴 수사법이 아니라는 사실을 누님 경우를 보고서야 처음으로 실감할 수 있었다. 보는 사람마다 모지리라고 손가락질하고 놀림감삼는 신춘복씨와 혼인할 당시만 해도 두 남녀가 정상적 부부관계로 이어지리라곤 상상조차 못했었다. 그 짧은 신혼 기간에 언제 어떻게 그토록 정분이 두터워질 수 있었을까. 남편 떠나보내고 나서 누님은 사흘을 내리 신방 안에 꼬빡 틀어박힌 채 식음을 전폐하다시피 하고 지냈다. 식구들이 아무리 말려도, 온갖 소리로 어르고 달래봐도 누님은 막무가내로 고집을 꺾지 않았다. 그런 딸 보면서 어머니는, 옥중에 칼 쓰고 들어앉은 남원골 춘향이는 저리 가거라 할 만큼 최씨 문중에서 천하제일 열녀 하나 불거져니

왔다며 연방 입을 비죽거리곤 했다. 반드시 딸이 미워서 비꼬는 뜻으로 하는 말은 아니었다. 그만큼 딸의 정상이 너무도 가긍하고 측은한 나머지 안타까움 참을 길 없어 어머니 자신도 모르게 불쑥불쑥 내보이는 밉상이었다.

신랑 떠난 지 사흘 지나자 누님은 신방 밖으로 기신기신 모습을 드러냈다. 그리고 심기일전해서 스스로 부엌에 들어가 미음한 대접 손수 끓여먹었다. 자리 털고 일어난 누님이 맨 먼저 한 일은 숯골 방문이었다. 마치 막냇동생 안부가 궁금해 일부러 숯골을 찾아갔다는 투로 누님은 집에 돌아와 덕용의 근황만 장황하게 늘어놓았다. 하루 대부분 시간을 영어 공부에 할애하면서 어려운 시기를 잘 견디고 있다는 것이었다. 시부모에 관한 얘기는 한 마디도 입 밖에 내지 않았다. 하지만, 누님이 숯골에 가서 주로 한 일이 무엇인지는 안 봐도 눈에 훤했다. 시부모 손 붙잡고 한바탕 서럽게 운 다음 두 노인네 마음 위로하고 안심시키는 공사에 많은 시간과 노력을 들였을 것이었다.

그다음으로 누님이 시작한 일은 남편 행방 수소문하는 일이었다. 아침밥 먹는 자리에서 누님이 불쑥 그 얘기를 꺼냈다.

"진용 오라버니 만나서 부탁허면 안 될까?"

"뭘요? 무신 부탁을……"

"느네 매형 배치된 지역이 어딘지 조깨 알어봐달라고……"

"아, 예, 지가 형님을 한번 만나보겠습니다."

약속은 떡 먹듯이 쉽사리 했지만, 마음은 무겁기 그지없었다. 진용 형이 그 부탁에 순순히 응할지도 의문인데다 설령 진용 형이 제백사하고 그 일에 뛰어들어 백방으로 수소문하고 다닌다 해서 과연 매형 행방을 알아낼 수 있을지는 더욱 큰 의문이었다. 설령 또 어렵사리 알아낸다 한들 그 이상 어떻게 손쓸 방도가 없는 처지 아닌가.

"오직이나 깝깝허고 폭폭혔으면 시방 순금이 동상이 시방 나 같은 사람한티 시방 그런 부탁을 허고 잪었을 것인가. 그 심정을 시방 나가 이해 못허는 배는 아니지만 시방……"

진용 형은 짤막한 번민의 표정을 이내 그믐밤같이 캄캄한 표정으로 바꾸고 말았다. 그런 일에 자기가 발 벗고 나설 형편이 못 된다는 얘기였다. 자기 코가 시방 쉰댓 자나 빠져 있는 주제에 남의 징용 지역 따위나 알아보러 관공서 드나드는 꼬락서니가 관공리들 핏발선 눈에 가상하고 기특해 보일 리 만무할 거라고 말했다. 결단코 틀린 말이 아니었다. 천석꾼 영감 이름으로 헌납한 고사기관총 효험이 얼마나 길게 지속할지, 그 효험이 어느 때 갑자기 끊기게 될지 당최 짐작조차 할 수 없어 진용 형은 소홀찮이 속 끓이며 몸 사리는 중이었다. 더군다나 그걸 알아보려면 어쩔 도리 없이 관공서 유관 부서들 차례차례 상대할 수밖에 없는 까닭에 사촌여동생 부탁을 들어주기가 더욱 꺼려졌으리라.

"징용 문제로 형님 자신도 시방 전전긍긍허는 처지니께 자기

일맨치로 앞에 나서기가 쪼깨 거시기헌 모냥입디다."

진용 형 만나본 결과를 전해듣고 누님은 쓰다 달다 도통 말이 없었다. 하지만 누님 속내는 시방 영락없이 물에 빠져 허우적거리는 심정일 것이었다. 지푸라기라도 붙잡으려는 사람과 똑같을 것이었다.

"진용 형님맨치로 수완 좋고 계산속 뜨르르헌 인물은 못 되지만, 지가 한번 나서볼까 헙니다."

누님이 부용을 빤히 바라보았다. 옆에 앉았던 연실도 남편을 홱 돌아다보았다. 부용의 역할 자원에 놀라는 기색들이 완연했다.

"징용 문제 땜시 전전긍긍허기로는 너나 진용 오라버니나 둘 다 피차일반 아니겄냐?"

"최부용이는 그 지경으로 날이날마닥 위기감에 사로잡혀서 버럭지맨치로 잔뜩 웅크리고 지내는 인간이 아닙니다. 왠고 허면, 그자한티는 대일본제국 징용 정책에 맞설 강력헌 무기가 있으니께요."

말을 마치자마자 부용은 손바닥으로 입을 가린 채 콩콩 마른기침을 받게 토해내기 시작했다. 그러자 연실이 갑자기 큰 소리로 웃음을 터뜨리고 누님은 소리 없이 그냥 빙긋이 웃어 보였다.

"오냐, 너랑 나랑 같이 댕기자. 남매지간이 짝짜란허니 붙어 댕기다보면 팍팍헌 관공서 출입도 행결 수월허게 느껴지겠지."

그렇게 해서 시작된 관공서 순회였다. 때마침 가을걷이 다 끝낸 후 농한기에 들어선 계절인지라 집에 있어봤자 별로 하는 일도 없이 빈둥빈둥 놀고먹는 시기였다. 부용은 하얀 손수건 한 장 챙겨 주머니 속에 간직하고 누님과 함께 감나뭇골을 등졌다.

하지만 첫 방문처인 면사무소에서부터 난관에 부닥뜨리고 말았다. 노무 담당 직원한테 찾아온 용건을 설명했다. 평소에 안면 익혀온 그 직원은 대뜸 신경질부터 부렸다. 징용자가 면내에 어디 한둘이냐는 핀잔이 따랐다. 그런 일로 두 번 다시 찾아오지 말라고 윽박지르기도 했다. 징용자 배속지는 워낙 군사기밀에 속하는 사항이라서 자기네로서는 알아볼 방도가 없고, 설령 알고 있다손 치더라도 절대로 기밀을 누설할 수는 없다는 것이었다. 부용은 주머니에서 꺼낸 손수건으로 입을 틀어막은 채 연방 마른기침 콩콩 터뜨리면서 누님과 함께 쫓겨나다시피 면사무소를 나설 수밖에 없었다.

똑같은 모양의 난관을 읍내 군청에서 재차 만났다. 같은 틀로 찍어낸 듯이 군청 담당자는 앞서 면사무소 직원이 그랬던 것과 똑같은 반응을 보였고, 똑같은 대답을 들려주었다. 부용은 손에 쥔 손수건을 입에 붙인 채 담당 직원 앞에서 연방 마른기침을 콩콩 터뜨렸다. 지금 시국이 어떤 때인데 한유하게 그따위 질문이나 하러 왔느냐는 호통이 뒤따랐다. 징용 문제 위에 시국 문제까지 흠씬 덤터기 쓴 꼴로 결국 군청에서도 빈손으로 물러날 수밖에 없었다.

관공리들이 그런 식으로 나온다 해서 쉽사리 단념할 누님은 결코 아니었다. 며칠 후 누님은 군청을 재차 방문하자고 조르기 시작했다. 별수없이 부용은 자신의 유일한 보호색이자 호신책인 하얀 손수건 한 장 다시 챙겨 앞장선 누님 뒤를 따라붙었다. 부용이 용건을 설명하고 누님은 곁에서 듣기만 하던 지난번과 달리 이번에는 누님이 군청 담당자를 직접 상대했다. 부용은 마른기침 터뜨릴 적기를 놓치지 않게끔 손수건을 손에 쥔 채 옆에서 대기했다. 놀랍게도 누님 입에서는 징용자의 신분과 관련된 얘기들이 술술 풀려나왔다. 징용자로 말할 것 같으면, 산서면에서 애국 일념으로 고사기관총을 두 정이나 자진 헌납한 야마니시 아끼라 상의 데릴사위라고 누님은 조선말 아닌 유창한 일본말로 또랑또랑 밝혔다. 담당자는 움찔하는 기색이 완연했지만, 그렇다고 종전의 경직된 태도를 융통성 있게 바꾸리만큼 요란하게 놀라지는 않았다. 딱한 사정인 줄은 알겠는데, 징용자를 가족으로 둔 군내 모든 가정이 죄 딱한 사정에 처해 있기는 마찬가지라서 국가나 정부로서도 어쩔 도리가 없노라는 판박이 답변이 돌아왔다. 바로 이때다 싶어 부용은 손수건 입에 대고 콩콩 마른기침을 시작했다. 그 기침소리 신호삼아 남매는 아무런 소득도 없이 군청을 빠져나올 수밖에 없었다.

실패로 끝나버린 마지막 시도에 크게 낙담한 나머지 누님은 매형의 징용 지역 수소문에 대한 집착을 완전히 단념한 듯싶었다.

한동안 그 문제에 관해 일절 거론하지 않은 채 집안에 부재중인 사람처럼, 있더라도 마치 벽에 걸린 동양화 속 인물인 것처럼 조용히 지냈다.

그러던 누님인데, 이제 잊을 만하니까 새롱빠지게 그 문제를 다시 꺼내들다니! 그것도 그냥 예사로운 방법이 아니라 손아래 올케 부추겨 전주 사돈 경찰 위력 등에 업고 문제를 해결할 생각까지 품다니! 평상시 누님다운 발상이 아닌 까닭에 부용은 도무지 믿어지지 않을 지경이었다. 하지만 밤이나 낮이나 오로지 남편 행방에 온 신경 곤두세우는 새댁을 어느 항우장사가 나서서 무슨 기운으로 가로막겠는가. 어느 지역에 어떤 업종 인력으로 배치되었느냐에 따라 징용자 안위 문제가 결정되게 마련이었다. 몇 차례 쓰디쓴 실패를 경험했음에도 끝내 포기하는 법 없이 다시 한번 남편 징용 지역 수소문을 시도했던 누님 그 심정이 한편으로 이해되기도 했다. 충분히 이해할 만한 일이기 때문에 부용은 누님 정상이 더욱 짠하게 느껴졌다. 아마도 누님으로서는 어떡하든 전주 사돈을 움직이려던 이번 시도가 마지막 안간힘이었으리라.

"백상암에나 잠깐 댕겨올까 생각중이요."

해넘이에 가까워지는 때였다. 잠시 후면 누님이 돌아올 시간이었다.

"갑자기 백상암은 무슨 일로요?"

연실이 뜨악한 표정을 지었다.

"산중 암자가 무탈허니 잘 있는가 궁금허기도 허고, 누님이 돌아오셔서 올케랑 대면허실 적에 서로 간에 불편허지 않게코롬 내가 자리를 슬쩍 비켜주는 게 상책일 성불러서요."

"거기 다녀오시자면 밤이 상당히 깊을 텐데요."

"괜기찮소. 산서 인근 산중에 호랭이 발걸음 끊어진 게 하도 옛날 옛적 일이라서 요새는 어둡다고 무섭 탈 이유가 눈꼽재기만침도 없는 세상이요."

"그래도 밤길은 조심하시고요, 혹시라도 중간에 낯선 호랑이를 만나거들랑 내 이름을 대셔요. 틀림없이 무사통과시켜줄 테니까요."

실없는 농담 끝에 부부는 웃음으로 대화를 마무리했다. 대문간 어름에서 누님하고 덜컥 마주치지 않으려면 발걸음 서둘러야 할 때였다. 누님은 요즘 거의 매일 낮때 대부분을 동천리 샛내교회에서 보내는 행사가 어느덧 일상사인 양 습관화해 있었다. 부용은 집안에서 늘 걸치고 지내던 편의복 차림 그대로 마을 길에 올랐다.

실인즉슨 귀용을 만나기 위함이었다. 바꿔 말하면, 배낙철을 출발한 후 귀용을 경유해서 오는 시국 관련 소식에 접하는 것이 백상암을 찾는 주된 목적이었다. 당초에는 귀용이 배낙철과 자주 만나 어우러지는 꼴을 부용은 몹시 마땅찮게 여겼다. 이념적으

로 이종사촌한테 더욱 짙게 물들 염려가 다분한 동생을 중간에서
막아서고 싶은 마음이 앞섰다. 하지만 귀용은 이미 혈연보다 이
념 쪽에 일방적으로 기울어져 있는 상태였다. 배낙철과 자주 접
촉하는 자신을 심히 못마땅해하는 형의 속내평이 몇 차례 드러나
자 귀용은 본가 쪽에 아예 발을 끊다시피 한동안 소원하게 지냈
다. 심지어 징용 떠난 남편 문제로 누님이 고통에 찬 나날 보내는
줄 번연히 알면서도 귀용은 저하고 전연 상관없는 일인 척 숫제
모르쇠만 잡을 정도였다. 바로 그런 동생을 시방 만나러 가는 길
이었다. 누님 고통 덜어주고 싶은 마음이야 굴뚝같지만, 달리 방
법이 없었다. 다만, 누님의 고통이 앞으로 얼마나 더 오랫동안 지
속할지를 판단하는 하나의 자료로 시국 관련 정보를 이용할 수는
있을 듯싶었다. 바로 그 정보 얻기 위해 귀용의 도움이 절실했고,
그래서 부용은 매번 아쉬운 입장이 될 수밖에 없었다.

　"산중에서 으떻게 지냈나?"

　"형님이 이 시간에 여긴 웬일로……"

　귀용은 갑작스러운 형의 출현에 적이 놀라는 기색이었다. 아
니, 무척 의아해하는 눈빛이었다.

　"너, 그새 까먹고 있었냐? 암자생활이라면 형이 너보담은 대
선배니라. 옛 시절이 생각나서 지나가는 질에 잠깐 굽어다볼라고
들어왔다."

　"보시다시피 처석꾼을 아버지로 둔 덕태에 이 난세 속에서도

유유자적하면서 잘 지내고 있습니다."

"절간에서 퇴깽이 새끼맨치로 노상 푸성귀만 읃어먹지 말고
가끔은 집에 들러서 괴기맛도 보고 소복을 허거라."

"상좌스님 귀에라도 들어가면 어쩌시려고 부처님 앞에서 그런
외람된 말씀을……"

암자 찾는 참배객이나 시주하는 발길이 거의 끊겨버린 상태였
다. 절간 분위기는 그저 한가롭고 고즈넉하기만 했다. 겉보기에
도 궁기 쪽쪽 흐르는 풍경이었다. 어쩌면 천석꾼 마나님이 시주
겸 아들 숙식비 조로 매달 올려보내는 백미 한 가마 분량이 암자
살림의 밑천일는지도 모를 일이었다.

"그동안 집안은 별고 없었습니까?"

"헌털뱅이 별고만 있고 새 별고는 없는 꼴이다. 아버님 병세는
여전허니 차도가 안 뵈고, 그 바람에 어머님도 여전허니 병구완
에 매달리시느라 단 하루도 다리 쭉 뻗고 편헌 잠 지무실 날이 없
으시다."

"그 일 이후로 누님은 어떻게 지내십니까?"

"누님 말이냐? 아이고, 말도 말어라, 말도 말어!"

부용은 그동안 누님과 함께 면사무소야 군청이야 찾아다니며
매형 행방 수소문하기 위해 기울인 눈물겨운 노력에 대해 약간 허
풍기 섞어 과장되게 소개했다. 내친김에 부용은 누님이 천년쇠 엄
마 꼬드겨 친정아버지 만나보게끔 유도한 일까지 덧붙여 밝혔다.

"형수님이 전주 다녀오신 결과로 뭐라도 달라진 점이 있습니까?"

"전쟁 시국인디 경찰 간부라고 무신 용 빼는 재주가 있겄냐? 요즈막 전황 땜시 장인어른은 또 그 냥반 나름대로 이런저런 고민이 많으신 눈치드라."

당연히 그럴 줄 알았다는 투로 귀용은 보일락 말락 고개를 끄덕거렸다.

"실의에 빠져서 지내는 누님한티 위안거리가 될 만헌 무신 최신 소식이라도 혹시 들은 것 없냐?"

"위안이 될지 어떨지는 잘 모르겠지만, 한 줄기 서광이 비치는 것 같기는 합니다."

"서광이라니? 으떤 종류 서광이?"

부용은 깜짝 반가운 김에 저도 모르게 귀용의 손을 덥석 잡으려다 갑자기 점직스러운 생각이 들어 얼른 멈추었다.

"평양에 주둔중인 일본군 사단에서 조선인 학도병 칠십여 명이 병영을 탈출한 다음 일본군 상대로 유격전을 도모하다가 발각돼서 전원 체포되었답니다. 중국 강소성에서는 학도병 일곱 명이 병영을 탈출한 후에 일본군 최전방 초소를 급습해서 초병들 무장을 해제시켰답니다."

지난날 같으면 꿈도 못 꿀 만한 일들이 요즘 전선에서 예사로이 벌어지고 있는 모양이었다. 그만큼 일본군의 기강이 허물어지고 있다는 증표가 아닐 수 없었다.

"그것뿐만이 아닙니다. 중국에서는 공산당 팔로군(八路軍)이랑 신사군(新四軍)이 화북 지역, 화중 지역을 점령하고 해방구를 구축해서 일본군 진퇴를 가로막고 있답니다. 각지각처에서 항일 비밀결사가 속속 창설되면서 일본군에 맞서 싸우는 중이랍니다. 아무리 패색을 감추고 싶어도 이제는 낭중지추처럼 감출 재간이 없을 정도로 일본이 현재 수세에 몰리고 있는 건 명약관화한 사실입니다. 말하자면 안팎 곱사등이 신세가 돼버린 셈이지요."

"누님이 들으신다면 실낱같은 희망이나마 붙잡으실 법헌 소식이고나."

"누님한테 전하십시오. 누님이 믿는 신한테 한층 더 가열하게 기도하시라고요. 대일본제국 패망이 매형 운명하고도 직결돼 있으니까요."

"그런디 왜 소련은 오날날 그 모냥이라냐?"

"무슨 말씀을 그렇게 하십니까?"

혹여 제 이념의 조국 쎄쎄쎄뻬(C.C.C.P.)를 비방하려는 의도가 아닌가 싶었던지 귀용은 단박에 경계의 빛을 드러냈다.

"일본이 비실비실 맥을 못 추는 그 틈을 노려서 소련이 대일 선전포고를 헌 연후에 연해주 쪽에서 전격적으로 쳐내려온다면 누워서 떡 먹기로 쉽게 승리를 거머쥘 판인디, 여적지 태평양전쟁에서는 귀경꾼 노릇만 고수허는 꼴을 보면 너무 손 안 대고 코

풀 기회만 노리는 것 같드라."

물론 부용의 주장은 심사숙고 과정을 거치지 않은 즉흥적 발상에 불과한 것이긴 했다.

"소련이라고 만능일 리가 없겠지요. 지금은 구라파 전선에 치중하느라고 태평양 쪽에는 여력이 없을 겁니다. 독일이 패망 직전까지 몰려 있으니까 구라파 쪽에서 완전히 승기를 잡고 나면 소련도 틀림없이 아세아 쪽으로 관심을 돌릴 거라고 믿습니다. 그렇게 된다면 사할린이랑 북해도를 첫번째 공격 목표로 삼게 되겠지요."

마치 자신이 무슨 국제정세나 군사전략에 일가견 있는 전문가라도 되는 양 귀용은 자신 있게 제 소신을 밝혔다. 듣고 보니 딴은 제법 그럴 법도 한 얘기였다.

"귀용이 니 말대로만 된다면 얼마나 좋겄냐. 오래간만에 좋은 의견 잘 들었다. 역시 너를 만나러 오기를 잘헌 것 같으다."

부용은 지금쯤 사할린 아니면 북해도 어느 곳으로 끌려가 강제노역에 시달리고 있을지도 모르는 매형을 생각했다. 매형이 살인적 노역에서 해방되어 조선으로 돌아올 길이 열린다는 점에서 제발 소련이 하루속히 행동으로 나서주기 바라는 마음 간절했다.

"염생이맨치로 끄니때마닥 풀만 뜯어먹지 말고 가끔씩 집에 와서 괴깃국으로 몸보신도 허고 그러거라."

동생과 헤어져 부용은 곧바로 귀갓길에 올랐다. 벌써 해님이가 시작되었기 때문에 귀가 도중 어둠에 부닥뜨릴 게 뻔했다. 감나뭇골까지 당도하려면 발걸음을 부쩍 더 재우칠 필요가 있었다. 한참 걷다보니 문득 사할린과 북해도가 자꾸만 졸래졸래 꽁무니에 따라붙는 듯한 느낌이 들었다. 만일 매형이 그곳에 머물러 있는 게 사실이라면, 소련군이 그곳으로 진주하는 바로 그 순간 매형은 전쟁판 한가운데 꼼짝없이 갇히는 신세가 되지 않겠는가.

2

누님 얼굴 보자마자 덕용은 비죽비죽 울음부터 장만하기 시작
했다. 순금이 한 주일에 한 번꼴로 숯골 찾을 적마다 덕용은 매번
그랬다. 제 눈에는 숯골 두 노인네를 시부모랍시고 지성으로 섬
기는 누님 모습이 너무도 가련하고 처량하게 느껴져 견디기 힘
든 모양이었다. 원원이 성정을 여리게 타고난 아이였다. 내가 좋
아서 하는 일이니까 남들이야 뭐라 그러든 나는 아무렇지도 않다
고, 며느리로서 마땅히 챙겨야 할 도리를 챙기는 것뿐이니까 달
리 생각할 필요 전연 없다고 여러 차례 달래보기도 했다. 하지만,
그때뿐이었다. 다음번에 만나면 덕용은 또다시 처음 상태로 돌아
가 있곤 했다.

"덕용아, 사나대장부는 눈물을 애껴야 쓰는 법이다. 눈물이 너
무 흔허면 사람들이 너를 시삐보고 함부로 대허기 십상이니라."

덕용은 사내대장부가 되고 싶은 생각이 그다지 없는 듯했다. 그만큼 일렀는데도 계속 눈물을 줄줄이 흘렸다.

"누님이 안씨러서 그러냐? 니가 생각허는 것만침 누님은 불쌍헌 여자가 아니다. 어느 때보담도 충실헌 인생을 살어가고 있다고 누님은 자부헌다."

"저도 어쩔 수가 없어요. 누님 얼굴만 보면 제절로 눈물이 나와요. 왜 그런지는 저도 잘 몰르겠어요."

숯골에서 맨 처음 눈물 당번 자원하고 나선 사람은 다름 아닌 순금 자신이었다. 감나뭇골 집에서 노상 울음으로 세월삼던 버릇이 어기차게 따라붙어 숯골까지 고스란히 이어지곤 했다. 그러지 않으려 제아무리 마음 단단히 먹어도 동생 말마따나 두 노인네만 보면 저절로 눈물이 쏟아지곤 했다. 쪼글쪼글 주름진 시어머니 손 붙잡은 채 순금은 하염없이 눈물을 쏟아냈다. 며느리가 느껴 우는 동안 그 슬픔 다독이고 위로해주는 역할은 자연스레 시부모 모가치가 될 수밖에 없었다.

어느덧 습관처럼 또는 체질처럼 굳어지다시피 한 그 울음 뚝 그치게 만드는 일이 생겼다. 조카 천년쇠 때문이었다. 여느 날과 다름없이 순금은 그날도 신방 안에 틀어박혀 한나절 내내 소리 죽여 울었다. 울 만큼 실컷 울고 나서 맑은 정신이 들어 생각해보니 문득 며칠 전 전주 안사돈이 집에 다녀간 일이 떠올랐다. 평상시처럼 안사돈은 멀리 감나뭇골 찾아온 김에 하루나 이틀쯤 묵었

232

다 가지 않고 불과 몇 시간 만에 서둘러 전주로 돌아갔다. 왜 그랬을까 생각하다가 순금은 갑자기 정신이 번쩍 들었다. 조카 첫돌이 이미 지나버린 다음이었다.

"시국도 어수선헌디다가 집안 사정도 여의치 않은 것 같어서 돌잔치는 그냥 근너뛰기로 결정을 내려뿌렀습니다."

얼굴 마주치기 무섭게 다짜고짜 그 이유를 따져 묻는 말에 부용은 웃는 낯꽃으로 천연덕스레 받아넘겼다.

"자식 돌잔치 허는 마당에 시국은 무신 얼어죽을 시국이고, 집안 사정은 또 무신 상관이란 말이냐?"

"그 대신 내년 두 돌 때는 곱쟁이로 성대허게 잔칫상 채려줄 작정입니다."

"나 땜시 그러냐?"

"아, 아닙니다! 잔치를 크게 벌리기에는 아버님 병세도 그렇고……"

"못난 고모 둔 탓으로 우리 천년쇠가 돌상도 못 받어보고 첫돌을 근너뛰었고나! 내가 죄인이다, 죄인!"

순금은 한바탕 자탄해 마지않았다. 주야장천 신방 안에 틀어박혀 울음으로 세월삼던 제 처신이 집안 식구들에게 얼마나 버거운 짐으로 작용해왔는지를 그제야 얼얼하게 깨달을 수 있었다. 순금이 절대 울지 않기로 작심한 건 바로 그때였다. 이튿날부터 순금은 아침밥 먹고 나면 직장에 출근하듯 동천리를 찾아버릇했다.

고향의 품 같은 교회가 양팔 넓게 벌려 마치 탕자처럼 아버지 떠나 한동안 타관 땅 정처 없이 떠돌다가 돌아오는 꼴인 순금을 따뜻이 맞아주곤 했다.

'슈고하고 무거운 짐 진 사람들은 다 내게로 오라 내가 너희를 편히 쉬게 하리라 나는 마암이 온유하고 겸손하니 나의 멍에를 메고 나를 배호라 곧 너희 마암이 편히 쉬기를 얻으리니 내 멍에는 쉽고 내 짐은 가바얍다 하시더라'(마태복음 11장 28절로 30절 말쌈)

사모는 매일 성경 요절(要節) 한 장씩 붓글씨로 크게 적어 내밀면서 종일토록 그 말씀 붙들고 묵상하기를 권면했다.

'평안함을 너희게 끼쳐주노니 나의 평안함을 너희게 주난 것은 이 셰상이 주난 것갓치 내가 너희게 주난 것이 아니라 너희는 마암에 근심도 말고 두려워하지도 말나'(요한복음 14장 27절 말쌈)

'아모것도 념려하지 말고 오직 모든 일에 너희 구할 것을 긔도와 간구와 감사함으로 하나님께 알외라 그런즉 하나님의 평강이 모든 사람 지각에 뛰여나 그리스도 예수 안에서 너희 마암과 생각을 직히시리라'(빌닙보 4장 6절로 7절 말쌈)

대부분이 오래전부터 익히 접해나온 성경 구절이었다. 그중에는 순금이 가장 즐겨 찾는 말씀도 포함되어 있었다. 그런데도 막상 사모가 기도하는 마음 담아 한 자씩 한 자씩 정성 기울여 붓으로 쓴 필사본을 접하니 그 감회가 새롭고도 남달랐다. 순금은 사랑의 하나님, 평강의 하나님을 몰라본 채 오랫동안 주님과 버성기며 살았던 자신의 죄와 허물을 고백하고 참회하는 기도부터 드렸다. 참회 기도 끝에 말씀 묵상을, 말씀 묵상 끝에 참회 기도를 종일토록 되풀이하던 중 순금은 마침내 평강의 왕으로 세상에 오신 주님을 다시금 영접할 수 있었다.

그동안 순금의 눈에서 눈물 마를 날만 기다렸던 듯했다. 마치 정해진 차례인 양 이번에는 시부모 쪽에서 울음 당번을 자청하고 나섰다. 위로하는 쪽과 위로받는 쪽이 완전히 뒤바뀐 꼴이었다. 특히 시어머니가 그랬다. 며느리가 일주일 간격으로 숯골에 나타나는 날이면 시어머니는 검정 고무신 지르신 채 마당으로 내달아 나오면서 으레 울음부터 터뜨리곤 했다. 그날도 똑같은 상황이 벌어졌다.

"새애기야, 오지 말라고 고만침 일렀는디도 왜 자꼬만 고집부리고 또 오냐! 금지옥엽 대접만 받고 살어온 니가 이 무신 쌩고상이란 말이냐!"

"저는 인제부텀 다시는 우지 않기로 단단히니 결심을 혔어요. 그러니깨 어머님이랑 아버님도 인제는 고만 울으셔요."

"우리 두 늙은이가 전생에 죄를 많이 지었기 땜시 새애기가 시방 그 업을 대신 다 받고 있고나!"

"넘넘지간맨치로 메누리한티 지발 듣기 거북헌 말씸은 애시당초 입초시에 올리지도 마셔요. 신춘복씨가 멀리 떠나 있는 동안은 이 메누리가 아들 몫까장 두 배로 효도를 헐 모냥이니깨 어머님 아버님은 그리 아셔요!"

마치 좀처럼 울음 그칠 기미가 안 보이는 아이들에게 뚝 그치라고 다그치는 엄마처럼 엄격한 표정으로 시부모에게 이르고 나서 순금은 정주간(鼎廚間)으로 들어갔다. 집에서 장만해온 찬거리와 돼지고기 등 식료를 찬합에서 꺼냈다. 부꾸미와 빈대떡 종류는 번철에 재벌 지졌다. 냄비에다 고기 넣고 김치찌개도 끓였다. 순금은 한 상 푸짐하게 차려 시부모 아랫목에 모시고 공궤한 다음 오랜만에 동생과 윗목에 마주앉아 겸상했다.

산서분지의 봄은 다른 고장에 비해 한참이나 지각해서 찾아오기 예사였다. 특히 숯골의 봄은 같은 산서 지역에서도 가장 늦기로 유명했다. 사면팔방 어디를 둘러봐도 봄이 오는 징조는 아직 느껴지지 않았다. 하지만 인간이 몰라서 그렇지, 헐벗은 나무나 메마른 풀뿌리들은 지금쯤 인간의 눈이 미치지 못하는 은밀한 구석에서 봄 맞을 준비로 한창 분주한 때를 보내고 있을 것이었다. 숯골은 여전히 겨울 가장자리에 들어앉아 있었다. 겨울의 잔재가 산등성과 산골짝에 아직도 겹겹이 깔려 있긴 하지만, 어느 날 자고 새면 밤새 문 앞에 와 있는 봄을 만나게 될 것이었다.

순금은 숯골 경계 벗어나 북서쪽 낙촌마을과 남동쪽 점촌마을이 멀리 보이는 중간 지점에 들어섰다. 그 무렵부터 갑자기 몸에 이상징후가 느껴지기 시작했다. 아마도 시부모 앞에서 경황없이 먹은 점심이 급체를 불러온 모양이었다. 가슴이 꽉 막힌 듯 숨쉬기가 거북해졌다. 속이 자꾸만 뉘엿거리는 바람에 금세라도 토악질이 날 성만 싶고, 거기에 약간의 어지럼증마저 동반되었다. 길가에 쪼그려앉아 손가락을 목구멍 안쪽 깊숙이 넣어봐도 헛구역질만 요란할 뿐, 위장 안에 징건히 고여 있는 체물은 입 밖으로 빠져나올 기미가 전혀 안 보였다. 빨리 집에 가서 드러눕는 게 득책일 듯싶었다. 순금은 언짢은 기분 애써 눌러가며 발걸음을 한껏 재우치기 시작했다.

감나뭇골 집까지 무슨 정신으로 어떻게 왔는지 전혀 기억에 남아 있지 않았다. 순금은 대문 기둥에 한쪽 손 짚고 가까스로 몸을 기댄 채 가쁜 숨을 헐떡였다. 다른 한 손에서 스르르 아귀힘이 풀리면서 쥐고 있던 찬합 보퉁이가 요란한 소리와 함께 땅바닥에 떨어져 굴렀다.

"아씨! 아씨!"

거지반 비명에 가까운 섭섭이네 외침이 귓전을 아슴푸레하게 맴돌았다. 섭섭이네가 먼저 내문간으로 달려오고, 부엌어멈이 떨어대는 오두방정에 놀란 연실이 뒤미처 달려왔다.

"워매, 요게 뭔 일이디야!"

섭섭이네가 냉큼 달려들어 한쪽 옆구리를 부액했다.

"왜 그러세요? 어디가 편찮으셔요?"

연실이 얼른 다른 한쪽 옆구리를 부액했다.

"급체를 헌 모냥이여."

부엌 모퉁이 지나면서 순금은 간신히 중얼거렸다. 때마침 본채에서 뛰어나온 부용에게 순금의 한쪽 옆구리 맡긴 섭섭이네는 행랑채로 달음박질했다. 순금은 신방에 들자마자 연실이 펴주는 이부자리에 벌러덩 드러눕고 말았다. 행랑채에 급히 다녀온 섭섭이네가 순금의 왼손을 덥석 거머잡았다. 엄지와 검지가 만나는 합곡혈(合谷穴)을 힘껏 누르자 순금은 비명과 함께 자지러질 듯한 아픔에 몸부림쳤다. 섭섭이네는 같은 동작을 몇 번 반복한 다음 다른 손을 바꿔 잡았다. 연이은 지압이 가해지는 동안 순금은 온몸이 나른하게 까라지면서 맥을 못 추었다. 지압이 끝나자 섭섭이네는 밀랍 촛불을 켰다. 그리고 옷고름에 꽂힌 바늘을 뽑아 끝부분을 촛불에 달궜다. 바늘 끝을 코 가까이 대고 콧김을 몇 차례 쐬기도 했다. 수십 년 동안 천석꾼 집안 부엌살림 도맡아 좌지우지하면서 산전수전 고루 겪어본 섭섭이네는 매우 숙달된 솜씨로 엄지손톱 밑 소상혈과 검지손톱 밑 상양혈을 바늘로 찔러 사혈(瀉血)을 시작했다. 바늘에 찔린 자리마다 검은빛 죽은피가 방울방울 맺혀 올라왔다. 지압과 사혈의 효과는 오래지 않아 나타났다. 갑자기 꺼억 하는 소리와 함께 된트림이 나왔다. 순금은 꽉 막혔던 속이 시원하게 뚫리면서 비로소 급체에서 풀려나는 기분이었다.

"원 시상에나! 손이 시방도 얼음장이네, 얼음장!"

손을 주물러주면서 섭섭이네가 특유의 과장 버릇으로 호들갑을 떨었다. 젊은 아씨 손에 매달려 부엌어멈이 지압과 사혈에 열중하는 동안 연실은 발 쪽을 전담하고 있었다. 말없이 지성스레 발을 주물러대던 연실이 잠시 손놀림을 멈추었다.

"좀 어떠셔요?"

"인제는 괜기찮은 것 같어. 그냥 소화불량에 걸렸든개벼."

"전에도 소화불량을 자주 겪으셨나요?"

연실이 정색하고 진지한 어조로 물었다.

"자주는 무신! 그동안 뭘 먹은 게 있어야 소화불량에도 걸리지."

순금은 가벼운 마음으로 대꾸했다. 사실이 그러했다. 날밤을 울음으로 지새우는 세월 속에 굶기를 밥먹듯 해왔던지라 소화불량에 걸리고 말고 할 건더기가 있을 턱이 없었다.

"밥 남새나 무신 건건이 남새 땜시 갑째기 비우가 확 뒤집어져서 구역질이 난다거나 그런 적은 혹 없었어라우? 갑째기 신 것이 먹고 잪으다거나 보통 때는 쳐다도 안 보든 별 요상시런 군입정거리가 갑째기 확 땡겨지는 적은 없었어라우?"

잠자코 있던 섭섭이네가 쏙 볼가져나오더니만 질문 공세를 퍼붓기 시작했다. 연실과 섭섭이네가 시선을 마주치면서 묘한 눈짓을 주고받았다.

"당신은 잠깐 밖에 나가 계셔요."

연실이 남편에게 명령조로 말했다. 내내 방안 한구석에 촛대처럼 앉아 여인들끼리 하는 양을 구경만 하던 부용은 내쫓기듯 방을 나갔다.

"형님, 그동안 몸엣것은 순조롭게 비치던가요?"

"몸엣것?"

"예, 마지막 달거리는 언제 치르셨어요?"

순금은 아까부터 연실과 섭섭이네가 무슨 의도로 이것저것 자꾸만 물고 늘어지는지를 그제야 비로소 알아차렸다. 슬금슬금 비어져나오려던 순금의 웃음기를 싹 가시게 만든 건 마지막 달거리란 말이었다. 그게 언제였더라. 기억조차 가물가물할 정도였다.

"가만있거라, 그러니깨 가만있어보자, 그게 작년 가을쯤이든가…… 그러니깨 혼례식 올리고 나서……"

그때 이후로는 몇 달 동안 사타귀에 개짐을 둘러본 기억이 없었다. 그처럼 놀라운 사실을 순금은 그제야 알딸딸하게 깨달았다.

"형님, 그것 보셔요. 회임하신 게 틀림없어요."

"에이, 말도 안 되는 소리! 그새 입덧 한번 지대로 헌 적도 없이 덤덤허게 지내왔는디 회임은 무신……"

"몇 달씩이나 몸엣것이 끊긴 것보다 더 확실한 증거는 없어요, 형님."

"만약에 우리 젊은 아씨께서 애기 가진 묌이 아니라면 지가 열

손구락에다 불을 훤허니 키고는 지붕 우로 훨훨 올라가겠습니다
요."

그때부터 순금의 귀에는 연실이나 섭섭이네 말소리가 도통 들
어오지 않았다. 머릿속으로 대혼란이 엄습했다. 뭐가 뭔지 당최
분별이 안 될뿐더러 판단력마저 꽉 막혀버렸다.

"다들 나가줘야겄어. 나 혼자 있고 잪어."

두 여자 밖으로 내보내고 나서 순금은 이불자락 머리 위까지
끌어올려 얼굴을 완전히 덮어버렸다. '절대로 그럴 리 없다'와
'그럴 수도 있겠다'라는 두 종류 생각이 깜깜한 이불 속을 종횡무
진 치달으며 장거리선수들처럼 끊임없이 선두 경쟁을 벌이고 있
었다. 순금으로서는 어느 한 선수 역성들어줄 형편이 못 되었다.
그럴 리 없어도 문제이고 그럴 수 있어도 문제였다. 오래도록 번
민에 번민 거듭하던 끝에 순금은 결국 '그럴 수도 있겠다' 쪽 손
을 들어줄 수밖에 없었다. 결심이 서자 순금은 곧장 숯골 다녀올
때 입었던 외출 복장 그대로 방을 나섰다.

"사실대로 밝혀질 때까장 누구한티도 발설허면 절대로 안 되
야요!"

시간이 꽤 흘렀는데도 부용 부부와 섭섭이네는 그때까지 멀리
떠나지 않고 신방 근처를 지키는 중이었다. 순금은 특히 '입싸배
기'라고 동네방네 소문이 자자한 섭섭이네 겨냥해 엄하게 일렀다.

"어디를 가실라고요?"

부용이 살얼음판 디디듯 조심조심 물어왔다.

"읍내 병원 조깨 댕겨올란다."

순금의 대답에 부용은 펄쩍 뛰었다.

"그 몸으로 읍내 출타는 이만저만 무리가 아닙니다! 지금은 절대안정을 취허셔야 헐 땝니다!"

"형님, 무리하시다가는 정말 큰일납니다. 가시더라도 나중에 가시지요."

연실까지 합세해 한사코 앞길 막아서는 바람에 끝내 읍내행은 포기할 수밖에 없었다. 그 대신 면사무소 근처 사정리(思貞里)에 있는 한의원에 왕진을 청하기로 절충이 이루어졌다. 산서 지역 안에서는 용하기로 꽤 소문난 한의원이었다. 그동안 부용의 결핵 치료와 아버지의 중풍 치료를 위해 자주 왕래한 적 있는 한의원이기도 했다.

턱수염 허옇게 기른 노의원은 부용의 안내에 따라 왕진 장소인 신방에 들자마자 대뜸 무월경 기간부터 확인했다. 대략 석 달쯤 된 듯싶다는 대답에 의원은 이맛살 잔뜩 찌푸리면서 진맥을 시작했다. 손목 짚어보는 시간이 유난히 길게 느껴졌다. 진맥을 끝냄과 동시에 의원은, 왜 이제야 자기를 찾았느냐고 쫀쫀히 나무라는 투로 말했다. 임신이 틀림없다는 것이었다. 벌써 사 개월째로 들어섰다는 것이었다. 순금은 혼백이 절반쯤 빠져 달아나버린 기분이었다. 임신부가 자기 얘기 귀담아듣을 상태가 아님을 눈치챈 의원이 의논 상대를 얼른 부용으로 바꾸었다. 태아의 현재 발육 상태와 앞으로 있을지도 모를 오조(惡阻) 증상에 관한 얘기가 두 주객 사이를 바삐 오가는 눈치였다. 하지만 충격 속에 만감이 엇갈리는 순금에게는 그들의 대화가 마치 자신과는 아무런 상관도 없는 남의 얘기인 양 그저 무심하게 들렸다. 자신을 엄마로 알고 찾아온 한 생명만이 오로지 순금의 관심사였다. 자신을 모체로 정하고 은밀히 자신의 내부 깊숙이 둥지를 틀어버린 한 생명체에 대해서만 골똘히 생각하는 중이었다. 마치 밤새 몰래 찾아든 손님을 아침이 밝은 다음에야 뒤늦게 발견한 듯 묘한 기분이었다. 그 미숙한 생명을 어떤 마음가짐으로 어떻게 맞아들여야 할 것인가. 그것이야말로 순금이 당장 풀지 않으면 안 되는 일생일대의 과제요 가장 중요하고도 절박한 난제였다.

"원체 노산인디다가 모체 건강까장 부실혀서 태아가 잘못될 염려가 다분허니께 섭생이나 몸가축에 각별허니 더 신경을 써야 된다고 그러십디다."

대문 밖까지 손님을 배웅하고 돌아온 부용이 의원의 신신당부를 전했다. 임신 사 개월로 접어든 태아치고는 진맥에 잘 잡히지 않을 정도로 맥이 약할뿐더러 발육 상태마저 좋지 않은 까닭에 유산 방지 차원에서 우선 보생탕(補生湯)을 써야 한다, 앞으로 동태(動胎)와 입덧 등 임신 오조가 심해질 경우에 대비해 안태음(安胎飲)을 추가로 복용할 필요가 있다, 등등 처방책을 덧붙이기도

했다. 순금은 연신 고개를 끄덕거렸다. 훨씬 젊은 연실이 임신했을 당시에도 주변 사람들이 이구동성으로 노산임을 걱정했었는데, 자신은 삼십대 중반 나이로 첫 임신을 경험하니 오죽이나 노파심들이 앞설까.

"보생탕은 니알 오전중으로 꼬마둥이 사환 시켜서 보내주시겠답니다."

"수고 많았다. 어서 가서 쉬거라."

부용이 물러간 자리에 섭섭이네가 득달같이 갈마들었다.

"아씨 춘추가 시방 몇이시다요?"

뭐가 그리도 즐거운지 섭섭이네는 거추없이 싱글벙글 웃고 있었다.

"뜬금없이 나이는 왜요?"

"서른까장은 숫자를 잘 꼽았는디 그뒤로는 몇 살이나 더 잡수셨는지 고만 까먹어뿌렀고만요."

붉은색 기다란 털실 가닥을 앞으로 슬쩍 내보이면서 섭섭이네는 계속 웃음을 감추지 못하고 있었다.

"그게 뭣에 쓰는 물건인가요?"

"산모 나잇살만침 매듭을 지어서 목걸이맨치로 목에다가 걸고 지내면은 순산을 허게 된답디다. 말허자면 부적 같은 물건이지라우."

기독교인한테 부적은 당치 않다며 퇴박할 수도 없는 노릇이었

244

다. 순금은 빼앗다시피 섭섭이네 손에서 털실 가닥을 낚아챘다.

"내 나이 올해 딱 서른이니깨 정확허게 맞아떨어졌네요. 선물 고마워요."

"에헤이, 그러실 리가! 만약에 아씨 나이가 서른 살이라면 큰 되린님보담도 휠씬 더 젊으시단 말씀 아니겠어라우?"

섭섭이네는 한바탕 깔깔거렸다. 그리고 물러가기 전에 기어이 한 마디 토를 다는 걸 잊지 않았다.

"좌우지간에 애기를 순산허고 짚으시걸랑 아씨가 손수 모잘라는 숫자만침 매듭을 더 맨드셔야 쓰겄고만요."

붉은 털실 가닥에는 정확히 서른 개의 옭매듭이 올라앉아 있었다. 물론 젊은 아씨 순산 돕고자 하는 섭섭이네 마음 씀씀이는 고맙기 그지없지만, 어차피 그건 버릴 수밖에 없는 물건이었다. 생각지도 않았던 부적 선물은 자신이 깔축없는 기독교인이란 사실을 역설적으로 순금에게 일깨워주었다. 의혹과 충격이 한바탕 휩쓸고 지나간 자리에 비로소 감사가 찾아들었다. 천하보다 귀한 생명을 여성의 가임기 끝자락에 다다라 있는 자신에게 허락하신 창조주 하나님께 감사했다. 그 어느 것과 비교할 수 없는 크나큰 감사가 순금의 가슴속에 차고도 넘쳐나는 순간이었다.

그러면서도 다른 한편으로는 여러 고팽이 우여곡절 거친 끝에 노령의 모체에 정착한 그 취약한 생명에게 미안했다. 감사해서도 눈물이 났지만 미안해서도 자꾸 눈물이 났다. 원래 숨래잡기 놀이에서 머리카락도 안 보이게끔 너무 꼭꼭 잘 숨은 아이는 시간이 지나도 술래가 찾아내지 못하는 법이었다. 너무 오래 숨어 있던 아이는 좀이 쑤셔서 더 견디지 못하고 스스로 술래 앞에 모습을 드러내기가 십상이었다. 자궁 안에 너무 잘 숨어 있던 생명이 술래가 찾아낼 때까지 더는 기다릴 수 없어 마침내 제 존재를 세상에 알리기에 이르렀다. 그래서 더욱더 미안했고, 귀한 생명에게 씻을 수 없는 죄를 지은 기분이었다. 그동안 모체의 무신경과 부주의로 인해 태아기의 신체 발육과 정서 발달에 큰 손실을 보았을 그 생명에게 순금은 진심과 진정 다해 사과하지 않을 수 없었다.

회임을 알아차리는 순간부터 자신을 걱정스럽게 바라보는 동생 부부와 섭섭이네 눈빛을 순금은 충분히 읽고 있었다. 노산에다 초산까지 겹쳤다는 점 외에도 그들에게 진짜배기 걱정거리가 분명히 더 있음을 순금은 충분히 짐작하고 있었다. 반편이 아비 밑에 반편이 자식 태어날지도 모른다는 염려였다. 그들은 차마 입 밖에 내어 말하지 못하면서 다만 눈빛으로 두려움을 드러낼 따름이었다. 하지만 순금은 그 문제를 두고 별로 염려하지 않았다. 두려워하지도 않았다. 신춘복씨가 배냇적부터 반편이는 아니었다. 번듯한 모습으로 태어나 잘 자라다 어릴 적 원인 모를 열병 호되게 앓고 나서 그 후유증으로 남들한테 손가락질당하고 놀림받는 모지리 인간이 된 줄을 순금은 이른 나이 때부터 벌써 알고 있었다. 설령 아이가 어떤 문제를 안고 태어난다 해도 순금은 창조주 하나님께서 주시는 대로 그저 감사하게 받을 작정이었다. 사랑으로 감싸고 정성으로 휘감아 아름답고 어연번듯하게 키워낼 자신이 있었다. 기도와 간구가 바로 육아의 비결이고 해답이었다.

섭섭이네 말마따나 순금은 갑자기 신 것이 확 당김을 느꼈다. 이럴 때 석류가 있으면 얼마나 좋을까. 석류가 익을 시기까지 하 대명년 기다릴 수는 없으니까 감식초라도 물에 타서 마시고 싶었다. 뱃속 생명이 제 존재 알린 값으로 어떤 보상을 요구하기 시작한 듯했다. 여느 임신부들이라면 오조 증상에서 거의 벗어날 시기에 이르러서야 너무 더디게 찾아온 삼십대 중반 여인의 첫 입덧 조짐이었다. 순금은 아직 저녁 끼니때가 오지 않았는데도 뭐가 됐든 우선 먹고 봐야지, 하고 생각하면서 본채 부엌으로 향했다. 의원이 두리뭉실하게 짚어준 출산 예정일은 칠월 하순의 어느 날이었다. 앞으로 다섯 달 남짓 남은 그날까지 뱃속 생명 잘 건사하고 튼실하게 키우기 위해 몸에 좋은 거라면 뭐든 가리지 않고 무조건 잘 먹어둘 필요가 있었다.

3

　이것들이 시방 뭘 어쩌겠다는 수작질들인가! 주인마님 허락
도 없이 천석꾼 집안 담장 안에다 감히 예배당을 차리다니! 이것
들이 시방 나를 뭣으로 보고, 이것들이 시방 천석꾼 집안 주인마
님인 나 관촌댁을 얼마나 시뿌둥하게 여겼기에 똥 친 막대기 취
급인가!

　그러잖아도 마음자리가 해묵은 두엄더미처럼 푹푹 썩다못해
모락모락 김까지 피워올리던 참이었다. 무엇 하나 마음먹은 대로
되는 일 없고 성에 차는 일 없어 세상만사 죄 넌덜머리 나던 판
이었다. 가뜩이나 심기 편할 새 없이 갑갑하고 답답하기만 한 나
날 보내는 관촌댁에게 펄쩍펄쩍 뛰다 죽으리만큼 충격적인 사건
이 들이닥쳤다. 소위 자식이란 것들이 작당하고 모의한 끝에 죽
은 목사 마누라 울안으로 끌어들여 야소귀신 섬기는 사당을 마련

한 것이었다. 관촌댁은 자기 집안에서 은밀히 벌어지는 그 놀라운 만행을 두 달 이상 까맣게 모르는 채로 지내다가 최근에야 겨우 거니챌 수 있었다. 믿거라 했던 섭섭이네마저 어느새 그것들과 한통속 되어 주인마님 철저히 배반하고 따돌린 탓이었다. 다른 것들이야 워낙 본판이 야소꾼이니까 그렇다손 치더라도 입때껏 야소귀신이랑 아무런 연관도 없이 살아온 섭섭이네의 배신은 관촌댁에게 그야말로 평지낙상 진배없는 횡액이었다. 조동아리가 깃털처럼 가벼워 웬만한 비밀은 속에 담아두지 못하고 밖으로 나불나불 불어대야 직성이 풀리던 섭섭이네가 울안에서 사흘이 멀다고 자주 벌어지는 야소꾼들 행사 번연히 알면서도 갑자기 천 근짜리 자물통 조동아리로 돌변한 것이었다. 젊은 아씨 못된 소행에 부역꾼 노릇 한답시고 천석꾼 마나님 상대로 끝까지 입을 함봉하려 한 부엌어멈이 생각할수록 너무도 괘씸해서 관촌댁은 여러 날밤 걸쳐 치를 떨어야만 했다.

며칠 전이었다. 영감 치다꺼리 섭섭이네한테 떠맡긴 다음 불시에 본채를 찾아온 관촌댁은 손자가 눈에 띄지 않는 점에 의아해했다. 본채 안에 손자가 안 보인다는 건 아들 며느리 모두 본채를 비웠다는 뜻이었다.

"우리 천년쇠가 왜 안 뵌다냐?"

함무니, 함무니, 하면서 재롱떠는 손자 지켜보는 재미 기대하고 모처럼 본채 찾았다가 된통 실망한 만큼 관촌댁은 사랑채로 발길 되돌리기 무섭게 일이 잘못된 책임을 섭섭이네한테 몽땅 뒤집어씌우듯 감사납게 물었다.

"아까막시까장 안방에서 놀고 있었는디……"

들입다 추궁하는 어세에 당황한 나머지 도나캐나 둘러대는 기색이 완연한 섭섭이네 거동이 아무래도 수상쩍게 느껴졌다.

"너한티 암말도 귀뜸 않고 그것들이 단체로 출타를 혔단 말이냐?"

"글씨요…… 쇤네가 부엌을 들락거릴 도막에는 다들 본채에 있었는디…… 쇤네가 사랑채로 근너온 연후에 혹시……"

"섭섭이 네 이년! 니년이 아는 대로 이실직고 안 혔다가는 당장에 무쇠 찝게로 니년 쎗바닥이 뿌렁구째 확 잡어뽑힐지 알거라!"

"아이고, 마님! 쇤네가 고만 이실대로 직고허겄습니다요!"

부엌어멈 자물쇠 단단히 채워졌던 주둥아리 강제로 열어젖혀 알아낸 사실은 참으로 기가 막힌 내용이었다. 때로는 목사 부인 혼자 오기도 하고, 또 때로는 교인 내외간까지 합세해 셋이 같이 오기도 한다는 것이었다.

"그 야소꾼들이 시방 우리집 울안에 몰려와서 무신 굿판을 벌리고 야단이다냐? 무신 푸닥거리를 허고 무신 지랄버릇들을 떨고 자빠졌다냐?"

"예, 젊은 아씨 방에 뫼야서 태중에 애기 근강허게 잘 커서 순

산허게코롬 부조혀돌라고, 또 이억만리 타국에서 신춘풍씨 무탈
허니 잘 지내다가 무사허니 돌아올 수 있게코롬 조화를 부려돌라
고 야소구신 전에 치성을 드리다가 창가도 불르다가……"

그뿐만이 아니었다. 처음 시작할 당시에는 교인들끼리만 모였
는데, 얼마 후부터는 큰도련님네 식구들까지 합세해 지금은 예닐
곱 명이 같은 자리에서 함께 치성을 드린다는 얘기였다.

"그렇다 허이면 우리 천년쇠도 시방 그 야소꾼들 틈바구 속에
찡겨서 같이 치성을 드리고 있다는 소리냐?"

"예, 바늘 가는 자리에 실도 같이 가는 법 아니었어라우?"

"참말로 말세가 따로 없고나! 시방 당장 요 시간이 바로 말세
다, 말세여!"

옹알이 단계 막 지나 이제 겨우 토막말 정도 떠듬떠듬 시작한
그 어린것까지 대동하고 사당 모임에 합석하다니! 관촌댁은 속이
부글부글 끓어오르기 시작했다. 영감이 항용 즐겨 쓰던 그 말본
새대로, 이놈의 세상이 장차 어떤 모양으로 어떻게 끝장이 나려
고 이 지경으로 망징패조가 가득 들어차버렸는지, 참으로 '꺼억
정'이 아닐 수 없었다.

"섭섭이 네 이년, 귓구녁 나발통맨치로 열고 내 말 똑똑허니
잘 알어듣거라! 만에 일이라도 내 집 울안에서 너는 알고 있는디
나만 몰르는 일이 새칠로 또 불거지는 날이면, 그날이 바로 행랑
채에서 니년 초상 치루는 날인지 알거라! 내 말 짚이 명심혔냐?"

관촌댁은 한바탕 엄포놓고 나서 본채로 다시 달려가 딸년 거처 방 쪽 동정을 살피기 시작했다. 거리가 먼 탓인지 부엌 모퉁이에 서는 아무 소리도, 어떤 움직임도 귓바퀴에 잡히지 않았다. 발소리 감춘 채 살금살금 가까이 다가갔더니만, 그제야 조랑조랑 유창하게 흘러나오는 웬 여편네 목소리가 들렸다. 아멘, 아멘, 하고 서로 장단놓아가며 새중간에 야금받게 끼어드는 목소리들도 틈틈이 들렸다. 모두가 치성드리기에 잔뜩 고부라져 있는 분위기였다. 관촌댁은 나중에 보자고 벼르면서 일단 본채로 물러가 기회가 오기를 조용히 기다렸다. 안방에서 한참을 더 기다리자 야소꾼들이 드디어 사당에서 빠져나오는 기척이 귀에 잡혔다.

"자알허는 짓거리다, 참말로 잘들 허는 짓거리여!"

교인들이 대문간 벗어나기 기다려 관촌댁은 부리나케 마당으로 돌진했다.

"누구 허가를 맡고 내 집 울안에다 야소구신 섬기는 사당을 채렸냐?"

만행의 주모자 격인 딸년은 아무 반응 없이 어미 얼굴 한번 힐끗 돌아다보고 나서 제 거처방으로 들어가버렸다. 딸년을 대신해 큰아들놈이 제꺽 나서면서 제 누이를 뒤쫓아가려는 어미 앞을 떡 막아섰다.

"어머님, 같은 말이라도 아 달르고 어 달른 법이라 그러잖습니까. 야소구신 사당 어쩌고 허시는 말씸이 자식들 듣기에는 솔찮이 거시기허네요."

"뭣이여? 그렇다 허이면 사당이 아니라 당산신 뫼시는 산신당
이란 말이냐? 사당인지 산신당인지는 몰라도 좌우지간에 나는
지척에서 자식이란 것들이 노상 야소구신한티 빌붙어서 치성드
리는 꼴을 눈으로 보기가 참말로 거시기허니깨 느네는 그런지나
알거라!"

"요새 누님 형편이 참말로 가긍헙니다. 얼매나 그 심정이 다급
허고 사정이 절박했으면 자기가 직접 나서서 자기를 위헌 기도
요청을 혔겠습니까."

"으런들은 본판이 야소꾼이니깨 그런다고 치자! 에리디에린
우리 천년쇠는 무신 죄냐? 아즉까장 말도 지대로 못허고 말귀도
지대로 못 알어먹는 우리 천년쇠가 그새 야소꾼으로 둔갑이라도
혔단 말이냐?"

"천년쇠야, 너 할머니 몰라? 잘 알잖어? 할머니 안녕허셨어요,
허고 어서 인사를 올려야지."

어미 품에 안긴 제 새끼 얼굴 들여다보면서 부용이 넉살 좋게
웃어 보였다. 크게 소리 지르고 버럭 화내는 할머니 모습이 마냥
낯설었던지 천년쇠는 눈망울 도릿도릿 굴리면서 딴에는 긴장한
빛을 띠고 있었다.

"할머니 안녕허셨어요, 허고 인사를 드려봐."

"함무니, 안뇽."

천년쇠 그 말 한마디에 관촌댁은 마치 천장 떠받치던 동바리가 빠져 달아나버린 동굴처럼 순식간에 와르르 무너져내렸다.

"오야, 오야, 내 새깽이! 오구, 오구, 우리 강아지!"

관촌댁은 며느리가 넘겨주는 천년쇠 받아 품에 안은 채 앙앙 물고 바들바들 떠는 시늉에 한바탕 자지러졌다.

"실은 기도회 시간에 천년쇠 맡아줄 손대기가 따로 없어서……"

며느리가 주뼛주뼛 변명을 늘어놓으려 했다.

"좌우지간에 우리 천년쇠만은 절대로 안 된다!"

잠깐 뜸을 들이고 나서 관촌댁은 덧붙여 말했다.

"치성드리는 그 시간에 이 늙은 할매가 애보개 손대기 노릇 떠맡는 한이 있드래도 우리 천년쇠가 야소꾼들 틈새기에 찡겨들어가는 일은 절대로 허락헐 수 없단 말이여!"

야소귀신 사당과 손자 사이 갈라놓고자 하는 할머니 욕심이 낳은 일종의 실책이요 패착이었다. 결과적으로 손자 지키는 데는 성공한 셈이지만 천석꾼 집 울안에서 벌어지는 야소꾼들 행사는 묵인하는 꼴이 되고 말았다. 관촌댁은 뒤늦게 자신의 실언을 퍼뜩 깨달았다. 하지만 이미 돌이킬 기회가 멀리 떠나버린 다음이었다. 천년쇠 앞세운 채 아들 며느리는 입을 맞춰 요란한 감사의 말들 주워섬김으로써 관촌댁의 기도 모임 인정을 어느새 기정사실로 굳혀가는 중이었다.

천년쇠는 제 어미가 재워놓고 나간 뒤로 중간에 깨는 법도 없이 새근새근 단잠 자고 있었다. 재롱떠는 손자 모습 보는 재미로 일부러 한번 깨워볼까 하고 집적집적 건드리고 싶을 정도였다. 바로 그때 창가 부르는 소리가 야소꾼들 사당 쪽에서 거리낌 없이 뻗어나오기 시작했다. 몰래 샛서방과 사통하다 본서방한테 들킨 여편네가 되레 죽일 테면 죽이라 왜장치며 이판사판으로 벌건 대낮부터 화냥질에 나서는 거나 다름없는 행티였다. 관촌댁이 손자 지킬 일념으로 엉겁결에 치성터 용인한 그 이튿날부터 야소꾼들은 아예 툭 터놓고 노골적으로 굿판을 벌여버릇했다. 창가 소리만 요란한 게 아니었다. 오뉴월 작달비 함석지붕 난타하듯 요란한 아우성이 들려올 때도 있었다. 마치 누구 목소리가 더 우렁찬지 시합이라도 하듯 여러 입이 한꺼번에 중구난방으로 울부짖어 축원하는 소리가 떠지껄하게 솟구쳐오르는 것이었다. 그렇다고 당장 부르르 쫓아가서, 안하무인도 유분수지 이게 시방 뭐하는 작태들이냐고, 천석꾼 집안에는 귀때기 안 달린 사람만 사는 줄 아느냐고 윽박지를 수도 없는 노릇이었다. 관촌댁으로서는 자업자득인 셈이었다. 더군다나 징용 나간 사위 무사 귀환 제목에다 딸년 뱃속에 든 태아 건강과 순산 제목까지 얹어 드리는 치성이라는데야 달리 더 할말이 없기도 했다.

딸년 임신 문제만 하더라도 그랬다. 온 집안 통틀어 그런 사실을 맨 꼴찌 순번으로 알게 된 사람이 다름 아닌 관촌댁이었다. 아들 며느리는 물론 행랑채 아랫것들까지 이미 다 알고 있는 사실이었다. 심지어 이제는 늙고 기력이 쇠해서 온종일 개집 안에 엎드려 잠만 처자는 복구란 놈마저 눈치로 때려잡아 일찌감치 알아차렸을 것이었다. 말하자면 관촌댁은 이제 겨우 돌이 갓 지난 천년쇠와 동격으로 취급받아온 꼴이었다. 아랫것들이 천석꾼 집안 안방마님 알기를 마치 추수 끝낸 논바닥에 혼자 덜렁 서 있는 허수아비에 비해 별반 나을 게 없는 존재로 우습게 알고 있다는 증표였다. 천석꾼 영감 와병한 다음부터 주인마님 관촌댁 체통이 땅바닥으로 곤두박였음을 의미하는 일대사건이 아닐 수 없었다.

두 달쯤 전이었다. 코에 익숙지 않은 탕약냄새가 본채 쪽에서 솔솔 풍겨왔다. 천석꾼 영감이 오랫동안 장복중인 성향정기산과는 왠지 모르게 다른 냄새처럼 느껴졌다. 관촌댁은 안방으로 향하려던 발걸음을 얼른 부엌 쪽으로 돌렸다. 풍로 위 약탕관에서 수상쩍은 탕약이 보글보글 달여지는 중이었다. 때마침 부엌으로 막 들어서려는 참이던 섭섭이네가 주인마님 발견하자마자 기함하리만큼 놀라 나자빠지는 시늉을 했다.

"남새가 틀린 것 보니께 암만혀도 얼씬네 약은 아닌 것 같은디, 요게 대관절 뉘 입으로 들어가는 무신 약이다냐?"

"저어…… 거시기……"

"뭣이여? 저어가 먹는 거시기 약이라고? 그런 식으로 말허면은 전문핵교 졸업장 딴 구신도 못 알어듣는다!"

"그런 게 있고만이라."

"섭섭이 네 이년! 그런 게 있다니, 그게 시방 얻다 대고 허는 말 버르쟁머리냐! 집안 식구 누가 어느 구석이 편찮어서 먹는 약인지 바른대로 안 불었다가는 니년 천수대로 못다 누리고 단박에 뒤어질지 알거라!"

섭섭이네가 갑자기 한숨을 푹 내쉬었다.

"안태음이라냐 뭣이라냐 허는 탕약이고만요."

"안태음? 그게 혹시 여자가 임신혔을 때 먹는 약 아니냐?"

"예, 유산을 막고 순산을 돕는 용처에다가……"

"뭣이 워찌고 워쪄? 일찌가니 득손자까장 헌 니가 그새 또 새 칠로 애기를 배뿌렀다, 그런 말이냐?"

"마님도 참, 남사시럽게 무신 그런 객광시런 말씸을 다……"

주인마님 터무니없는 억지소리에 섭섭이네는 마냥 어이없어했다.

"쇤네 입주뎅이로 들어갈 안태음을 행랑채 놔두고 안채 부엌까장 원정 와서 댈일 리가 있었어라우?"

"으짠지 나도 별 요상시런 일이 다 있다 생각허든 챔이다. 그렇다 허이면 혹시…… 우리 천년쇠 에미가 또?"

"에헤이, 헛다리짚으셨고만요. 메느님 쪽이 아니고 따님 쪽이고만요."

실인즉슨 아까부터 마음 한편으로 긴가민가하면서 은근히 조바심하던 참이었다. 그럴 리 없다는, 절대로 그런 일이 생겨서는 안 된다는 부정적 생각이 앞서는 바람에 차마 입 밖에 내어 표현하지 못했을 뿐이었다. 근래 들어 딸년 얼굴이 좀 부석부석해 보이고 배가 약간 나온 듯하긴 했다. 하지만 관촌댁은 남편과 생이별한 충격에서 서서히 벗어난 딸년이 어느덧 신간 편해지고 식욕 되찾은 덕분에 몸피가 갑자기 불어난 결과라고 지레짐작했다. 실제로 딸년은 울음으로 세월삼느라 한동안 곡기를 거의 끊다시피 하다가 어느 때부턴가 걸신들린 듯 식탐에 빠져드는 모습을 보이기도 했다. 그런데 그게 임신의 징조였다니! 관촌댁은 반편이 데릴사위가 고자가 아니라는 사실을 처음 알고 일차로 충격을 받은 데 이어 떠나기 직전에 남자 구실 제대로 했다는 증거를 딸년 몸에 새겨놓았다는 사실에 이차로 충격을 받았다.

"섭섭이 네 이년! 젊은 아씨가 애기를 뱄다는 건 우리 최씨 집안 중대사가 분명허거늘 여태까장 왜 나한티는 한 매디 입도 벙긋 않고 철통같이 숨겨왔단 말이냐? 뭣 땜시 일언반구 귀뜸도 없이 천석꾼 집안 안방마님인 나를 늙다리 개 복구란 놈맨치로 무시허고 따돌렸단 말이냐? 싸게 그 연유를 밝히거라, 이 처쥑일 년아!"

만만한 섭섭이네 상대로 관촌댁은 불같이 화를 내기 시작했다. 그러자 낯빛이 대번에 검보라색으로 변한 섭섭이네가 부엌 바닥에 무릎 착 꿇은 채 납작 엎드리면서 징징 우는소리 입에 달기 시작했다.

"아, 아닙니다요! 마님께서 오, 오해를 허신 겁니다요! 쇤네 잘못이 아니라 실은 젊은 아씨께서……"

역시 딸년이 원흉이었다. 워낙 노산인지라 잘못될 염려가 다분하니 태아가 아기집 안에 튼실히 자리잡기까지 주인마님한테 비밀을 지켜줄 것을 신신당부했다는 것이었다. 하기야 임신 사실제때 일찍 알았다 하더라도 결과가 달라질 건 아무것도 없는 셈이었다. 영감 병구완과 뒤치다꺼리에 매달리느라 관촌댁에게는 딸년 도와줄 마음도, 힘이 되어줄 여력도 전연 없는 처지였다. 도움은커녕 오히려 더 늦기 전에 태중의 핏덩이 얼른 지워버리라고 재촉했을 성싶었다. 만일 제 아비처럼 정신머리 온전치 못한 아이라도 태어나는 날이면 집안에 우환덩어리 하나 추가될 게 틀림없는 까닭이었다. 어쩌면 어머니가 낙태 강권할 줄 미리 알고 딸년이 그처럼 집안 식솔들에게 철저히 입단속을 시켰는지도 모를일이었다.

"웬수가 따로 없다니깨! 나가 속으로 싸질러낸 딸년이 바로 웬수라니깨! 아이고, 요놈에 징글징글헌 팔자야!"

관촌댁은 부엌 바닥에 퍼더버리고 앉아 넋두리 늘어놓기 시작했다. 오늘날 자신이 겪는 이런저런 재앙들이 모두 딸년을 근원지로 삼고 있었다. 서슬 시퍼렇던 영감 하루아침에 산송장 꼴로 결딴나게 만든 것도, 반편이 머슴 데릴사위로 맞음으로써 친석꾼 집안이 온 면내 사람들 입방아에 무수히 오르내리는 대망신 당하게끔 일판 꾸민 것도 다 딸년 소행이었다. 그것으로도 모자라 이제는 반편이 외손자까지 떠안기려 하는 판이었다. 천석꾼 영감 권위가 삽시에 끈 떨어진 망석중이 신세 되고 나니까 덩달아 안방마님 권위도 구멍 뚫린 뒤웅박 꼴 되어 아랫것들한테 따돌림받고 외돌토리로 전락하고 말았다. 오늘날 자기 신세가 너무도 서럽고 분해서 관촌댁은 끝내 넋두리를 통곡으로 개비하고 말았다.

"여보오, 영가암! 이녁은 이 할망구가 불쌍치도 않으요? 죽은 사람 다름없다 치부허고 영감한티 함부로 대허덧기 인자는 자식들이나 아랫것들이 한통속으로 똘똘 뭉쳐갖고는 안방마님까장 없는 사람맨치로, 죽은 송장맨치로 취급허는 중이요! 영가암, 지발 덕분에 싸게 정신줄 붙잡으시요! 싸게 뽈딱 일어나서 저 못되야먹은 천하 불한당 년놈들한티 불벼락을 꽝꽝 쌔리시요! 영감이 노상 입에 달고 살든 그 무지막지헌 욕설들이 자꼬만 그리워지요! 아이고, 이놈에 기구망칙헌 팔자야!"

야소꾼들 모여 있는 예배당 쪽에서 두런두런 주고받는 말소리가 들렸다. 그새 야소귀신 전에 치성드리는 행사가 다 끝난 모양이었다. 곧이어 떠나는 사람들과 보내는 사람들 기척이 한데 어우러져 안채 쪽으로 저벅저벅 다가오기 시작했다. 관촌댁은 얼른 봉창 유리에 눈을 붙이면서 바깥 동정을 살폈다. 안방마님에게는 샛내 교인 일행을 대문 밖에서 배웅하는 절차나 시간이 그날따라 유난히도 길고 지루하게 느껴졌다.

"해낙낙헌 낯꽃들 보아허니 요번 치성에서는 야소구신한티 공수를 제법 좋게 잘 받은 모냥이고나?"

자식들이 대문간에서 발길 돌리기 기다려 관촌댁은 벼르고 별렀던 비아냥거림을 구정물 바가지처럼 확 끼얹었다. 그랬음에도 딸과 아들 며느리는 같은 판으로 찍어낸 듯 해맑은 낯꽃 일색이었다.

"치성이니 공수니 허는 말들은 원래 기독교 동네서는 안 쓰는 말이지요. 그런 것들은 딴 동네서나 쓰는 말입니다, 어머님."

아들이 같잖게 한소리 토를 달았다. 그 말 나오기 기다렸다는 듯 관촌댁은 대번에 발끈하고 나섰다.

"오냐, 너 참말로 잘났다! 이왕지사 잘난 짐에 판무식쟁이 느네 엄니 머리꼭지 직신직신 짓밟고 지나가그라!"

버럭 성깔 부리는 할매 목소리에 놀라 잠이 깬 모양이었다. 방안에서 칭얼칭얼 울음소리 장만하는 손자 기척이 들렸다.

"어머님, 천년쇠 돌보시느라고 고생 많으셨어요."

며느리가 마침맞게 나타난 핑곗거리 내세우면서 서둘러 대청으로 올라섰다. 그새를 못 참고 천년쇠가 손으로 눈두덩 비비대면서 대청마루까지 자박자박 제 어미 마중나오는 참이었다. 어미 품에 안기자마자 모아두었던 울음 서럽게 터뜨리는 천년쇠 얼굴 들여다보기 위해 나머지 세 어른이 한꺼번에 대청마루로 우르르 달라붙었다.

"순금아, 나 조께 보자."

딸년은 동생네 식구들이 방안에 들기까지 웃는 낯꽃으로 천년
쇠 죽 지켜보고 나서 제 거처방 쪽으로 발길 돌리려는 참이었다.
긴한 용무라도 있는 듯이 급히 불러 세우고 보니 막상 이렇다 하
게 건넬 말이 떠오르지 않았다.

"저한티 무신 허실 말씀이라도······"

"아니다. 아니여. 요새 태중에 애기는 잘 놀고 있냐?"

"예, 하루가 달르게 태동이 더 잦어지고 더 활발허게 노는 느
낌이고만요. 그저 감사헌 일이지요."

"요새 밥맛은 조께 으떠냐? 그새 입덧은 다 가라앉었고?"

"예, 입덧이 물러가고 나니깨 밥맛이 꿀맛으로 변했고만요. 밥
이 그러콤 맛있는 음식인지를 인제사 처음 알었어요. 그저 감사
헐 뿐이지요."

"좌우지간 매사에 조심혀야 쓴다. 태모 건강이 바로 태아 건강
아니겄냐."

"예, 어머님 염려지덕으로 저는 나날이 더 건강체로 변허고 있
어요. 하나에서 열까장 감사허지 않은 일이 없을 지경으로 저는
요새 그저 모든 것에 만족허고 감사허면서 잘 지내고 있으니깨
어머님은 못난 딸 문제로 아무것도 걱정을 마셔요."

그것으로 모처럼 오랜만에 가졌던 모녀간 대화는 끝나버렸다.

제 거처방으로 향하는 딸년 뒤태 살펴보고 있자니 그새 배가 많이 부풀고 오동포동 살이 올라 오리처럼 뒤뚱거리는 걸음걸이가 눈에 띄었다. 한때 부석부석해 보이던 얼굴에도 이제는 제법 화색이 돌고 윤기가 흐르는 듯했다. 딸년 그런 모습 때문에 관촌댁은 뭔지 모르게 자신이 단단히 손해본 듯한 느낌을 받았다. 마음먹고 별렀던 이야기는 한마디도 꺼내지 못한 채 애당초 예정에 없던 얘기들만 쓸데없이 잔뜩 지껄인 기분이었다. 딸년이 제 거처방 안으로 자취 감추는 순간에야 관촌댁은 자신이 정작 하려고 별렀던 이야기가 무엇인지를 퍼뜩 기억해냈다. 제 아비 닮은 아이 태어나지 않게끔 인간이 할 수 있는 모든 노력을 그 방면으로 집중하라는 충고였다. 야소귀신 전에 치성드릴 때도 다른 무엇보다 중요한 그 문제 놓고 교인 전체가 얼싸절싸 합세해 축원문 올릴 필요가 있다는 당부의 말이었다.

4

　"천년쇠야."

　막상 그렇게 불러놓고 보니 어쩐지 그 아명이 이제는 아들한테
별로 어울리지 않는 듯하다는 느낌이 들었다. 제대로 된 본명을
지어야 할 때가 가까워졌다고 생각했다. 아직 출생신고조차 하지
않은 상태였다.

　"할아버지 만나러 가는디 천년쇠도 같이 갈래?"

　영유아 사망률이 높은 실정에 영향받아 민간에서 아이가 웬만
큼 자랄 때까지 출생 신고를 일부러 늦추는 경향이 있긴 하지만,
천년쇠 경우에는 꼭 그런 이유로 작명을 미루는 것은 아니었다.
출생 신고를 하자면 호적에 올릴 이름을 일본식 창씨명으로 계출
해야 하는 까닭이었다.

　"하야부띠! 하야부띠!"

할아버지 만나러 가자는 말에 천년쇠는 두 발 동동거리는 시늉으로 마냥 좋아했다. 그처럼 사랑스럽고 대견한 아들을 야마니시(山西) 아무개라는 창씨명으로 호적에 올리고 싶은 마음은 호리만큼도 없었다.

"하야부띠! 하야부띠!"

아빠 품에 안겨 사랑채로 가는 동안 천년쇠는 어눌한 소리로 연거푸 할아버지 노래를 불러댔다. 천년쇠의 사랑채 방문은 초행길이 아니었다. 그동안 아빠 따라 몇 차례 사랑채에서 할아버지를 만난 경험이 있었다.

"천년쇠야, 할아버지한테 인사드릴까?"

천석꾼 영감은 누운 자세도 아니고 앉은 자세도 아닌, 엇비뚜름한 모양새로 비단 보료를 지키고 있었다. 방안에 들어서는 손자 모습 눈에 띄자마자 갑자기 일어나고 싶은 욕심이 발동했던지 사지를 버르적거리며 안간힘을 쓰기 시작했다.

"하야부띠 안농?"

사랑채 찾아갈 때마다 되풀이되는 행사인지라 천년쇠는 아무 스스럼없이 고사리손 흔들면서 할아버지 앞으로 달려갔다. 할아버지 왼쪽 눈자위가 갑자기 실룩거리기 시작했다. 왼쪽 입아귀가 아래로 축 처지면서 벌어진 틈새로 으흐흐, 하는 소리가 침과 함께 흘러나왔다. 울음인지 웃음인지 얼핏 분별이 안 되는 괴상한 소리였다. 관촌댁은 그 소리 가리켜 웃음소리가 틀림없다고 처음부터 벅벅 우겨댄 바 있었다. 모르긴 모르되, 눈앞의 꼬맹이가 자신의 손자인 줄 용케 알아보는 듯한 태도였다. 그리고 그 손자 다시 나타나기를 오래 기다리고 있었던 듯한 반응이었다.

"화타나 편작이 따로 있는 게 아니고나! 먼 동네서 찾을 것 없이 바로 우리 천년쇠가 화타고 편작이고나!"

조손 간 상봉 장면 유심히 지켜보던 관촌댁이 연신 감탄해 마지않았다. 어리디어린 손자가 할아버지 난치병 치료하는 신통력을 지녔다는 이야기였다. 물론 과장된 표현이긴 하지만, 병세 호전될 기미가 보이기 시작한 것만은 분명했다. 치료까지는 아니더라도 산송장 다름없던 천석꾼 영감이 처음으로 외부 자극에 눈에 띌 만한 반응을 나타낸 시기는 천년쇠 처음 만난 시기와 공교롭게도 일치했다. 갖은 정성 다 기울여 병구완에 매달렸는데도 오랫동안 요지부동이던 중풍 증상이 손자 만난 다음부터 알게 모르게 조금씩 조금씩 차도를 보이기 시작한 건 어김없는 사실이었다.

"어디 가?"

"할아버지 만날라고 사랑채 간다."

"같이 가!"

맨 처음 천년쇠의 사랑채 방문을 극구 만류하고 나선 사람은 연실이었다. 병석의 할아버지 기괴한 모습에 충격받아 어린 마음에 크게 상처 입을지도 모른다는 이유였다. 부용의 생각 역시 거기에서 거기였다. 풍 맞아 사람 구실 제대로 못하는 할아버지를 자연스럽게 받아들이려면 앞으로 한참 더 나이를 주워먹어야 할 판이었다. 그런데도 이제 겨우 걸음발타기 시작한 그 어린것이 무슨 생각으로 그러는지 몰라도 같이 가겠다고 부득부득 악지를 세우는 것이었다.

"아버님, 문안드릴라고 왔습니다. 요번에는 저 혼자가 아닙니다."

천석꾼 영감은 침상만큼 기다란 보료 위에 모잡이로 누운 채 아무런 반응도 나타내지 않았다.

"아들을 델꼬 왔습니다. 요 녀석이 바로 아버님 손주 천년쉽니다."

손주라는 말 한마디가 할아버지 꽉 막힌 사고력에 혈로라도 뚫은 것일까. 별안간 천석꾼 영감이 흠칫 놀라는 듯한 반응을 보였다. 곧바로 끙끙 앓는 소리와 함께 몸을 움직이려 팔다리 허우적거리며 용을 쓰기 시작했다. 하지만 공연히 마음만 앞설 뿐, 원래의 모잡이 상태에서 한 치도 벗어나지 못하는 중이었다.

"오매, 오매, 이 냥반이 뜬금없이 이게 뭔 야단이라냐!"

깜짝 놀란 관촌댁이 불끈 기운을 써 영감 몸뚱어리 혼잣손으로 일으켜 앉히기에 가까스로 성공했다. 평상시 같았으면 힘 좋은 섭섭이네가 합세하는 경우에나 겨우 자세 교정이 가능한 천근 무게 몸뚱어리였다.

"할아버지, 허고 한번 불러봐라, 천년쉬아."

눈앞에서 벌어지는 천만뜻밖의 광경이 어린 소견에도 예사롭지 않게 비치는 모양이었다. 천년쇠는 잔뜩 주눅이 든 표정으로 이 사람 눈치 저 사람 눈치 두리번두리번 살피기만 했다.

"할아버지라고 어서 불러보라니께."

"하아부띠……"

드디어 천년쇠 입이 조심스럽게 열렸다. 그 사품에 사랑채 안에는 한바탕 소동이 벌어졌다. 할아버지가 갑자기 신음하는 듯 이상야릇한 소리를 길게 내질렀다. 샘솟는 기쁨 어거할 재간이 없어 할머니는 손뼉까지 짝짝 쳐대면서 요란을 떨었다.

"워매, 워매, 시상에나! 처음 보는 우리 천년쇠가 이녁 손잔 줄을 용케도 알아채리네그라! 워매, 워매, 시상에나!"

부용은 만면에 웃음 가득 실은 채 아들을 꼭 끌어안고 일삼아 머리를 쓰다듬어주었다.

"천년쇠야, 참 잘했다! 역시 우리 천년쇠가 최고다!"

부용은 아들을 번쩍 들어 아버지 앞으로 옮겨놓았다. 천석꾼 영감은 가까이 다가온 손자에게 웅숭깊은 눈길 보내면서 또다시 비뚤어진 입아귀에서 줄줄 새는 소리로 뭐라 뭐라 웅얼거리기 시작했다. 관촌댁이 주장하기로는, 바로 그 순간부터 천석꾼 영감 신상에 어떤 놀라운 변화가 일기 시작했다는 것이었다. 상대방이 누구인지, 자신과는 어떤 관계인지 어렴풋이나마 알아차린 기미가 완연하더라고 목청 높여 강조하는 판이었다. 아직은 미세한 변화에 머무는 수준이지만, 실인즉슨 그 정도만으로도 아주 놀랍고 중대한 변화가 아닐 수 없었다.

"당신이랑 상의헐 문제가 쪼깨 생긴 것 같소."

부용은 효손 노릇 톡톡히 한 아들 덕분에 덤으로 효자 노릇 잘 마치고 안채로 돌아오자마자 아내에게 말했다.

"사랑채에서 무슨 일이라도 있었나요?"

"그게 아니라 우리 천년쇠 본명을 짓는 문제요."

"천년쇠가 제 아명이 맘에 안 든다고 불평이라도 하던가요?"

"물론 그렇지는 않소. 미리감치 조선식 이름을 지어놓고 시대 변화에 대비허자는 뜻이요."

"혹시 아빠가 의중에 둔 좋은 이름이라도 있나요?"

"방금 얼핏 떠올린 것이긴 허지만, 부실이란 이름이 어떨까 생각 중이요."

"최부실? 무슨 이름이 그래요?"

"넉넉헐 부, 열매 실, 바로 그 부실이요."

남편의 진지한 설명조 대답에 연실이 한바탕 깔깔거렸다. 아내의 기탄없는 웃음에 부용도 덩달아 허허거렸다.

"부용 부, 연실 실, 바로 그 부실이잖아요? 부모가 자식 이름 갖고서 장난치다가는 벌받는 법이래요."

"나도 그게 약간 맴에 걸려서 시방 딴 이름도 물색허고 있소."

의논 끝에 부부는 그 문제 놓고 같이 고민헤보기로 했나. 시일이 좀 걸리더라도 뜻깊을 뿐 아니라 부르거나 듣기에도 좋은 조선식 본명 번듯하게 지어 아들에게 물려주고 싶었다. 다만, 지어는 놓되 그 본명은 집안에서만 사용하고, 호적에 올리는 출생신고는 하대명년 미룰 작정이었다. 자칫하면 국민학교 입학 전까지 천년쇠는 앞으로 창창한 세월을 무적자 신세로 남게 될 가능성도 있었다. 호적에 일본식 창씨명이 올라 있어야 입학이 허용되는 제도의 속박을 가능한 한 오래도록 회피하고 싶었다.

다행히도 창씨명 필요 없는 세상이 점점 눈앞의 현실로 다가오는 듯한 분위기였다. 지난해 가을 무렵부터 짙어지기 시작한 일본의 패색은 올해 봄으로 접어들면서 절정에 다다른 느낌이었다. 믿을 만한 소식들 위에 출처 불명 소문들이 무동 타고 세상 활보하면서 일본의 패망이 머잖음을 충분히 예감하게끔 사람들 마음을 마구 들쑤시고 다녔다.

미군 B-29 폭격기 편대들이 대거 일본 본토로 출격해 수도 동경을 비롯한 주요 도시와 군수시설들 초토화하다시피 연일 맹폭을 가한다는 소식이었다. 일본은 자국령 전초기지 이오섬(硫黃島) 대전투에서 궤멸적 패전을 겪은 데 이어 오끼나와 상륙작전에 성공한 미군 상대로 사생결단 끝없는 소모전을 벌이는 중이었다. 그 무렵부터 '본토 결전'과 '일억 옥쇄'라는 섬뜩한 구호가 언론기관과 관변단체 등을 통해 사회 전반에 만연되고 있었다. 본토 결전은 그 광범위했던 해외 점령지들 죄 잃은 채 일본열도 안으로 퇴각한 상황에서 죽기 아니면 살기로 본토나마 지키겠다는 뜻이고, 일억 옥쇄는 일본인 총인구 중 마지막 한 사람까지 나라 위해 목숨 바치겠다는, 혹은 바쳐야 한다는 뜻이었다. 이를테면 그것들은 단말마 비명 다름없는 구호인 셈이었다. 그 일억이란 숫자 속에 조선사람은 포함되지 않기만 바랄 따름이었다. 불과 얼마 전만 해도 태평양 연안국 전체를 석권할 기세로 위풍당당하던 대일본제국이 고양이 앞의 쥐처럼 절체절명 위기에 몰린 현실에 부용은 요즘 격세지감마저 느끼고 있었다.

며칠 전 집을 다녀갔던 귀용이 뜬금없이 울안에 다시 나타났다. 무슨 일로 그러는지 표정이 그리 밝아 보이지 않았다. 시아주버니를 안방으로 모셔들이고 싶어 형수가 여러 번 권하는데도 귀용은 머리만 쌀래쌀래 흔들 뿐이었다. 급한 일 생겨 빨리 백상암으로 되돌아가야 한다면서 대청마루 끝에 궁둥이 반쪽만 간신히 걸치고 앉았다.

"주재소에 불려갔다가 읍내 경찰서까지 다녀오는 길입니다."

안방 문이 도로 닫히는 걸 눈으로 확인하고 나서야 귀용은 침울한 기색으로 입을 열었다.

"무신 이유로?"

올 것이 기어이 오고야 말았다는 불길한 생각으로 인해 부용은 몹시 다급한 심정이 되었다.

"주거 제한을 위반했다는 혐의 때문입니다."

"꼴 한번 좋다! 그러게 내가 뭣이라 그르드냐? 은젠가는 이런 일 벌어질지 알고 꼬랑지가 질면 밟히는 법이라고 너한티 골백번이나……"

부용은 벌컥 화를 내다 말고 갑자기 입을 다물었다. 스스로 점직스러운 기분이 든 까닭이었다. 한동안 귀용의 잦은 오암리 출입을 영 못마땅해하고 호되게 나무란 적도 있긴 했다. 하지만, 전황이 급변하기 시작한 뒤로는 오히려 최신 정보에 목말라하면서 배낙철 만나보라고 동생을 은근히 부추긴 잘못이 저한테 있음을 뒤늦게 깨달았다.

"주거 제한 위반은 그냥 언턱거리 잡는 용도에 불과하지요. 기실은 낙철이 형 만난 걸 문제삼으려는 저의였어요."

"당연허지. 내가 경찰이라도 그러겠다."

"그동안 형 집행정지 처분자인 배낙철을 몇 번이나 만나서 무슨 대화를 나눴느냐고 집요하게 캐묻더군요. 만약에 사실대로 다불지 않으면 당장 제가 받은 집행유예 효력이 취소되는 줄 알라고 으름장을 놓더군요."

"뭣이라고 대답을 했냐?"

"이종형 배낙철이 정신병자 돼서 돌아온 현실이 너무 기가 막히고 마음이 아파서, 그리고 외아들 그런 모습에 낙심천만하고 있을 이모님이 너무나 불쌍해서 몇 번 찾아간 사실은 있노라고, 그렇지만 이종형 정신상태가 워낙 정상이 아니라서 대화다운 대화를 나눌 형편이 못 되었다고 진술했지요."

"경찰이 그 말을 믿어주드냐?"

"안 믿길래 증거를 보여줬지요."

"증거라고? 니 수중에 경찰을 설득헐 증거란 게 있었단 말이냐?"

"그럼요. 바로 이겁니다."

귀용은 한쪽 옷소매를 둘둘 말아올리기 시작했다. 잇바디에 물린 팔뚝의 흉터 자국이 선명하게 드러났다. 그게 무슨 내세울 만한 자랑거리나 된답시고 형한테 피로 얼룩진 옷소매 보여주던 그때 당시만 해도, 낙철이란 놈이 제 이종동생 팔뚝 한번 오달지게 물어뜯었나보다, 하고 부용은 그저 그런 정도로만 생각했었다. 그런데 예상했던 것보다 흉터가 훨씬 더 크고 흉측스러운 모양으로 또렷이 자리잡혀 있었다.

"이 흉터를 구경하면서 경찰들이 혀를 내두르더군요."

물렸을 당시에는 아마 살점이 너덜거릴 정도로 심각한 상처였으리라. 그렇듯 오암리에서 되알지게 물어뜯기고도 희희낙락하며 감나뭇골까지 달려와 낙철 형한테 용서받은 표징이라고 마냥 뿌듯해하던 귀용의 지난날 모습이 새삼스레 눈에 밟혔다.

"말하자면 이것 덕분에 풀려난 거나 다름없습니다. 경찰에서 풀어주기 전에 마지막으로 경고하더군요. 또다시 배낙철을 만난 사실이 확인되는 날이면 즉시 최귀용이 집행유예 효력을 성지시

켜버리겠다고요."

"그나마 참 다행이고나. 요번에는 그 정도로 끝나서 좋기는 헌디, 장차 더 고약헌 경우를 당헐 수 있으니께 참말로 조심혀야 쓴다."

부용은 아직도 철부지 어린애처럼 믿음성이 별로 안 보이는 동생에게 신신당부했다. 본토 결전 부르짖는 일제가 내부 단속에 결코 손을 놓을 리 없었다. 외부 압박이 심각해질수록 오히려 내부 잡죄는 손길에 부쩍 더 힘이 실릴 건 너무도 당연한 이치였다.

"본토 결전을 밀어붙이자면 무엇보담도 내부 단결이 우선이고, 내부 단결 도모허는 디는 일벌백계라는 수단이 제일 유용헌 법이다. 까딱 잘못허다가는 너를 그 일벌백계 희생양으로 삼는 날이 올 수도 있다. 귀용아, 이런 시국일시락 몸주체를 잘허고 행동거지에 가일층 신중을 기혀야 쓴다."

엎친 데 덮쳐 일본은 추축국 동맹 세력까지 잃고 말았다. 히틀러가 자살한 데 이어 최근에는 독일이 항복을 선언했다. 무솔리니는 민중 저항군에게 사살당했다. 만일 구라파 전선에서 승리한 연합군이 여세 몰아 태평양 전선으로 방향을 돌릴작시면 일본으로서는 옴치고 뛸 수조차 없게 될 판이었다. 궁지에 몰린 쥐가 선택할 수 있는 길은 최후 발악 삼아 고양이한테 덤벼들기 아니면 죽은듯 기절해버리기 두 방법 중 어느 하나일 것이었다. 부용은 바람 앞의 등불 같은 위기 상황일수록 더욱더 몸 사리고 언행 심사에 각별하게 조심할 필요가 있음을 그간의 경험을 통해 절절히 느끼고 있었다. 자중자애하면서 돌다리도 일단 두들겨본 연후에 건널지 말지 결정하는 식의 신중한 처신을 보신지책으로 삼아야 할 시국이었다.

"왜 대답이 없냐? 내 말이 틀린 것 같으냐?"

"형님, 제 걱정은 당최 하지 마십쇼. 앞으로는 주거가 허용된 절간하고 본가 사이만 시계불알처럼 왔다갔다할 생각입니다. 그 대신 형님이 오암리를 가끔 찾아가주시기 바랍니다. 낙철이 형이랑 이모님이 어떻게 지내는지 눈으로 확인도 하시고, 또 최신 전황 소식도 직접 들으시고……"

"알았다. 기회를 봐서 한번 찾아가볼란다."

형 노릇 하느라고 동생 앞에서 대답은 떡 먹듯이 쉽사리 했다. 하지만 그게 절대로 쉬운 일이 아님을 부용은 진작부터 느끼고 있었다. 오랫동안 찾아뵙지 못한 이모한테는 이질로서 참 면목이 안 서는 처신이었다. 하지만 오암리로 향하려는 부용의 발목을 번번이 붙잡고 늘어지는 건 다름 아닌 배낙철의 존재였다. 낙철을 생각할작시면 똥장군에 벙벙히 들어찬 똥물 거울처럼 사용해 제 낯짝 비춰보며 연방 히히거리고, 손바가지로 그 똥물 그득 퍼올려 푸푸 세수하던 기괴망측한 모습이 자꾸만 떠오르는 바람에 정나미가 십 리나 뚝 떨어져 도망가곤 했다. 낙철의 맹수 송곳니 같은 이빨에 아버지와 귀용이 차례로 물어뜯긴 사변에도 여간 마음이 쓰이는 게 아니었다. 낙철의 정신이 어떤 때는 멀쩡한 상태로 돌아와 있기도 하지만, 그러다가도 어떤 때는 분별력 완전히 잃는 상태로 표변하기도 한다는 귀용의 귀띔 역시 썩 신뢰가 가는 건 아니었다. 때마침 가던 날이 장날이라고. 만일 멀쩡한 상태 기대하고 갔다가 정신 홱 돌아버린 배낙철과 덜컥 맞닥뜨리기라도 하는 날이면 그 뒷감당을 어찌할 것인가.

하루에도 몇 번씩 틈나는 대로 누님 상태 살피는 일이 어느덧 부용의 일과 중 하나로 굳어지다시피 했다. 누님은 사람들과의 접촉을 멀리한 채 거처방 안에 들어앉아 홀로 성경책 읽고 말씀 묵상하고 기도와 찬송에 고부라지는 등 대부분 시간을 예배 행위에 바치고 있었다. 인간관계보다 신과의 관계를 그 무엇보다 우선으로 여기고 중요시해야 할 시기라고 굳게 믿기 때문이었다. 매일같이 예배로 날이 밝고 예배로 날이 저무는 생활의 연속이었다.

"건강은 여전허신가요?"

동생의 문안인사에 누님은 읽고 있던 성경책 조용히 덮으면서 잔잔한 미소로써 응대했다.

"너는 눈만 마주쳤다 허면 의례건 내 건강부텀 들멕이고 나서는고나. 너도 아다시피 보다시피 나는 시방 두 사람 몫 건강을 한 몸으로 책임지고 있는 사람이니깨 내 건강은 내가 알어서 챙긴다."

"그런 문답 절차 안 거치면 그다음 말이 통 떠올르지 않어서

요."

"아까 귀용이 목소리가 얼핏 들리는 것 같든디, 왜 오면서 가 뿌렀다냐?"

'오면서 간다'는 표현은 고장 사람들이 곧잘 사용하는 과장법이었다. 너무 짧게 머물다 빨리 떠난다는 뜻의 아쉬움 표현하는 말이었다.

"애기 잠 깨지 말라고 살살 대화 나눴는디, 그 소리가 여그까장 들렸단 말입니까? 누님, 그러시면 곤란헙니다. 기독교인이 예배 도중에 주변 잡소리에 신경 곤두세우는 행위는 말허자면 학생이 시험 도중에 옆엣 사람 답안지를 슬쩍 칸닝구허는 거나 다름없는 부정행위에 속허지요."

"역부러 들을라 혀서 들은 소리 아니고 제절로 들린 소리니께 너는 내 신앙심을 의심허지 말거라."

몇 왕복 혜식은 농담 실없이 주고받은 후에야 남매는 비로소 정색하면서 마주앉았다. 역시나 누님 건강은 아무런 이상도 없어 보였다.

"무신 특별헌 용무가 있었던 게 아니라 그냥 식구들 으떻게 지내는가 궁금혀서 지나가는 질에 잠깐 들여다본 거랍니다."

부용이 뒤늦게 전하는 귀용의 방문 목적을 누님은 곧이곧대로 신용하지 않는 기색이었다. 안타까움이 짙게 깔린 표정이었다.

"기왕 온 짐에 밥이라도 먹고 간단 말이지."

"갸한티는 집밥보담도 절밥이 인제는 더 입에 맞는가봅니다."

귀용이 읍내 경찰서에 다녀온 사실을 누님한테 밝히는 건 명백히 금기 사항에 속했다. 태교에 악영향 미칠 가능성 있는 그 어떤 것도 누님 신변에서 철저히 차단하기로 식솔들 간에 일찍이 묵계가 이루어져 있었다. 시국 동향에 대해 거론하는 행위도 주요한 금기 사항 가운데 하나였다. 일본 쪽이든 연합국 쪽이든 좌우지간 어느 한쪽 유불리 관계 떠나 전황에 관해 거론하는 그 자체를 누님은 싫어했다. 갈수록 짙어지는 일본의 패색이 곧 매형의 귀환 앞당기는 조짐이라는 희망의 등식을 심어주기 위해 어쩌다 최신 전황을 입길에 올릴라치면 누님은 얼른 손사래 쳐 말머리를 무지르곤 했다. 신춘복씨 생사 문제는 전능하신 하나님 손에 온전히 다 맡겨드렸으니까 사람 입에서 나오는 말에 일희일비하고 싶지 않다는 이야기였다.

"요새도 태동은 활발헌 편입니까?"

"지 깜냥으로 속에 갇혀 지내기가 답답허다 생각되는지 금방이라도 뱃가죽 뚫고 나올 것맨치로 인제는 발길질이 점점 더 잦어지는 것 같으다."

"태교는 고분고분 잘 받어들이고요?"

"무신 대답을 듣고 잪으냐? 태교 받는 족족 그 여리디여린 생명체가 뱃속에서 잘 알어들었다고 고개 끄덕끄덕허면서 신호를 보내드라."

누님은 자나깨나 오로지 태교 한 가지만 생각하는 여인 같았다. 일상생활에서 접하는 모든 현상과 행위를 태중의 생명체와 연관시키리만큼 누님은 참 지독하고도 철두철미하게 태교에 일로매진하는 중이었다. 다른 일에 온통 정신 팔린 나머지 회임 사실조차 미처 인식하지 못한 상태에서 태아에게 범했던 무지와 무관심의 죄과를 뉘우치고 단기간에 손해를 만회하고자 하는 눈물겨운 노력이었다. 모체가 쏟는 정성 덕분에 태아는 여러 사람 근심 자아내던 초기 잔약함을 말짱 다 털어버리고 아기집 안에서 제 월령에 걸맞게끔 무럭무럭 잘 자라나는 중이었다. 그토록 도저하고 지극한 모성애라면 애당초 갖지 않았던 아기마저 생짜로 뱃속에 조성될 판이었다.

"제 조카 앞날을 생각혀서라도 우리 누님은 모체 건강에 가일층 유념허시리라 믿습니다."

"날더러 자식 낳지 말고 조카만 낳으라는 소리로 들리는고나."

시작될 때와 마찬가지로 끝날 때 역시 남매 사이에 혜식은 농담이 오갔다. 그만큼 임신부 심리상태가 안정되고 매사가 즐겁다는 증표였다. 누님 태중에 들어앉은 생명체가 참으로 비옥한 밭에 뿌려진, 참으로 운좋은 씨앗임을 부용은 조금도 의심하지 않았다.

배낙철 만날 결심이 서기까지는 제법 긴 시간이 걸렸다. 이종 동생 만나는 일에 결심이라는 극단적 용어끼지 동원할 수밖에 없는 현실이 마냥 서글프게 느껴지곤 했다. 연실의 공포심 섞인 우려가 차일피일 행동을 미뤄나가는 데 한몫 단단히 부조하기도 했다. 의기소침해 있던 부용에게 마침내 그 결심을 부추기고 나선 건 역설이게도 바로 서글픔이란 물건이었다. 빌어먹을 서글픔의 노예 상태에서 하루속히 벗어나고자 하는 열망이 어느 날 갑자기 부용에게 우유부단한 마음 물리치고 만날 결심을 빳빳이 일으켜 세우도록 거드는 구실을 했다. 에라 모르겠다는 심정으로 마침내 부용은 떨치고 일어섰다. 이제는 외출할 때 필수 휴대품처럼 돼버린 손수건 한 장 챙겨 길을 나섰다. 물론 연실에게는 행선지가 어디인지 일절 귀띔하지 않았다.

고샅길 벗어나 앞이 탁 트인 개활지로 나서자 기다렸다는 듯 따가운 햇볕이 덤벼들어 머리 가죽을 벗기려 했다. 절기를 한참 앞질러 찾아온 더위가 산서분지 내부를 가마솥처럼 뜨겁게 달구는 중이었다. 때이른 더위 필적하기에 흰 와이셔츠 차림만으로는 역부족이라는 사실을 부용은 그제야 깨달았다. 고급스러운 린네르 천 위로 싸구려 땀방울들이 찌걱찌걱 배어나오고 있었다. 차라리 처음부터 소매통이랑 바지통 넓고 바람 잘 통하는 위아래 삼베옷 차림으로 집을 나서는 게 좋을 뻔했다고 뒤늦게 후회했다. 배낙철의 시선으로부터 제 팔뚝 가리는 데만 급급한 나머지 더위에는 적절히 대비하지 못했던 게 불찰이었다. 하다못해 밀짚 모자라도 하나 머리 위에 되똑하게 얹는다면 더위와의 싸움이 한

결 수월해질 듯싶은 날씨였다. 오뉴월 볕은 소리개만 지나가도 낫다고 하지 않던가.

"아니, 이게 누구디야?"

땀국에 푹 절어 마당으로 들어서는 이질을 발견하고 이모는 놀라움을 감추지 못했다. 부용은 줄줄이 흘러내리는 땀방울들 손수건으로 꾹꾹 눌러 우선 엉망진창 된 얼굴부터 대충 수습했다.

"이모님, 그동안 어떻게 지내셨습니까? 찾어뵌다, 찾어뵌다, 허고 노상 별러대면서도 오랫동안 한 번도 못 찾어뵈어서 참말로 면목이 없습니다."

"내가 잘못 봤는지는 몰라도 요 늙은 눈구녁에는 시방 천석꾼 그 얼씬네 큰자제분으로 비치는 것 같은디, 자네 혹시 부용이 아녀? 오매, 맞네그랴! 최부용이 얼굴이 여축없네! 오매, 니알은 해가 서쪽에서 뜰 모냥이네!"

섭섭한 감정 먼저고 반가운 감정 나중인 듯했다. 비아냥거림이 다분한 말들 잔뜩 동원해 그동안 쌓이고 쌓였던 복잡한 감정들 한목에 터뜨리면서 이모는 한바탕 수선을 떨었다.

"참말로 죄송만만입니다."

"부용이 되련님이 죄송헐 게 뭣이 있다냐? 얼굴 잊어먹고 이름 까먹기 전에 요로콤 찾어와준 것만도 그저 감지덕지헐 판인디."

"낙철이는 잘 지내는가요? 시방 집에 없습니까?"

"없기는 왜 없겄냐. 뒷방에 둔눠서 누기 나무칼로 귀때기 끊어가도 몰르게 단잠 자는 중이다."

말 끝내기 무섭게 이모는 집채 안쪽에 대고 냅다 소래기를 질러댔다.

"낙철아! 낙철아아!"

그래도 아무 반응이 없자 이모는 더욱 째지는 소리로 고함질했다.

"낙철아, 시방 부용이가 와 있다! 싸게 고만 일나그라!"

마침내 이모는 아들 깨우기 위해 안방에 딸린 머릿방 안으로 쪼르르 달려들어갔다. 그 기회 노려 부용은 잽싸게 마루 위로 올라앉았다. 그때까지 이모는 인사삼아 안으로 들어오라는 허드렛말 한마디 없이 먼길 걸어온 이질을 뙤약볕 아래 세워 벌주고 있었다. 처마가 베푸는 그늘 속에 앉은 것만으로도 한결 숨통이 트이는 듯했다.

"싸게 정신 조깨 채리그라, 이놈아!"

앙바틈한 체구의 이모가 장승같이 큰 낙철의 등 떼밀면서 마루로 나왔다.

"눈이나 뜨고 누가 왔는지 봐라, 이놈아! 부용이가 왔단 말이다!"

부용이란 이름이 여전히 반수반성(半睡半醒) 상태에서 못 헤어나던 낙철의 정신을 확 일깨워놓은 모양이었다. 손등으로 눈두덩 빡빡 문질러대며 어칠비칠 걷던 낙철이 갑자기 몸동작 일체를

딱 멈춘 채 마루 한쪽에 앉아 있는 이종형을 뚫어지라 쏘아보기
시작했다.

"낙철아, 오랜만이다. 그새 별고없이 잘 지냈냐?"

낙철은 아무런 대꾸 없이 그냥 계속 쏘아보기만 했다. 날카롭
게 쏘아보는 그 눈씨가 아무래도 예사롭지 않게 느껴졌다. 그늘
속에 들었는데도 번쩍번쩍 형형한 안광이 섬뜩하게 뻗쳐나오고
있었다.

"귀용이 편에 니 소식은 가끔 얻어들었다. 거그 쪼깨 앉거라.
앉어서 나랑 이런저런……"

낙철이 급작스레 몸을 움직이는 사품에 부용은 입을 꾹 다물고
말았다. 낙철은 이종형 앉은키 축으로 삼아 시계방향으로 분침처
럼 주위를 맴돌기 시작했다. 위기감이 시키는 바에 따라 부용은
똑바로 이종동생 얼굴 올려다보며 앉은걸음으로 문칫문칫 덩달
아 같이 돌 수밖에 없었다.

"너 왜 이러냐? 이게 시방 무신 장난질이냐?"

입을 꾹 함봉한 채 낙철은 대꾸하지 않았다. 이종형 주위를 시
계방향으로 도는 일도 중단할 기미가 전혀 안 보였다.

"이모님, 야가 시방 왜 자꼬만 이런데요?"

이모 쪽으로 간절히 도움 청하는 눈길을 보냈다. 뜻밖의 상황
에 이모 역시 적잖이 당황하는 기색이었다.

"글씨다, 여직 잠이 들 깨서 그러는갑다."

만일의 불상사에 대비하기 위함인 듯 이모가 아들과 이질 틈새로 비집고 들면서 난감한 표정을 감추지 못했다.

"암만혀도 오늘은 대화가 불가능헌 것 같습니다! 이모님, 후제 다시 찾어뵙도록 허겠습니다!"

"이봐, 최부용이!"

처마끝이 들썩거릴 지경으로 벽력같은 호통소리가 울렸다. 부용은 후닥닥 토방으로 내려섰다. 미처 고무신에 발을 꿰기도 전에 낙철의 호통소리가 또다시 감때사납게 귓전을 때렸다.

"야, 이 악덕 지주 아들놈아!"

"아고매, 이놈 미친증이 기연시 또 도져뿔고 말었네! 대처나 이 노릇을 으찌혀야 옳단 말이냐, 이놈아!"

이모가 발 동동 구르고 징징 우는소리 내면서 아들 허구리 부위를 덥석 보듬어 안았다. 그 기회 틈타 부용은 재빨리 달아나려 했다. 하지만 평상시 같으면 아는 집 찾아 들어가듯 고무신 안으로 쑥쑥 잘만 들어가던 발이란 놈이 연방 허든거리면서 헛발질만 계속했다.

"최부용이 네 이놈, 마침맞게 오늘 잘 만났다!"

낙철이 허리 잔뜩 굽혀 상대방과 키 높이를 맞추는가 싶더니만 어느 겨를에 부용의 왼팔을 덥석 낚아챘다. 다음 순간, 벌겋게 달궈진 부젓가락에 찔리는 듯한 동통이 전신을 엄습해왔다. 이빨 끝이 살 뚫고 뼈마디까지 으드득 파고드는 듯한 느낌이었다. 동

284

통은 팔을 타고 가슴속으로, 머릿속으로 종횡무진 거침없이 내닫기 시작했다. 하마터면 꽥하고 비명까지 내지를 뻔했다. 하지만 남자로서, 형으로서 그리고 배운 사람으로서 절대로 폭력 앞에 굴종하는 나약한 모습 보여서는 안 된다는 생각이 앞섰다. 부용은 마음 독하게 먹고 양쪽 어금니 지끈 사리물었다. 이종동생 면전에서 치신머리사납게 비명 지르는 모습 절대로 보이고 싶지 않았다. 뉘 좋아하라고, 뉘 즐거워하라고 꽥꽥 비명을 내지른단 말인가. 아무때라도 낙철의 입이 제풀에 풀려 팔에서 떨어져나갈 때까지는 설령 살점이 뭉텅 떨어져나가는 한이 있더라도, 물어뜯을 만큼 물어뜯다 지쳐 스스로 물러날 때까지는 제아무리 심한 동통이 극성을 부릴지라도 악착같이 참고 짐승처럼 고스란히 견뎌낼 각오였다.

"아이고, 이 웬수 같은 놈아! 놔라, 이놈아! 싸게 그 팔뚝 못 놓겄냐?"

아무리 보듬고 늘어져봐도 효과가 없자 이모는 두 주먹으로 아들 머리통을 퍽퍽 두들겨패기 시작했다. 그럴수록 낙철은 남의 팔뚝 입에 그득 문 채 머리를 더욱 세차게 흔들어댔다. 그러다가 뭔가 좀 이상하다 싶었는지 물고 흔들던 동작 갑자기 멈추면서 흰자위 승한 두 눈 지릅떠 부용을 빤히 올려다보았다. 부용은 몹시 아플 뿐 두렵지는 않았다. 여전히 양쪽 어금니 꽉 사리문 채 낙철의 시선 피하지 않고 엇비슷한 시선으로 맞싰다. 그러면서 고개를 천천히 좌우로 흔들어 보였다.

"낙철아, 너 허고 잪은 대로 여한 없이 실컨 물어뜯거라. 허지만 니가 그런다고 달러지는 건 아무것도 없을 게다."

무는 힘이 약간 느슨해지는 듯싶더니만 이내 붙잡혔던 팔이 자유로워졌다. 낙철은 마루 위 아무데나 대고 핏물 섞인 벌건 침 덩이 칵 내뱉고 나서 피로 얼룩진 입 주변을 손등으로 썩썩 문질러 닦았다.

"낙철아, 그럼 낭중에 또 보자. 이모님, 저는 이만 물러가겠습니다."

이번에는 고무신에 발이 제대로 꿰어졌다. 부용은 이모의 선지 빛깔 울음소리 뒤로한 채 곧바로 귀갓길에 올랐다. 와이셔츠 소매 아랫자락이 온통 핏빛으로 물들어 있었다. 피는 여전히 멈추지 않은 채 손목을 타고 손가락 끝쪽으로 줄지어 흘러내리고 있었다. 견디기 힘든 통증 때문에 정신이 깜빡깜빡 혼미해질 지경이었다. 그러함에도 불구하고 동통과 동통 틈서리 비집으며 자꾸만 제 분수 모르는 웃음이 슬금슬금 비어져나오려 했다. 배낙철과의 대결에서 끝내 이기고 말았다는 뿌듯한 성취감이 동통의 상당 부분을 상쇄해주는 느낌이었다. 난생처음 낙철보다 자신이 우위에 선 듯 우쭐한 기분이었다. 이날 평생 배낙철은 부용에게 악몽과도 같은 존재였다. 삶의 모든 면에서 부용은 항상 두 살 어린 이종동생한테 밀리는 채로 살아왔다. 공부에서 밀리고 학벌에서 밀렸다. 말싸움에서도 밀리고 힘겨루기에서도 밀렸다. 의지력도 모자라고 설득력도 달렸다. 다만 한 가지, 낙철보다 우세한 게 있다면 천석꾼 아버지 훈김 덕분에 누리는 재력뿐이었다. 이제껏 낙철을 대할 적마다 속절없이 맛봐야만 했던 열패감의 수렁에서 부용을 단숨에 건져올려준 것이 바로 그 상처였다. 여태껏 자신을 무던히도 괴롭혔던 열등의식 홀홀 다 떨쳐버린 채 이제부터는 지난날과 전혀 다른 자신의 길을 당당히 걸을 수 있을 듯싶었다. 그런 점에서 낙철이 작심하고 자신의 팔에 새겨준 깊은 상처는 일종의 훈장과도 같은 것이었다.

부용은 다친 왼팔 구부려 가슴 높이로 옆구리에 붙인 채 멀쩡한 오른팔만 앞뒤로 흔드는 볼품없는 걸음새 유지하면서 감나뭇골과의 거리를 부지런히 좁혀나갔다. 만일 배낙철과 관련된 어떤 일로 차후에 경찰이 부르기라도 한다면, 하는 생각이 문득 고개를 들었다. 지난번에 귀용이 그랬던 듯이 나도 당연히 이 상처를 증거물로 보여줘야지, 하고 생각하면서 부용은 한 차례 헐거운 미소를 흘렸다.

5

이른 장마가 잦아들면서 어느덧 해산달이 코앞으로 다가왔다. 다른 사람들한테 칠월은 일 년 열두 달 가운데 그저 그렇고 그런 한 달에 불과할지 몰라도 만삭의 임신부 순금한테는 특별한 의미를 지닌 달, 바로 산달이었다. 진맥 맡았던 의원은 애매하게 칠월 하순의 어느 하루를 출산 예정일로 짚어주었다. 임신 전 마지막 달거리 기간에 대한 순금의 기억이 흐릿했던 까닭에 의원도 그처럼 두루뭉수리로 해산날을 잡을 수밖에 없었던 듯했다.

출산 준비는 거의 다 끝나 있었다. 아기 하나 낳아 건사하는 일에 그토록 수많은 품과 공을 들여야 하는 줄 예전에는 짐작도 못했었다. 산모나 갓난쟁이한테 필요한 갖가지 물건들 미리 장만하느라 한동안 바쁜 나날 보내야 했다. 만드는 김에 한여름에 쓸 것과 가을 겨울에 쓸 것들 각각 따로 만들다보니 가짓수도 늘어나고 개수도 많아졌다. 입성도 여벌까지 포함해 깃저고리와 차렵저고리를 여러 벌씩 따로 준비했다. 더운 날 배를 가려줄 배두렁이와 홑겹 처네도 만들었다. 포대기와 똬리 모양 갓난쟁이 베개도 만들었다. 발이 고운 순면 기저귀를 수십 개나 만들고 턱받이도 여러 개 만들었다. 손톱으로 얼굴 할퀴지 못하도록 손싸개까지 준비하고 선선한 날씨에 체온 유지하기 위한 발싸개마저 준비했다. 산서에서 구하기 어려운 유아용 장난감들이랑 방충망 덮개 등은 전주 사돈댁에서 일찌감치 한 짐 소포로 보내오기도 했다.

애당초 순금 혼잣손으로는 도저히 감당할 수 없으리만큼 엄청난 일감이었다. 마치 남의 뱃속에 든 아기 자기가 대신 낳아주기나 할 작정인 듯이 연실과 섭섭이네가 곁에서 온갖 정성 다 기울여 그 별의별 물건들 만드는 모든 과정을 처음부터 끝까지 일일이 챙기고 헌신적으로 도와준 덕택에 가능한 일거리였다. 준비 대충 다 끝냈으니 이제는 뱃속 생명 밖으로 꺼내는 일만 남은 셈이었다.

"아무래도 경험 많은 조산부가 필요할 것 같은데……"

그토록 만단으로 준비가 갖춰져 있는데 아직도 뭐가 더 필요하다는 걸까. 아까부터 무슨 말인가 하고 싶어 한참이나 망설이던 끝에 연실이 조심스럽게 입을 열었다.

"천년쇠 낳을 적에 도와주셨던 아주머니 있잖아요, 친정어머니한테 그 아주머니 다시 와주실 수 있는지 알아봐달라고 부탁할까요?"

"그러지 말어, 올케!"

순금은 펄쩍 뛰었다. 며칠 전에 받은 유아용 장난감 선물만으로도 가뜩이나 고맙고 미안한 판인데, 다른 일로 또다시 사부인에게 폐를 끼치고 싶지는 않았다.

"복잡허게 멀리서 찾을 필요 없어. 엎어지면 코방애 찧을 자리에도 도와줄 사람이 여럿이나 있으니께 올케는 당최 걱정을 허들 말어."

사모와 사찰집사 부인이 여차하면 달려오기로 이미 약속이 돼 있었다. 물론 연실도 그런 사실을 익히 알고 있었다.

"그렇지만 형님 경우는 아무래도 경험 많고 노련한 조산부가……"

그러함에도 불구하고 연실은 제 고집을 좀처럼 거두려 하지 않았다. 초산에 노산이라는 이중고 안고 있는 시누이에 대한 노파심이 연실의 진짜 속내평이었다.

"지금 기분으로는 도와주는 손길 없이 탯줄 짤르는 가새 하나만 옆에 있다면 나 혼자서도 얼매든지 분만이 가능헐 것 같어. 초산부 주제에 차마 그럴 수는 없으니께 경산부 조력을 받는 것뿐이지."

두 고집이 만나 한참 더 맞서던 끝에 겨우 타협에 다다랐다. 전주에서 한다고 하는 조산부 부르지 않는 대신 감나뭇골 현지에서 비록 자격증은 없어도 제법 믿을 만한 여인들을 여럿 동원하기로 절충이 이루어졌다. 이연실을 중심으로 섭섭이네와 사찰 부인 등 경산부 출신에다 자식 낳아본 이력이 아예 없는 사모까지 포함된 지원 세력이었다. 네 여인이 임신부 곁에 번을 서고 상시 대기하면서 함께 조산 울력에 나서는 형식이었다. 돕는 일손까지 정해짐으로써 준비는 이제 만단으로 갖춰진 셈이었다. 출산을 위한 모든 절차와 과정이 순조롭게 진행되는 중이었다. 이제는 그날이 이르렀을 때 태중의 생명을 몸밖 세상으로 꺼내주는 일만 남아 있었다.

이른 장마 물러간 자리를 맑은 하늘이 차지했다. 일찌감치 초복 더위 장만하려 하는지 햇볕이 쨍쨍한 날씨였다. 모처럼 오랜만에 만난 햇볕을 허투루 그냥 보내기가 어쩐지 아쉽게 느껴졌다. 반가운 손님처럼 찾아온 맑은 하늘을 어떤 식으로든 괄목상대해 보내는 게 도리일 듯싶었다. 순금은 불현듯이 피로 얼룩진 속치마를 떠올렸다. 장마 시작되기 직전 마지막으로 바람에 쐰 후 눅진하고 끈끈한 날씨가 계속 이어지는 장마 기간에는 한 번도 거풍한 적 없는 물건이었다.

순금은 장롱 속에 깊이 간직했던 버들고리를 꺼냈다. 뚜껑을 열자 네모반듯하게 접힌 조선종이가 드러났다. 만삭에 가까운 배불뚝이 몸을 매우 신중하게 움직이는데도 벌써 숨이 차기 시작했다. 당장이라도 아랫배가 방바닥으로 쏟아져내릴 듯이 앉음새가 거북살스럽게 느껴졌다. 모체의 불편한 자세와 잦은 동작이 별로 마음에 안 들었던지 뱃속에서 한동안 얌전히 지내던 태아가 갑자기 복벽을 발로 콩콩 걷어차기 시작했다. 요즘 들어 태아의 움직임이 부쩍 더 잦아지고 운동량이 훨씬 더 많아졌다.

"아가, 요게 뭔지 알겠냐?"

순금은 접힌 조선종이 펼쳐 속치마 자락 추켜들면서 마치 다 큰 자식 상대하듯 태중의 아기에게 조곤조곤 말했다.

"요것은 니 아빠 몸에서 나온 피니라. 말허자면 아빠허고 너를 한 덩어리로 묶어주는 끈 같은 것이지."

엄마 말 다소곳이 귀담아듣느라 그러는지 태아의 발길질이 잠잠해졌다. 새하얀 속치마 자락에 새겨진 피 얼룩은 원래의 선홍색에서 그새 흑자색으로 칙칙하게 변해 있었다. 그동안 공들이고 애쓴 보람 있어 곰팡이나 좀 따위 습해(濕害) 입은 흔적이 전혀 안 보이는 게 그나마 다행이었다.

"부자간 천륜을 밝혀주는 증표니깨 너한티는 제일로 귀중헌 물건이란다. 아빠가 집에 돌아오실 때까장 흠집 하나 안 나게코롬 잘 보관허자면 틈틈이 거풍을 혀줘야 되느니라. 아가, 엄마가 허는 말이 무신 뜻인지 알어듣겠냐?"

대답 대신 태아는 또다시 엄마 복벽에 톡탁톡탁 발길질을 가하기 시작했다. 태중의 움직임이 유난히 활달한데다가 임신부의 배가 전반적으로 펑퍼짐한 모양새인 점을 근거삼아 연실은 태아의 성별이 아들이라고 단정적으로 말했다. 뿐만이 아니었다. 자궁강(子宮腔) 내 태아의 굴곡자세(屈曲姿勢)가 어떻고, 태아장축(胎兒長軸)의 길고 짧음이 어떻다고 강조하면서 경산부로서 유식한 티 내기에 한바탕 고부라지기도 했다. 머리부터 엉덩이까지 직선으로 이어지는 축의 길이로 미루어 짐작건대 태아의 현재 발육 상태가 지극히 정상임이 틀림없다고 시퍼렇게 장담해 마지않는 것이었다. 어쨌거나 간에 순금의 귀에는 전부가 보들보들하게 들리는 애기들뿐이었다. 한창 어려운 시기 보내느라 고생이 자심한 시누이 심기 보살펴주고자 애쓰는 손아래 올케 뒤꼭지가 그 어느 때보다도 예뻐 보이는 순간이었다.

"이왕지사 챙기는 짐에 니 아빠 머리카락이랑 손발톱도 그때 한목에 같이 챙겼어야 되는디, 엄마가 거그까장 생각을 못혔던 것이 인제 와서 솔찮이 맴에 걸리는고나."

방바닥에 펼쳤던 속치마 자락 도로 접으면서 순금은 무심코 중얼거렸다. 그러자 잠시 잠잠하던 태아가 기다렸다는 듯 제꺽 발길질로 응수했다. 마치 엄마 말귀 알아듣고 보이는 반응 같아 순금은 순간적으로 아차 싶었다. 그것은 태중 생명 상대로 결단코 해서는 안 될 말이었다. 아이 아빠가 영영 집에 돌아오지 못할 경우를 다분히 염두에 두고 내뱉은 말이나 다름없었다. 엄마로서나 아내로서나 자발스럽고 사위스럽기 그지없는 생각이었다.

"아가, 미안허다. 엄마가 객광시런 소리로 폐안시리 우리 애기

앞에서 푼수를 떨었고나."

여태껏 피 묻은 속치마 아닌 다른 무엇을 가외로 떠올린 적은 단 한 번도 없었다. 머리카락이나 손발톱 문제는 말하자면 밑도 끝도 없이 쑥 불거져나온 찰나적 발상에 지나지 않았다. 그런데도 망발에 가까운 그 발상에 소스라치게 놀란 사람은 다름 아닌 순금 자신이었다. 시신 대신 망자가 남긴 혈흔을 묻음으로써 이른바 '치마무덤'이라는 허총(虛塚)을 만드는 데는 사실 그 속치마 한 가지만으로도 충분했다. 그것마저도 무덤용이라는 원래 용도에 맞게끔 사용되는 비극이 제발 일어나지 않기를, 떠났던 사람이 살아 돌아온 연후에는 마땅히 허섭스레기 신세로 불태워 없어질 헌 속옷 나부랭이이기를 순금은 여태껏 간절히 바라면서 결국에는 그렇게 될 줄로 믿어왔다. 내내 그래놓고 이제 이르러 하품에 딸꾹질 겹치듯 어려움 위에 또다른 어려움을 자청해서 불러들이다니! 이미 태아에게 씻을 수 없는 죄를 지은 기분이었다. 엄마로서, 그리고 아내로서 뼈저리게 반성하고 줄기차게 회개하는 마음으로 태아와 남편 모두에게 두고두고 용서를 빌어야 할 판이었다.

"아가, 엄마랑 대밭으로 바람 쐬러 나가자."

순금은 무거운 몸 매우 굼뜨게 놀리면서 방을 나섰다. 바람이 대나무들 희롱하러 달려가는 길목인 거처방 뒤란으로 향했다. 귀물 다루듯 조심스러운 자세로 양손에 속치마 받쳐들고 대밭 입구

로 들어서면서 순금은 거풍 장소로 하필이면 왜 그곳을 택하게
됐는지 태아에게 조랑조랑 설명했다. 핏자국도 선명한 새댁의 새
하얀 속옷이 누군가의 눈에 띔으로써 뭇사람 입방아에 오르는 걸
처음부터 원치 않았다. 집안 식솔들 발길이 거의 미치지 않는 외
진 장소가 필요했다. 혹시라도 피로 얼룩진 부분이 변질할까 염
려되어 가능한 한 직사광선은 피하고 싶었다. 햇볕이 직접 닿지
않으면서도 바람이 잘 통하는 데가 이를테면 명당자리에 해당하
고, 모름지기 그런 자리에서 음건(陰乾)을 해야만 제대로 거풍이
된다고 생각했다. 이런저런 조건들 고루 갖춘 장소가 바로 거처
방 뒤란 근처 대밭이었다.

"가만있자, 접때 그 대낭구가 어딨더라……"

순금은 지난번에 신세 졌던 대나무 다시 찾느라 대밭 입구를
두리번두리번 살폈다. 제법 빳빳한 가지 두 개가 말코지 형상으
로 잘린 채 어른 눈높이에 붙어 있는 대나무였다.

"옳거니, 바로 요 낭구고나. 여그다 걸어놓고 갔다가 해거름
무렵에 다시 찾어오기로 허자."

순금은 속치마 자락 넓게 펼쳐 대나무 몸통 감싸듯 말코지 갈
고랑이에 걸면서 태아에게 계속 말을 건넸다. 태아가 알아듣든
말든 상관없이 그저 아무 얘기나 끊임없이 들려주었다. 태중 생
명체가 말귀 알아들을 리도 만무하지만, 실인즉슨 알아듣고 못
알아듣는 그 차이가 중요한 문제는 아니었다. 어떤 식으로든 모

체와 유체(幼體) 사이에 지속적 교감이 이루어지는 게 무엇보다 중요했다. 요즘 순금의 일상은 태아와의 교감으로 날이 밝고 태아와의 교감으로 날이 저무는 식이었다. 심지어 잠결이나 꿈속에서도 태아와 교감을 시도하리만큼 극성맞게 굴었다. 뱃속 생명체가 얼마나 귀중한 존재인지 수시로 일깨우는 한편 건강하고 지혜롭고 아름다운 모습으로 자라 당당한 아이로 세상에 나오기 바라는 엄마 소망을 전달하는 데 무진장 공력을 들였다. 친가와 외가 두 집안 내력과 배경에 대해서도 기회 닿는 대로 자세히 설명하곤 했다. 촌수 가까운 친척들 가운데 몇몇 주요 인물에 관해서는 하도 자상히 소개한 바 있어 태어나자마자 상대방이 누군지 아기가 금세 알아볼 거라고 흰소리 칠 지경이었다.

그뿐만이 아니었다. 순금은 날마다 목청 가다듬어 태아에게 성경 읽어주는 행사에 최대한 많은 시간을 할애하려 노력했다. 구약의 창세기로부터 시작된 낭독이 그동안 출애굽기 거쳐 이제는 레위기 초입에 들어서 있었다. 성경 낭독 다음에는 당연한 순서로 찬송과 기도가 따랐다. 꼬박꼬박 그 순서까지 모두 밟고 나야만 비로소 하루치 경건회 분량이 채워지는 셈이었다.

"태아한티 하루도 안 걸르고 성경 말씀을 읽어주시는 눈치든디, 태아가 잘 알어듣든가요?"

사모와 사찰집사 부인이 동석한 자리였다. 어느 날 기도 모임이 끝나자 부용이 실실 웃는 낯꽃으로 짓궂게 물어왔다. 순금은 아무 망설임 없이 즉각 고개를 끄덕거렸다.

"그럼, 알어듣다마다!"

"허허, 누님은 참 재주도 용허십니다. 태아가 알어듣는지 못 알어듣는지는 무신 방법으로 분별허십니까?"

"그것이사 반응을 보면 금세 알 수가 있지. 한바탕 정신없이 발차기랑 주먹질이랑 날리다가도 성경을 읽어주기 시작허면 얼른 얌전헌 태도로 변헌다. 그러고는 읽기가 다 끝날 때까장 꼼지락도 안 허고 죄용허니 지달린다. 영락없이 두 귀를 쫑긋 세우고 엄마 말소리를 경청허는 자세맨치로 말이다."

"참말로 대단허십니다. 신심이 지극허신 우리 누님 덕분에 이 외삼촌은 태중에서 성경책 한 권을 통독허고 나온 생질을 만나볼 수 있는 날이 머잖은 것 같습니다."

동석자 모두가 한꺼번에 웃음을 터뜨렸다.

"지성이면 감천이란 말이 어쩌다가 생겨났는지 이제야 알겠어요. 하나님께서 믿음의 분량에 어울리는 큰 상급으로 우리 형님이랑 아기를 후대하시고 복에 복을 더해주실 거라고 믿어요."

이어지는 연실의 덕담에 사모와 사찰집사 부인이 입을 모아 할렐루야와 아멘 소리 크게 외쳐 화답했다.

밤이 깊어 주위가 조용해지자 순금은 무거운 몸 이끌고 산책길에 올랐다. 자신의 건강을 위한 일이기도 했지만, 실인즉슨 태아를 위한 몫이 더욱 컸다. 모체 건강 상태가 대중에 미칠 영향을 의식해 시작한 운동이었다. 순금은 어느 정도 무리를 감수해가며 하루도 안 거르고 밤마다 산책에 나서는 행사를 요즘 태교 못지않은 중요 일과로 정하고 매일같이 실천하는 중이었다. 깜깜한 밤중에 굳이 위험 무릅써가며 집밖으로 마을갈 필요도 없었다. 웬만한 운동장 푼수로 드넓은 천석꾼 집 울안이 곧 맞춤한 산책 경로였다. 어기적거리고 뒤뚱거리는 만삭의 잉부 걸음새 흉잡을 사람 아무도 없는 야음을 틈타 눈에 익은 울안을 마음 편히 돌아다닐 수 있는 밤중이야말로 산책 시간으로는 가장 제격이었다.

순금은 본채 앞마당 건너편 텃밭 가장자리 따라 걸음나비 한껏 좁혀 잡은 채 어둠 속을 발맘발맘 걷기 시작했다. 담장 근처 개집 쪽에서 탁탁거리는 소리가 연속적으로 들렸다. 늙은 개 복구가 귀에 익은 발소리에 알은체한답시고 길고도 풍성한 꼬리로 판자벽을 가볍게 두드려대는 소리였다. 만사가 죄 귀찮고 말짱 다 시들하다는 듯 늙은 개는 밖으로 나오려는 시늉도 하지 않은 채 개집 속에 납작 엎드려 젊은 여주인 기척이 멀어질 때까지 꼬리 놀림 한 가지로 최소한의 예의만 보여주고 있었다.

사랑채로 통하는 밋밋한 오르막 비탈을 타기 시작했다. 세월아 네월아 하고 마냥 게을리 걷는데도 벌써 숨이 턱에 닿으려 했다. 사랑채 앞까지 허위허위 오르고 나서 순금은 가쁜 숨 달래기 위해 잠시 발걸음을 멈추었다. 일찌감치 불빛이 꺼진 사랑채는 고즈넉한 정적에 싸여 있었다. 지금쯤 그 안에서 깊이 잠들어 있을 아버지 모습 떠올리는 순간, 몰려드는 죄책감으로 인해 새삼스럽게 또 온몸이 떨리기 시작했다. 먼발치에서 사랑채 바라볼 적마다 매번 되풀이되는 감정이었다. 순금은 십계명 중 제5계명을 본때 있게 어긴 자신의 대죄를 다시 한번 자복하고 통회하는 심정으로 영혼의 아버지와 육신의 아버지에게 용서를 빌지 않을 수 없었다.

순금의 애초 계획으로는 남편을 징용 떠나보낸 후 곧바로 사랑채 간병인 노릇을 자신이 도맡을 작정이었다. 오랜 간병생활에 지칠 대로 지쳐 그새 폭삭 늙어버린 어머니도 쉬게 할 겸 아버지에게 불효막심했던 지난날을 속죄받기 위함이었다. 하지만 어머니는 그런 말 나오기 무섭게 길길이 뛰며 노발대발했다. 아버지를 두 번 죽일 작정이냐는 맹비난이 뒤를 이었다. 저승사자 같은 딸년 둔 죄로 졸지에 초벌죽음 맞았다가 이제 겨우 숨기척 되찾아 하루하루 간댕간댕 연명하는 실정인데, 중풍 원인 제공자인 딸년이 또다시 그 잘난 낯짝 비죽이 들이밀어 천석꾼 영감 불같은 성깔 덧들임으로써 실낱같이 붙어 있는 숨줄마저 싹둑 끊는 짓거리로 제 아비 재벌죽음 맞게 하려 한다는 것이었다. 살아생전 아버지 얼굴 다시 볼 생심도 말고, 앞으로 사랑채 근처에는 두 번 다시 얼씬도 말라는 엄포를 끝으로 어머니는 딸 앞에서 고개를 홱 돌리고 말았다.

손자와 첫 만남 이후 아버지 병세가 놀라우리만큼 호전되고 있다니 그나마 천만다행이었다. 손자가 사랑채에 나타났다 하면 얼른 알아차리고 스스로 자리에서 일어나려 온몸 뒤틀고 버르적거리며 모질음을 써버릇한다고 했다. 눈앞의 상대가 누군지도 이제는 곧잘 알아보고 나름대로 뭔가 당신 의사를 표시하려 무진장 애쓴다는 것이었다. 굳었던 혀가 덜 풀려 아직은 발음이 불분명하고 말뜻이 애매하긴 하지만, 그래도 손자 덕분에 무섭게 발전하는 중이라며 부용과 연실 부부는 노골적으로 아들 자랑에 고부라지곤 했다. 외마디소리에 가까운 단계 거쳐 요즘에는 한두 마디 짤막한 말로 손자와 말솜씨 겨루곤 하는데, 앞으로도 한동안은 돌 지난 지 얼마 안 되는 손자 실력이 연세 많은 할아버지 실력을 압도할 거라고 넌지시 똥겨주기도 했다. 사랑채에서 있었던 일들 전해들을 때마다 순금은 어리디어린 조카가 온 집안에 풍기는 훈김에 힘입어 그동안 자신이 아버지한테 저질렀던 죄와 허물의 무게가 시나브로 가벼워지는 듯한 기분을 느끼곤 했다.

마치 신심 좋은 우바이가 극락왕생 빌면서 탑돌이에 임하듯 순금은 아버지 병환 쾌차하기 기원하면서 일정한 간격을 두고 사랑채를 중심축삼아 그 주위를 돌기 시작했다. 사랑채 부지가 워낙 넓은데다가 만삭의 몸으로 마냥 굼뜨게 걷는 바람에 한 바퀴 도는 데도 시간이 꽤 걸렸다. 그러잖아도 부실한 발목이 자칫하면 접질리게끔 멀쩡한 땅바닥에 움푹움푹 허방다리 놓아 자꾸만 발걸음 훼방하려 덤비는 어둠을 달래고 타협해가면서 조심조심 천천히 몸을 움직였다.

사랑채 돌기가 세 바퀴째로 막 접어들려는 순간이었다. 별안간 아랫배에 무지근한 통증이 찾아들었다. 뱃살이 꼿꼿이 곤추서는 느낌이었다. 아기집이 비좁다고 불평하듯 뱃속에서 태아가 심하게 요동치기 시작했다. 그뿐만이 아니었다. 아랫도리가 끈적거리는 분비물에 의해 축촉이 젖는 듯 꺼림한 기분마저 들면서 걸음걸이 또한 거북살스러워졌다. 급작스러운 신체 변화에 순금은 더럭 겁을 집어먹고 말았다. 잘은 몰라도 어쩐지 조산의 징조인 듯싶었다. 왠지 모르게 불길한 예감이 마음 복판에 똬리를 틀기 시작했다. 무슨 일이라도 생기면 어쩌나, 만약에 태아한테 어떤 불행한 경우라도 닥친다면 무슨 수로 그 뒷감당을 할 것인가, 하는 자발스럽기 짝이 없는 생각이 엄습했다. 순금은 얼추 얼굴을 드러내기 시작한 불행을 빤히 눈앞에 두고도 어떻게 손쓸 방도가 제 수중에 없음을 깨달았다. 그러자 굉장한 무력감과 절체절명 위기감이 쌍을 지어 찾아들었다.

"아이고, 하나님! 저한티 왜 이러십니까요? 저를 요로콤 박절허게 대허시면 안 됩니다요! 여태까장 사랑 무한허시고 은혜 풍성허신 하나님이심을 찰떡같이 믿고 지성으로 받들어 뫼셔왔는디, 그게 틀렀단 말입니까요? 이 어리석은 여종이 뭔가를 잘못 알고 있었단 말입니까요?"

절망의 벽을 뚫고 갑자기 울음이 터져나왔다. 고립무원 치지에서 불고염치하고 하나님 아버지 바짓가랑이라도 붙잡고 매달려 눈물로 호소하는 길밖에 다른 방도가 없었다. 불현듯이 구약성경 속 여인 한나가 떠올랐다. 불임으로 말미암아 온갖 멸시 천대에 시달리던 한나는 통곡하면서 하나님 앞에 서원 기도를 올렸다. 저한테 아들을 주신다면 평생 그 머리에 삭도(削刀)를 대지 않는 나실인으로 하나님께 봉헌하겠노라고 다짐했다. 그 서원 기도의 결과로 한나는 이스라엘의 대제사장이요 사사인 사무엘의 어머니가 되었다. 한나야말로 순금에게는 최고의 모범이고 유일한 해법이었다.

"지 태중에 든 생명이 무사허고 무탈허게 세상 빛을 볼 수 있게코롬 저한티 은총을 베푸시기만 헌다면 그 애기를 평생 머리에 삭도를 대지 않는 주님의 종으로 키우겠다고 약조를 허겠습니다요!"

서원 기도 마치자마자 마치 곁에 내내 대기하고 있었던 듯 곧바로 마음속에 평강이 깃들여왔다. 그토록 몸과 마음을 온통 지지르던 두려움과 불안감이 거짓말처럼 속하게도 안도감으로 둔갑해 있었다. 언뜻 정신 차리고 보니 어느새 본채 앞마당이었다. 사랑채로부터 꽤 먼 거리를 무슨 정신으로 어떻게 내려왔는지 전혀 기억나지 않았다. 부랴부랴 순금은 눈물에 콧물 범벅으로 엉망이 된 얼굴부터 대충 수습했다. 다행히도 아직은 잠자리에 들기 전인 듯 본채는 희미한 불빛을 밖으로 약략스레 내보내고 있었다. 방안에서 도란도란 주고받는 말소리가 마당으로 가느다랗게 흘러나오는 중이었다.

"나 조께 보드라고, 올케."

대청마루 끝에 한쪽 엉덩이 간신히 걸치면서 순금은 기어드는 소리로 연실을 찾았다. 방안의 말소리가 갑자기 뚝 그치는가 싶더니만, 급히 서두르는 기척이 사람을 앞질러 대청마루에 먼저 당도했다.

"형님이 이 밤중에 웬일로⋯⋯"

연실은 뜨악한 표정을 감추지 못했다.

"우리 천년쇠는 그새 잠들었어?"

한 가족이 누리는 단란한 한때를 와장창 깨뜨린 불청객이 된 듯싶어 잔뜩 미안한 김에 순금은 마치 조카가 벌써 잠들었는지, 아니면 아직도 깨어 노는지 알아볼 일념으로 그 밤중에 느닷없이 본채 급습한 것처럼 잠깐 딴전을 피울 수밖에 없었다.

"천년쇠는 초저녁에 일찌가니 곯아떨어졌습니다."

불빛을 등진 시커먼 모습으로 방문 앞에 서서 부용이 제 아내 몫 대답을 얼른 가로챘다.

"혹시 무슨 안 좋은 일이라도 있으셔요?"

연실은 만삭의 시누이 안색이나 행색 자세히 살필 요량으로 바투 다가앉으면서 근심어린 눈초리를 던지는 중이었다.

"실은 조산 기미가 약간 뵈는 것 같아서⋯⋯"

그 말 떨어지기 무섭게 부부가 동시에 대청마루에서 내려와 순금을 좌우에서 곁부축했다.

"가시지요."

동생 부부에게 이끌려 거처방 쪽으로 발걸음 떼자마자 한동안 얌전히 있던 태아가 하마터면 잊을 뻔했다는 듯 또다시 뱃속에서 바삐 나부대기 시작했다. 전보다 한층 더 격렬해진 움직임이라서 순금은 저도 모르는 사이에 기다란 신음을 입 밖으로 게워내고 말았다.

"벌써 이슬이 비치기 시작했나요?"

이게 뭔 소린가 싶어 순금은 묻는 쪽을 빤히 돌아다보았다. 그러자 연실이 다른 말로 바꾸어 다시 물었다.

"자궁 경부가 열리기 시작했느냐고요."

"이슬인지 뭔지는 몰라도 아랫두리가 축축허게 젖은 것 보니깨 어쩐지 문이 열리기 시작헌 느낌이여."

거처방까지의 거리가 자그마치 한 마장 길이만큼이나 멀게 느껴졌다. 방에 들자마자 순금은 얼른 치마끈 풀고 둥덩산같이 부풀어오른 배통을 연실에게 보여주었다. 마치 밀가루 포대 둘러쓴 사람이 안에서 움직일 적마다 몸의 윤곽이 천 위로 그림자처럼 드러나듯 자궁벽 안의 들썩임이 아랫배 위를 이리저리 옮겨다니는 모습이 눈에 띄었다. 순금은 제 눈으로 직접 치마 속 사정을 확인하고 싶다는 연실의 청을 받아들였다.

"벌어진 틈새로 아기 머리끝이 살짝 보이네요."

치마 속 은밀한 구석을 깊숙이 들여다보고 나서 연실은 조산 징후가 틀림없다고 말했다. 곧바로 산모를 사이에 두고 부부 사이에 설왕설래가 벌어졌다. 아내가 조산이 틀림없다고 고집 세우는 데 반해 남편은 정상 분만일 수도 있다는 주장을 굽히지 않았다. 애당초 출산 예정일을 칠월 하순쯤으로 두리뭉실하게 짚어준 의원의 날짜 계산이 문제였다. 칠월 하순의 어느 날이 맞는 얘기라면 예정보다 보름 이상 빠른 셈이니 조산이 분명했다. 처음부터 연막 치듯 모호하게 잡힌 예정일이니까 보름 정도는 얼마든지 차이가 날 수 있다는 주장에도 일리가 있었다. 그렇다고 부부 사이에 때아닌 설왕설래 불러들인 의원의 의술 실력을 얕잡아볼 수도 없는 노릇이었다. 따지고 보면 이역만리로 새신랑 떠나보내느라 경황없는 세월 보내는 바람에 마지막 달거리에 대한 기억을 정확히 되살리지 못했던 순금의 탓이었다. 의원에게 판단 근거를 제대로 제공하지 않은 순금 자신이 책임져야 할 문제였다. 그나저나 조산이든 정상 분만이든 간에 산통은 이미 받아놓은 밥상 매일반이었다.

"얼른 가서 섭섭이 어머님 뫼셔오거라."

객쩍은 입씨름으로 한유하게 시간이나 까먹고 있을 때가 아니라는 사실을 부용에게 일깨워주었다.

"기왕 나가신 김에 동천리까지 다녀오셔요!"

방문 밖으로 나서는 남편 등뒤에 대고 연실이 소리쳤다.

"그런 소리 말어, 올케!"

깜짝 놀란 순금이 덩달아 소리쳤다. 분만의 초동 단계 들어서 기도 전인데, 먼 동네 사는 사모와 사찰집사 부인을 이 밤중에 서둘러 호출하는 건 그분들에 대한 예의가 아니라고 생각했다.

"초산부라서 산고 시간을 얼마나 잡어먹을지 누구도 예측 못 허는 판국인디, 그 귀허신 분들 멀리서 뫼셔다가 밤새드락 벌씌우고 짚어서 시방 동천리를 들멕이는 거여?"

실인즉슨 그분들 부조 없이 산모 혼잣손만으로도 얼마든지 아기 낳을 수 있노라 장담하고 싶었다. 서원 기도 올린 끝에 얻은 자신감 덕분이었다. 하지만 그런 소리 함부로 꺼냈다가 동티라도 날까 싶어 차마 입 밖으로 토설하지는 못했다. 설령 토설해봤자 실익이 없는 일이기도 했다. 파발꾼 노릇 맡아 급보를 전할 부용이 이미 어둠 속으로 자취를 감춘 다음이었다.

"숫자가 많을수록 좋은 게 바로 기도 울력이잖아요."

"기도는 감나뭇골 아니라 동천리서도 얼마든지 드릴 수 있어."

바로 그때였다. 섭섭이네가 비둔한 몸집 거느리고 헐레벌떡 들이닥쳤다.

"오매, 시상에나! 우리 아씨께서 고새를 못 참고는 산통을 시작허시다니! 오매, 오매, 시상에나!"

그 듬직한 몸집에 도무지 어울리지 않게끔 섭섭이네는 들입다 깃털처럼 가벼운 오두방정부터 떨어대기 시작했다.

"아씨, 이 나잇살 줏어먹드락 애기 여러 번 받어본 쇤네 실력만 꽉 믿고 근심이랑 염려 따우는 죄다 살강 밑으로 팍 내려놓으시기라우!"

한바탕 희떠운 소리 팡팡 내지르고 나서 섭섭이네는 당장 출산 준비에 매달린답시고 횡허케 본채 부엌으로 달려갔다. 바로 그 순간부터 본채 부엌과 순금의 거처방 사이를 연락부절로 오가는 부엌 어멈 섭섭이네의 정신 사나운 행보가 사람들 눈에 띄기 시작했다.

부용이 행랑채 다음 순번으로 사랑채 쪽에도 연통을 넣은 모양이었다. 뜻밖에도 관촌댁이 순금의 거처방에 불쑥 모습을 드러냈다. 정말 오랜만의 행차였다. 여태껏 딸년 출산 문제에 오불관언 자세로 일관하던 어머니답게 심기 몹시 불편한 기색이 역력했다. 사람이고 물건이고 간에 눈에 띄는 족족 무조건 다 마땅찮고 안심찮게 여기는 듯했다. 관촌댁은 첫번째 화살의 표적으로 거침없이 딸 쪽을 택했다.

"참말로 베슬 산다, 베슬 살어! 그러다가 낭중에는 평양감사 자리까장 높이 올라가서 부귀영화 배 터지게 누리겄다!"

어머니의 갑작스러운 출현에 당황한 나머지 끙끙 앓는 소리와 함께 윗몸 일으켜앉으려 버르적거리는 딸년 향해 맥락도 이치도 안 닿게 도나캐나 마구잡이로 쏟아내는 맵찬 비이냥기림이었다.

"니가 그러콤 시누 손 틀어쥐고 뽁뽁 용을 쓴다고 넘에 뱃속에 든 애기가 제절로 쑹덩 빠져나올 성불르냐?"

두번째 화살은 며느리 차지였다. 시누이 곁에 바싹 붙어앉아 복식호흡 돕는 중이던 연실이 멋쩍은 웃음으로 시어머니를 맞이 했다.

"어머님, 어서 좌정하시지요."

그때까지 어머니는 방문 앞을 그들먹하게 막아선 채 팔짱을 끼고 있었다.

"시방은 가짜배기 진통이다. 가짜배기 상대로 괘얀시 기운 죽 낼 필요 없다. 진짜배기 진통이 찾어올 때까장 기운을 애껴야 쓴 다."

시어머니가 며느리한테 단단히 일렀다. 그런 다음에야 비로소 윗목 빈자리 골라 좌정했다. 천석꾼 마나님에 의해 잠시 막혀 있 던 방문 앞 공간이 트이자 섭섭이네가 쭈뼛쭈뼛 눈치 살피며 안 으로 들어섰다. 찾고 있던 세번째 표적이 제 발로 걸어들어온 셈 이었다.

"섭섭아, 이 잡것아! 애기 낳는 예펜네가 니년이냐? 니년이 산 모라도 된단 말이냐? 뭣 땜시 니가 초장서부텀 정신을 못 채리고 동에 번쩍 서에 번쩍 우왕좌왕험시나 헛심만 팡팡 쓰고 댕기냐? 무신 살판이나 난 것맨치로 지랄 버릇 떨고 자빠졌냐?"

틀린 얘기가 아니었다. 자기 실력 꽉 믿고 아무 염려 말라며 입

찬말 늘어놓던 것과는 영 딴판으로 섭섭이네가 기왕에 세운 공로는 전혀 없는 거나 매일반이었다. 아궁이에 불 지펴 방바닥 뜨뜻이 달궈놓고 미역 다발 손질해 물에 불려놓은 게 지금까지 쌓은 실적인 셈이었다. 그런데도 섭섭이네는 무슨 일거리를 어떻게 처리해야 좋을지 여전히 갈피 못 잡은 채 하릴없이 방 안팎을 들락날락하며 낱낱이 덜렁쇠 짓만 골라서 하던 중이었다.

"요러콤 방심허고 있다가 갑째기 양수가 터져서 방안에 한물이라도 진다면 그 노릇을 무신 수로 감당헐라고 여적지 아무 대비가 없단 말이냐?"

그때부터 관촌댁은 갖출 것 제대로 갖춘 산파 노릇을 온전히 꿰차고 나섰다. 시어머니 날카로운 지적에 놀라 연실은 얼른 장롱으로 달라붙고, 주인마님 호통에 쫓긴 섭섭이네는 행랑채로 부리나케 뛰어갔다. 연실이 장롱에서 급히 꺼내온 해산구완 도구와 신생아 용품들을 윗목 한쪽에 진열하는 동안 순금은 새로 익힌 복식호흡을 연습했다. 힘들긴 해도 가짜 진통 정도는 그럭저럭 참고 견딜 만했다. 문제는 진짜 진통이었다. 불시에 들이닥칠 그것에 대비해 복식호흡으로 힘을 비축하고 폐장을 단련해둘 필요가 있었다. 섭섭이네가 헌 이불에 헌옷가지서껀 잔뜩 챙겨들고 돌아왔다.

"가새는 준비되얐나?"

윗목에 진열된 물건들 찬찬히 살피던 관촌댁이 누구라고 녕토

박지 않은 채 건공중에 띄워 물었다. 제 발 저린 섭섭이네가 난처한 기색으로 대답을 망설이자 관촌댁은 버럭 화를 냈다.

"애기 탯줄은 섭섭이 니가 이빨로 물어뜯어서 끊을 작정이냐?"

눈치 빠른 연실이 잽싸게 다시 장롱으로 달려가 반짇고리에서 찾아낸 재봉용 가위를 얼른 섭섭이네 손에 넘겨주었다. 끓는 물에 가위를 소독하기 위해 섭섭이네는 다시 방밖으로 뛰어나가야만 했다.

양수가 터지는 때에 대비해 흡수용 깔개로 사용할 헌옷가지와 헌 이불 따위를 바닥에 잔뜩 까는 작업으로 출산 준비는 이제 거지반 마무리된 셈이었다. 광목을 길게 꼬아 문고리에 연결해서 산모가 붙잡고 힘주는 데 사용할 굵다란 줄을 만들라는 관촌댁의 추가 지시가 떨어졌지만, 순금은 그걸 한사코 마다했다. 윗니 아랫니 악물고 엄습하는 진통과 싸울 적에 구강 안에 상처 생기는 일 없게끔 입에 수건 뭉치를 물어야 한다는 권유 역시 단호히 퇴박해버렸다. 그런 것들 도움 없이도 순금은 얼마든지 잘 참아내고 이겨낼 자신이 있었다. 딸리는 기력 발끈 쥐어짜기 위한 구명줄 삼아 광목천 붙들고 늘어진다거나 고통에 못 이겨 비명 꽥꽥 내지르며 윗니 아랫니 빡빡 갈아붙인다거나 하는 짓거리는 절대로 하지 않겠노라고 스스로 다짐했다. 그런 것들에 의지하는 행위는 창조의 섭리를 대하는 예의도 아니고 출산의 감격에 대한 존중도 아니라고 생각했다. 기도하는 사람으로서 해산 과업 마치는 그 순간까지 비명 지르고 통곡하는 짓 일절 없이 모든 과정을 그저 감사와 기쁨으로 버티고 견디어낼 작정이었다. 딸년 고집이 워낙 완강한 줄 익히 아는지라 천하의 관촌댁도 끝내 딸년 주장을 어쩌지 못한 채 슬그머니 물러나는 도리밖에 없었다.

교회 사람들이 감나뭇골에 모습 드러낸 때는 진짜배기 진통이 시작된 뒤로도 한참이나 지난 시간이었다. 갈수록 더욱더 활발해지는 태아 움직임 때문에 순금은 입 앙다물고 눈 부릅뜬 채 모질음 쓰느라 여념이 없는 상황이었다. 연실은 시누이 손 부여잡은 채 계속 복식호흡 유도하면서 들숨과 날숨 시간 일러주려고 하나, 둘, 셋, 하고 숫자 세기를 반복하는 중이었다. 섭섭이네는 자신이 어떻게 처신하고 무슨 일에 손대야 좋을지 여전히 갈피를 잡지 못한 채 괜스레 이쪽 눈치 저쪽 눈치 번갈아 살피며 아랫목과 윗목 사이를 끊임없이 바장이고 있었다. 관촌댁은 방안 모두를 향해 감시의 눈초리 번뜩이며 자신이 끼어들어 참견할 적절한 기회가 생기기만 호시탐탐 노리는 눈치였다. 그런 북새통 속으로 큰아들이 교인을 둘이나 더불고 들이닥쳤으니 관촌댁한테 환영받을 리 만무했다. 더군다나 야소꾼이라면 평상시에도 체머리 쌀쌀 흔들어대고 퉤퉤퉤 삼세번 침을 내뱉을 지경으로 사갈시하던 천석꾼 마나님 아니던가.

"귀경꾼들 숫자가 불어나면은 일이 잘 풀리다가도 동티나는

수가 생기니께 방안으로 들어올라 말고 배깥에 한뎃마당에 앉아
서 창가 불르고 치성 올리라고 일르거라!"

관촌댁이 떡 버티고 서서 아들네 일행의 실내 진입을 가로막아
버렸다.

"해산헐 때까장 시간이 얼매나 오래 걸릴지 아무도 몰르는 판
국인디, 그때까장 이분들더러 배깥에서 머무시라고요?"

아들이 큰소리로 항의했다. 그러자 관촌댁은 문을 탁 닫아버리
는 행동으로 답을 대신해버렸다.

"누님을 도와줄라고 달려오신 분들이 밤새드락 모기떼한티 시
달리시는 꼴을 꼭 보셔야만 어머님 직성이 풀리겄습니까?"

한 파수 또 진통이 들이닥쳤다가 물러가는 그 우환중에도 순금
은 방문을 사이에 두고 안팎을 넘나드는 승강이질에 조용히 귀를
기울였다. 어머니는 아무 대꾸도 하지 않았다. 그런 반응을 순금
은 일종의 묵인이라고 자의적으로 해석해버렸다.

"부용아, 그만허면 되았다. 어서 안으로 뫼셔들이거라."

닫혔던 방문이 벌컥 열림과 동시에 사모와 사찰 부인이 방안으
로 들어섰다. 반좌식(半坐式) 자세로 비스듬히 누운 순금과 바로
옆 연실을 향해 보일락 말락 일별을 보내고 나서 두 여인은 천석
꾼 마나님과 첨예하게 대치하듯 맞은바래기 방구석에 조용히 자
리를 잡았다. 관촌댁과 교인들은 마치 피차간에 내외하듯 상대방
철저히 외면하는 자세를 견지했다. 신참 손님들 등장으로 가뜩이

312

나 비좁던 방안이 그야말로 송곳 하나 찌를 자리 없다시피 옹색해지자 관촌댁은 아무짝에도 쓸모없는 허드레꾼으로 줄곧 눈엣가시 노릇만 일삼던 섭섭이네 지목해 당장 밖으로 내쳐버렸다. 간병 당번이 오래 자리 비운 동안에도 천석꾼 영감 숨줄 제대로 붙어 있는지 사랑채에 올라가 수시로 확인하라는 명령이 따랐다.

"누님, 건투를 빕니다. 안 뵈는 자리에서 기도로 성원 보내겠습니다."

파발꾼 임무 마친 부용은 방안 들여다볼 겨를도 없이 곧바로 물러갔다. 기독교 향한 적대감 노골적으로 표시하는 천석꾼 마나님 눈치보여 사모와 사찰 부인은 차마 소리내어 기도할 엄두를 못 내는 모양이었다. 흡사 어린애들이 즐겨 하는 쎄쎄쎄 놀이라도 시작하려는 듯한 자세로 둘이서 양손 마주대고 앉은 채 어느새 묵언 기도 상태에 들어가 있었다. 두 분의 그런 모습 가까이서 지켜보는 것만으로도 순금은 큰 위로와 격려가 될뿐더러 없던 힘이 새롭게 생겨나는 듯싶었다.

"양수가 터졌다!"

별안간 관촌댁이 새된 소리로 급박한 상황을 알렸다. 드디어 해산다운 해산 과정이 시작된 듯한 기미를 순금이 이제 막 몸으로 감지한 순간이었다. 입술만 연방 달막거리며 조용히 묵언 기도에 매달리던 사모와 사찰 부인이 갑자기 눈을 번쩍 떴다. 두 여인은 눈을 희번덕거리며 잠시 방안 동정 살피는가 싶더니만 이내

네발걸음으로 연실 쪽 향해 엉금엉금 다가갔다. 세 여인이 합력해 핏물 섞인 체액으로 이미 흥건히 젖어버린 헌 이불자락을 급히 수습하기 시작했다.

"여태까장은 그냥 애기 낳는 연습만 헌 꼴이다. 인자부텀 진짜 시험을 치룬다고 생각허거라. 과거 봐서 급제허고 잖으면 맴을 더 독허게 먹고는 죽을똥살똥 부쩍 더 심을 써야 쓴다. 한 여자가 한 에미로 신분이 싹 달러지는 인생 중대사를 손바닥 뒤집는 일 맨치로 개붑게 취급허다가는 된바람 맞는 수가 있니라. 시방 양수가 터져나옴시나 지름칠허덧기 미끌미끌허게 질을 닦어놨으니깨 애기가 곧 산도를 타고 쬐꼼씩 쬐꼼씩 감질나게 내려오기 시작헐 것이다. 요때가 바로 제일 심들 때라고 보면 틀림없니라."

젊은 시절 네 번에 걸쳐 겪은 경산 이력 과시하듯 관촌댁은 딸년 귓전에 대고 사뭇 근엄한 어조로 충고와 조언을 일삼았다. 그럴 때마다 순금은 어머니 향해 쥐어짜듯 힘겹게 웃는 낯꽃을 지어 보이곤 했다. 처음부터 내가 뭐라 그러더냐며 잘코사니를 외칠 것 같은 어머니 반응이 두려운 까닭이었다. 필경 이런 꼴 당할 줄 내 일찍이 알았다며 마치 극심한 산통이 부모 가슴에 대못 박는 혼인 강행한 막심불효에 따른 인과응보인 양 치부하는 소리도 듣고 싶지 않았다. 출산이 결단코 저주의 산물이 아니라 은총의 결과임을 어머니 앞에 행동으로 보여주고 싶었다. 산통 없이 아기를 수월히 생산하는 건 측간에서 이루어지는 배변 행위와 별반

다를 게 없다고 생각했다. 이를테면 극심한 산통은 어둠 속에 들어앉은 새 생명을 밝은 세상으로 인도하는 길라잡이인 셈이었다. 소리 지르고 모질음 쓰면서 멀리 쫓아야 할 불청객이 절대로 아니었다. 잘 대접해야 할 빈객이었다. 순금은 새롭게 찾아드는 산통을 어르고 달래면서, 머물 만큼 머물다 가라고 권유하는 마음 자세를 취했다. 그리고 잠깐 머물다 떠나는 산통을 매번 웃음으로 배웅하곤 했다. 그처럼 별쫑맞기 짝이 없는 산모를 두고 관촌댁은 '독한 년'이라고 혼잣말로 구시렁거리곤 했다. 막판에는 '독종 중에서도 아주 상 독종'이라고 노골적인 타박마저 서슴지 않았다.

초산치고는 의외로 순산할 조짐이 보인다고 했다. 진통 시간이 그리 길지 않을 성싶다는 의견이 산실에서 대세를 이루었다. 하지만 경산부들 희망 섞인 중론에도 불구하고 출산 과정에는 이렇다 할 진전이 안 보였다. 간헐적으로 찾아오는 진통 속에 산모를 비롯한 모두가 밤을 꼬빡 새우고 아침을 맞았다. 조반상 받을 때가 한참 지났는데도 감히 제 뱃구레 채우겠다고 끼니 챙겨 곡기 입에 대려는 사람은 아무도 없었다. 빽빽 굶은 채로 모두가 산모 곁을 지켰다. 사모와 사찰 부인은 한 치 흐트러짐 없이 시종일관 어린애들 쎄쎄쎄 놀이 비슷한 자세 유지한 채 기도의 동아줄 단단히 붙잡고 매달리는 중이었다. 섭섭이네는 이 눈치 저 눈치 살피면서 풀방구리에 쥐새끼 드나들듯 방 안팎을 괜히 들락날락하고 있었다. 관촌댁은 깔밋잖은 야소꾼 여편네들 기도 소리가 내심 정해놓은 한도를 초과할 적마다 이맛살 잔뜩 으등거려붙이면 서도 수시로 딸년 속치마 안쪽 사정 살펴 그에 걸맞은 지시를 내리는 등으로 산파 노릇 충실히 수행했다. 연실은 시누이 의중 눈치껏 파악해 때맞춰 땀도 닦아주고 물도 먹여주고 위로와 격려도 전하면서 입의 혀처럼 내내 살갑게 굴고 있었다.

"머리통이 삐져나오기 시작혔다!"

관촌댁이 갑자기 목청을 높였다. 순금이 본격적으로 해산 단계에 들어선 것은 점심참이 훨씬 기운 다음이었다. 진통의 간격이 부쩍 더 좁아지고 생명의 움직임이 훨씬 더 격해지기 시작했다.

"거의 다 왔어요. 얼마 안 남았어요. 형님, 인제는 마지막 고비를 잘 넘기시기만 하면 돼요."

이마에 맺힌 땀방울들 수건으로 꾹꾹 눌러 닦아주는 틈틈이 연실이 산모 귓전에 대고 연방 속삭였다.

"방금 머리가 다 빠져나왔어요. 아기가 목을 돌리기 시작했어요. 이제 어깨만 빠져나오면 그 나머지는 수월해요."

그사이에도 자궁은 저 스스로 알아서 이완과 수축 작용을 번차례로 선보이고 있었다. 올케가 일러준 요령대로 순금은 이완기 때 아기가 제힘으로 조금씩 어려움을 헤치고 나오게끔 잠자코 기회를 주었다. 그러다 수축기가 닥치면 올케 손 으스러지라 움켜쥐고 심호흡으로 양껏 부풀린 들숨 참아가며 혼신의 기력 아랫도리에 모으느라 한바탕 모질음을 쓰곤 했다. 그러기를 얼마나 오래 되풀이했을까.

"아이고, 나올 것이 나와뿌렀네! 어디 보자, 뭣을 달고 나왔는가!"

갑자기 관촌댁이 터무니없이 새된 목청으로 외쳤다. 그러기 전에 순금은 마치 팽팽히 부푼 허풍선(虛風扇)의 가죽 막이 푹 꺼져 들어가듯 아랫배가 별안간 허전해지는 순간을 경험함과 동시에 드디어 출산이 이루어졌음을 직감했다. 세 기독교인이 한꺼번에 우르르 달려들어 불고체면하고 산모 가랑이 사이를 기웃이 들여 다보며 비상한 관심을 욱여넣었다.

"형님, 득남을 축하해요!"

성별 확인차 잠시 곁을 떠났던 연실이 이내 본래의 자리로 돌아와 싱글싱글 웃는 낯꽃으로 소식을 전했다.

"우리 최순금 선생한테 상급으로 태의 열매를 허락하시고, 또 기업으로 아들을 주신 여호와 하나님을 찬양하고 경배를 드립니다!"

이제는 천석꾼 마나님 눈치볼 필요 없다는 듯 사모는 아예 툭 터놓고 큰 목청으로 요란한 축하를 보냈다. 사모와 사찰 부인은 구석자리에서 다시 쎄쎄쎄 자세를 취하고는 통성기도로써 감사와 찬양에 고부라지기 시작했다.

"달려야 헌 것들 지대로 다 달고 나왔다. 있어아 헐 것들 시자리에 지대로 다 붙어 있다. 이목구비도 멀쩡허고, 손꾸락이나 발꾸락 숫자도 넘거나 처지는 대목 없이 일습으로 갖춰서 태어난 놈이다."

관촌댁이 툽상스러운 가락으로 신생아 상태를 거칠게 알려주었다. 천석꾼 마나님 위세에 눌려 제법 조신한 척 오랫동안 언행을 삼가다가 아기가 태어난 순간을 계기로 갑자기 본색을 드러내기 시작한 야소꾼 여편네들 그 방자무기한 처신으로 말미암아 관촌댁은 몹시 심정을 상해버린 기색이었다. 정상적인 건강아를 낳았음이 확인되는 순간, 순금은 저도 모르게 눈물을 쏟고 말았다. 이 뜻깊은 날, 이 좋은 시간에 쫄쫄 눈물이나 쥐어짜면서 푼수를 떨고 있다니! 순금의 멈추려는 의지에도 불구하고 한번 터지기 시작한 눈물은 걷잡을 수 없이 계속 쏟아져나왔다.

오래지 않아 후산 과정도 순조롭게 진행되었다. 초산부 주제에 그 정도면 누가 뭐래도 순산이 분명했다. 순금은 이부자리에 누운 채 산후 뒤처리가 끝나기를 조용히 기다렸다. 구슬땀 뻘뻘 흘리며 한창 바삐 움직이는 어머니와 섭섭이네 모습만 보일 따름이었다. 윗몸을 약간 비스듬히 일으킨 자세로는 방바닥에 누운 아기를 볼 수 없는 게 유감이었다. 탯줄 잘라 태반과 아기를 분리하는 작업이 방금 끝난 눈치였다. 그뒤로 시간이 꽤 흐른 성싶은데도 관촌댁은 아기에 대해 도통 말이 없었다. 정상아를 낳았다는 사실만 광고했을 뿐 아기를 실물로 보여주지 않는 바람에 순금은 부쩍 조바심이 나기 시작했다. 태어난 후 살아 숨쉰다는 표시로 아기가 내는 어떤 기척도 느끼지 못했음을 그제야 문득 깨달았다. 생각이 그 대목에 이르자 조바심은 순식간에 의혹으로 바뀌었다.

"왜 애기가 한 번도 울지를 않지요?"

순금은 떨리는 소리로 물었다. 관촌댁이 딸 쪽을 힐끔 돌아다보았다.

"니 새끼 우는 소리 듣고 잪어서 그러냐?"

말을 마치자마자 관촌댁은 옜다, 하고 선심 쓰듯 아기를 거꾸로 들고는 손바닥으로 볼기짝을 찰싹 때렸다. 마침내 아기 입에서 으앙 하고 첫울음이 터져나왔다. 살아 있다는 표시로 아기가 지르는 고고지성을 듣는 순간, 순금은 그대로 까무러치고 말았다.

"형님, 이러시면 안 돼요! 어서 정신을 차리셔요, 정신을!"

연실이 양쪽 뺨을 번차례로 때리고 어깨를 흔드는 바람에 순금은 기함에서 가까스로 깨어날 수 있었다. 그동안 출산에 따른 갖가지 물건들로 어수선하기 짝이 없던 방안은 그새 말끔히 정리되고 정돈되어 있었다. 그리고 강보에 싸인 아기가 어미 옆에 뉘어 있었다. 핏물과 체액 범벅으로 지저분해 보이던 얼굴이 어느 겨를에 분홍색에 가까운 뽀얀 살결로 바뀌어 있었다. 여린 힘으로 장시간 힘로 헤치고 나오느라 지칠 대로 지쳤는지 아기는 새근새근 곤히 자는 중이었다.

"아, 감사헙니다! 감사허고 또 감사허고 새잽이로 또 감사헙니다!"

어린것을 옆구리 가까이 끌어당겨 조심스레 가슴에 품으면서 순금은 넘치는 감격을 주체하지 못했다.

"인자는 너도 새끼 딸린 에미가 되얐으니깨 장차 니 눈앞에 고상문이 훤허니 열려뿌린지 알거라."

감격에 겨워 온몸 부르르 떨기까지 하는 딸년 모습 지켜보다 말고 관촌댁이 기어이 입바른 소리를 날렸다.

"니 손으로 새끼 키우다보면 너도 자식들 문제로 허구헌 날 밥술이 입으로 들어가는지 코로 들어가는지도 몰르게코롬 경황없는 세월 살어온 느네 엄니 심정을 쪼깨라도 이해허게 될 것이다."

여태껏 헌신적으로 해산구완에 임하던 태도와는 완전히 딴판으로 관촌댁은 마치 딸이 누리는 감격 위에 구정물 한 바가지 좍 끼얹듯 몰풍정하기 짝이 없게 굴었다. 그런 다음 순금에게 뭐라고 대꾸할 기회조차 안 주고는 그 길로 곧장 방을 나가버렸다. 섭섭이네 역시 밥상 차려 올린다는 구실 내세우며 얼른 주인마님 뒤를 따랐다. 하긴 산실 지켜온 조산 울력꾼 모두가 최소한 두 끼 이상 굶은 꼴이니 그처럼 상차림을 서두를 법도 했다.

"애기한티 초유를 멕이고 잪어요."

기독교인들만 오롯이 남겨진 방안 둘러보다 말고 순금은 조용히 입을 열었다. 그 말이 이를테면 혼자 있고 싶다는, 미안하지만 자리를 비켜달라는 뜻임을 재빨리 알아차린 사모가 사찰 부인과 연실한데 눈짓 신호를 보냈다. 거의 동시에 자리에서 일어나는 세 여인을 순금은 눈인사로 배웅했다. 드디어 혼자가 되자 순금은 적삼 앞섶 열고 젖가슴을 드러냈다. 아, 이게 얼마 만에 이루어지는 소망인가. 임신 기간 내내 얼마나 자주 젖먹이 자식 입에 젖꼭지 물리는 꿈에 취하곤 했던가.

제20장

밟아도 아리랑

1

 깐깐 오월이요 미끈 유월이라……

 농사짓는 처지에서 시골 사람들이 음력의 월별 특성 표현할 때 자주 쓰는 말이었다. 오월은 하루해가 길어 깐깐하게 지나가는 탓에 견디기 지루하고, 유월은 하루해가 짧아진 데 반해 일거리는 많아 어떻게 가는지도 모르도록 미끈하게 지나간다는 뜻이었다. 농사꾼뿐 아니라 평생 농사가 뭔지 모르다시피 살아온 천석꾼 아들 처지에도 어김없이 들어맞는 말이었다.

 최부용은 이런저런 복잡한 사정들로 말미암아 지겹기 그지없었던 '깐깐 오월'에 이어 어느덧 '미끈 유월'을 보내는 중이었다. 할일 많은 유월을 경황없이 미끈하게 보내고 나면 이제 곧 '어정 칠월'과 '동동 팔월'이 찾아들 판이었다. 별로 하는 일도 없이 어정버정 빈둥거리는 사이에 칠월이 후딱 지나간 다음, 가을걷이로 몹시 분주한 나머지 내남없이 동동걸음치는 사이에 팔월 한 달도 쉬이 지나가게 되기를 기대할 따름이었다.

양력으로는 팔월 초였다. 장인어른 문병차 전주 처가를 며칠 다녀오는 바람에 부용은 미끈미끈 잘도 지나가는 세월의 발걸음을 더욱 실감할 수 있었다. 장인이 급성 맹장염으로 병원에 입원해 수술을 앞둔 상태였다. 맹장 적출은 예후가 좋은 편이라서 간단한 수술 마치고 방귀 한 방 제대로 뀌고 나면 그것으로 그만인 줄 알고 있었다. 부용이 문병 사절로 처자만 보내려 한 것도 실은 그 때문이었다. 하지만 아내 생각은 그게 아니었다. 연실은 제 친정이 슬하에 달랑 무남독녀만 둔 고적한 집안임을 넌지시 내세우면서 이런 기회에 남편이 사위 노릇 한번 거쿨지게 해주기를 은근히 바랐다. 장인 장모 역시 딸과 외손자뿐 아니라 사위도 같이 와주기를 학수고대한 눈치였다.

"별것도 아닌 수술인데 최서방이 그 바쁜 와중에 장인 병문안까지 챙길 줄은 몰랐네."

말은 그렇게 했지만, 장모는 희색이 만면한 채로 사위를 반가이 맞이했다. 장인은 멀끔한 얼굴로 일인용 입원실 병상에 누워 휴식을 취하고 있었다. 수술 환자라기보다 꾀병 환자에 가까운 모습이었다.

"맹장 수술 후에 나와야 헐 것은 지대로 잘 나왔습니까?"

"방귀 말인가? 오늘 새벽에 소리도 제일 크고 냄새도 제일 고약한 놈으로 두 방이나 내놓으셨다네."

"두 방은 무슨! 한 방이지!"

장모 말에 장인이 발끈하고 나섰다. 불과 한 개 차이 방귀 숫자 놓고 점잖은 줄로만 알았던 두 어른이 어린애들처럼 티격태격 다투기 시작했다. 어떤 문제로 양쪽 다 신경이 곤두서 있음을 사위 앞에서 광고하는 거나 다름없는 모습이었다. 일인실이라서 옆에 다른 환자 가족들 없는 게 그나마 다행일 정도였다. 보다못한 연실이 부모 사이로 발밭게 끼어들었다.

"갑자기 큰 소리 냈다가는 바느질한 수술 자리가 툭 터지는 수도 있대요. 한 방이든 두 방이든 그게 뭐가 그리 중요해요? 이제 제발 좀 그만하셔요."

"하여튼지 간에 뒤끝이 잘 마무리되얐다니 다행입니다."

처부모 다툼질 말리는 공사에 사위도 슬쩍 끼어들어 한소리 거들었다. 외손자 예뻐할 차례를 건너뛰었음을 뒤늦게 깨닫고서야 장인 장모는 어른으로서의 체통을 되찾았다. 천년쇠 향한 내리사랑이 한바탕 자지러진 후에야 입원실은 비로소 입원실다운 분위기로 되돌아갔다.

"나이 탓인지는 몰라도 건강이 영 예전 같지가 않아."

연실이 장모와 천년쇠 데리고 휴게실로 나간 다음이었다. 오랜 시간 사면이 온통 새하얀 방안에 갇혀 고생한 장모 눈에 푸른 풍경 접하게 할 겸 천년쇠한테 병원 내부 구경시켜준다는 구실이었다.

"병가 끝나고 출근하는 첫날 바로 사직원을 제출할 생각이네."

남자끼리 둘만 남게 되자 장인이 뜻밖의 얘기를 꺼냈다. 부용은 위로를 건네야 좋을지, 아니면 치하를 보내야 좋을지 얼른 판단이 서지 않아 잠시 머뭇거릴 수밖에 없었다. 자신의 거취 문제 놓고 요즘 아버지가 많이 고민하는 눈치더라고 귀띔해주던 지난날 연실의 말이 문득 생각났다. 그때 그 고민의 결과가 이제 곧 눈앞의 현실로 나타나려는 참인 듯했다. 일본의 패망이 목전에 다다른 시점이었다. 급작스러운 맹장염 수술은 이를테면 일제 식민통치 벗어난 조선 땅에서 자신의 설 자리 마련하기 위해 장인이 고심 끝에 찾아낸 일종의 보신책 같기도 했다. 맹장이야 원래 있어도 그만 없어도 그만인 퇴화 장기 아닌가. 그걸 보신책의 희생물삼았다 할지라도 장인이 손해볼 일은 전혀 없지 않겠는가. 바로 그 대목에 생각이 미치자 부용은 사위 주제에 제 장인을 너무 용렬한 인물로 못박는 듯싶어 스스로 마음이 불편해졌다. 하긴 누가 멀쩡한 맹장을 본인 편의에 따라 무단히 떼어달라 조른다 해서 선뜻 떼어줄 악덕 의사도 세상에 그리 흔치는 않을 터였다. 어쨌든 장인의 중대한 결심에 대해 무슨 말로든 반응을 보여야 할 때였다.

"뭐네 뭐네 혀도 건강이 제일이지요. 장인어른께서 어련허니 잘 아셔서 내리신 결정일 거라고 믿습니다."

팔월 육일, 그러니까 장인이 입원해 수술받기 바로 전날이었다. 해넘이 무렵이 되자 산서면에 거주하는 일본인들은 사색이 되어 면사무소와 주재소로 속속 모여들었다. 그들이 개개일자로 넋 달아난 표정 지은 채 관원들과 계속 쑥덕공론 벌이는 모습 면발치로 보면서 사정리 주민들은 뭔가 심상찮은 사태가 발생했음을 직감할 수 있었다. 모임에 참여한 어떤 일본인 통해 산업도시이자 군사도시인 히로시마에서 인류 역사 이래 미증유의 대폭발이 일어났다는 얘기가 흘러나왔다. 그날 아침 미군 폭격기가 어마어마한 초대형급 폭탄을 히로시마에 투하했고, 정체불명의 그 폭탄에 의해 한꺼번에 수십만 명 사상자가 발생했다는 것이었다. 시가지를 비롯한 그 주변 일대가 일순간에 초토화하는 전대미문의 대참사가 벌어졌다는 것이었다. 워낙 상상을 초월하는 파천황의 대사건인지라 여느 전황과 달리 히로시마 피폭 소식은 산서 같은 두메산골에도 발빠르게 전해졌다. 일본인들 입에서 시나브로 흘러나오기 시작한 히로시마 참상은 사정리 주민들 거쳐 입소문 타고 삽시간에 전체 면민들 사이로 와자하게 퍼져나갔다.

　단 한 발로 대도시 하나를 쑥대밭 만든 폭탄의 정체가 밝혀진 건 그로부터 이틀 후였다. 미국이 세계 최초로 개발한 원자폭탄이라는 것이었다. 히로시마를 순식간에 폐허로 만들어버린 그 가공할 신무기에 관한 소문이 산서 전역을 온통 들쑤시고 다녔다. 면내 시자충뺀만 아니라 무지렁이 산골내기들도 그 이름조차 생소한 원자폭탄이란 말을 뻔질나게 입길에 올릴 정도였다. 더군다나 원자폭탄에 희생된 수십만 명 사상자 안에는 현지 산업시설에서 강제 노역에 시달리던 수만 명 조선인까지 포함되어 있으리라는 끔찍한 예측이 으레 따라붙곤 했다. 대다수 면민은 이런 비상시국에 과연 어떤 자세 취하고 어떤 반응 보여야 좋을지 실로 난감해하는 눈치였다. 분명한 것은, 아직은 대한 독립 만세 섣불리 외칠 때가 아니라는 사실이었다. 막바지 국면에 몰린 나머지 눈에 핏발 선 일본 관헌들한테 책잡혀 무슨 험한 꼴 당하게 될지 아무도 모르는 판국이기 때문이었다. 하지만 일제 패망의 날이 이제는 상상 아닌 현실 속 가시거리 안에 들어와 있음을 실감하면서 내남없이 일본인들 앞에서 자기 속내 드러내지 않으려 되도록 몸을 사리는 분위기였다.

장인어른에게 사퇴를 결심하게끔 부추긴 직접적 요인은 나이와 건강 문제가 아닐 것이었다. 틀림없이 원자폭탄 맞은 히로시마일 것이었다. 부용이 생각하기에 장인의 적절한 사퇴 시기는 일본군이 중국 및 동남아와 태평양제도를 파죽지세로 석권하던 시절이었다. 바람 앞의 등불처럼 일제가 절체절명 위기에 몰린 지금에 이르러서야 사표를 던진다는 건 별로 보기 좋은 그림이 아닌 듯했다. 일제가 식민통치력 완전히 상실하고 물러간 다음, 나라 되찾은 조선에서 그 때늦은 사표 덕분에 과거에 경찰 고위직 지낸 장인의 허물이 희석된다거나 운신의 폭이 넓어질 가능성은 거의 없어 보였다.

부용은 전주 처가에서 사흘을 묵은 후 혼자서 먼저 집으로 돌아왔다. 두 가지 놀라운 소식이 감나뭇골에서 부용의 귀가를 기다리고 있었다. 하나는 소련의 대일 선전포고와 만주 관동군 공격을 시작점으로 한 태평양전쟁 참전 소식이고, 다른 하나는 히로시마 피폭 후 사흘 만인 팔월 구일 나가사끼에 투하된 두번째 원자폭탄 소식이었다. 뒤늦게 부용에게 소식을 전해준 사람은 뜻밖에도 사촌형 진용이었다.

"부용이 동상, 전주는 시방 잘 댕겨왔는가, 시방?"

사랑채와 예전 베틀 공방 자리 누님 거처를 차례로 찾아가 귀가 신고를 마친 다음 본채에서 막 휴식을 취하려던 참이었다. 징용 문제가 마음에 걸려 한동안 감나뭇골 출입 삼간 채 발길 거의 끊다시피 하고 지내던 진용 형이 오랜만에 불쑥 작은아버지 집에 모습을 드러냈다.

"전시 상황을 둘러싸고는 시방 전주 쪽 공기는 시방 으떤 모냥새로 돌아가고 있는가, 시방?"

잡담 제한 채 진용 형은 대뜸 시국 문제부터 들먹이고 나섰다.

"내내 수술 환자 옆을 지키니라고 따른 사람들 접촉헐 기회가 통 없었습니다. 전주 부민들 여론이 어떻게 돌아가는지 알아볼 여유는 없었지만, 히로시마 원자폭탄 소식은 대개들 알고 있는 눈치였습니다."

"게우 히로시마라고 시방?"

진용 형은 실망한 기색을 군이 감추려 하지 않았다. 심지어 가소롭다는 표정마저 지어 보이기도 했다.

"자네 그 경부 나으리 장인께서는 시방 하나뿐인 사우한티 시방 히로시마 말고 시방 따른 정보를 한 톨도 안 던져주시든가?"

"말씀드렸다시피 하루 전에 몸에 칼을 댄 분이라서 당최 그런 시국담 주고받을 분위기가……"

"히로시마는 시방 옛날 일이 되야뿌렸다네. 그저께는 시방 쏘련이 대일 선전포고를 헌 연후에 시방 쏘련군이 만주로 진격혀서는 시방 일본 관동군한티 항복을 받어뿌렀다네. 그것뿐인지 아는가, 시방? 어저께는 시방 미군 폭격기가 나가사끼에다 시방 두번째 원자폭탄을 터쳐뿌렀다네, 이 사람아!"

진용 형은 상당히 흥분해 있는 상태였다. 어절과 어절 사이에 공연히 끼워넣는 허드레 말버릇이 유난히 심해진 점으로 미루어 흥분의 정도를 너끈히 짐작할 수 있었다. 두 사건 모두 어마어마한 충격이지만, 특히 나가사끼에 투하되었다는 두번째 원자폭탄이 갑자기 부용의 가슴속에 거대한 버섯구름을 일으키고 있었다.

"나가사끼는 피해 규모가 어느 정도랍디까?"

"히로시마보담은 휘낀 작은 도시니깨 시방 피해도 물론 작을 티지만, 명색이 시방 원자폭탄인디 그 위력이 시방 어디 가겠는가? 히로시마만침은 아니드래도 시방 주로 군수품 공장이 몰려 있는 산업 지구에서 시방 수만 명이 한목에 몰살을 당혀뿌렀다네!"

진용 형은 넋이야 신이야 하고 떠들면서 덩실덩실 어깨춤이라도 출 기세로 마냥 흥에 겨워 있었다. 만일 실제로 춤을 춘다면, 히로시마에 이은 나가사끼 참상 의식하고 추는 춤은 아닐 것이었다. 최신 정보에 깜깜밤중이던 사촌동생한테 기절초풍할 중대 소식 최초로 전해주는 나팔수로서의 즐거움과 자부심을 표현하는 춤일 것이었다.

"그나저나 오래 살다보니께 시방 참말로 벨 희한헌 꼴을 다 보게 되네그라. 자그만침 대일본허고도 시방 제국 아닌가. 불과 얼매 전까장만 허드래도 시방 세계제국 건설이 코앞에 닥친 것맨치로 시방 잔뜩 뻐겨대고 떠세허든 나라가 시방 원자폭탄 두 방으로 절딴이 나뿔고 순식간에 쑥대밭으로 변헐지를 시방 누가 짐작이나 혔겄는가."

"그러게 말입니다."

"나라 전체가 시방 창졸간에 절딴이 나뿌러서 시방 목심이 경각에 달린 중풍병자맨치로 시방 꼼짝달싹을 못허는 형편인디, 이 판국에 시방 일본군 대본영이랑 내각에서는 철따구니 한 개도 없는 애들맨치로 시방 본토 결전에 대비헌답시고 시방 가가호호 죽창이나 활, 일본도 따우 병장기를 구비허라고 시방 백성들을 들볶아대고 자빠졌다네. 원자폭탄을 든 미국을 상대로 시방 죽창 아니면 일본도 따우를 들고는 시방 결전을 벌리겄다니, 그게 시방 말이여, 막걸리여, 시방?"

본토 결전은 이미 물건너갔음을, 이제 대일본제국에는 일억 총인구 옥쇄의 외길만이 남아 있음을 피차 확인하고 재확인하면서 사촌 형제는 씁쓰레한 웃음을 주고받았다.

"요새 동척농장 기꾸찌 그 작자가 시방 으떤 모냥으로 으떻게 지내는지 동상은 시방 알고 있는가?"

"전연 모릅니다! 또 그자가 사는 꼴에 관련된 일을 알고 잪은 생각이 저한티는 호리만침도 없습니다!"

뚱딴지같은 질문에 부용이 언짢은 기색 드러내자 진용은 으레 그럴 줄 알았다는 투로 만면에 흐벅진 미소를 실어 보였다.

"날이날마닥 아침밥 똑 따먹기 무섭게 시방 쪼르르 면사무소 아니면 주재소로 달려간다네. 그러고는 시방 면장 혹은 주재소 주임을 붙들고는 시방 비상대책을 상의헌담시나 목젖이 배꼽노리 근처까장 내려앉드락 시방 하루쳉일 징징 우는소리만 늘어놓고 자빠졌다네, 시방."

알고 보니, 진용 형의 정보원은 기꾸찌 밑에서 동척농장 서기로 근무하는 일본인이었다. 평소에 안면 트고 지내던 그 일본인 살살 구워삶아 기꾸찌 개인은 물론 관공서 움직임에 이르기까지 최신 정보들을 솔래솔래 빼내고 있다는 얘기였다. 비상시국 맞아 산서면에 상주하는 십여 명 일본인이 매일같이 사정리 소재 관공서 안에서 자주 회합을 가진다는 건 이미 면민들 사이에 익히 알려진 사실이었다. 회합을 통해 일본인들은 궁지에 몰린 자기네를 대하는 조선인들 태도에 관해 서로 의견을 나누기도 하고, 공권력이 약해진 기회 틈타 혹시 일본인에게 위해를 가할지도 모르는 불령선인들 문제를 두고 미리 대책을 논의하기도 한다는 소문이었다. 면장보다는 주로 주재소 주임을 통해 본토 결전에 대비한 여러 가지 생활 수칙과 행동 요령을 전달받기도 하고, 앞으로 닥칠지 모를 어떤 돌발 상황에 대처하기 위해 비상 연락망을 수시로 점검하기도 한다는 것이었다.

"얼씬네 건강은 시방 으떠신가?"

말말끝에 진용은 깜빡 잊을 뻔했다는 듯 천석꾼 영감 안부를 물었다.

"눈에 띄게 좋아지신 건 분명허지만, 당신 자력으로 몸을 가누실 정도는 아직 아닙니다."

"새칠로 중대헌 소식 접허는 날이면 자네한티 득달같이 달려올 작정이네. 그럼 낭중에 또 봄세."

오랫동안 자신의 마음속을 지지르던 징용 문제의 속박에서 탈출한 홀가분함을 온몸으로 표현하는 듯했다. 사촌형은 보무당당한 걸음걸이로 한껏 신바람 날리면서 잠깐 사이에 시야에서 멀리 벗어나고 말았다. 이를테면 일본군이 해외 점령지 죄 잃은 채 자국 영도 안으로 쫓겨 돌아온 선 그에게 절반의 자유를 의미했다.

자국 영토인 유황도와 유구(琉球)제도마저 잃고 일본열도 안으로 세력범위가 바짝 쪼그라든 건 이를테면 나머지 절반의 절반 정도 자유를 의미했다. 두 군데 원자폭탄 피폭으로 말미암아 조선에서 징용자 붙잡아 해외로 끌고 갈 여력은커녕 식민행정 자체가 거의 마비되기 직전 상황까지 이르렀으니 자기 모가치로 누릴 자유는 이제 온새미로 되찾은 거나 다름없는 셈이었다. 징용에 걸릴 염려 훌훌 떨쳐버린 진용 형이 활갯짓하면서 가고 싶은 곳 마음대로 찾아가고 만나고 싶은 사람 아무때든지 만나는 자유를 만끽하는 모습이 부용의 눈에 훤히 보이는 듯했다.

"누님, 저 또 왔습니다."

부용은 문이 활짝 열린 방안으로 조심스레 기척을 들여보냈다. 방금 들은 새 소식을 누님한테 전해줄 필요가 있을 것 같아서였다.

"들어오니라."

누님은 방안을 그득 채운 대형 모기장 안에서 읽고 있던 성경책을 탁 덮으며 말했다. 부용은 모기장 앞면을 들치고 허리 굽혀 방안으로 들어섰다.

"허허, 요 녀석이 인간 신체 구조를 연구허고 있네!"

아닌 게 아니라 철든 아이가 제 손의 구조와 운동 원리에 관해 진지하게 탐구하는 듯한 자세였다. 자리에 누운 채 생질 녀석은 눈 위로 불끈 쥔 두 주먹 높이 치켜들어 조금씩 움직이면서 골똘히 올려다보는 중이었다.

"애가 보채지도 않고 저 혼자서 나름대로 꼼지락꼼지락 잘 논다."

그윽한 눈빛으로 눈자라기 아들 들여다보면서 누님이 빙긋이 미소를 지어 보였다.

"오래간만에 진용 오라버니가 댕겨가시는 것 같든디……"

"예, 대일본제국에 사망 선고 내릴 시간이 임박했다는 소식 알려줄라고 역부러 찾어왔습니다. 숨이 깔딱깔딱 넘어가기 직전까장 온 것 같습니다."

깜짝 반가워할 줄 알았는데, 누님은 의외로 아무런 대꾸도 하지 않았다.

"쏘련이 대일 선전포고를 허자마자 전격적으로 만주를 침공혀서 일본 관동군한티 항복을 받어냈답니다. 나가사끼에 두번째 원자폭탄이 떨어져서 먼젓번 히로시마맨치로 도시 전체가 순식간에 쑥대밭이 되야뿌렀답니다."

히로시마 소식을 며칠 전에 이미 접했다 해서 나가사끼 새 소식의 가치가 상대적으로 낮아지거나 무의미해지는 건 아닐 터였다. 그런데도 누님의 낯빛은 여전히 고요함 일색이었다.

"인고 세월은 다 지나가고 인제 우리 조선 땅에는 좋은 일들만 연년생으로 줄줄이 생겨나리라 믿습니다."

"삼만여 명 조선인 희생자가 거론되는 히로시마보담 많을지

적을지는 몰라지만, 좌우지간 요번 나가사끼에서도 틀림없이 숱
찮이 많은 징용자가 객사혔을 거라고 짐작이 가는고나."

부용은 아차 싶었다. 대일본제국 사망과 조선인 징용자 사망
두 사안 중 어느 쪽에 누님의 방점이 찍혀 있는지를 그제야 얼큰
하게 알아차렸다.

"조선사람들 끌려간 곳이 어디 히로시마, 나가사끼 두 간디뿐
인가요? 그동안 해외 점령지까장 다 합쳐서 수백 간디도 넘는 지
역에 조선인 징용자들이 투입되얐다고 그러잖습니까."

부지중에 쏟았던 말들 도로 주워 담는 심정으로 부용은 결단코
절망할 단계가 아니라는 사실을 누누이 강조했다. 수백 군데 가
운데 두 군데라면 극히 낮은 확률이 분명하고, 바로 그 점이 누님
에게 위안이 되기를 간절히 바랐다. 하지만 누님은 쓰다 달다 도
통 말이 없었다.

"참, 우리 애기들한티 조선식 이름을 지어줄 때가 가차운 것
같습니다."

부용은 얼른 말머리를 돌렸다. 앞서 저지른 실언 만회할 셈으
로 자식들 이름 내세우면서 엉너리치자 그제야 비로소 누님 얼굴
에 보일락 말락 화색이 돌아오기 시작했다.

"그동안 의중에 두고 계시던 어떤 이름이라도 혹 있습니까?"

"삼열이, 삼열이라고…… 신삼열……"

"그게 무신 뜻이지요?"

"성경 속에 나오는 여인 중에 한나라고 있잖냐. 그 한나맨치로 나도 서원 기도 올린 끝에 아들을 얻었잖냐. 하나님께서 내 서원을 들어주셨으니께 나도 하나님께 약속을 지키는 의미로다가……"

"아, 사무엘 선지자! 그렇다면 한문 이름으로는 석 삼에 기뻐헐 열, 바로 그 삼열이 되겠네요?"

"맞다. 허지만 아직까장은 나 혼자 생각일 뿐이다. 시부모님허고 상의헌 연후에 확정헐 작정이다."

"역시 우리 누님다운 작명이고만요. 세 가지 기쁨, 참 좋은 이름입니다. 뺏겼던 나라 되찾은 바로 다음날 누님이랑 같이 면사무소에 가서 천년쇠랑 삼열이 두 녀석 출생신고를 한목에 끝내뿌립시다."

"천년쇠란 이름을 그대로 호적에 올린다고?"

"아닙니다. 금명간에 그럴싸헌 본명으로 개비헐 생각입니다."

어른들 사이에 심각한 대화가 오가는 그 와중에도 눈자라기 생질 녀석은 여전히 제 주먹 탐구하는 작업에 잔뜩 고부라져 있었다.

"삼열아, 외삼춘 이제 고만 일어설란다. 배웅나올 필요 없다. 한번 시작헌 신체 구조 연구나 끝까장 계속허고 있거라."

남편 먼저 보낸 다음 연실은 기왕 친정 온 김에 사흘을 더 묵고 나서야 감나뭇골로 돌아왔다. 출가한 이래 최장 시간을 친정

부모와 함께 지내다 왔는데도 어찌된 셈인지 연실의 표정은 그리 밝아 보이지 않았다. 몹시 피곤한 기색이 역력한데다 말수마저 부쩍 줄어들어 있었다.

"원래 계획대로 장인어른은 사표를 던지셨소?"

"아마 그랬나봐요."

연실은 마치 동네 어떤 아저씨에 관련된 소문 전하듯 제 친정 아버지 일을 에멜무지로 대답했다.

"혹시 사표 문제를 놓고 두 어른이 서로 낸다거니 내지 말라거니 허고 심허게 부부싸움이라도 허신 게 아니요?"

부용이 실실 웃는 낯꽃으로 물었다. 그러자 연실은 때마침 잘 걸려들었다는 듯 남편 겨냥해 전에 없이 표독스러운 눈씨를 날렸다.

"당신 그새 경찰로 취직이라도 했어요? 만나자마자 뭣 때문에 남의 집안 사정이나 꼬치꼬치 취조하고 난리를 치셔요?"

남의 집안 사정이라…… 부용은 결국 허허 웃을 도리밖에 없었다. 원원이 나막신장수 아들과 우산장수 아들을 한집에서 거두는 어미 마음은 괴로울 수밖에 없는 법이었다. 날씨라는 불가항력이 어느 한쪽 아들을 역성들어 이득을 보게끔 하는 날이면 다른 한쪽 아들은 맡아놓고 손실을 볼 수밖에 없게 마련이었다.

"내 개인적 생각으로는, 만시지탄인 감이 없잖아 있기는 허지만, 장인어른께서 늦게나마 사퇴를 결심허신 건 기중 현명허신 처신인 것 같구려."

"나 좀 쉬고 싶어요."

연실이 쩍쩍 갈라지듯 몹시 건조한 음색으로 휴식을 선언하고 나섰다. 낮잠 잘 채비에 지나치게 열중하는 아내 모습 우두커니 보면서 부용은 며칠 상거로 부부 새중간에 깊은 도랑 같은 틈새가 벌어져 있음을 속절없이 느껴야만 했다. 아무래도 오늘밤 자신과 아내 사이에 공방살이 낄 듯싶은 예감이 들기도 했다.

소문대로라면 중대 발표가 예정된 날이었다. 오전 시간에 진용 형이 찾아와서 일본인 조선인 가릴 것 없이 모든 사람이, 아니 전세계인이 깜짝 놀라 나자빠질 엄청난 발표가 곧 있을 거라고 허파에 바람 잔뜩 든 말투로 귀띔해주었다. 역시 동척농장 서기한테 들은 얘기라 했다.

"먹물깨나 먹은 자네니께 시방 얼추 짐작이 가겄고만. 부용이 동상 쇠견으로는 시방 저것들이 무신 내용을 발표헐 성불른가, 시방?"

발표 소식을 듣긴 했지만, 정작 그 발표 내용이 뭐가 될지는 전혀 감이 안 잡히는 바람에 답답해 죽겠다는 표정이었다.

"그것이사 소문을 직접 보듬어안고 오신 형님도 짐작을 못허시는 판인디, 내둥 집구석에만 틀어백혀 지내던 제가 무신 재간으로 그 내용을 알 수가 있겄습니까?"

"허기사 동상 말에 시방 틀린 구석이 한 개도 없기는 허네, 시방. 소식을 물어 날르는 나허고 시방 그 소식 딸콕딸콕 받어만 먹는 동상허고 시방 함마트라면 입장이 엇바뀔 뻔헀네그랴."

하지만 그런 주제 파악도 잠깐에 그치고 말았다. 진용 형은 이내 중대 발표의 대상과 범위가 과연 어디까지일까, 하고 먹물 나우 먹은 사촌동생 상대로 성마름을 드러내기 시작했다. 대일본제국 신민 전체를 대상으로 한 발표냐, 아니면 식민지 조선에 국한되는 발표냐. 그리고 발표 주체가 일본 내각이냐, 조선총독부냐에 따라 발표가 지닌 중요도가 확연히 달라질 판이었다. 그런데, 그런 기초적인 사실마저 깜깜부지로 있으니 진용 형으로서는 애가 탈 수밖에 없는 노릇이었다.

"많이 배운 동상 쇠견 구녁으로는 시방 어느 쪽일 것 같은가, 시방? 내각 쪽인가, 그게 아니면 시방 총독부 쪽인가?"

"내각이든 총독부든 그게 무신 의미가 있습니까? 어차어피에 일제 당국 중대 발표란 건 받어놓은 밥상 비슷헌 것이께 그냥 저놈들이 주는 대로 떠먹어야 되겠지요."

"동상 말에도 시방 일리가 있는 것 같기는 허네만, 무신 반찬들이 시방 상에 올랐는지나 알어야 먹든가 말든가 결정허잖겠는가, 시방?"

한쪽이 자꾸만 길이 아닌 데로 끌고 가겠다고 무리를 범하는 바람에 다른 한쪽은 갈수록 피곤만 쌓일 수밖에 없었다. 사촌 형제는 결국 얼굴 서로 마주보며 웃음으로 막설하고 말았다. 씁쓰레한 뒷맛이 남는 웃음이었다. 밖에서 뭔가 새로운 게 얻어걸리면 얼른 와서 또 나눠주겠다 약속하면서 진용 형은 마치 월급쟁이가 직장에 출근하듯 새 소식의 발원지 격인 면사무소 일대 사정리 향해 다시 횡허케 떠나버렸다.

진용 형 입에서 맨 처음 중대 발표 운운이 나오는 순간부터 부용은 내심 뭔가 짚이는 바가 있었다. 자기 다리 가렵다고 계속 남의 다리만 긁어대는 꼴인 형이 딱해 보여 제 의중을 밝히고 싶은 생각도 없잖아 있었지만, 그걸 끝까지 참아내느라 부용은 입가에 쥐가 날 지경이었다. 워낙 엄청난 폭발성 지닌 위험까지 감안해야 할 발언인지라 당국에서 정식 발표가 나올 때까지 꾹 참고 근신하며 자제할 필요가 있었다. 더군다나 요즘 틈만 나면 이 사람 저 사람 만나러 동분서주하고 다니며 기회만 닿으면 이 소리 저 소리 옮겨 나르기에 재미 오지게 붙인 진용 형한테는 오히려 함구가 미덕이 될 수도 있었다. 마치 귓것에 단단히 씐 듯이 형은 근래 들어 사람 자체가 놀라우리만큼 달라져 있었다. 무겁고도 신중한 처신으로 천석꾼 영감 신임을 한몸에 받던 예전의 그가 절대로 아니었다.

한 달쯤 전, 구라파에서 승전한 미·영·소 세 연합국 영수들이 독일 백림(伯林) 근처 포츠담이란 곳에 모여 회담을 열었다. 장장 보름간에 걸친 회담 중간에 '대일 포츠담 선언'이 발표되었다. 종전을 압박하기 위해 일본에 몇 가지 항복 조건을 제시하는 내용이었다. 포츠담 선언의 윤곽이 뒤늦게 항간에도 알려져 그 내용을 둘러싸고 이런저런 말들이 수많은 장삼이사 입길에 한동안 뻗질나게 오르내렸다. 연합국이 제시한 몇 가지 항복 조건 가운데 부용이 특히 주목한 항목은 '제국주의 지도 세력 제거'와 '전쟁 범죄자 엄벌'이었다. 부용은 내심 그 대목들을 천황제 폐지 요구로 해석하면서 혹여 누구한테 들킬세라 마음속 구중심처에 꼭꼭 갈무리해두고 있었다.

부용이 예상한 중대 발표 내용은 다름 아닌 히로히또(裕仁) 천황의 퇴위에 관한 건이었다. 자의에 의한 퇴위든 타의에 의한 퇴위든 간에 그 방법 말고는 날이면 날마다 더욱더 옥죄어오는 연합국들 종전 압박에 대처할 뾰쪽한 수단이 일본에 달리 없을 듯싶었다. 부용은 하마하마 하면서 일본 천황 퇴위를 알리는 중대 발표 나오기를 종일토록 기다렸다. 하지만 기대했던 바와는 다르게 하루해가 아무 일도 없이 그냥 덤덤하게 지고 말았다.

바람잡이 노릇 톡톡히 한 사촌형 때문에 괜히 헛물만 켠 하루를 보내고 새아침을 맞았다. 팔월 십오일이었다. 눈뜨자마자 사랑채로 올라가 아버지한테 문안인사 올릴 때부터 부용은 어쩐지 마음이 싱숭생숭했다. 아직도 뭐가 그리 불만인지 친정 다녀온 이래 계속 데면데면하게 굴던 연실은 아침밥 먹고 나서 천년쇠를 남편에게 떠맡긴 후 시누이 모자와 함께 일찌감치 동천리 샛내교회 바라보고 길을 떠났다. 반드시 교회에 가서 위로받지 않으면 안 될 어떤 중대한 사연이 있는 모양이었다. 그러잖아도 일할 의욕이 도통 일지 않아 방구석에서 진종일 빈둥거리며 무료를 달래려던 차였는데, 계제에 잘됐다 싶었다. 부용은 천년쇠를 돌보고 같이 놀아주면서 자상한 아비 노릇으로 오전 나절을 고스란히 보냈다.

점심때가 한참 지나자 진용 형이 또다시 허위단심 들이닥쳤다. 부용은 천년쇠를 급히 품에 안은 채 마루끝에 엉거주춤한 자세로 서서 사촌형을 상대했다. 형은 얼마나 똥줄 빠지게 빨리 달려왔던지 동생 얼굴 마주치자마자 대뜸 냉수부터 찾았다.

"뭔 일인지는 몰라도 시방 좌우지간에 뭔 일이 틀림없이 시방 나기는 날 모냥이여!"

찬물 한 대접 벌컥벌컥 들이켜더니만 숨이 턱에 닿는 소리로 말했다. 부용에게 대꾸할 기회도 안 주고 진용 형은 숨돌릴 겨를 없이 요령부득의 말들을 한바탕 좔좔 이어나갔다. 그 말들 일렬로 세워 줄거리 타보니 비로소 그럴싸한 그림이 그려졌다. 우선 면사무소에서 모든 행정 업무를 중단하고 조선인 직원들 다 밖으로 내보낸 후 건물 전체를 일본인 거주민들 임시 수용소처럼 사용하기 시작한 모양이었다. 커다란 가방이나 짐꾸러미서껀 지고 들고 가족 단위로 속속 면사무소로 집결하는 일본인들 목격한 사정리 주민이 한둘이 아니라는 것이었다. 진용 형 얘기 듣고 있자니, 흉년에 살아남기 위해 간난한 세간살이 챙겨 남부여대하고 북간도나 서간도 개척지 찾아 하염없이 머나먼 고생길 떠나는 절량 농민들 비극적 행렬이 퍼뜩 뇌리를 스쳤다. 진용 형은, 순사들이 착검한 총대 잔뜩 꼬느질한 채 만약의 사태에 대비해 면사무소와 주재소 일대를 삼엄하게 경비중이라고 덧붙여 알려줬다.

"싸게싸게 집구석에 가서 시방 늦은 즘심 때우기 무섭게 시방 얼른 사정리로 다시 가봐야 쓰겄어! 낭중에 또 봄세!"

진용 형은 자기 할말만 일방적으로 쏟고 나서 홱 돌아섰다. 빠른 걸음으로 대문간 향하는 형의 홑저고리 등판이 땀으로 흥건히 젖어 하나의 거대한 얼룩을 이루고 있었다. 아빠 품에 안긴 천년쇠는 제 눈앞에서 벌어진 일을 도무지 이해할 수 없다는 듯 어리둥절한 표정이었다. 방금 누가 다녀갔는지, 그 사람이 아빠한테 무슨 짓을 했는지 해명을 요구하는 듯한 눈빛으로 천년쇠가 아빠 얼굴을 말끄러미 올려다보는 중이었다.

"미안허다, 천년쇠야. 큰당숙께서 시간이 없다는 핑계로 우리 강아지한티 알은체 한번 않고는 그냥 가셨고나."

부용은 손바닥으로 아들 볼기짝 토닥토닥 두드리면서 말했다. 분명히 눈앞에 보이는 어리디어린 당질 끝내 외면하는 행위는 곧 그 아비 되는 사촌동생 무시하는 거나 다를 바 없는 행위였다.

"우리 천년쇠를 숫제 없는 사람 취급허덧기 사그리 무시허고는 끝까장 알은체 한번 없이 내빼뿔고 말었고나. 큰당숙을 대신혀서 아빠가 우리 천년쇠한티 사과허마."

물론 사정리에서 본 천만뜻밖의 광경에 충격받았을 진용 형을 이해 못하는 바는 아니었다. 시간에 쫓겨 경황없이 서둘러대느라 어린 당질의 존재는 안중에도 없었을 것이었다. 그나저나 사정리에서는 지금 무슨 일이 벌어지는 것일까. 진용 형이 면사무소와 주재소 일대에서 목격했다는 그 삭막하고 살풍경한 그림은 어제 떠돌았던 중대 발표 소문과 어떤 관련이 있을까. 부용은 너무도 궁금한 나머지 당장이라도 사정리로 달려가고 싶었다. 착검한 총대 겨눈 순사들이 일본인들 임시 수용소로 사용중인 면사무소 주위를 삼엄하게 지키는 그 광경을 제 눈으로 직접 확인하고 싶었다. 하지만 연실이 샛내교회에서 돌아올 때까지 기다리는 도리밖에 없었다. 맡길 데 마땅찮다는 이유로 소위 아비라는 작자가 분수없이 어린 자식 둘러업은 채 그 위험천만한 현장 속으로 뛰어들 수는 없는 까닭이었다.

　여름날 긴긴해가 곧 서산에 걸릴 시간이었다. 남편한테 어린 자식 맡기고 아침나절에 감나뭇골 떠난 연실은 어찌된 셈인지 아직도 집에 돌아올 기미가 전연 안 보였다.

　"계십니까!"

　겔러빠진 복구 녀석이 모처럼 늙은 삭신 추슬러 사납게 짖어대기 시작했다. 웬 젊은 사내가 대문 밖에서 매우 힘진 소리로 집주인을 찾고 있었다. 전에 많이 들어봤던 듯 왠지 모르게 귀에 익은 목소리로 느껴졌다.

"안에 아무도 안 계십니까?"

좀전에 이유식으로 암죽을 먹여 어렵사리 재워놓은 천년쇠 잠이 깨지 않게끔 부용은 밤도둑 본새의 걸음걸이로 살금살금 방을 빠져나왔다. 대청마루로 막 나서는 순간, 머슴들 드나들기 편하게 빗장 안 지르고 살짝 지쳐만 놓았던 대문 한쪽이 삐꺼덕 소리와 함께 열렸다.

"뉘시요?"

양복쟁이 사내가 활달한 걸음새로 아무런 거리낌도 없이 성큼성큼 대문간에 들어서는 중이었다. 부용은 섬돌 딛고 토방으로 내려섰다.

"나여, 형!"

눈앞의 상대가 누군지 알아차리는 순간, 부용은 하마터면 기절초풍할 뻔했다. 저도 모르는 사이에 양팔이 얼른 등뒤로 감추어지면서 뒷짐지는 자세가 저절로 만들어졌다. 오래전 물어뜯겼던 팔에서 통증이 고스란히 되살아나는 듯한 느낌이었다.

"아니, 니가 웬일로……"

다름 아닌 배낙철이었다. 정신질환으로 형 집행이 일시 정지된 사상범이었다. 오암리로 주거가 제한된 낙철이 벌건 대낮에 불쑥 감나뭇골에 출현했으니 부용으로서는 가슴이 철렁 내려앉을 수밖에 없었다.

"내가 와서는 안 될 디라도 왔나? 허기사 우리 이모네 집 와본 것이 언짓적 일인지 기억이 가물가물허네."

그것은 순 거짓말이었다. 이질 자격으로 이모네 집 찾아온 것이 얼마 만의 일인지는 혹 모를 수도 있었다. 하지만 강도단 두목 자격으로 야밤중에 천석꾼 영감 집 급습한 사건은 불과 몇 년 전이었다. 제 이모부 멱에 비수 들이대고 금품 강탈해간 그 패륜 망동 강력 사건이 그새 낙철의 뇌리에서 깨끗이 증발했을 리 만무했다.

"형, 일본이 결국 항복을 허고 말었어!"

낙철이 다짜고짜 말했다. 그 말 듣는 순간, 부용의 입이 떡 벌어졌다. 한번 벌어진 입은 좀처럼 다물어지지 않았다. 마치 둔기로 얻어맞은 듯 머릿속에서 데엥 하고 종소리가 길게 울리는 것만 같았다.

"워매, 여태 몰르고 있었고만? 내 그럴지 알었지. 그럴 것 같어서 내가 역부러 방안 풍수 우리 부용 형 만날라고 온 거여. 오늘 정오 시간에 일본 천황이 무조건 항복을 선언허는 방송을 했다고!"

산서에서 둘째가라면 서러워할 정보통인 배낙철은 흥분에 겨운 나머지 터무니없이 우람한 목청으로 일껏 잘 재워놓은 천년쇠를 기어이 깨우고 말 기세였다.

"무신 반응이 그런 식으로 미적지근허지? 형, 대일본제국이 앞발 뒷발 다 들고 연합국한티 무조건 항복을 했다고! 형, 전쟁은 인제 끝났고, 동시에 일본 식민 지배도 끝났다고! 형, 우리 조선이 드디어 해방을 맞고 독립을 허게 되얐다고! 내 말 들려, 형?"

마치 어깻죽지 붙잡고 흔드는 기세로 낙철은 맹하게 구는 사촌형 깨우치려고 거듭 언성을 높였다. 낙철을 지배하는 게 흥분이라면 부용을 지배하는 건 충격이었다. 아하, 천황의 항복 선언은 이를테면 하루 지각해서 찾아온 그 중대 발표인 셈이구나, 하는 생각 말고는 다른 생각 떠올릴 여력이 도무지 없으리만큼 부용은 충격에서 헤어나지 못하는 상태였다. 그런 형을 못마땅한 눈초리로 노려보면서 낙철은 계속 떠들어댔다. 히로히토 천황이 사전에 녹음된 목소리로 종전조서(終戰詔書)를 낭독하는 옥음(玉音) 방송을 했다. 황실에서나 통용될 법한 옛날 문어체로 작성된 조서라서 방송 듣고도 내용을 이해하는 사람이 거의 없었다. 나중에 방송 요원이 상용 일본어로 번역해 재방송한 덕분에 뒤늦게 무슨 내용인지 사회에 알려지자 일본이란 나라 전체가 잠깐 사이에 벌컥 뒤집히고 말았다……

"형, 내 건강이 걱정되야서 그러는 거여?"

한참 떠들다 말고 낙철이 별안간 제 이종형 눈 속을 꼬챙이로 욱여파듯 날카롭게 쏘아보기 시작했다.

"형 눈에는 내가 지금도 미친개로 보여?"

"그러잖어도 물어볼라 그러던 참이다. 요새 건강 상태는 조깨 어떠냐?"

"형도 보다시피 나는 시방 암시랑토 않어. 애먼 사람 팔뚝 물어뜯었던 내 과거를 백배사죄허겄어. 실은 일제 행형 당국을 속일 작정으로 작전상 역부러 미친개 숭내를 냈던 거여."

"뭣이여? 역부러 정신병자 숭내를 낸 거라고?"

천황의 항복 선언보다 더했으면 더했지 결단코 덜하지 않은 충격이었다. 역사적 대사건인 건 분명하지만, 여러 가지 정황상 일본의 항복은 이미 어느 정도 예견된 사건이었다. 하지만 낙철의 고백은 워낙 예상 밖의 것인지라 더욱 충격이 클 수밖에 없었다. 작전상 미치광이 흉내로 사람을 마구 물어뜯다니! 지난날 낙철에게 살점이 너덜거릴 지경으로 무지막지한 상해를 입었던 피해자로서 배낙철이란 가해자를 비난할 자격은 충분했다.

"제 일신 안보허겄다고 주변 사람들 닥치는 대로 희생물로 삼다니, 너란 인간은 참말로 상종도 못헐 독종이고나! 너맨치로 지독헌 인간은 이날 평생에 첨 본다!"

"참말로 미안혀. 허지만 내 처지로는 어쩔 수가 없었어. 안 죽고 살어서 형무소를 빠져나갈 방도를 찾어야만 혔어. 행형 수칙을 어겼다는 죄목으로 하루가 멀다고 징벌방에 끌려가서 간수들한티 직사허게 몰매를 맞었어. 형기를 마치기도 전에 감옥 안에서 일찌거니 맞어 죽을 것만 같었어. 그 무렵에 일본군이 하와이 진주만을 맹폭허면서 최강국 미국을 상대로 세계 패권을 겨루고 있다는 소식이 수인들 간에 나돌았어. 대일본제국 위세가 자손만

대까장 뻗칠 것만 같은 시절이었지. 감옥에서 시체로 나갈 수는 없으니께 수단 방법 안 개리고 뭔가 살어남을 방도를 찾어내지 않으면 안 되는 시절이었어. 그때 마침맞게 떠올른 묘수가 바로 미친개 숭내였던 거여."

천하 독종 배낙철이 변명삼아 긴 이야기 늘어놓는 동안, 부용은 어쩌면 그것이 단지 변명을 위한 변명만은 아닐지도 모른다는, 제법 진정성 같은 게 느껴지기도 한다는 생각이 얼핏 들기도 했다. 하지만 그 기괴망측한 고백 앞에서 무슨 말로 섣불리 대꾸할 엄두는 나지 않았다.

"결과적으로 내가 그때 당시 치명적인 실수를 범허고 만 거지. 내 활동 경력에 씻을 수 없는 오점을 남긴 거여, 넨장맞을! 군국주의 일본국 수명이 앞으로도 천년만년 더 오래갈 거라고 정세를 크게 오판했던 거여. 세계를 호령허던 일제가 하루아침에 요로콤 허망허게 패망의 날을 맞게 될지 누가 짐작이나 했겠어? 그걸 미리 알었드라면 내가 미쳤다고 자청혀서 미친개가 되얐겠어? 그나저나 인제는 다 지나간 일이여. 좌우지간에 지난날 그 치명적 실수를 만회허는 유일헌 방법은 내가 전비를 뉘우치고 가일층 분발혀서 사회주의 운동에 목숨 바쳐 헌신허는 것이라고 믿고 있어!"

낙철은 오판 끝에 치명적 실수 범한 자신에 몹시 화가 나 있는 듯했다. 그래서 어리석었던 자신에 어떡하든 엄벌 내리고자 안달복달하는 기색이었다. 그리고 그 엄벌 방식은 자신이 신봉하는 사상과 주의 주장을 위해 목숨 바치는 일로 일찌감치 확정해버린 것 같았다.

"아참, 내 정신 조깨 보소. 지금 내가 이러고 있을 때가 아니지. 역사가 홀러덩 뒤바뀌는 이 비상시국에 한유허게 앉어서 어느 한 개인 건강 문제 따우를 놓고 왈가왈부나 허고 있을 때가 아니란 말이여. 싸게 가봐야 헐 디가 있어서 고만 일어나야 쓰겄어."

몹시 서둘러대는 품이 아무래도 그동안 흩어졌던 동지들 규합하러 가려는 참인 듯했다.

"낙철아, 어디서 무신 일을 허드래도 제발 몸조심허거라."

부용은 가는 사람 군이 붙잡을 생각은 없었다. 그 대신 한 가지 꼭 전하고 싶은 말은 있었다.

"그리고 낙철아, 부탁이다. 앞으로 니가 도모허는 사업에서 우리 귀용이는 제발 놓아주거라."

"그것이사 배낙철이 맴이 아니라 최귀용이 맴에 달린 일이지! 내가 아니라 귀용이 스스로 결정헐 문제란 말이여!"

낙철은 벌컥 냉갈령 부림과 동시에 홱 돌아서버렸다.

"낙철아, 제발……"

"최귀용이가 어디 미성년 꼬맹이여? 지 일은 지가 알어서 결정헐 정도로 나이도 먹을 만침 먹은 사나대장부잖어! 최부용 선생께서 감 놔라 배 놔라 참섭허실 일이 당최 아니란 말씀이여!"

똑바로 앞만 보고 짓처나가면서 낙철은 애먼 대문간 상대로 다시 한번 매몰차게 냉갈령을 부렸다. 멀어지는 낙철의 뒷모습 지켜보는 동안, 부용은 밝은 앞날이 기대되는 해방된 조국이라 해서 집집마다 가정마다 그리고 모든 가족에게 골고루 다 화목하고 행복한 장래가 보장되는 건 아닐지도 모른다는 어두운 예감에 휩싸이고 말았다.

때마침 천년쇠가 낮잠에서 깨어났다. 부용은 천년쇠 품에 안고 사랑채로 올라갔다. 당장 보고해야 할 중대사가 생겼기 때문이었다.

"아버님, 오늘 낮에 일본 천황이 연합국한티 무조건 항복을 선언허는 것으로 전쟁은 다 끝나부렀습니다."

천석꾼 영감은 쓰다 달다 일절 말대꾸 없이 큰아들 얼굴 한번 힐끗 보더니만 눈동자가 곧장 손자 쪽으로 돌아갔다.

"뭣이여? 전쟁이 끝나뿌렀다고?"

아무런 반응도 안 보이는 영감 대신 관촌댁이 놀라 자빠지는 시늉을 했다.

"그것참, 듣던 중 반갑고도 귀염성시런 소식이고나! 그 지긋지긋헌 전쟁이란 놈이 물러가뿌렀다니깨 인자는 공출이다 뭐다 허고 왼갖 명목 붙여서 넘에 재산 마구잽이로 뺏어가는 몹쓸 짓거리도 덩달어서 다 물러가겄고나!"

애들 말마따나 앞에서 뛰는 놈은 도적놈, 뒤쫓아가는 사람은 순사인 것과 똑같은 이치였다. 천석꾼 영감 평상시 지론대로 하자면, 무조건 이기는 놈이 내 편이고 지는 놈은 남의 편이었다. 영미귀축 세력이 이기든 대화혼(大和魂) 후예들이 이기든 좌우지간 당신은 전혀 상관할 바 아니었다. 그저 채권이란 종이쪽 달랑 건네고 남의 목숨 진배없는 거량의 양곡 약탈하듯 공출해가지 않는, 그저 애국 명분 내세워 남의 피눈물 나는 재물 헌납이란 이름으로 강요하는 천인공노할 만행 저지르지 않는, 오직 그런 세상만이 당신한테는 태평성대요 서방정토일 따름이었다. 오랜 세월 천석꾼 영감 영향받고 살아온 마나님 역시 패망한 일본이나 해방된 조선 쪽에는 그닥 관심이 없는 눈치였다. 일본의 항복으로 인해 강도질하듯 공공연히 걸태질해서 남의 귀한 재물 축내고 남의 귀한 인명 허드레 잡살뱅이같이 함부로 취급하던 시절이 드디어 끝났다는 사실에 주안점 두고 거추없이 좋아하는 기색이었다.

"하야부따는 왜 우이집에 안 와?"

천년쇠가 부실하고 불편한 할아버지 허벅다리 착 깔고 앉은 채 한창 어리광 부리는 중이었다. 나는 할아버지 집에 자주 오는데 할아버지는 왜 한 번도 본채 우리집에 오지 않느냐는 뜻이었다.

"어, 금방 가."

어린 손자가 제법 긴말로 제 의사를 표현하는 데 반해 할아버지는 손자보다 한참 더 어눌한 수준의 토막말로, 손자보다 한층 더 뻑적지근한 어리광을 즐기는 중이었다.

"여보, 영감! 이녁도 방금 들었잖소! 일본이 항복을 혀뿌렀다

요! 조선이 해방되야뿌렀다요! 그런 말 듣고도 이력은 아무 생각
도 안 드요?"

목청 높여 내지르는 소리 듣고 영감이 할망구 쪽을 헬끔 돌아
다보았다. 그러나 그것으로 그만이었다. 다시 조손 간 대화 속으
로 깊이 빠져드는 영감을 보며 관촌댁은 주먹 들어 자기 가슴 콩
콩 찧어대는가 하면 익숙한 솜씨로 연방 혀를 차기도 했다.

"애고, 이놈에 팔자야! 천지가 하루아침에 개벽을 헌들 쇠견
구녁이 꽉 맥힌 냥반인디 그게 다 무신 소용이 있을 것이냐! 눈깔
이 있어야 보고 귀때기가 있어야 듣고 웃든가 울든가 헐 게 아니
냐! 쯧쯧쯧쯧⋯⋯"

해질녘 거의 다 되어서야 누님 일행이 동천리 나들이에서 돌아
왔다. 교회에서 교우들과 함께 보낸 시간이 양약으로 작용했는지
연실은 고질병이 완치된 사람처럼 해낙낙한 낯꽃이었다.

"혼자서 애 보기 노릇 하느라고 고생 많으셨지요?"

천년쇠 넘겨받으면서 연실은 장시간 집을 비운 주부 주제에 마
냥 해맑은 목소리로 재잘거리기 바빴다. 누님이나 연실이나 요동
치는 시국 동향에 관해 얻어들은 게 아무것도 없는 듯한 태도요
표정들이었다. 궁벽한 산서 땅에서도 가장 외지고 인가가 적은
동네에 속하는지라 동천리 샛냇골까지 소문의 발걸음이 닿는 데
는 상당한 시간이 걸릴 듯싶었다.

"일본이 항복을 했다는 소식, 누님은 혹시 들어보셨습니까?"

시누올케가 약속이라도 한 듯 누님과 연실이 서로 눈 마주치며 바보스럽도록 어리둥절한 표정을 지었다.

"아직 못 들었는디, 그게 참말이냐?"

"예, 낙철이가 한참 전에 감나뭇골을 댕겨갔습니다."

"아니, 그 스라소니 같은 인간이 우리집을 찾아왔단 말인가요?"

연실은 일본 항복 사건보다 악명 높은 배낙철이 뜬금없이 집을 방문한 사건에 더 큰 충격을 받은 듯했다. 감나뭇골에 정착한 이래 단 한 번도 얼굴 마주친 적 없이 전설 같은 이야기 통해 간접적으로만 접해왔던 인물이었다. 그런데도 연실은 그 스라소니만큼이나 광포한 인간 향해 맹렬한 적개심을 드러내고 있었다. 살점이 거의 떨어져나갈 지경으로 팔뚝 물어뜯어 자기 남편 고통에 시달리게 했을뿐더러 그 상처 아물기까지 곁에서 주야로 남편 수발드느라 자신마저 덤으로 고생살이시킨 장본인이기 때문이었다.

"진짜로 미친 게 아니었디야. 감옥에서 안 죽고 살어남을라고 역부러 미친놈 숭내를 냈을 뿐이디야."

일단 관심도에서 밀린 일본 항복 건은 뒷전으로 잠시 밀쳐두고 별수없이 스라소니 인간부터 먼저 전면으로 끌어내야만 했다. 부용이 낙철한테서 들은 그 기괴망측한 이야기를 전달하는 동안 누님과 연실은 연방 신음인지 한탄인지 모를 이상한 소리로 반응하

곤 했다. 배낙철 신변에 관한 얘기가 대충 정리되자 부용은 다시
금 일본 항복 쪽으로 방향을 틀었다.

"히로히또 천황이 오늘 정오에 녹음된 목소리로 옥음 방송을
혔답니다. 연합국한티 무조건항복을 선언허는 내용으로 종전 조
서를 낭독혔답니다."

"뭣이라고? 천황이 항복을 선언혔다고?"

마치 그런 소리 처음 듣는 것처럼 누님이 뚱딴지같은 반응을
나타냈다. 동생이 맨 처음 소식 전할 당시 뒷간 다녀오느라 잠시
자리 비웠던 사람 같았다. 뚱딴지같기는 연실도 매일반이었다.
눈이 휘둥그러진 채 연방 입술만 달싹거리고 있었다. 변죽에 해
당하는 배낙철 사연이 너무도 기괴망측한 나머지 복판에 자리잡
은 항복 선언은 그새 까맣게 잊고 있었던 듯했다.

"예, 종전 조서 문장이 옛날 일본어라서 첨에는 암도 못 알어
듣고 일본이 항복헌 것도 눈치를 못 챘답니다."

때마침 섭섭이네가 저녁 밥상 차려 들고 부엌에서 나왔다.

"낭중에 방송국에서 상용 일본어로 번역혀서 새칠로 읽어주는
바람에 대일본제국이 연합국한티 항복헌지를 왼 세상이 다 알게
되얐답니다."

대청마루로 다가오는 동안, 안 듣는 척하면서 남의 말 귀담아
엿듣던 섭섭이네가 하마터면 밥상을 통째로 토방에 떨어뜨릴 뻔
했다.

"아고마나나, 이게 대관절 무신 말씸이다냐! 긍깨 시방 일본이 항복을 허고 말어뿌렀다고라우?"

섭섭이네는 대청마루에 밥상 던지다시피 내려놓고는 냅다 행랑채 향해 달음박질치기 시작했다.

"덕기 할아부지! 덕기 할아부지!"

남편 부르는 섭섭이네 목소리가 온 울안에 낭자하게 깔렸다. 이른 저녁상 받느라고 대소 일손들이 모여 있던 머슴방에서 잠시 후에 만세 소리가 울려퍼지기 시작했다. 어느 입의 선창인지는 몰라도 어떤 걸걸한 목청 뒤따라 너도나도 대한 독립 만세 연창하는 소리가 온 집안을 칭칭 휘감아돌고 있었다. 일제 식민통치가 계속되는 동안, 천석꾼 집안 일꾼으로 밥 굶는 일도 없고 별다른 고민이나 불편도 없이 평범하게 살아온 사람들이었다. 되찾은 나라에서 새로운 역사가 시작된다 해서 신분상 놀라운 변화가 생긴다거나 살림 형편이 하루아침에 확 펴일 리도 만무했다. 그러함에도 불구하고 행랑채 사람들은 해방의 감격 주체하지 못한 채 목이 쉬어 터지도록 대한 독립 만세를 고창하고 있었다.

"식기 전에 어서 수저를 드시지요."

행랑채 감격이 떠들썩한 만세 소리로 왔다면 본채 감격은 묵직한 침묵으로 온 셈이었다. 밥상머리에 앉아서 누님과 연실은 탕반이 다 식는 줄도 모르고 묵기도 속으로 깊이 빠져들어 있었다. 소리 없이 눈 감고 있어도 얼굴에 넘치는 감사의 염은 다 가려지

지 않았다. 샛내교회에서 진종일 기돗줄에 매달리다 돌아왔을 터
인데, 집에 당도하자마자 새롭고도 놀라운 감삿거리 만나 또다시
기도에 고부라지느라 두 여인은 밥상의 존재를 아예 잊어버린 듯
했다. 하지만 부용은 종일토록 혼자서 아기 돌보랴, 진용 형과 배
낙철을 차례로 만나 충격적인 얘기들 연달아 경청하랴, 또 가족
들 상대로 그 얘기들 요령껏 옮겨 이해시키랴, 그야말로 오줌 누
면서 무엇 내려다볼 겨를조차 없이 바삐 나부대는 바람에 흠씬
지치고 허기진 상태였다. 신앙 경력 짧은 부용이 생각하기에, 감
사는 감사고 밥은 밥이었다. 배울 만큼 배우고 알 만큼 아는 사람
들이 그런 식으로 밥상을 무례하게 대하는 건 경위에 벗어나는
짓이었다. 해방의 감격 누리게 하신 하나님께 감사하는 기독교인
이 조선 천지에 어디 한둘뿐이겠는가. 부지기수로 많은 그 기독
교인이 감사가 차고도 넘친다고 내남없이 다 밥상을 백안시한다
면 조선의 운명은 장차 어찌 되겠는가. 밥은 밥대로 또박또박 먹
어가면서도 얼마든지 감사의 염을 표현할 수 있어야 제대로 된
기독교인이라고 생각했다.

"기도중에 죄송허지만, 저는 수저를 들겠습니다."

이제나저제나 하고 기도 끝나기 기다리다못해 부용은 마침내
제대로 된 기독교인이 밥상머리에서 마땅히 취해야 할 태도를 몸
소 실천해버렸다. 밤이 더 깊어지기 전에 불가불 다녀와야 할 곳
이 있는 까닭이었다.

"해거름판에 어떤 양복쟁이 신사분이 찾아와서 같이 나가셨는
디요."

상좌스님이 귀용의 부재를 알리는 순간, 부용은 두 눈을 질끈
감아버렸다. 보나마나 배낙철 소행이었다. 감나뭇골 다녀간 낙철
이 곧장 백상암에 들러 귀용을 데리고 나갔음이 분명했다. 일제
의 패망으로 불원간 한 가정에 불어닥칠 비극적 장면이 자신의
자발머리없는 상상 속에서 더한층 키를 키우고 몸집을 불릴 여유
를 주지 않으려는 몸부림삼아 부용은 상좌스님 보는 자리에서 머
리를 세차게 흔들고 또 흔들었다.

잠자리떼가 공중을 어지러이 날아다닌다. 원형의 거대한 뭉텅
이를 이룬 채 깔따구떼가 땅 위로 낮게 떠 이리저리 자리를 옮아
간다. 가마솥에 넣고 푹푹 삶아대듯 날씨는 세상 만물을 마구잡
이로 찌물쿠고 단근질한다.

갑자기 주룩주룩 퍼붓기 시작하는 작달비를 내다보면서 부용
은 문득 전날의 기억을 떠올렸다. 하루 뒤에 큰 비 내릴 조짐으로
그런 그림들 미리 보여주었던가. 산서분지에 내리는 비의 기세가
초장 무렵부터 아무래도 심상찮게 느껴졌다. 밤이 이슥해지자 비
는 강풍을 더불은 폭우로 돌변했다. 놋날같이 드리우는 빗발에
걸맞게끔 처마끝에서 폭포수처럼 떨어지는 낙숫물 소리 때문에
귀가 먹먹해질 지경이었다. 새 소식 입에 물고 제비처럼 다시 날
아올 듯이 큰소리 뻥뻥 치고 떠났던 진용 형은 끝내 감감무소식

이었다. 한편으로는 형한테 무슨 일이라도 생겼는지 은근히 걱정되기도 하고, 다른 한편으로는 사정리 면사무소와 주재소 일대에서 그후 어떤 분위기 변화와 어떤 극적인 사건이 벌어졌을지 자못 궁금하기도 했다.

"여보, 잠들었소?"

몹시 피곤한 몸인데도 밤이 꽤 깊도록 잠을 이룰 수가 없었다. 연실 역시 많이 힘든 하루 보낸 셈인데도 쉽사리 잠에 빠져들지 못하는 기색이었다. 잠자리에 든 뒤로 꼼지락도 하지 않고 숨소리마저 감추고 있는 점이 아직 잠 근처에도 가지 못했다는 증거였다.

"아직 안 자는지 다 알고 있소. 친정 댕겨온 후유증은……"

"지금 자고 있어요."

"그렇다면 자면서 들으시요. 전주에서 가슴에 잔뜩 쟁이고 돌아온 앙금은 교회에서 말짱 다 씻어낸 거요?"

"잠언 말씀에 이런 구절이 나와요. 사람이 자기 길을 계획하더라도 그 걸음을 인도하시는 자는 여호와 하나님이시라고요."

"나도 얼핏 읽은 기억이 있는 것 같소."

"그 말씀에 큰 은혜를 받고 새 소망을 입었어요. 내 모든 짐을 아버지 하나님께 온전히 맡겨버렸으니까 이제부터는 그분 인도하심 따라서 내 길을 묵묵히 걸어가기로 작정했어요."

그것으로 그만이었다. 말 마치기 무섭게 반대편으로 휙 돌아눕기까지 했다. 남편이 묻는 의도 복판에 장인 장모 사이 갈등 요소에 대한 궁금증이 자리해 있는 줄 번연히 알 터였다. 그런데도 연실은 알쏭달쏭한 말로 변죽만 슬쩍 울리고는 입을 굳게 닫아버렸다.

여전히 잠은 오지 않았다. 하기야 나라와 겨레가 해방의 감격 누리는 첫 밤에, 설령 거센 빗소리와 바람소리 없이 안온한 밤이라 할지라도, 마치 아무 일 없었던 여느 밤처럼 세상모르게 곯아떨어질 강심장이 조선 천지에 얼마나 있을 것인가. 부용은 문득 해방의 의미가 각 사람에게 어떤 모양으로 다가왔을지를 생각해보기 시작했다. 범위를 좁혀 천석꾼 집안만 보더라도 식구들이 저마다 다른 반응을 보인 셈이었다. 부용 자신에게 해방은 일차적으로 고향땅에 사립학교 설립을 의욕적으로 추진하게 되었음을, 이차적으로 아들 천년쇠를 조선식 본명으로 출생신고하고 호적에 올릴 수 있게 되었음을 의미했다. 풍을 맞아 아직도 정신이 온전치 못한 아버지에게 해방이란 일어나도 그만 안 일어나도 그만인 별유천지의 일에 지나지 않으리라. 어머니에게는 단순히 공출과 징발과 헌납 등 각종 수탈로부터 홀가분하게 놓여남을, 이를테면 자다가 얻은 떡가래 같은 횡재수를 의미하리라. 누님은 일본의 항복을 접하는 순간, 맨 먼저 남편의 무사 귀환을, 그다음 신앙의 자유를 떠올렸으리라. 연실은 조선총독부 경찰 고위직에 몸담았던 친정아버지가 식민통치 벗어던진 새 나라에서 뭇사람한테 지탄받고 고통 겪는 일 없이 그저 무탈하고 평안한 노후 보내게 되기만을 염원했으리라. 귀용에게 해방은…… 해방의 의미는……

바로 그 대목에 이르러 부용은 허겁지겁 생각을 접어버렸다. 생각이란 것이 막냇동생 덕용 근처에는 다가갈 겨를조차 없었다. 장차 귀용이 이 땅에서 벌일 갖가지 행동들 상상하는 일만으로도 벌써 골머리가 지끈지끈 패기 시작할 지경이었다.

날이 밝기 기다려 부용은 새벽바람에 집을 나섰다. 비바람은 잠잠해졌지만, 밤새 쏟아진 폭우로 말미암아 길 곳곳에 크고 작은 웅덩이들이 수없이 파였고, 동천에는 둑길을 위협할 기세로 수량이 엄청나게 불어나 있었다. 냇가에서 멀잖은 곳에 우뚝 선 채 넓은 그늘로 수많은 행인에게 시원한 쉼터를 제공해주던 거대 노송 한 그루가 지난밤 강풍에 얻어맞아 중동이 우지끈 부러져 있었다. 땅에 떨어져 길을 반나마 가로막은 노송 윗동아리 치우느라 톱으로 자르고 도끼로 패면서 이른 아침부터 구슬땀 흘리던 인근 마을 남자들이 부용을 얼른 알아보고 간밤의 거센 바람을 화젯거리로 삼았다. 그들은 그 바람 가리켜 너도나도 '해방 바람'이란 말을 입길에 올렸다. 우람하고 풍채 좋기로 소문난 노송나무가 해방 바람에 강타당해 이 지경으로 흉물이 되다니, 세상에 이런 재변이 다 있느냐는 투였다. 부용은 울력다짐하는 남자들과 노송나무 잔해 사이를 곡예 벌이듯 통과하는 동안 손수건 따위 꺼낼 생각은 전혀 하지 않았다. 부용에게 뒤늦게 찾아온 해방의 세번째 의미는 중증 결핵 환자 흉내로부터 완전히 벗어남이었다.

"왔는가, 동상?"

진용 형은 자리보전하고 누운 채 새벽바람에 들이닥친 사촌동생을 착 까라진 목소리로 맞았다. 형수 말에 의하면, 간밤에 비바람 속 뚫고 초주검 꼴 되어 돌아왔다는 것이었다. 진용 형 말로는, 소문 듣고 달려온 산서 주민들 틈에 끼어 퍼붓는 비를 쫄딱 맞아가며 밤늦도록 면사무소 앞을 지키고 있었노라고 했다. 그때부터 이미 재채기가 자꾸 나오고 온몸이 찌뿌드드한 것이 아무래도 고뿔이 들려고 단단히 탈을 잡는 것 같더라고 말했다.

"그런 몸으로 그때까장 거그서 뭘 허고 계셨습니까?"

"뭘 허기는, 이 사람아? 시방 난리 귀경을 혔지. 세상천지 시방 그런 난리가 없었다니께. 갑째기 배낙철이가 시방 멀쩡헌 낯짝 꼿꼿허니 쳐들고는 시방 사람들 앞에 불쑥 나타난 거여, 시방. 지 패거리를 시방 한 무데기씩이나 끌고는 말이여, 시방."

"혹시 그 패거리 속에 우리 귀용이도 끼어 있던가요?"

"나도 시방 귀용이가 영 맴에 걸려서 혹시나 허고 시방 사방을 찾어봤는디, 그 패거리 속에는 안 뵈드만."

부용은 저도 모르게 가슴을 쓸어내렸다.

"그뿐인지 아는가, 시방? 배낙철이 한 놈만 보고도 시방 기절초풍헐 판인디, 한참 지나니깨 시방 요번에는 황대장이 또 청년들 한 무데기를 뒤에 달고는 시방 사정리로 들이닥치드만."

"아니, 황대장이라면 소싯적 그 황석우를 말씸허시는 겁니까?"

"갸 이름이 시방 석우였든가? 좌우지간에 황대장 지금 얼굴이 시방 옛날 그 소싯적 얼굴허고 시방 여축없이 딱 맞어떨어지드라니깨!"

"일찌가니 고향 떠나 광주로 유학간 그 황석우가······"

"내 말이 시방 그 말이네. 기골이 장대헌 그 황대장이 시방 고향 찾어 돌아와서는 시방 이 고동판 신대목 북새통에 불쑥 끼어들지를 시방 누가 꿈엔들 짐작이나 했을 것인가."

황석우는 배낙철과 함께 부용의 소학교 동기였다. 두 학년을 연속으로 월반해 사촌형과 동급생이 된 낙철이 일찍부터 신동 소리 들으며 공부에서 맡아놓고 늘 일등 차지였다면 석우는 원판 체격이 크고 힘이 장사라서 운동과 싸움질 쪽으로는 적수가 없었다. 학교 운동장이나 길거리에서 노상 추종 세력 거느리고 다니며 위세를 과시하던 그에게 황대장이란 별명이 따라붙은 건 차라리 자연스러운 현상이었다. 산서에서 소학교 마친 후 부용이 전주로, 석우가 광주로 각각 유학 떠나면서 둘 사이 친구 관계는 소원해졌다. 방학 아니면 명절 무렵 본가 또는 선영을 잠깐 다녀가는 그하고 어쩌다가 한 번씩 동네 고샅길에서 우연히 마주치곤 하는 정도였다.

"일찌가니 광주에서 터잡고 어린 나이에 사업으로 성공했다든 그 석우가 이 판국에 고향을 다 찾아오다니!"

"그러게 말이네. 참말로 시방 난리도 그런 난리는 시방 좀체로 귀경헐 기회가 없을 것이고만. 왜놈들이 시방 면사무소 앞쪽서부텀 주재소 앞쪽까장 시방 진지를 구축허고 있다드라니깨!"

이마에서 신열 펄펄 끓는다며 다 죽어가는 시늉이던 진용 형은 막상 사정리 현장 목격담이 본궤도에 오르자 고뿔 증상들 간단히 떨치면서 말이 부쩍 많아졌다. 진용 형이 말하는 난리란 배낙철 세력과 황대장 세력 간의 경쟁 또는 충돌을 의미했다. 조선인들 세력 싸움에 앞서 벌어진 행사가 일본인들 동방요배(東方遙拜)였다. 임시 수용된 일본인들이 면사무소 앞마당으로 일제히 몰려나와 땅바닥에 엎드린 채 황궁이 있는 머나먼 동쪽 향해 절하기 시작했다. 혹자는 절하면서 대성통곡하고 혹자는 절 마치자마자 대성통곡했다. 그런 다음 주재소 주임 지휘에 따라 두 관공서 앞에 모래 포대를 쌓기 시작했다. 차단벽이 높아지면서 차츰 보루 형태를 갖춰나가자 배낙철 패거리 몇 명이 앞으로 달려나가 거세게 항의했다. 누구 맘대로 남의 나라 땅에다 이따위 시설을 만드는 거냐. 계속되는 항의에 겁먹은 순사 하나가 얼떨결에 공중에 대고 공포탄을 쏘았다. 총소리에 쫓긴 패거리가 돌아오자 이번에는 우두머리가 분연히 나섰다. 낙철은 위통부터 훌렁 벗어던진 다음

총잡이 순사한테 달려들면서 제 가슴팍을 손으로 가리켰다. 나를 쏴라, 이놈들아. 여기에다 총알을 콱 박아넣으란 말이다, 이놈들아. 갑자기 분위기가 술렁거리면서 그때껏 잠자코 구경하던 주민들까지 항의에 동참하기 시작했다. 신변에 위협을 느낀 주재소 병력이 주변 경계 포기한 채 갑자기 자취를 감춰버렸다. 그러자 경찰 대신 면장이 전면에 나서면서 무마를 시도했다. 낙철이 책임자 처벌과 사과를 요구했다. 면장이 성의 없이 일본말로 사과했다. 조선말로 다시 정중히 사과할 것을 낙철이 재차 요구했다. 마지못해 면장이 조선말로 사과했다. 그러자 배낙철 패거리가 목청 드높여 만세를 부르기 시작했다. 조선 독립 만세! 구경꾼 주민들도 덩달아 만세를 불렀다. 조선 독립 만세!

갑자기 하늘이 시커메지고 사방이 어두컴컴해지는가 싶더니만 느닷없이 비가 쏟아지기 시작했다. 황대장 패거리가 등장한 건 바로 그 무렵이었다. 배낙철 패거리 반대편에 자리잡자마자 그들 역시 목청껏 만세를 부르기 시작했다. 만세는 같았으나 만세의 대상은 달랐다. 대한 독립 만세! 구경하던 주민들이 얼른 만세의 대열을 갈아탔다. 대한 독립 만세!

"조선이 대한이고 대한이 조선인 마당에 시방, 조선 독립 따로 시방 대한 독립 따로 시방 만세를 지각각 노느매기혀서 불러대는 그 속내가 뭣인가 시방 나는 당최 몰르겄데. 말리는 사람 암도 없다보니께 시방 누가 이기는가 보자 허고는 시방 쏟아지는 빗물에 먹을 깎어감시나 시방 밤새드락 만세 시합을 벌릴 작정이드만. 양쪽 그 패거리들 시방 지금쯤 된통 감기몸살 걸리고 목이 걱 쉬 어서 시방 개개일자로 고상깨나 허고 있을 것이고만."

"형님, 고뿔에 좋다는 그 쌍화차랑 생강차 같은 것도 자주 드 셔가면서 몸조섭 잘허십쇼."

부용은 서둘러 인사를 닦고 나서 도망치듯 사촌형 집을 나섰 다. 비는 일단 그쳤지만, 하늘은 여전히 마음만 먹으면 언제라도 다시 작달비 꽉꽉 내리꽂을 만반의 채비를 갖추고 있었다. 부용 은 잿빛 구름장으로 뒤덮인 제 마음자리만큼이나 어두운 하늘을 한참이나 망연히 올려다보았다. 대한민국과 조선이 같은 그릇에 담겨 있는 하나의 하늘이었다.

숯골 사돈집에서 더부살이하던 덕용이 해방을 맞아 실로 오랜 만에 집으로 돌아왔다. 학도병 지원 강요를 피할 목적으로 학교 를 자진 휴학하고, 휴학생에 가해진 징용 의무를 기피할 셈으로 숯골에 들어가 숨어 지낸 기간이 자그마치 해를 훌쩍 넘겨버렸 다. 무척이나 외롭고 서럽고 불편한 삶을 견딘 청년답지 않게 덕 용은 사춘기 소년처럼 해맑고 들뜬 모습이었다. 기나긴 피신생활 을 영어 콘사이스 한 권 달달 외우다시피 기를 쓰고 공부하는 것 으로 버티었노라 자랑삼아 말했다. 다음 학년도에 중학교 오학년 졸업반으로 복학할 때까지 집에서 독습하면서 시간을 아껴 쓰겠 노라 다짐했다. 덕용은 틈날 때마다 양쪽 조카들 번갈아 돌봐주면서 삼촌 노릇과 외삼촌 노릇을 즐겁게 감당하기도 했다.

　어느 하루, 학교 사정도 알아보기 겸 복학 문제를 미리 상의하기 위해 휴학 전 담임선생 만나러 읍내 모교를 찾아갔던 덕용이 코가 쉰댓 자나 빠진 꼴로 돌아왔다. 동급생 친구들 소식 전해주면서 담임선생이 엉엉 울더라는 것이었다. 알고 보니, 강요에 못이겨 학도병에 지원했다가 전사한 친구가 여럿이었다. 군대 대신 휴학 후 징용으로 끌려갔다가 행방이 묘연해진 친구도 여럿이었다. 그 친구들 몫까지 몇 곱절 더 학업에 매진해야 한다는 담임선생 신신당부가 잠시 안일함에 빠져 있던 덕용의 정신을 궐기시켰다. 학업을 중단하기 전까지 신세 졌던 하숙집 주인을 다시 만났노라며 덕용은 복학 때까지 읍내에서 하숙하며 지낼 결심임을 밝혔다. 아버지 대신 집안의 물주 노릇 떠맡고 있는 맏형에게 사실상 학부형 자격으로 막냇동생 하숙비 지원해주기를 강력히 요청하는 발언이었다. 덕용의 귀가로 아연 활기를 띠었던 집안 분위기는 불과 보름여 만에 풀죽은 모양새로 바뀌고 말았다.

2

그야말로 억장이 무너져내리는 심정이었다. 해방 후 최초의 조선인 귀환선인 우끼시마마루(浮島丸)가 원인 불명 해상 폭발로 인해 겐까이나다(玄海灘)에 수장되고 말았다는 것이었다. 그 소식을 맨 처음 전해준 사람은 사모였다. 목자 잃은 샛내교회 양떼 이끌어줄 목사 초빙을 위해 전주로 서울로 열심히 발품 팔고 다니는 과정에서 어떤 목사한테 놀라운 얘기를 들었노라 했다. 물론 최순금 성도 억장 무너뜨릴 작정으로 사모가 일부러 꺼낸 얘기는 아니었다. 세상 소식 비교적 빨리 접하는 편인 순금이 이미 누군가로부터 그 소식 전해듣고 혼자서 속깨나 끓이리라 지레짐작한 나머지 상한 심령 위로하고 흔들리는 마음 다잡아주기 위한 사모의 배려였다.

"부용이 너, 우끼시마마루 사선 알고 있었나?"

순금은 출타에서 돌아오는 큰동생 붙들고 마치 죄인 잡도리하 듯 단도직입적으로 추궁했다. 부용이 움찔하는 기색으로 누님을 멀거니 바라보았다.

"누님이 어떻게 그걸……"

"알고 있었고나? 나도 귀가 있는 사람이다. 너는 왜 알았음시나 그동안 나한티 일언반구 귀뜸도 안 했냐?"

"실은 누님한티 득이 될 게 별로 없는 일 같아서……"

"나한티 득이 되고 실이 되고는 니가 아니라 내가 판단헌다!"

그제야 비로소 부용의 입이 술술 풀리기 시작했다. 순금은 교회에서 사모한테 들었던 것보다 훨씬 더 자세한 내막을 동생 통해 접하게 되었다.

일본 해군이 징발한 화물선 우끼시마마루가 애당초 받은 임무는 빈 배로 부산항에 가서 조선 거주 일본인들 본국으로 귀환시키는 일이었다. 그런데 갑자기 명령이 바뀌어 일본 동북 지역 오미나또항(大湊港)에서 조선인들 가득 태운 다음 팔월 이십이일 부산으로 향발했다. 항해 도중 돌연 항로를 바꿔 일본 중부 연안 마이즈루항(舞鶴港)으로 진입하던 우끼시마마루에서 팔월 이십사일 해상 폭발이 일어나 순식간에 침몰하고 말았다. 이 끔찍한 해난 사고로 말미암아 최소 오백여 명에서 최대 일천여 명 사망자와 수천 명 실종자가 발생했다. 피해자 절대다수가 북해도와 아오모리현(青森縣) 등지로 끌려가 강제 노역에 시달리다 해방의 감격에 부풀어 귀향길에 오른 조선인 징용자들이었다. 승선자 명부조차 없는 탓에 정확한 사망자 숫자나 사망자 신원을 파악할 길마저 막연한 실정이었다.

"상식적으로 생각헐 적에 도무지 이해가 안 되는 폭침 사건이지요. 일본 정부는 미군 쪽에다 책임을 슬쩍 떠넘기고 있답니다. 미군이 항행 금지를 명령허는 바람에 어쩔 수 없이 마이즈루항으로 항로를 변경헌 거랍니다. 그러다가 미군이 연안에 부설헌 기뢰에 부딪혀서 폭발헌 거랍니다. 주일 미군사령부 쪽에서는 우끼시마마루 사건허고 관련혀서 입을 꽉 다문 채로 여태까장 방관자적 자세로만 일관허는 중이랍니다."

"그만허면 되았다."

"기뢰 피폭설 말고 내부 폭침설도 나돌고 있답니다. 구사일생으로 살아남은 일부 승선자들 증언에 의헐 것 같으면……"

"되았다니깨!"

저도 모르게 꼬챙이로 쑤시는 듯한 목소리가 나와버렸다. 갑자기 어리벙벙한 표정으로 변하는 부용을 보면서 순금은 자신의 속좁음과 성마름을 이내 후회했다. 하지만 더 들어봤자 가슴에 먹장구름만 층층이 쌓일 뿐인 그 후속편 이야기를 끝까지 다 들어줄 용의는 없었다.

"제가 눈치 없이 주뎅이를 나불거려서 누님 심기만 불편허게 맨든 것 같습니다. 쇠송헙니다."

"고단허겄다. 어서 들어가서 쉬거라."

"누님, 마지막으로 요것 한 가지는 꼭 말씸드리고 잪습니다. 우끼시마마루허고 연관된 홋까이도나 아오모리 지역은 조선인 징용자들이 끌려간 수백 간디 노역 현장 중에서 게우 두 간디 현장에 불과헐 뿐입니다."

"날 위로헐라고 괘얀시 무리헐 필요 없다. 내가 받을 위로는 보혜사 성신님만으로도 충분허다. 교회에 머무는 동안에 위로의 영을 그득차고도 넘치드락 받은 몸이니깨 당최 내 걱정은 허들 말거라."

남매는 서로 등 돌려 부용은 본채로 들어가고 순금은 거처방으로 향했다. 엄마 등에 업혀 먼길 다녀오느라 제딴은 많이 힘들었던 모양이었다. 엄마가 한동안 자리 비운 줄도 모르고, 더군다나 조선인 귀환선 우끼시마마루가 침몰한 줄 꿈에도 모르는 채로 삼열이는 새근새근 자는 중이었다. 곤히 잠든 눈자라기 얼굴 가만히 들여다보고 있자니 느닷없이 눈물샘이 터져버렸다.

"하나님 아바지시여, 하나님의 사람 나실인으로 봉헌헌 이 어린 생명을 설마 애비 없는 자식으로 맨들지는 않으시겄지요?"

굵은 눈물방울들이 발갛게 홍조 띤 눈자라기의 뺨 위로 투두둑 떨어져내렸다. 어린 아들 안아올려 가슴에 품는 순간, 순금은 사모로부터 위로받고 격려받는 가운데 들었던 요한복음 14장 말씀을 다시금 떠올렸다.

'내가 아바지께 구하겟스니 아바지께셔 또다른 보혜사를 너희게 보내여 영원토록 갓치 잇게 하시리니 이는 진리의 신이라 셰샹이 능히 밧지 못하난 거슨 보지도 못하고 아지도 못함이나 너희가 아난 거슨 너희와 갓치 계시고 또 너희 속에 계실 연고라 내가 너희를 떠나 외로운 자식갓치 바리지 아니하고 너희게로 림하려니와……'

토요일 아침이었다. 전날 사찰집사로부터 사모 의중을 전달받은 남녀 교인들이 교회 앞마당으로 속속 모여들었다. 남자는 빗자루 아니면 삽이나 톱서껀 연장을 지참하고 여자는 걸레로 사용할 헌옷가지 따위를 지참한 채였다. 부용은 연락을 받고도 피치 못할 사정이 있다는 이유를 내세워 모임에 불참했다. 어린 자식 딸린 젊은 엄마는 애당초 소집 대상에서 제외되었지만, 순금과 연실은 숫제 못 들은 척하고 아기를 둘러업은 채 모임에 참석했다. 한 엄마가 일하는 동안 다른 한 엄마가 두 아이 돌보기를 둘이서 교대로 맡을 작정이었다.

사모 지휘에 따라 장정 서넛이 한꺼번에 예배당 출입문에 달라붙었다. 문짝 전체를 가새질러 여닫이를 원천봉쇄한 널빤지들에 박힌 대못들이 장도리질에 의해 뽑히기 시작했다. 마침내 출입문이 휠쩍 열렸다. 이게 일바 만의 일인가! 일제의 신사참배 강요와 기독교 탄압이 계속되는 한 영원히 다시 열리지 않을 듯싶던 바로 그 문이었다. 그토록 오랜 세월 완강하게 막혀 있던 문이 불과 장정들 장도리 공격 몇 차례 만에 허무하리만큼 쉽사리 열려버린 것이었다. 혹자는 목청껏 환호성 내지르고 혹자는 할렐루야 소리 새되게 외치며 서로 앞다투어 예배당 안으로 몰려들어갔다. 안에서 대기중이던 먼지와 티끌이 단박에 교인들을 덮쳤다. 바닥과 걸상 위에 켜켜이 쌓인 채 몇 년 동안 깊이 잠들어 있던 먼지층이 퉁탕거리는 사람들 발길에 놀라 경기를 일으키며 공중으로 자우룩이 피어올랐다. 삽시에 운무처럼 실내를 그득 메운 먼지구름이 유리창으로 들어오던 햇빛마저 막아버릴 정도였다. 아기를 품에 안은 채 맨 꼬라비로 예배당 안에 발을 들이려다 말고 순금과 연실은 뿌예진 시야와 알싸한 먼지 냄새에 기가 질려 황급히 출입문 밖으로 대피할 수밖에 없었다.

"잠깐만요! 청소는 나중이지요! 당연히 예배가 우선이고요!"

소맷자락 걷어붙인 채 저마다 청소도구 한 가지씩 챙겨드는 교인들 바라보면서 사모가 소리쳐 말렸다. 교인들은 곧바로 몸을 낮추어 먼지 구덩이 속에 더뻑더뻑 엎드리면서 예배 준비 자세를 취했다. 예배 인도자가 당연히 강단 위에 올라야 한다는 주장이 여기저기서 튀어나왔다. 자신이 무자격자 신분임을 내세워 사모는 성스러운 강단에 오르기를 한사코 거부했다. 끝내 회중과 강단 어중간 자리 고수한 채 사모는 성난 먼지구름이 웬만큼 다소

곳이 가라앉기를 기다려 감사 예배를 인도하기 시작했다. 먼저, 에스라 3장 8절부터 13절까지 말씀을 봉독했다. 그런 다음, 본문 말씀의 내용과 시대적 배경에 대해 상세히 설명했다.

예레미야 선지자를 통해서 예전에 하셨던 약속의 말씀을 이루시려고 여호와 하나님께서 바사 왕 고레스의 마음에 감동을 주어 폐허가 된 예루살렘성전을 새로 건축하라는 조서를 내리게 하셨다. 고레스는 성전 건축을 위해 바벨론에 전쟁 포로 신분으로 머물러 있던 스룹바벨을 비롯한 사천여 유다 백성을 자유의 몸으로 풀어 본국으로 돌아가도록 조처했다. 전 왕조 느부갓네살왕의 군대에 유린당해 예루살렘과 솔로몬 성전이 파괴되고 대다수 백성이 사로잡혀 전리품으로 끌려감으로써 바벨론 유수(幽囚)가 된 이래 실로 칠십 년 만에 이루어진 감격의 해방이요 꿈에 부푼 귀국이었다.

지도자 스룹바벨의 탁월한 영도 아래 유다 백성은 새 성전을 세우겠다는 일념으로 똘똘 뭉쳐 건축 자금을 모으고 공사를 준비하는 일에 전심전력을 기울였다. 성전 건축을 시기한 외부 세력들이 끊임없이 방해 공작을 폈지만, 스룹바벨을 중심으로 일치단결해서 공사에 매진한 끝에 마침내 성전터의 기초를 놓는 데까지 성공했다. 예전 솔로몬 성전의 웅장함과 화려함을 기억하는 일부 나이 많은 세대는 성전 기초의 보잘것없음과 초라함에 실망한 나머지 대성통곡했다. 그러나 대다수 유다 백성은 기쁨에 겨워 함성 지르며 새 성전을 허락하신 여호와 하나님을 찬양해 마지않았다.

옛 시대 유다 백성이 누렸던 해방의 감격을 오늘날 우리가 똑같이 맛보고 있다. 약속의 말씀을 반드시 지키시는 신실하신 하나님께서 강권적 섭리로 느부갓네살 다름없는 일제를 멸하시고 조선을 바벨론 유수 같은 식민 지배에서 풀려나게 하셨다. 우리 믿음의 권속들 가운데도 가장을 징용으로 떠나보낸 두 가정이 있다. 두 가정뿐만 아니라 조선의 모든 가정마다 유수에서 풀린 징용자들이 무사히 귀가하는 그 놀라운 은총이 불원간에 임하리라 믿으면서 이를 위해 모든 성도가 한마음 한뜻으로 중보기도에 힘쓰기 바란다.

현재 샛내교회가 가장 시급히 해결해야 할 문제는 스룹바벨 같은 영적 지도자를 모시는 일이다. 하지만 하대명년하고 스룹바벨만 기다릴 수는 없다. 하나님께서 양떼를 초장으로 인도할 진실한 목자를 허락하시는 그날까지 우리는 저마다 작은 스룹바벨이 되어야 한다. 스룹바벨 노릇을 각자가 한 줌씩 나눠 가짐으로써 일제에 의해 무너진 성전을 수축할 사명이 우리한테 주어졌다. 신사참배를 거부했다는 이유로 성전이 강제 폐쇄당해 오래 방치되는 바람에 함석지붕은 낡고 삭아 군데군데 빗물이 새고, 군수물자 원료용 금속 모으기 운동으로 교회 종이 강제 징발되는 바람에 종탑은 알맹이 없이 빈 껍데기만 덜렁 남아 있다. 샛내교회

성전 수축은 스룹바벨 없이도 우리 성도들 단결력만으로 얼마든지 가능하리라 믿는다. 물론 만만찮은 비용이 필요한 사업이다. 옛 시대 유다 백성이 믿음의 분량대로 헌물한 금붙이나 은붙이가 예루살렘성전 건축 비용으로 요긴하게 사용되었듯이 우리도 십시일반으로 성심과 성의를 모은다면 샛내 성전 역시 지난날 그 어연번듯한 모습으로 되살아나리라 믿고 장담할 수가 있다……

"사랑 무한하시고 은혜 풍성하신 하나님 아바지……"

성경 강독이라기보다는 차라리 웅변에 가까운 설교가 끝나고 곧바로 기도가 시작되었다. 기도중에 문목사와 관련된 내용이 나왔다. 주님께 충성 바치려 몸부림치다가 해방의 감격을 미처 누리지 못한 채, 회복의 은총을 입기도 전에 일찍 하늘의 부르심을 받은 문목사의 영혼을 위해 기도하는 순간, 사방에서 콧물 훌쩍이는 소리와 흐느끼는 소리가 일어났다. 징용 떠난 가장이 아직 돌아오지 않은 최순금 성도와 송정혜 집사 두 가정을 위한 기도가 시작되자 교인들은 주여, 주여, 하고 큰 소리로 부르짖기도 했다. 자리를 비운 가장 대신 성신 하나님께서 그들 가정에 친히 임재하시고 좌정하시어 가족들을 지켜주시고 위로해주시라고, 멀리 떠난 가장이 하루속히 건강한 모습으로 귀가할 수 있도록 그 발걸음을 고향집으로 인도해주시라고 기도하자 교인들은 일제히 아멘, 하고 화답했다. 바로 옆자리에 앉은 연실이 내지르는 아멘 소리가 순금의 귀에 특히 너 두드러지게 들려왔다. 그 요란한 '아멘'이 어미들 품안에서 곤히 자던 두 아이를 동시에 깨워놓았다. 눈뜨자마자 삼열이는 당장 젖 내놓으라 보채기 시작하고 천년쇠는 잠투정하느라 괜히 찜부럭 부리기 시작했다.

기도 순서가 끝나고 광고 순서가 되기 기다려 아기 딸린 두 엄마는 발소리 감춘 채 조용히 밖으로 나갔다. 순금은 뭔지 모르게 마음이 켕기는 게 있어 예배당 출입문 나서기 직전에 뒤쪽을 힐끔 돌아다보았다. 강단 옆 풍금의 자태가 얼른 눈에 들어왔다. 맞다, 풍금 바로 너였구나! 먼지 뿌옇게 뒤집어쓴 풍금의 모습이 지난날 예배 때마다 반주를 전담했던 순금의 눈에 자꾸만 밟혔다. 요번 감사 예배에서 찬송을 한 곡도 부르지 않았다는 사실을 퍼뜩 상기했다. 아마도 먼지 구덩이 속에 들어앉아 숨 들이쉬고 내쉴 때마다 먼지를 양껏 마셔가며 찬송하는 교인들 수고를 덜어주려는 사모의 배려인 듯싶었다. 되찾은 성전에서 드리는 첫 감사 예배에 풍금 반주 없이 생짜로 부르는 찬송이 어울리지 않는다고 생각했던 듯싶기도 했다. 그러잖아도 낡아빠져 바람이 많이 새던 풍금인데, 오랜 세월 처박아두었으니 그 상태가 오죽할까. 전면적으로 수리하고 조율하는 데 드는 비용이 어림잡아 백미 몇 가마 값에 상당할 것 같았다.

호젓한 종탑 근처 나무 그늘에 앉아 순금은 적삼 앞섶 열어젖히고 젖먹이 입에 젖을 물렸다. 갑자기 예배당 안이 소란스럽고 부산해졌다. 대청소가 시작된 모양이었다. 연실은 이제 막 다시 잠든 천년쇠를 업은 채 종탑 주변을 서성이면서 대청소에 동참할 수 없는 자신의 처지를 안타까워했다. 때마침 예배당을 빠져나온 사모가 두 여인을 발견하고 종탑으로 다가왔다.

"혹시 어느 분이 우리 천년쇠를 맡아주신다면 나도 대청소에 참여할 수가 있을 텐데……"

혼잣말 비슷한 연실의 푸념에 사모는 고개를 살래살래 내저었다.

"아서요, 아서. 걸리적거리는 방해꾼 노릇만 한다고 나도 등떼밀려서 방금 쫓겨났어요. 고기도 먹어본 사람이 잘 먹고, 대청소도 많이 해본 사람이 깔끔하게 잘하는 법이래요."

삼열이는 젖 먹다가 식곤에 빠져 젖꼭지 입에 문 채로 잠들었다. 순금은 방만하게 벌어진 적삼 앞섶을 여미고 나서 몸을 일으켜세웠다.

"사모님, 만일 성도님들 헌금만으로는 수축 자금이 부족헐 경우 그 나머지 비용은 제가 부담허고 잪어요."

대꾸할 말 찾느라 잠시 어물거리는 사모 앞으로 연실이 쏙 볼 가져나왔다.

"사모님, 저도 교회 종을 새로 장만하는 데 힘을 보태겠어요."

"아까 먼지 흠빡 덮어쓴 풍금을 보고 얼매나 맴이 아팠는지 몰라요. 풍금 수리 비용도 제가 부담헐 용의가 있고만요."

"서노 우리 형님이랑 힘을 합쳐서 고불단지 풍금을 신제품마냥 번듯하게 고쳐놓기로 약속하겠어요."

거액의 헌금을 다투어 약속하는 두 여인을 사모는 회동그라진 눈으로 번갈아 쳐다보았다.

"이거 정말 큰일났네요. 이러다가 혹시 우리 교회 종탑에 종이 두 개가 나란히 달리고 성전 안에 풍금 두 대가 겹으로 들어앉는 일이라도 생긴다면, 그 노릇을 어쩌지요?"

마치 시작 신호에 맞추듯 세 여인은 동시에 깔깔거리고 호호거렸다.

"내가 무슨 말로 두 분한테 감사를 표해야 좋을지 모르겠군요. 참으로 부요하신 우리 하나님께서 신심 깊은 두 성도 가정에 만배의 복으로 채워 갚아주실 것을 믿습니다."

기독교식 덕담이 오간 연후에 사모는 방금 자신이 등 떼밀려 쫓겨났듯이 이번에는 두 여인을 등 떼밀어 교회 밖으로 쫓아내기 시작했다.

"아기들 데리고 장시간 밖에 머무는 건 아무래도 무리지요. 공연히 걸리적거리는 방해꾼으로 취급당하지 말고 어서 집으로 돌아가셔요."

사모하고 헤어져 감나뭇골로 길을 잡아 나아가다 말고 순금은 갑자기 교회 쪽으로 돌아섰다.

"왜 그러셔요?"

연실의 물음에 순금은 이맛살을 잔뜩 찌푸려 보였다.

"대청소 끝난 연후에 송정혜 집사님을 꼭 만나겠다고 맴을 먹었는디, 총망지간에 고만 깜빡 잊어먹고 있었어."

연실이 아, 하면서 감탄인지 한탄인지 모를 애매한 소리로 반응했다. 사모의 절절한 기도 소리에 귀기울이는 동안, 순금은 남편을 징용으로 떠나보낸 송집사를 만나보기로 작정했다. 동병상련의 두 여인이 만나면 서로 할 얘기가 무진장 많을 성싶었다. 설령 할 얘기가 전연 없다 해도 둘이서 꼭 끌어안고 한바탕 같이 울 수만 있다면 그것만으로도 족할 판이었다. 눈알이 짓무르도록 실컷 울고 나면 꽉 막혔던 속이 뻥 뚫릴지도 모르는 일이었다.

"나중에 따로 조용히 만나시는 게 좋을 것 같네요."

연실의 권고에 순금은 말없이 고개만 끄덕여 보였다.

3

"뭣이라고라?"

관촌댁은 영감 귀청 떨어져나가게끔 소래기를 꽥 내질렀다. 아까부터 손짓으로 무슨 형상인가를 자꾸만 만들어 보이면서 뭐라 뭐라 웅얼거리는데, 당최 그 뜻을 알아먹을 재간이 없었다.

"시방 무신 소리를 허고 잖어서 식전서부텀 몸부림을 허신다요?"

영감이 또다시 손짓으로 길쭉한 모양을 그린 다음 그걸 바닥에다 내리꽂는 시늉을 일삼았다. 관촌댁은 한쪽 입아귀 연방 실룩이면서 어눌한 발음으로 뭔가를 설명하고자 진땀 빼는 중인 영감 얼굴 한참이나 주시하던 끝에 겨우 짐작의 경지에 다다랐다.

"그거 혹시 지팡막대기 말씀허시는 거요?"

"으, 갖고 와."

"오매, 자다가 봉창 뚜딜긴다드니만, 참말로 베라벨 일도 다 있네그라! 단매에 쌔려쥑일 왜놈들도 인자는 다 물러가고 없는 마당인디, 그 고장난 몸땡이로 지팡막대기는 얻다가 써먹을라고 숨넘어가게 찾는다요?"

"갖고 와! 싸게 갖고 와!"

영감이 흰자위 승한 눈알 마구 부라리며 벌컥 소가지 부리는 사품에 관촌댁은 그만 찔끔 움츠러들고 말았다.

"알었소, 알었어. 제일 이뿐 놈으로 골라서 당장에 대령허리다."

풍을 맞기 전 영감이 구렁이였다면 지금의 영감은 지렁이 푼수에 불과한 셈이었다. 하지만 관촌댁은 지렁이도 밟으면 꿈틀한다는 이치를 이미 경험 통해 익히 터득하고 있었다. 영감은 푹 삶아놓은 호박처럼 흐물흐물해 보이다가도 아랫것들 누군가가 자신을 업신여기거나 무시하는 눈치만 보일라치면 불같이 화를 냄으로써 자신이 아직도 죽지 않고 엄연히 살아 있는 목숨임을 만천하에 광고하곤 했다. 생목숨 꺾지 못해 노상 안달인 병마도 영감의 그 유별나게 타고난 성깔만은 감히 어쩌지 못하는 모양이었다.

목덜미 잡고 쓰러지던 당시, 목숨이 경각에 달린 듯싶던 산송장 꼬락서니에 비하면 지금 영감 상태는 차라리 양반에 속했다. 돌덩이같이 굳었던 삭신이 날로달로 알게 모르게 조금씩 풀리고 마비되었던 반신에 피가 돌면서 영감은 점차 사람 꼴 되찾아 갖추어가기 시작했다. 하지만 제아무리 그래봤자 소견머리나 말솜씨는 여전히 어린애 수준을 벗어나지 못하고 있었다. 만일 지금의 영감과 과거의 춘풍이, 그리고 미처 두 돌이 안 지난 손자 천년쇠를 한 줄로 나란히 세워 소견 구멍의 크기나 말 다루는 실력을 겨루게 한다면, 셋 가운데 천년쇠가 기중 윗길일 것이었다. 단연 수석 차지할 천년쇠에 이어 차석 자리 놓고 영감과 춘풍이가 막상막하 경쟁 벌일 판인데, 춘풍이보다는 그래도 영감 쪽이 반 뼘쯤 우세하다고나 할까. 하지만 꼼짝없이 초상 치르는 줄만 알았던 영감이 애면글면 살아나 꼴찌 아닌 차석이나마 차지할 수 있게 되었으니 이 얼마나 다행한 노릇인가.

관촌댁이 믿는 바로는, 그 모든 게 순전히 마누라 하나 잘 만난 덕분이었다. 마누라 살아 있는 동안 그 공적 기려 열녀비 세워주고 열녀문 안에 모셔도 모자랄 판이었다. 꼼짝도 못하는 영감 입에 때맞춰 곡기 넣어주고, 중풍 다스리는 데 탁효가 있다고 알려진 약재란 약재는 죄다 구해다가 불철주야 탕제 만들어 장복시켰다. 시시때때로 대소변 손수 다 받아내는가 하면 혹여 욕창으로 고생할까봐 부담롱처럼 무거운 몸뚱어리 좌로 굴리고 우로 굴려 옮겨 뉘느라 하고많은 날들 죽살이치며 살아야만 했다. 늙정이 마누라 그런 본정도 몰라줄 뿐만 아니라 이제 얼추 사람 형상 되찾았다 싶으니까 별것 아닌 일에도 걸핏하면 소래기지르고 툭하면 소가지 부려버릇하는, 밴댕이 소갈딱지 같은 영감 그 마음씀씀이가 그저 야속하게만 느껴질 따름이었다.

대청마루 한구석 차지한 항아리 안에 자그마치 아홉이나 되는 개화장(開化杖)이 꽂혀 있었다. 목제 단장도 있고 철제 단장도 있었다. 천석꾼 대지주 권위 드러내는 데 매우 요긴하게 사용되는 물건인지라 영감의 단장 수집벽은 젊은 시절부터 유난스러운 편이었다. 어디엔가 때깔 좋고 쓰임새 분명한 단장이 있다고 하면 값이야 고하간에 무작정 사들이고 보는 성격이었다. 수집물 중에서 영감이 가장 애지중지하는 물건은 상아 손잡이 달린 흑단 개화장이었다. 검은 광택 자르르 흐르고 윤기 번들거리는 그놈이야말로 '제일 이쁜 놈'이었다. 하지만 혼자서는 운신이 어려운 영감에게 물에 넣으면 뽀그르르 가라앉으리만큼 무겁다는 흑단 재질은 아무래도 무리일 성싶었다. 한참을 이리 견주고 저리 견주어 보던 끝에 관촌댁이 최종적으로 골라잡은 놈은 기중 가볍고 허름해 보이는 명아주 지팡막대였다.

"옜소, 지팡막대기! 요놈으로 산적을 쌔려잡든가 황소를 쌔려잡든가 이녁 승깔대로 양껏 휘둘러보시요!"

지팡막대 받아드는 영감 얼굴에 슬금슬금 미소가 번졌다. 실룩거리는 경련 동반한 미소였다.

"오매, 시상에나! 그놈을 짚고 시방 이녁 혼잣심으로 일어스실 작정이요?"

영감이 지팡막대 중동 붙들고 끝을 방바닥에 찍은 채 끙끙 앓는 소리와 함께 부쩍 기운 쓰는 꼴 보고 관촌댁은 대경실색했다. 영감은 지팡막대 휘저음으로써 당장 말리려 덤비던 할멈을 황급히 뒷걸음질하게끔 했다. 지팡막대 의지해 다시금 기합소리와 함께 홀로서기 시도하던 영감은 윗몸도 일으키지 못한 채 그예 엉덩방아 쿵 찧고 말았다.

"그러게 나가 뭐랍디여? 자고로 천릿질도 한 걸음부텀이라고 그러잖습디여? 나가 도와줄 티니께 위선 첫걸음이나 지대로 떼어보시오."

관촌댁은 방바닥에 주저앉아 네활개 허우적거리는 영감을 얼른 곁부축했다. 할멈 도움으로 어찌어찌 윗몸과 아랫도리 차례로 일으켜 지팡막대 의지한 채 가까스로 서는 듯싶더니만, 온몸 부들부들 떨면서 잠시 비치적거리던 끝에 그예 또 옆으로 픽 쓰러지고 말았다.

"대관절 그 몸뗑이로 걸음마는 배와서 어느 산천경개 유람 나서겠다고 눈뚜껑이 벌어지기 무섭게 식전서부텀 이 요란법석을 다 떨고 있다요?"

진땀으로 번들거리는 영감 얼굴 닦아주는 동안 관촌댁은 안타까움에 못 이겨 울상을 지으며 계속 징징거렸다. 그러자 영감이 와병 후 가장 긴 호흡으로 뭐라 뭐라 장황하게 설명하기 시작했다. 하지만 유감스럽게도 어린애들 옹알이 수준에 불과한 말이라서 그 뜻을 당최 종잡을 수 없었다.

"뭣이라고라우?"

관촌댁은 똑같은 옹알이 수준 반복하는 영감 입을 잔뜩 주시했다. 눈과 귀를 모아 해석에 집중한 덕분에 드디어 통역이 웬만큼 가능해졌다. '거번에 천년쇠한테 했던 약속을 빨리 지키고 싶다, 기어이 내 발로 걸어서 천년쇠네 집을 꼭 찾아가고야 말 작정이다……'

"시상에나! 오매, 시상에나!"

느닷없이 콧잔등이 시큰해지고 목이 꽉 메는 순간이었다. 관촌댁은 춤추듯 요동치는 감정 도무지 주체할 길 없어 방바닥에 너부러진 영감 몸뚱어리 와락 부둥켜안고 말았다.

"무신 변덕 바람이 불어서 불뚝심지 영감이 고러콤 신통방통헌 생각을 다 허셨다요? 오매, 시상에!"

관촌댁은 눈물까지 질금거려가며 방바닥에 떨어진 명아주 지팡막대 집어올려 영감 손에 쥐여주었다.

"천년쇠한티 약속 지킬라면 우리가 시방 요러고 있을 때가 아니요. 자아, 어서 일어스시요. 싸게싸게 일어나서 걸음마 연십을 새칠로 시작헙시다."

어느새 입장이 완전히 뒤바뀌어 이번에는 영감보다 할멈이 외려 더 극성을 떨었다. 가쁜 숨 몰아쉬는 영감 강제로 일으켜앉힌 다음 지팡막대 짚고 바로 서게끔 인정사정없이 마구 몰아치기 시작했다. 하지만 영감은 지팡막대 잡은 손 부들부들 떨면서 후들거리는 다리로 간신히 버티다가 첫발도 떼지 못한 채 쓰러지거나 엉덩방아 찧기를 수없이 되풀이했다. 그럴 때마다 관촌댁은 마치 의붓어미 전실 자식 다그치듯 영감을 홀닦으면서 처음부터 다시 시작하도록 곁부축에 곁들여 강요를 일삼곤 했다.

우여곡절 거쳐 천신만고 끝에 마침내 첫걸음 떼기에 성공하는 순간이 왔다. 첫걸음 떼고 나서 곧바로 쓰러지긴 했지만, 아무튼지 간에 처음으로 성공한 건 움직일 수 없는 사실이었다. 늙정이 부부는 서로 부둥켜안고 한 몸인 양 포개진 채 어린애들처럼 엉엉 소리 높여 한바탕 울음으로 성공을 자축했다. 관촌댁은 울 만큼 운 다음 영감 팔 잡아끌어 다시금 일으켜앉혔다.

"숨이나 조깨 돌린 연후에 새칠로 또 시작을 헙시다. 요번에는 두 발짝 띠는 걸 목표로 정헙시다."

천석꾼 영감 내외가 뒤늦게 받아들인 해방의 의미는 걸음마 연습보다 더도 덜도 아닌 바로 그것이었다. 해방이 바로 걸음마고 걸음마가 다름 아닌 해방이었다. 날이면 날마다 자고 새면 영감 할멈은 서로를 무섭게 독려해가며 걸음마 연습에 사활을 걸다시피 했다. 남들은 밖에서 해방 정국이 어떻고 미군정청 처사가 어떻다고 입방정을 떠는 모양이었다. 건준(建準)이나 독촉(獨促)이 어떻고 좌우 합작이 어떻다고 떠들어쌓기도 하는 모양이었다. 그런 것들이 대관절 어떤 용처에 써먹는 물건인지 당최 알 길은 없지만, 설령 그것들이 중요하다 한들 천석꾼 영감 걸음마보다 중요할 수는 없었다. 살아 있는 인간이 못 걷고 못 움직이는 식물 상태의 고통과 불편에서 벗어나는 일이야말로 진짜배기 해방이 아니고 무엇이겠는가.

지성이면 감천이란 말 그대로, 피나는 연습에 서서히 진전이 따르기 시작했다. 한 걸음에서 두세 걸음, 네댓 걸음, 예닐곱 걸음으로 하루가 다르게 걸음 수가 점점 늘어가더니만, 마침내 아랫목에서 윗목까지 쉬지 않고 계속 걸을 정도에 이르렀다. 그새 부부는 며칠씩 함께 몸살 앓거나 다리에 쥐가 나는 경우도 흔히 겪었지만, 결단코 연습을 중단한 적은 없었다. 중단이란 게 다 뭐냐. 오히려 잠시 쉬었던 시간만큼 단숨에 벌충할 작정으로 부부는 전보다 더욱 걸음마 연습에 몰입하곤 했다. 사랑채 안에서 벌어지는 역사는 부부끼리만 아는 비밀로 정하고 집안 식솔들은 물론 낮 새도 밤 쥐도 못 알아차리게끔 은밀히 연습을 진행했다.

애당초 일차 목표로 정해두었던 행사였다. 와병 후 처음으로 대청마루 진출 시도하는 아침이 밝았다. 아침저녁으로 선선한 바람 부는 가을날인데도 영감과 할멈은 식전부터 구슬땀을 흘렸다. 아랫목에서 출발한 늘정이 부부는 윗목 향해 한 발짝씩 조심스럽게 옮기기 시작했다. 윗목 다음으로 방과 대청 사이 높이가 다른 문턱 넘는 과정이 가장 힘든 고비였다. 문턱 앞에서 잠시 숨결 다스리는 영감을 옆에서 부액히며 할멈은 용기를 북돋웠나. 영삼이 방바닥 뚫을 기세로 지팡막대 힘지게 짚으면서 한쪽 발을 문턱 너머 마루판 위에 올려놓는 데 어찌어찌 성공했다. 나머지 한쪽 발이 문제였다. 할멈이 휘청거리는 영감 잡아주려 팔을 뻗었다. 영감은 놀고 있던 한쪽 손 휘저어 도움을 물리친 다음 기합 소리 끙 내지름과 동시에 나머지 발마저 기어이 문턱을 넘기고야 말았다. 이게 얼마 만의 대청마루 진출인가. 자세가 매우 불안정해 보여 관촌댁은 마음이 조마조마했지만, 어쨌든 본인 혼자서 좌우짝을 맞춘 두 발로 마루판 디디고 서는 데 끝끝내 성공하고야 만 것이었다.

"뉘네 집 영감님인지는 몰라도 참말로 장허요, 장혀!"

진땀으로 뒤발한 영감 얼굴 닦아주면서 관촌댁은 칭송의 말을 아끼지 않았다. 내친걸음에 영감은 잠시의 쉴 참도 거치지 않고 다음 단계로 대청마루 이쪽 끝에서 저쪽 끝까지 가로지르는 장도에 오르기 시작했다.

"애고마니나!"

두어 발짝 옮기는 순간, 새된 비명이 난데없이 사랑채를 흔들었다. 조반상 받쳐 든 채 무심코 지대 층계 올라오던 섭섭이네가 대청마루를 비척비척 걷는 웬 영감 발견하자마자 마치 귀신 형상이라도 덜컥 마주친 듯 대경실색하는 중이었다. 섭섭이네는 대청마루 끝에 조반상 내려놓기 무섭게 뒤도 안 돌아다보고 멀찌감치 내빼려 했다.

"섭섭이 네 이년, 욜로 냉큼 못 올라오겄냐!"

주인마님 호통소리에 덜미 단단히 잡혀 섭섭이네는 주춤주춤 끌려왔다.

"하이고, 함마트라면 쉰네 간 떨어질 뻔혔고만요."

"네 이년, 방금 사랑채에서 본 것을 누구한티 발설허는 날이면 아갈머리 짝 찢어지는지 알거라! 무신 말인지 알어들었냐?"

"오매, 꼼지락도 못허시든 얼씬네께서 지축자축 걸으시는 게 으째 입주뎅이 함봉허고 쉬쉬헐 흉사다요?"

"흉사만 쉬쉬허냐? 경사일사락 외려 더 쉬쉬허는 벱이다, 이년 아! 좌우지간에 그 나불거리는 입주뎅이 함부로 놀렸다가는 당장에 멸구 처분을 면치 못헐 티니깨 그리 알거라!"

"오매, 참말로 큰 탈이 붙어뿌렀네. 요런 경사를 알고도 무신 재주로 생판 몰르는 치끼 입주뎅이 간수허고 지낸다냐! 요러콤 깝깝허고 폭폭헌 노릇을 대관절 으째야 좋다냐!"

섭섭이네는 앞일 생각하니 눈앞이 캄캄해진다는 투로 연방 장탄식을 금치 못했다. 입싸배기로 소문난 부엌어멈이 아무래도 미덥지 못해 관촌댁은 그 경사가 어떤 종류 경사인데 왜 비밀을 지켜야 하는지를 약략스레 뚱겨주었다. 그러자 섭섭이네는 지대 층계를 곤두박일 기세로 뛰어내려가면서 온 동네 사람 귀에 다 들리도록 새된 목청 뽑아대기 시작했다.

"무신 말씸인지 일겄고만이라우! 마님은 그저 쉰네 입주뎅이만 꽉 믿고 인자는 안심 팍 내려놓으시기라우!"

천석꾼 영감 걸음 실력은 어제 다르고 오늘 다르게 발전에 발전을 거듭했다. 이제는 걸음마 정도가 아니라 완연한 걷기에 가까운 수준이었다. 손자와의 약속을 지킬 순간이 부쩍부쩍 다가왔다. 안방과 대청마루 사이를 쉬지 않고 수십 차례 왕복하는 실력이라면 본채 방문도 충분히 가능할 듯싶었다. 마침맞게 막내아들 덕용도 추석을 며칠 앞두고 읍내 하숙집 떠나 집에 돌아와 있었다. 관촌댁은 영감 뜻에 따라 추석 전날을 결행의 날로 잡았다.

기대에 부푼 나머지 밤잠을 나우 설친 관촌댁은 늘그막 인생 최대의 모험길 떠나는 영감 위하느라 식전부터 바삐 나부대기 시작했다. 천석꾼 어르신 품위 한껏 높여줄 입성으로 공단 겹옷을 미리감치 챙겨놓았다. 연습 때 사용하던 명아주 지팡막대 대신 상아 손잡이 달린 흑단 개화장 꺼내 깨끗이 손질해서 윤기를 더해놓았다. 텁수룩이 자란 수염도 오랜만에 면도로 밀어주고, 수세미처럼 올 굵은 수건으로 빡빡 문지르고 닦아 밤새 추저분해진 영감 얼굴도 정갈하게 가다듬어주었다. 구린내 나는 입도 치마분(齒磨粉)으로 공들여 양치질해주었다. 모든 준비가 끝나자 관촌댁은 영감 몸에 공단 겹옷 입히고 흑단 개화장 손에 들려 마침내 사랑채를 나섰다.

연습 때는 한 번도 겪지 못한 난관이 천석꾼 영감과 관촌댁을 기다리고 있었다. 본채에 이르는 내리막 경사가 자꾸만 다리를 허든거리게 만들고 중심을 흩뜨려놓으려 만만찮은 심술을 부렸다. 무겁고 단단한 개화장도 내리막길에 휘둘리는 부실한 몸뚱이를 제대로 지탱해주지 못했다. 할멈의 곁부축도 별무신통이었다. 때로는 영감 혼자 넘어지기도 하고 때로는 할멈까지 함께 넘어지기도 했다. 본채 가까이 가는 동안 천석꾼 품위의 상징인 공단 겹옷은 어느새 너더분한 흙투성이로 변해 있었다. 앞쪽으로 기우뚱 쏟아지려는 영감 몸뚱이 붙잡아주는 참이던 관촌댁 눈에 우연히 섭섭이네 화상이 들어왔다. 무슨 진기한 구경거리 만난 듯 섭섭이네가 부엌문 앞에서 거지반 데굴데굴 구르다시피 내려오는 천석꾼 내외분 행차를 흥미진진하게 지켜보는 중이었다. 관촌댁은 얼른 둘째손가락을 입술 위에 세우면서 날카롭게 쉿 소리를 냈다. 그 신호를 전혀 다른 뜻으로 해석했는지 섭섭이네가 황급히 달려왔다.

"쇤네가 무신 거들어디릴 일이라도……"

"우리를 못 본 치끼허고 너는 행랑채에 들어가 처백혀 있거라. 아참, 본채에 밥상은 들여놨냐?"

"이 신새복에 무신 밥상을……"

하긴 그랬다. 아침밥 먹기에는 너무 이른 시간이었다.

"마침 잘되얐다. 어르신께서 안방에 좌정허신 연후에 밥상을 들이거라. 모처럼 만에 자식들이랑 겸상허실 모냥이다."

"알었고만이라!"

섭섭이네는 가라는 행랑채 대신 본채 부엌 향해 호랑나비처럼 너풀거리며 달려가 몸을 숨겨버렸다.

"천년쇠야! 천년쇠야!"

관촌댁은 안방 쪽에 대고 냅다 소리를 질렀다.

"할아버지가 천년쇠네 집에 찾어오셨다. 천년쇠야!"

그러자 안방과 건넌방에서 발길로 박차듯 방문 열어젖히는 소리가 요란하게 울리더니만, 이윽고 큰아들네 식구들과 막내아들이 한꺼번에 대청마루로 우르르 몰려나왔다. 마당에 펼쳐진 천만 뜻밖의 광경에 말문이 꽉 막힌 나머지 자식들은 개개일자로 입도 뻥끗 못한 채 그냥 멍하니 바라만 보았다. 놀랍게도 맨 먼저 입을 연 식솔은 어른들 꽁무니에 묻어 맨 나중 순번으로 대청마루에 모습 드러낸 두 살배기 천년쇠였다.

"하야부띠는 다이가 셋이네!"

막 잠에서 깼는지 손등으로 눈두덩 썩썩 비비대며 할아버지 행색 위아래로 살피던 천년쇠가 우선 소리부터 꽥 질러놓고는 까르르 웃기 시작했다.

"오야, 오야, 다이 셋 다인 하야부띠가 우이 천년쇠네 집에 왔다!"

천석꾼 영감은 세번째 다리에 해당하는 흑단 개화장으로 마당을 콩콩 찧어대면서 으흐흐, 하고 괴상한 웃음소리를 흘렸다. 그제야 본정신 되찾은 듯 자식들이 한달음에 달려내려와 기진맥진

한 아버지를 양쪽에서 부축하는가 하면 흙투성이로 변한 입성을 투덕투덕 털어주기도 했다.

"아버님이 어떻게 여그까장……"

새삼스러운 질문 던지는 큰아들 태도에 관촌댁은 발끈했다.

"시방 몰라서 묻냐? 몰르겠으면 느네 아들한티 물어봐라. 할아버지가 다리 셋 달고 걸어왔다고 재미져 허잖드냐."

부엌 안에서 기회만 엿보던 섭섭이네가 마당으로 쑥 불거져나왔다.

"손자한티 뵈야주시겠다고 얼씬네께서 자그만침 달포 장근이나 새복부텀 오밤중까장 하루쟁일 걸음 연십에만 매달리셨다요!"

아들 며느리가 서로 얼굴 마주보면서 한껏 휘둥그레진 눈방울로 놀라움의 크기를 표현했다.

"아이고, 아버님!"

시끌벅적한 본채 분위기가 외딴 거처방까지 전해진 모양이었다. 딸년이 제 새끼 가슴에 품은 채 먼발치에서부터 소리치며 숨넘어가게 달려왔다. 그동안 지은 죄 많은 딸년은 거의 부복 자세에 가깝도록 제 아비 앞에 몸을 한껏 낮추면서 터무니없이 큰 목청으로 울음을 터뜨리기 시작했다. 천하무쌍 불효녀 품에 안긴 젖먹이를 손가락질하면서 영감이 뭐라 뭐라 중얼거렸다. 관촌댁이 즉각 통역을 맡고 나섰나.

"그게 웬 애기냐고 물으신다. 느네 아부지는 그새 니가 혼례를 치룬 것도, 아들을 생산헌 것도 여적지 몰르고 기셨다."

"제 소생이고만요, 아버님."

영감이 뭐라 뭐라 다시 중얼거렸다.

"요번에는 애비가 누구냐고 물으신다."

"신춘복이라고…… 아버님도 잘 아시는 그…… 춘풍이라는……"

중풍 맞아 쓰러지기 직전에 마지막으로 듣고 보았던 딸년 행악질 언행이 그제야 어렴풋이 기억나는 모양이었다. 영감은 쓰다 달다 일절 언급 없이 그저 조용히 고개만 끄덕거려 보였다. 잠시 어른들 관심 밖에 머물던 천년쇠가 앞으로 쪼르르 내달아나와 할아버지와 고모 사이로 눈치 없이 끼어들었다.

"하야부띠, 어서 집에 드여가! 내가 우이집 뵈야주께!"

천년쇠가 할아버지 세번째 다리를 영차영차 잡아끌기 시작했다.

"오야, 오야, 어여 드여가자!"

어른들 얼굴마다 개개일자로 웃음기가 번지기 시작했다. 추석 하루 전, 그날이야말로 웃는 낯꽃을 한 진짜배기 해방의 발걸음이 최초로 천석꾼 집안 대문간에 들어선 날임을 관촌댁은 그 순간 알딸딸하게 깨달았다.

4

오랜만에 면사무소 안으로 발을 들여놓았다. 사무실 안쪽 책상 앞에 앉아 있던 사내가 민원인이 눈에 띄자 소스라치게 놀라면서 민원 창구 쪽으로 급히 달려왔다. 알 만한 얼굴이었다. 알 만한 사내이기 때문에 부용은 더욱더 당혹스러울 수밖에 없었다.

"여어, 안녕하십니까, 최부용 선생!"

내지인들 찜쪄먹으리만큼 유창하던 일본말이 아니었다. 똑 부러진 조선말이었다. 답삭 보듬고 입이라도 쪽 맞출 기세로 다가오는 사내를 보더니만, 같이 온 누님은 뱀이라도 맞닥뜨린 듯 부랴사랴 앵돌아지면서 본때 있게 상대방을 외면해버렸다.

"시라야마 상, 오래간만이요."

부용은 벌레 씹은 표정으로 몰풍스럽게 받아넘겼다. 그러자 시라야마는 난처한 기색을 감추지 못했다.

"새로 호적계장 맡은 김호군입니다만……"

한자 성씨가 백산(白山)인 전임 노무계장이었다. 최명배 어른 상대로, 산서면 지도급 인사로서 면민들에게 창씨개명의 모범 사례를 빨리 안 보여준다고 걸핏하면 호통치고, 국어(일본어) 열심히 공부해서 '국어 상용의 집' 표찰 대문에 자랑스럽게 붙이는 일등 국민 영예 누리라고 툭하면 다그치던 인물이었다. 천석꾼 영감이 고사기관총 두 정 애국 헌납하는 일에 깊숙이 개입한 인물이기도 했다. 다른 무엇보다 고약한 점은 동척농장 관리인 기꾸찌와 천석꾼 딸을 우격다짐으로 엮으려는 과정에서 저지른 만행들이었다.

"그런데 두 분은 무슨 용무로……"

"애기들 출생신고허러 왔소."

누님이 손에 쥐고 있던 종이쪽을 슬그머니 부용에게 내밀었다. 신삼열의 출생신고에 필요한 인적 사항들이 적힌 종이쪽이었다.

"나는 속이 조깨 거북혀서 배깥에 나가 있을란다."

김호군 계장이 담당 직원 제쳐놓고 손수 업무를 처리해주는 친절을 베풀었다. 부용은 아들 재현(宰賢)의 출생신고서를 작성해서 계장에게 넘겼다. 부부가 오랜 고심 끝에, 지체 높은 인물로서 많은 사람에게 어진 존재가 되라는 뜻으로, 집안 돌림자 중간에 넣어 지은 이름이었다. 그동안 아들 이름 지어놓고 해방 직후 마비된 행정 업무가 복구되기만 기다렸다. 총독부 철수에 따른 지

방행정 공백기는 미군정청이 체계가 잡힐 때까지 계속되었고, 그러다보니 그토록 벼르고 별러온 일인데도 출생신고가 자연 늦어질 수밖에 없었다. 군정청은 손 안 대고 코 푸는 식 편법으로 부족한 행정 인력 손쉽게 메우기 위해 일제 공무원 경력 조선인들 대거 채용하는 무리를 범했다. 그 바람에 해방된 조국 면사무소에서 다시 시라야마 같은 최고 악질 반쪽발이 조선인과 덜컥 마주치게 된 것이었다.

"많이 기다리셨지요? 서류 하나만 더 작성하면 이제 다 끝납니다."

김계장이 새로 정리된 최씨와 신씨 두 집안 호적등본과 출생증명서 등 서류를 먼저 부용에게 건넸다. 법정 신고 기간 어긴 잘못 때문에 해태(懈怠) 사유서를 추가 작성하고 과태료까지 물어야 했다. 부용은 사유서에 '그동안 내 자식을 일본식 창씨명으로 출생 신고하지 않으려고'라고 적어넣었다.

"수고허셨습니다. 백산계장님."

이번에는 김계장 쪽에서 벌레 씹은 표정을 지었다.

"참, 요새도 기꾸찌 상허고는 자주 연락허고 지내십니까?"

상대방이 뭐라 대꾸하기 전에 획 뒤돌아섰다. 굳이 안 보더라도 상대방 얼굴이 지금 얼마나 급격히 우그렁쪽박으로 변하고 있는지 충분히 알고도 남을 정도라서 부용은 얼추 반분이나마 풀리는 기분이었다.

묵은 숙제 끝마치고 홀가분한 마음으로 귀가할 줄 알았던 남매
는 마치 면사무소 찾았다가 졸지에 어느 놈한테 귀싸대기라도 되
알지게 얻어맞고 분기탱천해 돌아가는 기분이었다. 누님은 숫제
입을 함봉한 채 똑바로 앞만 바라보고 걸었다. 그럴 수밖에 없는
누님 심정 너끈히 이해하는지라 부용은 섣불리 입 열어 무슨 말
을 건넬 엄두가 나지 않았다. 느닷없이 웬 불한당이 나타나 남의
집 잔치 음식에 재를 흠씬 뿌려놓고 간 꼴이었다.

실인즉슨 부용이 시라야마 같은 사례를 접한 건 그때가 처음
은 아니었다. 며칠 전에 연실을 통해 리노이에 경부가 경찰직으
로 복귀했다는 소식을 들었다. 너무 놀라 말문이 꽉 막혀버린 남
편 상대로 연실은 친정아버지가 맡은 직책이 일선 경찰서장 아니
라 도경 소속 경무 계통 내근직이라서 그나마 다행이라는 식으로
변명삼아 말했다. 얼핏 들으면, 내근직은 왜경 출신자 채용도 무
방하다는 말 같았다. 뒤늦게 말문이 터진 부용은 미군정청이 저
지르는 갖가지 실책들에 대한 맹비난을 폭포수처럼 마구 쏟아내
기 시작했다. 군정 당국이 조선을 상대로 해방군 아닌 점령군처
럼 처신하고 행세한다, 수십 년간 압제에 시달린 피해자 마음 전
연 헤아릴 줄 모르고 너무 함부로 대한다, 오히려 수십 년에 걸친
폭력으로 피해자에게 심대한 고통 떠안긴 가해자 쪽을 더 신뢰하
고 우대하며 중용한다, 주객이 전도되어 때린 놈이 되레 다리 펴
고 자고 맞은 놈은 다리 오그리고 자는 꼴 아니냐, 기본 정책이

워낙 무원칙에다 무계획적이라서 매사를 윗털 뽑아 아랫구멍 막고 아랫털 뽑아 윗구멍 막는 식 임시방편으로 처리하려 한다, 기타 등등……

한바탕 열불 내며 떠들다보니 연실이 쫄쫄 쥐어짜며 느껴 울고 있었다. 아내한테 미안한 김에 부용은 얼른 입을 다물어버렸다. 그동안 부부 사이에 친정아버지 문제 불거질 적마다 연실은 항상 남편 앞에서 죄인의 처지에 서곤 했다. 피차간에 차마 못할 짓이었다. 문득 마땅찮은 경우 만났을 때 아버지가 입버릇으로 쏟곤 하던 장탄식이 떠올랐다.

'장차 요놈에 세상이 으찌될라고 요 모냥 요 지경으로 망징패조가 들었는지, 그나저나 걱정이네! 참말로 꺼억정시럽고만!'

변변한 대화 한차례 나누는 법 없이 각자 자기 생각에만 골똘히 잠긴 채 묵묵히 걸음 옮기다보니 감나뭇골이 먼빛으로 보이는 지점까지 와버렸다. 유난히 멀게 느껴지는 귀갓길이었다. 집에 가까워지자 누님은 걸음을 부쩍 더 재우치기 시작했다.

"수고 많았다. 낭중에 보자."

젖먹이 자식 올케 손에 맡긴 채 장시간 집을 비운 탓이리라. 거의 뜀박질하다시피 급히 대문간으로 들어가는 누님 뒷모습 보면서 부용은 속으로 미안해했다. 반드시 친권자가 직접 출두해야만 출생신고가 가능한 줄 알았던 게 불찰이었다. 대리인도 얼마든지 가능한 일을 괜히 누님 부추겨 젖먹이 떼어놓은 채 면사무소까지 동행하게 함으로써 결과적으로 시라야마란 놈하고 외나무다리에서 덜컥 마주치는 불상사 겪게끔 동생이 유도한 꼴이었다.

눈에 띄게 짧아진 가을 해가 물래봉 저 너머로 서서히 자취 감추기 시작할 무렵이었다. 한참 전부터 부엌과 대문간 사이를 무시로 오가면서 뭔가를 애타게 찾는 듯하던 섭섭이네가 전에 하지 않던 행동으로 본채 내밀한 곳까지 깊숙이 들어왔다. 잔뜩 긴장한 듯한, 어쩌면 몹시 겁에 질린 듯싶은 부엌어멈 낯빛을 확인하고서야 부용은 밖에 무슨 일이 생겼음을 직감했다.

"생판 모르는 남정네들이 아까막시부텀 찌웃짜웃 울안을 넘어다보고 있고만이라. 싸게 나가보셔야 되겠어라."

거리상 그 남정네들 귀에까지 들릴 리 없는데도 섭섭이네는 마치 귀엣말하듯 속삭이는 소리로 염탐꾼들에 대한 경계심을 드러내고 있었다. 부용은 벌떡 일어나 대청마루로 뛰어나갔다. 정체불명 사내들 기척은 대문 좌우로 기다랗게 둘러친 담장 안팎 어디에서도 잡히지 않았다. 그래도 여전히 미심쩍은 구석이 느껴져 부용은 헛기침 두어 방 날려보냈다.

"거그 있는 게 누구요?"

"오래간만일세, 최부용 선생."

허실삼아 한번 건공중에 띄워본 수하(誰何)에 기다렸다는 듯 즉각 대꾸가 건너왔다. 그리고 웬 거구의 사내가 살짝 지쳐놓기만 한 대문을 삐꺽 밀치면서 거침없이 안으로 들어섰다.

"대, 댁은 뉘, 뉘시요?"

"날세, 이 사람아, 황석우!"

"아니, 황석우라면⋯⋯"

"이런 고약시런 친구 같으니라고! 그새 나 황대장을 말짱 다 잊어뿔고 살었단 말인가?"

부용은 부랴부랴 발에 고무신 꿰자마자 대문간으로 달려나갔다.

"석우 자네가 웬일로 우리집을 다⋯⋯"

"자네 집을 감시허러 왔지."

그 말에 놀라 부용은 황대장과 맞잡으려고 내밀었던 두 손을 엉겁결에 도로 거둬들이고 말았다.

"감시라니? 그게 시방 무신 소린가?"

"농담일세. 실은 자네 집을 보호헐라고 온 것이네."

"자네가 우리집을 보호허지 않으면 안 될 무신 특별헌 사정이라도 그새 생겼단 말인가?"

"여적지 전연 눈치를 못 챘단 말인가? 그렇게 깜깜부지로 세상 살어가니께 속창사구가 편안혀서 자네는 백수를 누리고도 남겠네."

십여 년 만에 만난 친구끼리 회포 풀 기회는 이미 물건너가버렸다. 회포가 다 뭐냐. 몹시 황황해지는 마음부터 우선 추슬러야 할 판이었다. 가슴 철렁 내려앉게 만드는 이야기가 황대장 입에서 예사로이 흘러나오고 있었다. 자신이 이끄는 청년단에 최신 첩보가 입수되었다는 것이었다. 시방 친일 부역자 반동 지주를 처단하려는 음모가 일각에서 꾸며지고 있다는 것이었다.

"친일 부역은 당치도 않은 소리여! 비국민에다 불령선인을 둘씩이나 배출헌 우리 집안에서 무신 친일 부역을……"

"어느 쪽에다 중점을 두느냐에 따라서 해석이 달러질 수도 있겠지. 예를 들어서 고사기관총 헌납 문제로 말헐 것 같으면……"

"그것이사 이쪽에서 자진 헌납헌 물건이 아니잖은가! 일제가 총칼 들이대고 무고헌 사람 재물 강탈헌 사건 아닌가!"

"나는 알지. 물론 알고말고. 허지만 보는 각도에 따라서는 얼마든지 곡해헐 소지가 다분헌 사안이 되기도 헌다네."

"각도는 무신 얼어죽을 각도! 하늘도 알고 땅도 아는 일제 피해자가 느닷없이 친일 부역자로 둔갑허다니, 그게 시방 말이나되는 소리여? 대관절 누구여? 으떤 잡놈들이 그따우 음모를 꾸민다는 거여?"

"누구긴 누구겠는가, 치안대장 감투 쓰고 즈네들 세상 만났다고 미쳐 날뛰는 배낙철이 그 잡놈 일당이지."

명치라도 강타당한 듯 부용은 갑자기 헉하고 숨이 막혔다. 막연히 짐작은 하고 있었지만, 막상 그 이름이 튀어나오는 순간 충격을 가누기가 힘들었다. 결국에는 또다시 배낙철로 귀결된단 말인가.

"아직은 첩보 단계니께 너무 염려는 말게. 허지만 만약의 불상 사에 대비혀서 앞으로 우리 단원들이 수시로 자네 집 주변을 순 찰헐 걸세. 혹시 낯선 청년들이 어쩌다 눈에 띄드래도 놀래지 말 게나."

말을 마침과 동시에 황대장은 대문 저쪽에 대고 우렁우렁한 목 청으로 냅다 소리를 질렀다.

"아그들아, 얼른 들어와서 인사 올리거라! 내가 제일 존경허는 친구 최부용 선생이시다!"

새파란 청년 둘이 쭈뼛쭈뼛 들어와 꾸뻑꾸뻑 인사했다.

"이 얼굴들 잘 익혀두게. 나이는 요래 뵈야도 무술 고수들이라 네. 여차직허면 내가 병력을 대거 이끌고 감나뭇골에 들이닥칠 모냥이니께 심려 놓으시게. 그럼 또 만나세."

황대장이 두툼하고 투박스럽게 생긴 손을 불쑥 내밀었다. 초장 에 기회 놓쳤던 악수가 끝장에 와서야 겨우 이루어졌다. 황대장 일행 배웅한 후 부용은 대문간에 잠시 우두커니 서 있었다. 이제 는 예전의 그 천석꾼 어른이 아님을 황대장에게 귀띔하는 게 좋 을 뻔했다는 생각이 뒤늦게 들었다. 만일 문제의 첩보가 신빙성 있는 것이라면, 배낙철이 선전 효과 노리고 친일 부역자 처단 운 운하는 수작일시 분명했다. 왜냐하면, 처단하고 말고 할 필요조 차 없으리만큼 제 이모부 요즘 건강 상태가 정상인과 거리가 멀 다는 사실을 배낙철이 모를 리 만무하기 때문이었다.

"웬 사람들이데요?"

걱정 근심에 싸인 표정으로 연실이 조심스럽게 다가왔다. 엇비슷한 표정 지니고 뒤따라온 누님과 섭섭이네가 의구심 어린 눈빛으로 똑같은 질문을 던지고 있었다.

"황석우라고, 소학교 때 내 친구요."

"혹시 청년단을 통솔헌다는 그 황대장이란 사람 아니냐?"

"맞습니다. 황대장입니다."

"우락부락허게 생긴 청년들이 깐치발 딛고시나 울안을 고고샅샅 살피고 있드라니깨요. 쉰네허고 눈이 딱 마주치니깨 자라 모가지맨치로 담장 밑으로 쑥 들어가든디, 뭣 땜시 그러콤 객광시런 짓거리를 벌렸다요?"

"그 사람들대로 그럴 만헌 이유가 있었겠지요."

"그 소문난 청년단장이 호위병까지 거느리고 무슨 연유로 급작스럽게 우리집에 들이닥쳤을까요?"

숨 돌릴 겨를도 안 주고 중구난방으로 물어대는 세 여인 상대하기가 몹시 부담스럽고 귀찮아졌다.

"좌우지간에 분명헌 것은 황대장 청년단이 든든헌 우리 우군이란 사실이요. 자세헌 내막은 생각을 조깨 정리헌 연후에 낭중에 차차 밝히겠소. 생각난 짐에 진용이 형님 조깨 만나봐야 쓰겄소."

알쏭달쏭하기 짝이 없는 그 해명답지 않은 해명으로 인해 누님을 비롯한 세 여인 얼굴에 혼란과 의혹의 너울이 더욱 짙게 드리워지는 중이었다. 그러거나 말거나 상관없이 부용은 세 여인에게 차례로 일별을 던진 다음 잽싸게 대문 밖으로 나섰다.

진용 형 오사바사한 수완과 지칠 줄 모르는 수고 덕분에 그토록 원했던 학교법인 설립 건은 정식 인가를 받기에 이르렀다. 하지만 인가 서류 이상으로 중요한 게 바로 돈이었다. 다른 무엇보다도 학교 건축 자금 확보가 급선무였다. 감나뭇골에서 멀리 떨어진 흠절 때문에 관리하는 데 애로가 많던 전답들부터 시세보다 한결 싼 가격 매겨 매물로 내놓았다. 워낙 좋은 조건인지라 쉽사리 팔릴 줄 알았던 그 땅들은 시일이 꽤 지났는데도 원매자가 별로 나타나지 않았다. 뭔가 좀 이상하다 싶던 차에 진용 형이 붉으락푸르락 상기한 표정으로 나타나 요즘 산서 면민들의 염량세태를 전했다. 알고 보니 악성 유언비어 때문이더라는 것이었다. 이제 곧 천지개벽하듯 사회주의 세상이 도래하면 제일 먼저 토지의 무상분배부터 이루어진다는 소문이 산서 바닥에 쫙 깔려 있더라는 것이었다. 하도 기가 막힌 나머지 부용은 마치 진용 형 자신을 소문의 출처로 지목하듯 부아통을 터뜨렸다. 자본주의 미국 군대가 통치하는 나라에서 사회주의 세상이 어디 꿈이나 꿀 희망이냐고, 토지 무상분배 운운하는 작자들 만나거들랑 전후 사정 조백 있게 가려 설명함으로써 헐값으로 농토 장만할 수 있는 절호의 기회 놓치는 일 없게끔 따끔하게 경고해주라고 목청을 높였다.

보나마나 소문의 진짜 출처가 틀림없을 배낙철의 얼굴이 계속 눈앞에서 부유물처럼 떠다니는 중이었다.

단기간에 그칠 줄 알았던 해방 직후 혼란상이 갈수록 오히려 더 악화하는 추세였다. 두메산골 산서도 예외가 아니었다. 중앙정치보다 차라리 더했으면 더했지 결단코 덜하지 않은 혼란상이었다. 배낙철이 지휘하는 치안대와 황석우가 지휘하는 청년단이 사사건건 시비 붙어 충돌하고 하루가 멀다고 면내 곳곳에서 집단 난투극 벌인다는 소문이 왜자하게 나도는 판이었다.

애당초 두 세력은 좌우 합작의 산물인 여운형 중심의 조선건국준비위원회 산하 청년 조직으로 출발한 후 한동안 일정한 거리를 유지하며 소강상태로 지냈다. 그러다 박헌영 계열의 중용으로 '건준'이 좌경화한 데 반발해 민족진영이 떨어져나가 이승만과 김구 중심의 대한독립촉성국민회를 결성했다. 그 여파로 산서의 청년조직은 완전히 틀거지가 깨지고 말았다. 배낙철 일당이 여전히 건준 소속 치안대로 남는 반면 황석우 일당은 '독촉' 소속 청년단으로 새롭게 활동하기 시작했다. 그때부터 두 조직 간 세력다툼과 선명성 경쟁이 점점 더 치열해지는가 싶더니만, 결국에는 고즈넉하고 평화롭기만 하던 두메산골 산서면을 영락없는 무법천지로 변질시키고야 말았다.

"요놈에 세상이 장차 으찌될려고 요 모냥 요 지경으로 망징패조가 들었는지, 참말로 걱정이네! 그나저나 참말로 꺼억정시럽고만!"

원기 왕성하고 서슬 시퍼렇던 시절 천석꾼 영감에 또다시 빙의되어 부용은 동네방네 다 들리라고 왜장치듯 커다란 목청으로 혼잣말 푸짐하게 쏟아냈다. 먼빛으로 사촌형네 집이 눈에 들어왔다. 진용 형에게 앞으로 몸조심할 것을 신신당부할 작정이었다. 오랫동안 산서 사람들 머릿속에는 천석꾼 영감과 그 집안 도마름격인 진용 형을 모개로 묶어 한통속으로 취급하려는 경향이 각인되어 있었다. 만일 천석꾼 영감이 처단 대상이라면 진용 형 역시여부없는 처단 대상이기 십상이었다.

5

엄벙덤벙하는 사이에 해가 바뀌어버렸다. 묵은해 보내고 새해 들어 첫번째 주일을 맞았다. 샛내교회 신년 감사 예배를 드리는 날이었다. 새로 설치한 교회 종의 타종식 겸 신품 진배없이 대폭 수리한 풍금의 시연 행사가 열리는 날이기도 했다. 초종(初鐘) 울리기 오래전부터 이미 전 교인이 종탑 아래 모여 식이 시작되기를 기다리고 있었다. 저마다 꿈에 부풀어 있는 표정들이 역력했다. 고드름똥 싸리만큼 한겨울 추위가 매서운데도 자리 뜨는 사람 하나 없이 종탑 주위를 내내 지키면서 허연 입김과 콧김을 연방 길게 내뿜고 있었다. 종탑 꼭대기에 높다랗게 매달린 새 종을 고개 꺾이도록 오래 올려다보는 동안 순금은 감회에 젖었다. 장롱 속에 보관해온 금은보패에다 적잖은 현찰까지 보태 교회에 헌금함으로써 대형 황동종 구매와 풍금 수리에 큰손 노릇 감당한 처지인지라 감회가 남다를 수밖에 없었다. 또다른 큰손인 연실은 강추위 피해 남편과 함께 난롯불이 지펴진 예배당 안에 들어가 두 아이 보살피느라 감회에 젖을 절호의 기회를 놓치고 있었다.

"나오셨어라우?"

송정혜 집사가 옆으로 바짝 붙어서면서 활짝 웃는 낯꽃으로 반갑게 인사했다. 송집사 남편이 한 발짝 뒷전에서 약간 계면쩍은 표정을 짓고 있었다.

"아, 반갑고만요. 교회 첫 출석을 축하허고 환영헙니다."

송집사 남편과는 두번째 만남이었다. 첫번째 만남은 지난 연말 그가 징용에서 돌아온 지 하루 만에 이루어졌다. 징용 나가기 전까지 불신자로 살았던 그는 자신이 구사일생으로 고향집에 돌아올 수 있었던 게 순전히 하나님 은혜요 아내 기도 덕택이라 고백하면서 다음주부터 꼭 예배에 참석하겠노라 약속했었다. 그날의 그 약속 지켜 그는 마침내 신입 교인으로 교회에 나오게 된 것이었다.

초종 울릴 시간이 되자 사모가 나타나 종탑 앞에 섰다. 기다리고 있던 사찰집사가 종탑 철주에 매인 동아줄 풀어 그 한끝을 사모 손에 쥐여주었다. 둘이서 긴 줄을 위아래로 각각 나눠 잡았다. 사모가 교인들에게 모두 함께 입을 모아 하나, 둘, 셋을 힘차게 외칠 것을 당부했다. 교인들이 한목소리로 셋까지 외치자 사모와 사찰이 황동종에 연결된 줄을 아래쪽으로 힘껏 잡아당기기 시작했다. 그러나 사모는 그저 서들기만 할 뿐이었다. 실인즉슨 초로

의 사찰집사 혼자서 줄에 매달린 채 몸에 익은 솜씨로 껑충 뛰어
올랐다가 철퍼덕 내려서기를 반복하면서 기운을 도맡아 쓰는 중
이었다.

데에에엥······

종탑 꼭대기에 날름 올라앉은 황동종이 마침내 제일성을 토
하는 순간, 교인들은 일제히 환호성을 올렸다. 종소리 듣고 연실
이 예배당을 뛰쳐나왔다. 새 종 마련에 상당한 지분을 행사한 연
실은 시누이 손 꽉 부여잡은 채 깡충깡충 뛰었다. 이게 얼마 만에
들어보는 교회 종소리인가. 그동안 얼마나 갈급한 마음으로 종소
리를 기다려왔던가. 일본제국한테 강탈당했던 그 종소리를 드디
어 샛내 교인들 자력으로 되찾아온 것이었다.

데엥엥 데엥엥······

묵직하고 깊은 울림으로 다가오던 예전 종소리와 달리 새 종
소리는 약간 가벼운 듯하면서 청량하게 느껴졌다. 소리와 소리의
간격이 점점 좁아지면서 맑은 진동이 긴 여운을 끌고 사면팔방으
로 퍼져나갔다.

뎅그렁 뎅 뎅그렁 뎅······

종소리는 어느덧 본궤도에 올라 있었다. 주일예배 알리는 초종
소리가 면내 고샅고샅 목적지 삼고 파발마처럼 달려가는 중이었
다. 순금은 청량하게 울리는 종소리를 귀 아닌 가슴으로, 온몸의
피부로 듣고 있었다. 여기저기서 '할렐루야'와 '아멘'을 번갈아

외치기 시작했다. 사방에서 흐느끼는 소리도 들렸다. 어떤 교인은 소리 없이 눈물만 훔치는가 하면 어떤 교인은 엉엉 소리내어 울기도 했다. 그 가운데서 가장 요란하게 울어대는 교인은 단연 사찰집사였다. 초로의 나이가 무색하리만큼 동아줄과 한 몸 이루어 위아래로 날렵하게 오르내리면서 힘차게 종소리 울리는 동안, 사찰은 눈물범벅 콧물범벅 되어 내내 큰 소리로 울고 있었다. 사찰 직분 되찾아 타종 행위로 첫 봉사에 임하는 기쁨을 그런 식으로 표현하는 모양이었다.

초종이 끝난 후에도 교인들은 흩어질 기미를 전연 안 보였다. 재종(再鐘) 시간까지 한뎃마당에서 강추위에 부대껴가며 종탑을 지킬 작정인 듯했다.

"이러다가 정말 큰일납니다. 어서 예배당 안으로 대피하셔서 재종이 울릴 때까지 충분히 어한을 하셔야 합니다."

보다못한 사모가 앞에 나서서 마치 목자가 가축떼 몰듯 추위에 떠는 교인들을 예배당 안으로 이동시켰다. 훈훈한 실내 공기에 얼어 굳었던 몸들이 녹작지근하게 풀릴 즈음, 사모가 신입 교인을 소개했다. 송정혜 집사 부군 서상준씨가 교회에 처음 출석하게 된 과정을 간략히 설명한 다음 당사자를 앞으로 불러내 기성 교인들에게 인사를 시켰다. 교인들이 큰 박수로 환영했다. 그때부터였다. 바로 그 순간부터 순금의 머릿속은 온통 서상준씨 얼굴로 그득 채워졌다. 아니, 얼굴이라기보다 그가 만난 무릅쓰고 고향집으로 생환하기까지의 기구망측한 사연들이 줄곧 머릿속을 떠나지 않는 것이었다.

사모로부터 급한 전갈 받고 부용과 함께 송집사 집으로 달려갔을 때, 서씨는 정신없이 곯아떨어져 인사불성인 채로 자고 있었다. 집에 돌아온 뒤로 내처 그렇게 잠만 잔다는 것이었다. 아내가 흔들어 깨우자 그는 부스스한 눈두덩 몇 번 끔뻑거리더니만 불시에 방문한 손님들 얼굴을 어렵지 않게 알아보았다. 부용도 과거에 서씨와 안면을 튼 사이였던 듯 반갑게 인사를 나누었다. 아내한테 이미 얘기 들었던지 부용의 매형에 관해서도 서씨는 알 만큼 알고 있었다. 신춘복이란 이름은 귀에 설지만, 춘풍이란 이름은 아마 산서에서 모르는 사람보다 아는 사람이 훨씬 더 많을 거라고 했다. 그 덕분에 순금은 징용에서 돌아온 남자들 찾아가 만날 적마다 마치 현상 수배자 수소문하듯 의례건 남편의 용모파기(容貌疤記)에 대해 자세히 설명하곤 하던 수고를 덜 수 있어 그나마 다행이었다.

서씨는 북해도의 그 악명 높은 비바이(美唄) 탄광에서 하루 열여섯 시간씩 살인적 강제 노역에 시달렸노라고 술회했다. 그대로 버티다가는 필경 영양실조로 죽거나 갱내 낙반 사고로 막장 안에 갇혀 죽기 아니면 일본인 감독 몽둥이질에 맞아 죽기 십상이어서 어느 날 야음을 틈타 목숨 걸고 숙소에서 탈출을 감행했다. 산길만 골라 무작정 북쪽 향해 몇 날 며칠 도망치다가 기진맥진해 쓰러졌는데, 공교롭게도 그곳이 아사히까와(旭川) 근방 아이누족 집단촌이었다. 그곳에서 오랜 역사에 걸쳐 피압박 소수민족으로 대대손손 야마또 정권에 맺힌 게 많았던 원주민들로부터 따뜻이 보호받으면서 숨어 지내느라 일본이 패망한 사실도 한참 뒤에야 알게 되었고, 그 바람에 귀국 신청도 덩달아 늦어져 귀환 대기자 명단 맨 끄트머리에 겨우 이름을 올리게 되었다. 때마침 주일 맥아더 사령부에서 크리스마스 선물로 조선인 귀환선을 마련해준 덕분에 운좋게 살아서 몽매간에 그리던 고향집으로 무사히 돌아올 수 있었다.

"지가 타고 온 그 배가 조선인 귀환선으로는 마지막 순번이라고 들었고만요. 우끼시마마루 사건도 일본을 떠날 임시에 우연허니 알게 되얐지요. 말허자면 귀국이 늦어진 게 외려 저한티는 전화위복이 된 심이지요."

긴 고생담 마무리하면서 서씨는 한숨을 길게 내쉬었다. 그의 이야기는 끝났을지 몰라도 순금이 정작 듣고 싶었던 이야기는 아직 시작도 되지 않았다.

"혹시 서상준씨가 노역허시던 탄광이나 그 일대에서 우리 매형허고 관련된 무신 소문을 들으신 적은 없습니까?"

누님 기분 십분 이해하는 부용이 대신 나서면서 얼른 물었다.

"만좌중에 앉혀놔도 금방 눈에 띄는 사람인디, 만약에 춘풍이기 비바이 탄광으로 배치받어 왔다면 지가 몰랐을 리가 없지요.

지가 소속된 현장에서는 춘풍이허고 관련혀서 어떤 소문도 들은 적이 없고만요. 비바이에서 멀잖은 곳에 수력발전용 대형 저수지 대봇둑 공사가 한창이었는디, 그쪽 공사판에도 조선인 징용자들이 솔찮이 많이 동원되얐으니께 혹간 그 속에 쩡겨 있었는지도 몰르지요. 채탄 작업보담 대봇둑 공사가 휘긴 더 위험혀서 공사 중에 발을 헛디뎠다가 아래로 떨어지는 날이면……"

그 대목에서 서씨는 갑자기 말을 중단했다. 잽싸게 순금의 낯빛을 힐끔 살피고 나더니 그는 아예 말문을 굳게 닫아걸었다. 헤어질 시간이 되자 그는 마치 자기가 춘풍이에 앞서 돌아온 것이 전적으로 자기 잘못이기나 한 듯이 순금과 부용 남매 앞에서 미안해하는 기색을 감추지 못했다. 집으로 돌아가는 길 내내 순금은 서씨의 이야기를 되새김질했다. 그가 쏟아낸 많은 이야기 가운데 한 이야기가 유독 백지 위에 떨어진 핏방울처럼 선명한 그림으로 기억 속에 남아 있었다. 자신이 타고 왔던 그 배가 조선인 귀환선으로는 마지막 순번이라고 들었다던 그 말이 두고두고 순금의 가슴을 맹렬한 기세로 후벼파고 있었다.

예배가 시작되었다. 사모가 새 종과 새것이나 다름없는 풍금을 샛내교회에 허락하신 하나님께 감사기도 올리는 중인데도 순금은 기도 내용에 당최 집중할 수가 없었다. 기도 다음 찬송 순서가 왔을 때도 풍금 반주에서 몇 번이나 실수를 범했다. 때로는 음정이 틀리기도 하고 때로는 박자가 빠르거나 늦기도 했다. 전날 오후에 일부러 짬을 내어 교회에 와서 풍금 상태를 미리 점검하고 예배 때 반주할 곡목을 열심히 연습했는데도 결과가 그 모양이었다. 여느 예배 때와 달리 사모의 설교 말씀 역시 이상하리만큼 귀에 들어오지 않았다. 오로지 마지막 귀환선이었음을 알리는 서상준 신입 교인의 목소리만이 귓전을 쟁쟁히 울릴 뿐이었다. 정말 울고 싶은 심정이었다. 아무리 예배에 집중해보려 기를 쓰고 노력해도 번번이 헛수고에 그치곤 했다. 순금은 마지막 귀환선에 타지 못한 사람이 있다는 생각에 사로잡힌 나머지 완전히 그 생각의 포로 신세가 되어 있었다. 결국에는 예배가 어떻게 끝났는지, 예배당을 어떻게 빠져나왔는지조차 기억하지 못하리만큼 순금은 넋이 멀찌감치 달아나버린 상태였다.

그동안 면내에서 징용 나갔던 남정네들이 속속 돌아왔다. 어느 마을 아무개가 돌아왔다는 소문이 들릴라치면 삼열이 둘러업은 채 득달같이 달려가 실물을 만나곤 했다. 워낙 천석꾼 집안 반편이 머슴으로 유명짜한 인물인지라 평소에 신춘복씨를 알고 있던 사람을 만날 때면 말 주고받는 절차가 단순해져서 마음이 편했다. 하지만 그 반대일 경우, 신춘복씨의 용모파기부터 먼저 상대방에게 상세히 설명하는 가외의 절차가 필요했다. 금시초견 남정네 앞에서, 내 남편이 좀 모자라는 사람이라는, 우람한 허우대에 비해 생각은 어린애처럼 유치하다는, 말씨가 어눌하기 짝이 없다는, 아무때나 기분 내키는 대로 꼴머슴 노래를 뒤죽박죽인 가사 순서로 고창한다는, 왼쪽 등판과 옆구리 사이에 '봄'이란 문신이 큼지막하게 새겨져 있다는 식으로 신춘복씨가 지닌 성품과 특징들을 시시콜콜히 밝힌다는 건 아내로서 이만저만 고역스러운 노릇이 아니었다. 누님의 말 못할 고충을 눈치챈 부용이 얼마 후부터 제백사하고 나서서 방문길에 동행하기 시작했다. 누님 대신 부용이 용모파기 설명을 도맡은 다음부터 귀환 징용자와의 만남은 한결 수월해졌다. 하지만 만남의 성과는 언제나 빈손이었다. 상대방으로부터 매번 똑같은 반응이 건너오곤 했다. 그런 사람 모른다, 그런 사람 만난 적 없다, 그런 사람 얘기 못 들었다……

갈수록 점점 줄어드는 듯싶던 귀환 징용자 소식이 해가 바뀐 뒤로는 아예 뚝 끊기다시피 뜸해졌다. 서상준씨 말마따나 맥아더 사령부가 주는 크리스마스 선물이었던 그 귀환선을 끝으로 조선인 징용자들 실어나를 수단은 이제 모두 사라져버린 것 같았다. 한 다리 건넌 처지에서 순금과 가까이 지내는 주변인 통해 조언이나 충고를 보내오는 사람들이 더러 있었다. 이쯤 되면 슬슬 체념하는 게 좋지 않겠냐는, 이미 실현 가능성 사라져버린 희망을 깨끗이 포기할 때가 되었다는 얘기들이었다. 하지만 순금은 쓸데없는 소리로 남의 일에 이래라저래라 참깨방정 들깨방정 떨어대는 그 한유한 사람들에게 오히려 호되게 낯박살 먹이고 싶어 안달이 날 지경이었다. 마지막 귀환선에 오르지 못했다는 사실이 곧 돌아올 기회 영영 없어졌음을 의미하는 건 아닐 터였다. 그럴 만한 사정이 있어 당장은 돌아올 형편이 못 되더라도 언젠가 때가 되면 반드시 돌아오고야 말 것이었다. 순금은 누가 무슨 소리지껄이든 절대 동요하지 않고 끝까지 자신이 해야 할 도리를 다하기로 작심했다.

한없이 오래갈 듯싶던 겨울철이 물러가고 계절은 어느덧 순금에게 특별한 의미를 지닌 봄으로 들어섰다. 계절이 바뀌자 순금은 자칫 흐트러질 뻔한 마음 자세를 새롭게 가다듬기 시작했다. 봄이 그냥 괜히 봄은 아닐 것이었다. 운명적으로 봄과 인연이 깊은 사람에게는, 특히 봄을 안고 태어나 봄을 등에 새기고 먼길 떠난 사람에게는 틀림없이 기회의 계절이 될 것이었다. 마치 사나운 겨울에 가로막힌 탓에 왔어야 할 사람이 오지 못했다고 생각하는 듯이 순금은 새로운 계절에 다시금 큰 소망을 비끄러매기 시작했다. 그동안 순금이 보낸 세월은 기다림의 연속이었다. 기다림으로 날이 가고 기다림으로 달이 가버렸다. 사람을 기다리고 소식을 기다렸다. 그리고 그 기다림의 대가는 언제나 허망스럽기 짝이 없는 참혹한 결과로 이어지곤 했다.

만약에 삼열이마저 곁에 없었더라면 그 신산한 세월을 대관절 무슨 수로 견디었을까. 늦둥이 소생 삼열이가 순금의 척박한 삶에서 유일한 희망이자 가장 큰 보람이었다. 삼열이는 그새 오동포동 젖살이 올라 건강하고 귀인성 있는 아이로 부쩍부쩍 잘 자라나고 있었다. 잘 먹고 잘 싸고 잘 웃고 잘 울고 잘 기어다녔다.

옹알이 실력도 이제는 제법 수준급으로 유창해져서 외가 어른들 만날 적마다 뭐라 뭐라 진지하게 제 소견을 피력하는 시늉으로 관심과 사랑을 온통 독차지하곤 했다. 아들 얼굴 바라볼작시면, 저 같은 여자가 무엇이관데 하나님께서 저한테 이런 아들을……하는 기도가 순금의 입에서 절로 흘러나오곤 했다.

꽃샘추위가 밤새 데려온 가랑눈이 황토색 마당을 흰색 마당으로 감쪽같이 바꿔놓은 아침이었다. 그 이른 시각에 뜻밖에도 사모와 사찰 부인이 최순금 선생을 만나러 왔다.

"이런 얘기를 최선생한테 전해야 좋을지 말아야 좋을지 분별이 안 서서 집사님이랑 둘이서 어제 종일토록 고민하다가……"

오랜 기도 끝에 전해주기로 결정을 내렸다는 것이었다. 방안에 들자마자 사모가 조심스럽게 본론을 꺼냈다. 사찰 부인하고 형님 동생 하면서 자별한 관계로 지내는 친구의 며느리가 부친 고희연 맞아 구례 친정집 다녀와서 시어머니한테 들려줬다는 이야기였다. 최근에 징용에서 돌아온 남자가 친정 동네에 있는데, 날이면 날마다 술병 옆에 끼고 노상 쌍욕 입에 달고 살면서 목이 터지게 아리랑 노래만 주야장천 불러대는 통에 동네 사람들 원성이 자자하다는 내용이었다.

"그 며느님 친정 동네가 어디래요?"

귀가 번쩍 뜨이는 그 이야기에 순금은 즉각적으로 반응했다. 사찰 부인이 쭈뼛거리며 옷소매 안에 간직한 종이쪽을 꺼냈다.

422

"혹시라도 써먹게 될지 몰라서 주소를 적어놓기는 혔는
디……"

순금이 꼬깃꼬깃 접힌 종이쪽을 펼쳤다. 삐뚤빼뚤 서툴게 적은
글씨들이 꼬물꼬물 눈에 들어왔다.

'아랜역 구리군 마산면 수한부락 외똔집 한윤배'

주소라기보다는 동네 이름과 사람 이름 기록한 쪽지였다. '아
랜역'만 '아랫녘'으로 고친다면 별로 흠잡을 데 없는 길라잡이 안
내서였다. 그 길라잡이가 인도하는 대로 따라가다보면 큰 어려움
없이 목적지에 다다라 한윤배씨를 만날 수 있을 성싶었다.

"친구분 며느님 성함이 뭣인지 혹시 아셔요?"

"성은 몰르고 이름만 아는디, 정님이라고……"

"되얐어요. 이 정도면 충분헐 것 같네요. 내일 당장 한윤배란
사람 만나러 구례로 찾아갈 작정이고만요."

선의가 시키는 대로 자진해서 교회 풍금 반주자에게 귀환 징용
자 정보 제공하러 달려온 사모와 사찰 부인마저 순금의 벼락치기
여행 선언에 당황하는 기색이었다. 부용과 연실 부부 역시 순금
의 강단진 결심에 놀라움을 금치 못했다. 구례까지 당일치기 행
보는 아무래도 어렵다는 게 부용의 주장이었다. 직선거리로는 그
리 멀지 않을지 몰라도 실제로는 멀리 돌고 돌아서 찾아가는 복
잡한 과정이라며 지레 걱정부터 앞세웠다. 읍내까지 걷고, 읍내
에서 기차로 구례구역까시 이동하고, 구례구역에서 다시 마산면

까지 갔다가 되짚어 돌아와야 하는, 멀고도 험난한 여정이라며 부용은 내일 당장 떠나는 걸 적극적으로 반대했다. 연실 역시 마음의 준비에다 물질적 채비까지 두루 갖춘 다음 출발하는 게 좋겠다며 넌지시 훈수를 놓았다.

"하늘이 두 쪽 나드래도 나는 내일 무조건 출발헐란다!"

순금이 동생 부부 상대로 도무지 변통수 모르는 자신의 의지를 다시 한번 과시했다.

"우리 최순금 선생 영혼의 보호자 자격으로 나도 같이 가겠어요."

사모가 똑 부러진 소리로 갑자기 여행 동반자를 선언하고 나섰다. 그토록 완강하던 부용의 태도가 그제야 숙지근하게 변했다.

"그렇다면 우리 누님 육신의 보호자도 동행헐 필요가 있겄네요."

이튿날 새벽, 순금은 입안이 사포처럼 까끌까끌해서 조반을 아예 포기한 채 일찌감치 원행 준비에 나섰다. 산중 추위에 대비해 두툼한 누비포대기 둘러 삼열이를 업었다. 연실이 밤늦도록 정성 들여 꾸려놓은 음식 보따리를 챙겼다. 보따리 안에는 주먹밥, 삶은 달걀, 식혜 등 먹을거리와 깨강정, 산자서껀 주전부리가 잔뜩 들어 있었다. 본채를 등지려는 순간 부용이 득달같이 달려들어 누님 손에서 음식 보따리를 낚아채 갔다. 사모가 대문 앞에 미리 와 대기중이었다. 세 사람은 곧바로 감나뭇골을 출발했다. 아니,

네 사람이었다. 최순금과 영혼의 보호자와 육신의 보호자 그리고 엄마 등에 업힌 삼열이, 이렇게 네 사람이 일행이었다.

애당초 부용이 우려했던 대로 길은 멀고 과정과 절차는 복잡했다. 발품도 많이 팔고 시간도 많이 까먹었다. 충동적으로 내린 누님의 여행 결심을 부용이 극구 반대하고 나선 데는 다 그만한 이유가 있었다. 읍내 역에서 기차에 올랐을 때 이미 순금은 흠씬 지쳐버린 상태였다.

구례구역에서 내려 큰길 따라 도보로 마산면 경계까지 나아가는 데는 별다른 어려움이 없었다. 경계 넘어선 다음부터가 문제였다. 길에서 마주치는 사람마다 붙잡고 물어물어 수한부락 찾아내기까지 시간이 엔간찮게 걸렸을뿐더러 중간에 방향을 잃고 여러 번 길을 헤매기도 했다. 순금 일행에게 수한부락 외딴집을 친절히 일러준 것은 사람이 아니고 노랫소리였다. 목청껏 부르는 아리랑 노래가 멀리까지 마중나와 일행을 향도하기 시작했다.

"누구를 찾아왔소?"

갑자기 노래를 중단한 채 낯선 사람들이 다가오는 모양을 유심히 지켜보던 사내가 마치 불심검문에 나선 순사 또는 헌병 본새로 톱상스럽게 물었다.

"저어, 혹시 한윤배씨 되십니까?"

부용이 일행 앞으로 썩 나서면서 조심스레 되물었다.

"그렇소만, 내 이름을 으떻게 아시요? 그리고 댁들은 대관절 뉘시요?"

"구례 출신으로 우리 고장에 시집온 정님이라는 분을 통혀서 한윤배씨를 소개받았습니다."

그러자 한윤배씨가 별안간 너털웃음을 터뜨렸다. 오전 시간인데도 벌써 상당히 취해 있는 듯 불콰한 얼굴이었다.

"정님이 그 지지배가 즈네 아부지 칠순 잔치에 왔었단 말은 얼핏 들었는디, 그 지지배가 댁들을 나한티 보냈단 말이요?"

아무리 머리 굴려 따져봐도 도무지 이해가 안 가는 상황이라는 듯 한윤배씨는 핏발 선 눈초리로 순금 일행을 짯짯이 노려보았다. 부용이 먼 고장에서 일부러 수한부락까지 찾아온 용건을 밝혔다.

"윤배씨는 어느 나라로 징용을 댕겨오셨습니까?"

"팔라우라는 이름 혹시 들어본 적 있소? 서태평양 남쪽 해상에 둥둥 떠 있는 섬나라요."

더 물어보는 수고가 필요하지 않았다. 옆구리만 슬쩍 건드린 셈인데도 한윤배씨 스스로 알아서 이쪽에서 묻지 않은 내용까지 좔좔 쏟아내기 시작했다. 일종의 무용담이었다. 한씨는 자신을 전설 속에 등장하는 영웅호걸쯤으로 생각하는 눈치였다.

그는 팔라우섬 해안절벽 동굴에 포병대 요새를 구축하는 노역에 동원되었다. 아무리 살이 녹고 뼈가 빠지도록 작업해도 노상 돌아오는 건 일본군 군화 아니면 현장감독 지까다비(地下足袋)

발길질과 욕지거리뿐이었다. 그 정도 폭력은 그래도 약과였다. 무엇보다 고통스러운 건 배고픔이었다. 견디다못한 그는 야간 탈출을 감행했다. 조류를 이용해 얕은 바다 헤엄쳐 이웃 섬 밀림 속으로 피신했다. 그곳에서 혼자 사는 원주민 여자를 우연히 만나 어쩌다보니 동거까지 하게 되었다. 그뒤로 일본이 패망했다는 소식을 듣긴 했지만, 생명의 은인인 원주민 동거녀와 그새 정이 듬뿍 들어 헤어지는 절차가 쉽지 않았다. 귀국을 단념한 채 날마다 술로 세월 보내면서 고향 그리워 울고불고 난리 치는 그를 딱하게 여긴 마을 장로가 동거녀를 설득했다. 그리고 장로가 직접 그를 데리고 들어가 인근 미군 부대에 인계했다. 그 덕분에 미 해군 함정에 실려 이동해서 일본을 경유한 다음 귀국하기에 이르렀다.

"아매 살아남은 징용자 중에서는 내가 맨 꼬래비로 돌아온 사람일 거요."

무용담 끝에 무심코 툭 던지는 말이 순금의 가슴에 대못처럼 박혔다.

"팔라우섬에서 노역허시는 동안에 혹시 이러이러헌 사람 보시거나 소문 들으신 적 있으신지요?"

정해진 절차 밟듯 부용이 판에 박힌 제 매형의 용모파기를 자세히 설명하기 시작했다. 잠자코 듣고 있던 한씨는 이야기 내용이 징용자가 쓰는 말씨나 말투의 특징에 이르자 갑자기 눈을 한껏 지릅떠 보였다.

"뭣이라고라? 존댓말은 숫제 몰르고 아무한티나 그냥 반말이라고라?"

허어, 그것참, 하고 탄식을 연발하면서 한씨는 고개를 절레절레 내저었다.

"살어남을 가망이 당최 안 뵈네요. 그런 사람은 현장에서 일본 놈들 손에 맞어 죽든가, 아니면……"

부용이 손사래 치며 한씨 입을 얼른 틀어막으려 했다. 하지만 때는 이미 늦었다. 순금은 갑자기 중심 무너진 동작으로 어칠비칠 뒤돌아섰다.

"되얐다. 고만 가자, 부용아."

금세 쓰러질 것 같은 순금을 사모가 재빨리 곁부축했다. 부용은 한씨와의 면담을 얼렁뚱땅 마무리한 다음 앞서가는 일행을 허둥지둥 뒤쫓아왔다. 중단되었던 노랫소리가 어느새 되살아나 손님들 등뒤를 지빽지빽 밟으면서 끈덕지게 따라붙었다.

"가만있거라, 아리랑치고는 노랫말이 쪼깨 요상허게 들리잖냐?"

가던 걸음 멈추고 순금은 뒤쪽을 돌아다보았다. 사모도 같은 방향으로 귀를 쫑긋 모았다. 부용은 아예 외딴집 쪽으로 되돌아가기 시작했다. 사모가 중얼거렸다.

"글쎄요, 어느 지방 아리랑인지는 몰라도 가사 중에 볿아도, 볿아도라는 말이 반복되는 것 같구먼요."

난생처음 들어보는 아리랑 가락에 이끌려 순금과 사모도 부용의 꽁무니를 졸래졸래 따랐다. 고래고래 악을 쓰다시피 열창하던 아리랑을 갑자기 뚝 그치면서 한씨가 시비 걸듯 물었다.

　"뭣 땀시로 가다 말고 도로 오요?"

　"방금 그게 무신 아리랑입니까?"

　"아, 볿아도 아리랑요? 징용자들이 가는 곳이라면 으디든지 안 빠지고 붙어댕기든 아리랑이지요."

　삶이 아무리 더럽고 팍팍해도, 노역이 인간의 한계를 넘어설 정도로 힘들어도, 자기 신세가 너무도 처량한 나머지 벌레보다 열등한 존재로 느껴져도, 그럴 때마다 볿아도 아리랑만 부르면 새 힘이 불끈불끈 솟고, 악착같이 살아서 기필코 고향으로 돌아가고야 말겠다는 의지가 활활 불타오르더라는 뜻으로 한씨는 장황한 설명을 덧붙였다.

　"실례되는 부탁인디, 우리가 듣는 자리서 그 볿아도 아리랑 새칠로 한번 불러주실 수 있습니까?"

　"뭐, 실례될 것도 없지요. 원허신다면 얼매든지……"

　아리랑 아리랑 아라리요

　아리랑 고개를 넘어간다

　볿아도 볿아도 죽지만 말어라

　또다시 꽃피는 봄이 오리라

"이절은 없습니까?"

"없지요. 일절만으로도 충분허니께요. 그냥 일절로만 한없이 잇어져나가는 아리랑이고만요."

"잘 들었습니다. 고맙습니다."

또다시 목놓아 불러대는 노랫소리 배웅을 받으며 순금 일행은 귀갓길에 올랐다. 소리가 미치는 범위를 이미 멀리 벗어난 다음인데도 징용자들 비원을 담은 그 아리랑은 순금의 뒤통수를 계속 두드려대고 있었다. 필경 감나뭇골까지 어기차게 따라붙을 기세였다. 밟아도 밟아도 죽지만 말어라. 그렇지, 일본의 군화나 지까다비에 무수히 밟히고 또 밟혀 머리통이 짓이겨지고 갈비뼈가 부러지는 한이 있더라도 죽지 않고 살아서 부도옹(不倒翁)처럼 도로 벌떡 일어서야지. 또다시 꽃피는 봄이 오리라. 그렇지, 짐승처럼 노역을 견디고 폭력에 버티노라면 마침내 일본의 겨울이 끝나고 조선의 봄이 찾아와 산지사방에 꽃들이 흔전만전 흐드러지겠지. 그리하여 꿈에 그리던 고향으로, 사랑하는 가족들 곁으로 돌아오게 되겠지.

순금은 똑바로 앞만 바라보고 걸었다. 저도 모르는 사이에 눈물이 줄줄이 흘러내리고 있었다. 곁에서 걷던 영혼의 보호자가 슬며시 손수건을 건넸지만, 순금은 왜 저한테 손수건이란 물건이 필요한지조차 미처 알아차리지 못하는 상태였다.

구례에 다녀오고 나서 순금은 사나흘 호되게 몸살을 앓았다. 몸이 고장난 것보다 마음이 고장난 탓이 더 컸다. 끙끙 앓아누운 상태에서 그동안 난마처럼 얽히고설켰던 생각들을 한 줄로 반듯하게 정리했다. 몸살 떨치고 일어나기 바쁘게 순금은 곧장 교회로 달려가 사찰집사를 만났다. 묏자리로 쓸 십여 평 정도 땅뙈기를 살 수 없겠느냐는 풍금 반주자 말에 사찰집사는 두말없이 필요한 만큼의 땅을 거저 주겠노라고 약속했다. 문목사가 묻힌 곳에서 아주 지근거리에 있는 땅이었다.

더 미룰 일이 아니었다. 순금의 마음은 이미 외곬을 향해 줄달음치고 있었다. 내친김에 속전속결로 산역을 끝내고 싶었다. 사찰집사에게 산역을 도와달라고 미리 부탁해놓았다. 부용에게도 바로 그 이튿날이 결행의 날임을 알리고 같이 가서 누이에게 힘이 되어주기를 당부했다. 부용은 말할 나위 없고 연실도 동천리 야산까지 동행하기를 자원했다. 숯골 시부모에게도 알릴까 하다가 이내 마음을 고쳐먹었다. 노인들에게 참척의 슬픔과 아픔 일깨우는 불효를 범하는 듯싶어서였다. 잠들기 전에 순금은 장롱 속에 깊숙이 간직했던 귀품을 꺼냈다. 조선종이로 겉을 둘러싼, 피 묻은 속치마였다. 금은보패만이 귀품은 아니었다. 한 인간의 전 생애가 몇 방울 피 얼룩으로 농축된 그 속치마야말로 순금에게는 더없이 귀중한 물품이었다. 순금은 검붉은 얼룩의 보존 상태를 점검한 다음 속치마를 머리맡에 놓고 잠자리에 들었다.

이튿날 점심 무렵, 산역 현장에 도착해보니 사찰집사는 물론 청하지도 않은 사모와 사찰 부인까지 일찌감치 나와 순금 일행이 나타나기를 기다리고 있었다. 산역에 앞서 사모가 간단한 의식을 진행했다. 의식이라 해봤자 성경 구절 낭독에 이은 짧막한 말씀 전달과 기도가 전부였다.

'예수께서 불러다가 닐아사대 어린아희가 내게 오난 것을 용납하고 금하지 말라 대개 하나님 나라에 있난 자가 이와 같으니라 내가 진실로 너희게 닐아노니 누구던지 하나님 나라 받들기를 이 어린아희와 같이 받들지 않난 자는 결단코 들어가지 못하리라'(누가복음 18장 16절로 17절 말씀)

"예수님께서는 어린아이 또는 어린아이와 같은 순수한 사람을 특히 좋아하시고 높이 평가하셨습니다. 어린아이같이 맑은 영혼으로 하나님 나라를 사모하고 받드는 사람만이 하나님 나라에 들어갈 수 있다고 분명히 말씀하셨습니다. 신춘복씨는 평생을 어린아이같이 순수한 영혼으로 세상을 사신 분입니다. 하늘 아버지께서 지금쯤 신춘복씨 영혼을 기뻐 받으시고 천국 백성으로 삼아주신 줄 믿고 감사드립니다. 오늘 우리는 민족적 전통에 따라서 신춘복씨 육신의 흔적을 이 고향땅에 모시는 의식을 치르고 있습니다. 하지만 우리는 민족의 일원인 동시에 기독교인들입니다. 기독교인들은 천국 본향을 사모하는 사람들입니다. 훗날 우리는 천국 본향으로 돌아가서 그곳에 먼저 가 계시던 가족 친지들과 함께 재회의 기쁨을 나누게 되리라 믿습니다."

순금은 성경 말씀도 '아멘!'으로 받고 설교와 기도 내용도 계
속 '아멘!'으로 받았다. 의식이 끝나고 본격적으로 산역이 시작
되었다. 젊은 부용이 무거운 곡괭이 잡고 연만한 사찰집사가 가
벼운 삽을 잡았다. 봄이라지만 겨우내 얼어붙었던 땅은 아직도
삽과 곡괭이를 순순히 받아들이지 않았다. 깊이 팔수록 연장 든
남자들이 힘든 기색을 드러냈다. 지나치게 깊지도 않고 허술해
보일 정도로 얕지도 않게 적당한 규모로 구덩이가 만들어지자 순
금은 조선종이에 싸인 속치마를 흙바닥 위에 조심스럽게 내려놓
았다.

"삼열아, 저그 저 허연 게 아빠가 남긴 마지막 흔적이란다. 낭
중에 아빠가 보고 잪으걸랑 여그 와서 아빠를 만나거라."

순금은 구덩이 속 유일한 유류품을 손가락으로 가리키면서 품
속의 아들에게 일러주었다. 삼열이는 또랑또랑한 눈빛으로 엄마
가 가리키는 구덩이 쪽 바라보면서 뭐라 뭐라 한바탕 옹알이를
쏟아냈다. 아들의 그런 모습 지켜보던 순금의 얼굴에 미소가 저
절로 번졌다. 자라나는 과정에서 육친의 정이 사무치게 그리울
때가 종종 있으리라. 그럴 때마다 삼열이가 이곳을 찾아 생전 얼
굴 한번 본 적도 없는 아버지를 불러내고 마음으로 대화를 나눈
다면 얼마나 좋으랴. 어린 아들한테 마음의 정처 한 곳을 마련해
준 일이 어미로서 그다지도 기쁠 수가 없었다.

사찰집사와 부용의 수고 덕분에 마침내 작은 규모, 앙증맞은 모양의 무덤 한 기가 완성되었다. 이른바 '치마무덤'이라 불리는 가묘(假墓)였다. 봄이 본궤도에 오르면 다시 와서 봉분 위에 뗏장을 입힐 작정이었다. 봄날이 깊어지면 잘 자란 잔디가 봉분을 초록빛으로 가득 덮을 것이었다. 신춘복씨야말로 세상에 올 때부터 떠날 때까지 의심의 여지 없이 봄 같은 사람, 온전히 봄의 사람이었다. 사시사철 꽃들 만발하고 새들 노래하는 봄철만 계속될 성싶은 천국 본향 백성 되기에 가장 알맞은 사람일시 분명했다. 볿아도 볿아도 죽지만 말어라. 또다시 꽃 피는 봄이 오리라……

어디에선가 노랫소리가 들려오는 듯했다. 가만히 듣고 있자니 노랫소리가 점점 더 크고 확실하게 다가왔다. 다름 아닌 꼴머슴 노래였다.

님은 보고 잪으지요오……
노잣돈은 똑 떨어졌지요오……

순서가 뒤죽박죽 제멋대로였던 예전과 달리 어쩐 일로 가사의 앞뒤 짝이 딱 맞아떨어지는, 제대로 된 노래였다. 걸걸한 목청으로 부르는 꼴머슴 노래가 순금의 주변을 맴돌고 있었다. 노래의 출처를 찾느라 순금은 사방을 한참 두리번거렸다. 환청이 아니라 누군가의 실제 목소리가 틀림없는 듯했다. 그러나 사람은 여전히 안 보이고 소리만 홀로 살아 움직이는 중이었다. 참말로 별의별 희한한 일도 다 있다, 생각하면서 품속의 아들 얼굴을 들여다보았다. 바로 그 순간, 순금은 소스라치게 놀라고 말았다. 어느 겨를에 신춘복씨가 생생한 모습으로 곁에 돌아와 있었다. 원인 모를 열병 앓기 이전의 남편 얼굴이 어쩌면 지금의 삼열이 얼굴과 똑같을지도 모른다는 지레짐작 앞에서 순금은 사시나무처럼 온몸을 덜덜 떨기 시작했다.

작가의 말

전체 다섯 권 중 앞의 1권부터 3권까지와 4권과 5권 사이가 서너 마장 거리만큼이나 동떨어지게 된 사연을 변명하자면 너더분한 엄살을 동원할 필요가 있을 듯싶다. 대하소설에 턱없이 못 미치는 규모의 이 '중하소설'(차마 대하소설이라 내세울 배짱이 없어 내 분수에 맞게끔 중하소설 또는 '긴 장편'이란 조어를 쓰고자 한다)을 집필하는 동안, 내게는 참으로 많은 일이 있었다. 호사다마와 파란곡절, 간난신고 따위가 겹치고 포개지는 기간이었다 해도 과언이 아닐 지경이다. 쓰다가 아프고, 쉬면서 치료받고, 웬만큼 건강이 회복되면 다시 쓰기 시작하고, 그러다 또다시 아프고…… 그러기를 번번이 되풀이하는 그 기회를 틈타 불청객인 긴 공백기란 놈이 발밭게 끼어들곤 했다. 그야말로 악순환의 연속이었다. 어찌어찌 달고되어 전권이 완간될 때까지 오랫동안 하대명년 기약 없는 세월을 참을성 있게 기다려주신 애독자 여러분에게 이 자리를 빌려 사과의 말과 함께 감사의 인사를 올린다.

마지막 페이지의 맨 마지막 줄에 드디어 '끝' 자를 넣는 순간까지 줄기차게 붙따르면서 나를 끊임없이 괴롭혀댄 훼방꾼은 다름 아닌 자괴지심과 자아비판이었다. 열 권, 스무 권짜리 진짜배기 대하소설을 쓴 작가들이 그렇게나 부럽고 대단해 보일 수가 없었다. 그분들에 비하면 내가 타고난 문학적 재능과 필력이 너무도 가년스럽고 초라하게 느껴지는 바람에 나도 모르게 오가리가 들곤 했다. 열패감에 시달리면서 시행착오를 거듭하다보니 애초에 구상했던 대하소설로서의 규모와 분량은 갈수록 오그라들고 졸아붙은 끝에 결국에는 다섯 권짜리 중하소설 신세로 낙착되기에 이르렀다.

그뿐만이 아니었다. 연재 지면의 자진 폐간으로 말미암아 졸지에 집필이 중단되는 불운을 두 차례나 거푸 겪어야 했다. 타의에 의한 연재 중단은 곧 의욕 상실로 이어졌다. 마치 쓰지 말라는 신호인 양 느껴지기도 했고, 써서는 안 되는 작품 같다는 사위스러운 생각마저 들기도 했다. 중단 기간이 한없이 길어지면서 실의에 빠져 지낼 당시 문학동네에서 제의가 왔다. 나머지 부분을 전작으로 집필해서 완간하자는 이야기였다. 뜻밖의 호의 덕분에 이 작품은 처음 '밟아도 아리랑'으로 시작해서 중간에 '나의 별에도 봄이 오면'을 거치는 우여곡절 끝에 마침내 '문신'이란 제목을 달고 세상에 나오게 되었다. 그동안 수없이 탈고 약속을 어기고 차일피일 집필 기간을 연장해가며 엔간히도 애를 먹여온 나를 오히려 위로하고 끝까지 격려를 아끼지 않으신 문학동네 대표님과 편집자분께 내가 느끼는 고마움의 크기와 미안함의 무게가 어느 정도인지를 그분들이 알아주셨으면 좋겠다.

변명과 엄살은 이쯤에서 그만 막설하는 게 신상에 이로울 성싶다.

나이든 탓일까. 요즘 내 소설적 관심은 현재에서 뒷걸음질해 역사나 전통 쪽을 자주 기웃거리고 있다. 미래의 궁극은 어쩌면 과거일지도 모른다는 역설이 요즘의 나를 사로잡고 있는 셈이다. 인생의 출발점으로, 시작점으로 되돌아가다보면 어느덧 고향의 품에 안기게 되고, 그곳에서 아직도 살아 숨쉬는 민족의 정체성을 만나곤 한다.

소풍삼아 과거 속을 배회하다 우연히 얻어걸린 것이 바로 이 소설의 첫번째 모티프가 되는 부병자자 풍습이다. 병정으로 뽑혀 전쟁터에 나가는 장정들이 집을 떠나기 전에 가족들이 식별할 만한 문신을 몸에 새긴다. 전쟁에서 살아남아 집으로 돌아가는 게 최대의 소망이지만, 만일 전사할 경우 가족들이 문신을 알아보고 시신을 수습해 고향 선산에 묻어주기를 바라는 희원(希願)이 담긴, 민족 특유의 귀소본능을 집약적으로 드러내는 행위인 셈이다.

이 소설의 두번째 모티프로 맞닥뜨린 것은 〈밟아도 아리랑〉이다. 일제강점기 말, 강제 인력 동원으로 전쟁터나 산업 현장에 끌려간 조선인 징용자들이 인간의 한계를 넘어서는 가혹한 노역과 무자비한 폭력에 시달리면서도 모지락스레 버티게끔 만든 힘의 원천은 아리랑을 개사해 노상 입에 달고 살다시피 하던 바로 그 노래였다.

아리랑 아리랑 아라리요
아리랑 고개를 넘어간다
밟아도 밟아도 죽지만 말아라
또다시 꽃 피는 봄이 오리라

〈밟아도 아리랑〉을 부르면서 징용자들은 잡초처럼 악착같이 살아남아 고향으로 돌아갈 날을 꿈꾸었다. 그 민요 아닌 민요야말로 필설로 형용 못할 온갖 수모와 민족 차별과 강제 노역을 고스란히 견디게끔 부추긴 원동력이었다.

기독교인들은 사후에 돌아갈 천국의 본향(本鄕)을 사모하는 믿음으로 지상의 삶을 살아간다. 본디의 고향을 의미하는 본향이니까 고향보다 상위개념에 속하는 셈이다. 인생의 출발점인 고향으로 되돌아가고자 하는 민족 구성원들의 귀소본능과 생명의 시원인 본향으로 되돌아가고자 하는 기독교인들의 귀소본능이 오면가면 만나 악수하는 형국이다. 과거의 고향과 미래의 본향은 어쩌면 동일선 또는 연장선 위에 있는 곳일지도 모른다는 생각이 『문신』을 집필하는 동안 내 머리를 줄곧 떠나지 않았다.

칠십여 년의 신앙 이력에도 불구하고 나는 여전히 기도에 몹시 서투른 편이다. 사람들하고는 곧잘 이야기를 나누다가도 하나님 앞에만 서면 갑자기 말문이 막혀 더듬거리곤 한다. 내 입으로 나를 위한 기도를 변변히 못하는 그 대신 나는 남들로 하여금 내 문제를 놓고 지성으로 기도하게끔 만드는 특별한 은사를 타고났다. 탈고할 때까지 내 건강과 『문신』의 성공을 위한 중보적 기도의 울력에 신실한 믿음의 동역자들을 내 주변에 많이 붙여주시고, 또한 그 기도에 구체적으로 응답해주신 하나님께 감사와 찬양을 올려드린다.

2024년 봄
윤흥길

윤흥길

1942년 전라북도 정읍 출생. 1968년 한국일보 신춘문예에 단편 「회색 면류관의 계절」이 당선되며 작품활동을 시작했다. 대표작으로 『장마』 『완장』 『황혼의 집』 『아홉 켤레의 구두로 남은 사내』 등이 있다. 한국문학작가상, 한국창작문학상, 현대문학상, 21세기문학상, 대산문학상, 박경리문학상을 수상했다. 대한민국예술원 회원이다.

문학동네 장편소설

문신 5
ⓒ 윤흥길 2024

초판 인쇄 2024년 2월 21일 | 초판 발행 2024년 3월 1일

지은이 윤흥길
책임편집 김영수 | 편집 김봉곤
디자인 김이정 유현아 | 저작권 박지영 형소진 최은진 서연주 오서영
마케팅 정민호 서지화 한민아 이민경 안남영 왕지경 정경주 김수인 김혜원 김하연 김예진
브랜딩 함유지 함근아 고보미 박민재 김희숙 박다솔 조다현 정승민 배진성
제작 강신은 김동욱 이순호 | 제작처 한영문화사

펴낸곳 (주)문학동네 | 펴낸이 김소영
출판등록 1993년 10월 22일 제2003-000045호
주소 10881 경기도 파주시 회동길 210
전자우편 editor@munhak.com | 대표전화 031)955-8888 | 팩스 031)955-8855
문의전화 031)955-3576(마케팅) 031)955-2679(편집)
문학동네카페 http://cafe.naver.com/mhdn
인스타그램 @munhakdongne | 트위터 @munhakdongne
북클럽문학동네 http://bookclubmunhak.com

ISBN 978-89-546-9821-4 04810
        978-89-546-5418-0 (세트)

* 이 작품은 대한민국예술원 예술창작지원금에 힘입어 집필되었습니다.

www.munhak.com